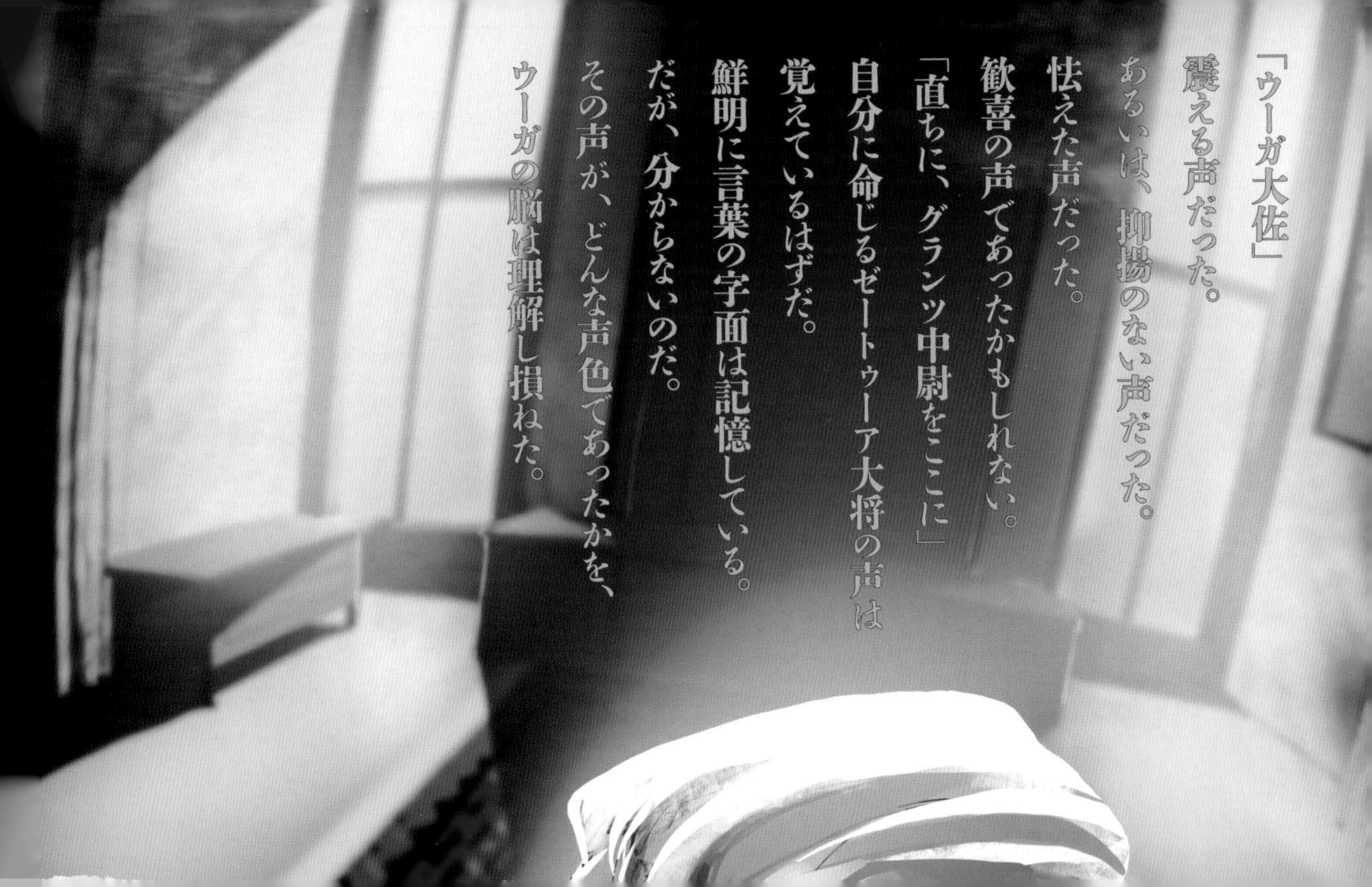

「ウーガ大佐」
震える声だった。
あるいは、抑揚のない声だった。
怯えた声だった。
歓喜の声であったかもしれない。
「直ちに、グランツ中尉をここに」
自分に命じるゼートゥーア大将の声は
覚えているはずだ。
鮮明に言葉の字面は記憶している。
だが、分からないのだ。
その声が、どんな声色であったかを、
ウーガの脳は理解し損ねた。

我ら帝国軍航空魔導師。
我に抗いうる敵はなし

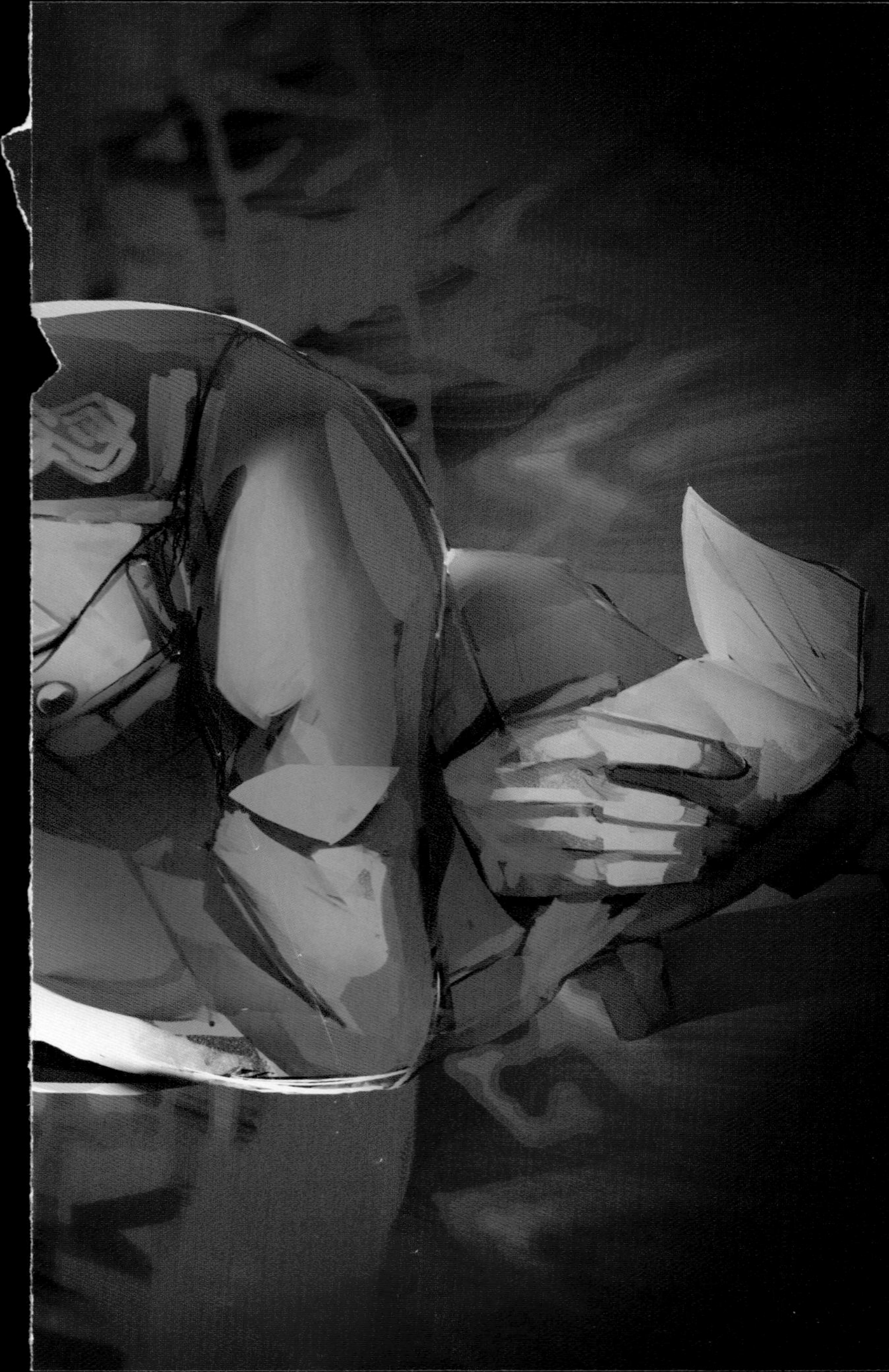

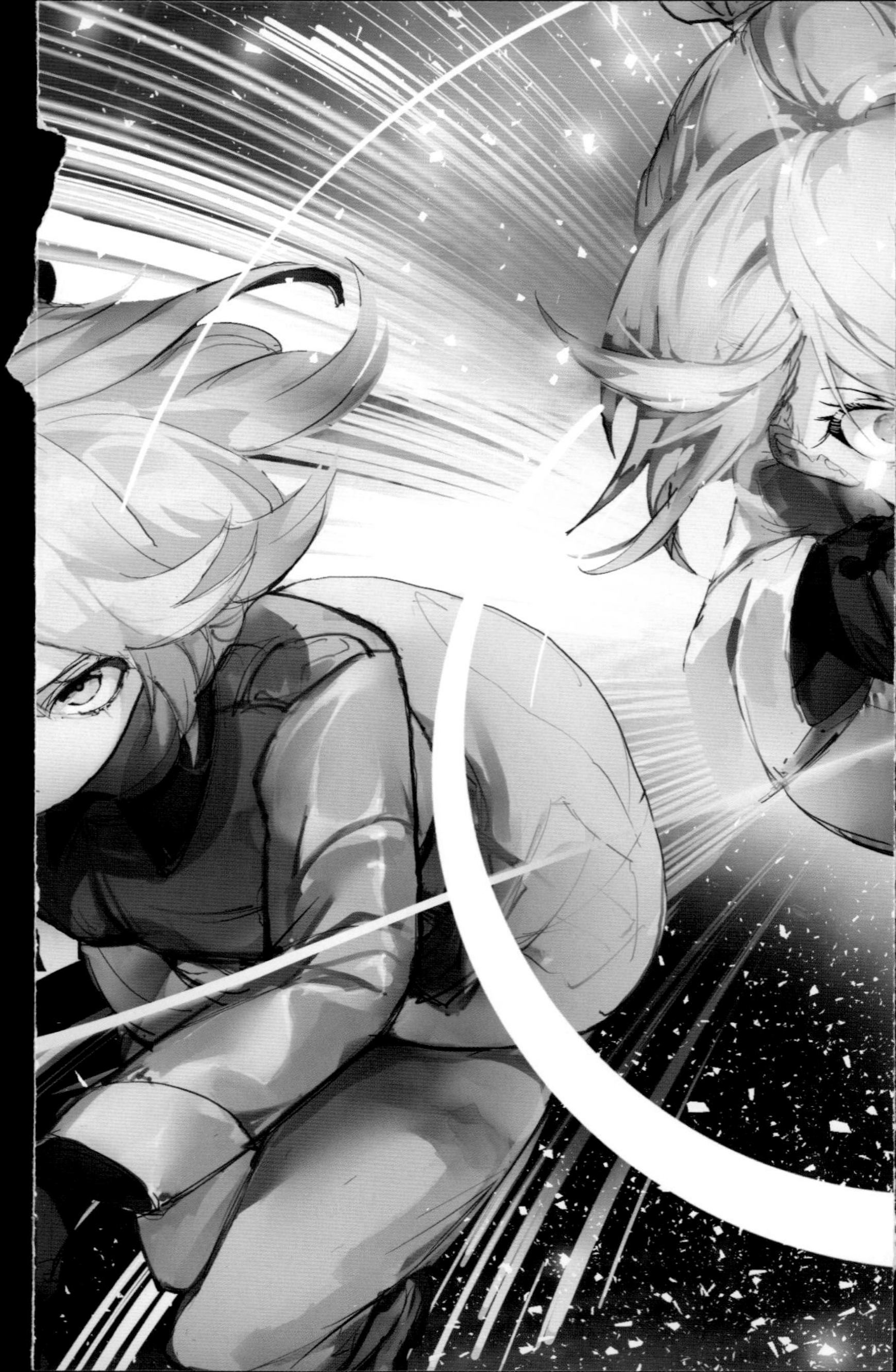

幼女戦記

Dum spiro, spero

—下—

〔14〕

カルロ・ゼン
Carlo Zen

contents

内務人民委員部作成

連邦

書記長（とても丁寧な人）

ロリヤ（とても丁寧な人）

【多国籍部隊】

ミケル大佐［**連邦・指揮官**］――タネーチカ中尉［**政治将校**］

ドレイク大佐［**連合王国・指揮官**］――スー中尉

イルドア王国

ガスマン大将［**軍政**］――カランドロ大佐［**情報**］

自由共和国

ド・ルーゴ司令官［**自由共和国主席**］

相関図

帝国

【参謀本部】

- ゼートゥーア大将［**戦務／作戦**］ ―― ウーガ大佐
  - レルゲン大佐

〔サラマンダー戦闘団　通称：レルゲン戦闘団〕

- **第二〇三魔導大隊**
  - ターニャ・フォン・デグレチャフ中佐
    - ヴァイス少佐
      - セレブリャコーフ中尉
      - グランツ中尉
      - （補充）ヴュステマン中尉
- アーレンス大尉［**機甲**］
- メーベルト大尉［**砲**］
- トスパン中尉［**歩兵**］

装丁——椿屋事務所／桐畑恭子

》》》 第壱章 《《《

義務の名のもとに

In the name of duty

皆さんの想像される通信兵ってのは、
随分と良いご身分でしょう。
安全な後方で、椅子に座ってやり取りするだけ。
否定はしませんよ。確かに、そういう一面がないではない。
で、思い出してもらえますかね。
会話って、相手がいないとできないんですよ。
前線で砲爆撃に晒されて救援を求めるのも、
機材を背負った通信兵の仕事なことが多かった。
魔導師どものように、
でかい長距離無線機担いで飛べる連中なんて少数派。
普通は、目立つアンテナちらつかせて、
重たい機材を背負って、我々がうろつくわけだ。
なんなら、真っ先に狙われますな。
そういう境遇にある仲間から、救援を求められて、
『見殺しにする』旨を美辞麗句で伝えられることに
適性があれば、きっと、楽しい仕事でしょうね。

―― クレーマー大佐 ――

chapter I

統一暦一九二八年一月十四日　東部方面

東部方面軍司令部通信要員といえば、さながら、鳩につき殺されるがごとき有様であった。

「第三師団司令部と通信途絶！」「有線でなくてもいい！　無線で……」「通信規則違反だ！　回線に割り込むな！」「ダメです！　つながりません！」「かけ間違いだ！　砲兵隊司令部との調整は、こちらではない！」「無線電話はおろか、電信ですら応答が！」「電波妨害です！　くそっ、全回線に連邦国歌が！　うっとおしい！」「第三航空艦隊より、緊急の支援要請が……」「通信途絶では⁉」「師団ではありません！　航空艦隊よりです！」「こんな時に、発電機の調子が！　予備のバッテリーを早く！」「前哨に早く後退命令を！　取り残されるぞ！」「戦域航空管制官を呼び出せ！」「航空艦隊と調整は⁉」「第二飛行師団から至急報！　地上拠点が！」「パルチザンです！」「待て！　撃つのを止めろ！　友軍誤射だぞ⁉」

始めに、言葉、ありき。

意味の極北たる戦場において、言葉の『誤解』は許されない。軍隊の通信とは、極限まで誤解の余地を削ぎ落とすことが理想視される。単語一つとっても、意味の明確化は大前提。あまつさえ、聞き間違えの余地すら削ぎ落とせと促される。

ある意味、コミュニケーションの標準化が徹底されていると言えよう。

負けている軍隊が、負けていると素直に言わないための食言を別にすれば、軍隊の通信ほど明晰で明瞭たるべきものも稀《まれ》なのだ。

それでも、畢竟《ひっきょう》、人間の為すことである。

鉄火場にあって、人は、叫ぶ。

危機を伝えようと、叫ぶ。

助けを求めて、叫ぶ。

味方を救おうと、叫ぶ。

誰もが、音を織り、言葉を使う。その奔流は凄まじい。

軍は、それを、元来、知っている。大規模作戦の際、通信能力には限界まで負荷がかかるものと承知している。

一つ一つの報告は水滴だとしても、積もり積もれば濁流だ、とも。

故に、多少の耐性はある。だが、その日。東部方面軍司令部の通信要員が直面していた不条理の度合いは、筆舌に尽くしがたい。

司令部の頭であるラウドン大将その人が吹っ飛んだという最悪の知らせすら序の口。

完全に意表をつく形で始まった連邦軍の全面反攻で、誰もが叫ぶのだ。

帝国軍東部方面軍司令部の通信能力とても、自軍全戦域からの緊急報告に圧殺される。

大混乱だった。

だからこそ、あるいは『事態の深刻さ』を分かり切っていたからこそ、というべきか。

東部方面軍司令部で通信部門の当直責任者であるクレーマー大佐は、自身の混乱を落ち着けるべく小さく深呼吸する。必要だったのは、意識を整えるためのちょっとした余裕。忙しいからこそ、押し流されまいという軸。

専門バカ化の弊害著しい帝国軍士官教育における優等生だからこそ、この場における『最適解』としてクレーマー大佐は、一呼吸入れる。

そうして、彼は演技臭いことを承知の上で余裕たっぷりに吐き出した。

「諸君！」

にやり、と笑って、声を張り上げて。

「今日は、随分と静かだな！」

剛毅《ごうき》を装い、呑気に取り出した葉巻を咥《くわ》え、ゆっくり行こうじゃないかと笑うクレーマー大佐だった。その姿は、救いがたい道化の自覚が大佐当人にあったとしても、緊張と混乱で張り詰めていた部署の空気を緩める。

ゲラゲラ笑った連中がタバコを咥えれば、そこにあるのは最高の一服。

そうして、空気が変わった。

タバコの煙が充満し、緊張しきった人間の汗と体臭で満たされた室内であっても、くすり、と誰かが笑えたのだ。

人間、笑えるうちは強い。それは、余裕を意味する。

クレーマー大佐の指導手腕は堅実そのもので、危機に際しても揺らがない。だからこそ大混乱状態の中にあって、『奇妙』な電信を彼の部署は拾い上げる。良くも悪くも、クレーマー大佐がいればこその成果だった。

付け加えよう。

不幸なことに、クレーマー大佐も胃腸強度だけは人並みであった。

ただでさえ、連邦軍のものと思しき強烈な妨害電波。更には、偽情報をまき散らすべく、やたらめったらへたくそな帝国語が通信回線へと割り込み、『へたくそな帝国語に騙されるな！』と警告を発した直後に、流ちょうな帝国語の話者が『偽情報』を流し込もうと試みてくる始末。

そんな鉄火場で、曰く、東部査閲《さえつ》官首席参謀／東部方面軍司令部へとやらで始まる全く想像もしない類の命令が飛び込んできたのだ。

一つ、東部方面査閲官首席参謀は、事前命令に基づき、対応計画を即時伝達せよ。

一つ、東部方面軍司令部はゼートゥーア大将の首席参謀による通達を専用の使い捨て暗号で確認せよ。

一つ、東部方面軍司令部は、本件に関し、最大限の機密保持を払え。払暁《ふつぎょう》なればこそ、油断禁物である。

たった三つの箇条書きは、発令者がレルゲン大佐名義である。そして、レルゲン大佐の名前は司令部の実務者のあいだではよく知られたもの。

レルゲンとは誰か？　参謀本部の作戦課長としても知られる。だが、それ以上にゼートゥーア大将がよくこき使うメンツの一人として有名であった。

クレーマー大佐もまた、実務者として耳にしたことのある名前である。とはいえ、とはいえである。ほとんど反射的に、常識人たるクレーマー大佐は疑念を呟くのだ。

「いくら中央の重職といえども、一介の参謀だぞ？　方面軍に対してこれほどのことを命令しうるのか？　その権限は、レルゲン大佐にあるのか？」

本来ならば、その呟きは『あるはずがない』と結ばれ、『これは偽命令だな』とクレーマー大佐の判断で片づけられたことだろう。

ただ、併記されているゼートゥーア大将の名前が強烈だった。

強烈すぎる、と言ってもいい。

『ゼートゥーア大将』由来の通達が出るという明示と、使い捨て暗号の形式指定。これはとても無視出来なかった。

あげく、なんと、東部方面軍司令部は受信するのだ。確かに未知の形式らしき暗号通信を。相当にすったもんだした後、厳封されていた金庫の中から引っ張り出された使い捨て暗号書の復号作業に当たった担当者は作業を始めた瞬間に血相を変える。

クレーマー大佐がまさかと見やれば、引き攣った担当者は頷くではないか。

「つ、使い捨ての暗号で……不審通信が、復号できてしまいました」

『できてしまいました』という万感の思いが込められた一言とともに、担当者は衝撃をどうやっても隠しきれないとばかりにぶれた筆跡の通信文をクレーマーへと回す。

回された通信将校のトップであるクレーマー大佐は、嘘だろうと文面に目を落とすや、もう限界だった。

だからそれを速やかにハーゼンクレファー中将へと電撃的に送付したのだ。

その真偽の判定は、もう、自分では考えたくもない、と。


本来、東部方面軍司令部で迎撃の指揮を司るのは、新しく着任したばかりながらも精力的に駆け回っているヨハン・フォン・ラウドン大将である。

黎明《れいめい》を迎え撃つことになるはずの老練な軍人であった。

黎明を察知しえずにいたゼートゥーアとて、『いずれ』連邦が来ることは予想し、備えるべく最善を……と藻掻《もが》いたゆえの人選だ。

というのもゼートゥーアは東部を離れるに際して、『東部方面軍』の司令部に指導力と積極性の点で相応の根拠と共に深刻な不安を持っていたからであり……強烈なテコ入れを図るべく老練かつ大胆な先輩を宛がったのだ。

ゼートゥーア《義務の人》に人選されたラウドン《義務の人》も、全くもって、できた人物であった。在りし日には連隊で指導した遥かに下っ端少尉のゼートゥーアが、かつて神のごとしであったはずの少佐である自分を顎で使うがごとき人事案を打診されるや、その場で諾とする。

それでおしまいか？　否。諾とするや、その場で高級副官を一名指名し、持参していた手持ちの将校行李一つだけを片手に、その場から東部の司令部へ即座に乗り込んだ。

これぞ、常在戦場を旨とする古き良き将官の枠であろう。サラマンダー戦闘団の前線展開に続く東部方面軍司令部への強力なてこ入れ人事である。

無論、人事だけでゼートゥーア大将が安心して高枕《たかまくら》するには程遠い。されど「ラウドン少佐殿であれば、まず、間違いはあるまい」と最悪に備えて『一つ』の準備はできたはずだった。

そして『ラウドン少佐殿であれば』は、過信でもなんでもない。

実際、ラウドン大将はゼートゥーアの先輩と上司、更には部下としても全てを難なくやれるだけの人物だった。

一秒を惜しむ活力でもって、彼は司令部の実情の掌握に務める。

着任早々に『サラマンダー戦闘団の所在地』をめぐり参謀らの官僚じみた措置にはあきれ果

て、率直に――そう、高級将官が率直に苦言を呈した。『改善しろ』と申しつけるや、連絡体制の再編を厳命し、そのまま全戦線の防衛体制の再確認を行わなければと愁眉《しゅうび》のまま前線視察に高級参謀らを軒並み連れまわし始めるのだ。

曰く、『現場を知らない参謀は、ゴミ以下のゴミである』

参謀徽章《きしょう》に異様なこだわりを持ちがちな参謀を前に、その個人が担当領域に関して『任に能《あた》わず』と判断すれば、ラウドン大将はその場で容赦なく参謀徽章をむしり取った。

曰く『仕事をしろ。努力？　努力は嘘つきの言い訳だ。結果を出せ。できんならば、即刻、その尻を椅子からどけろ。私の邪魔をする暇があれば、自分の墓穴でも掘っていろ』

どんな人間にも誤解されることなく、明瞭で強烈なメッセージである。

ゼートゥーア大将その人をして、かつて、しごきにしごかれたというラウドン少佐は間違いなく健在であった。

正確には、つい先ほどまでは、健在であった。

その輝かしい知性も、尊敬に値する人格も、苦難をものともしない肉体も、艱難辛苦《かんなんしんく》を笑って受け止める強靭な精神も、もう今はない。

いまや、ただ一片の肉片がかつてありせしラウドン大将の残滓《ざんし》である。

ラウドン大将は、その戦線視察中、後方で再編中であった現地部隊によるささやかな戦没戦友の追悼があると知ると、躊躇《ためら》うことなくボロ納屋での式典というにもおこがましい夕餉《ゆうげ》へ参加した。そのまま現地指揮官の案内で泥と死臭の中、ろくな暖房設備もない中で塹壕《ざんごう》に籠《こも》り、敵を睨む哨兵《しょうへい》一人一人の肩を叩き、出立前には、整備所のボロ小屋で必死に車両を整備していた将兵一人一人に労《ねぎら》いの言葉をかける。

そして、連邦軍の黎明攻勢開始時刻ぴったりに、パルチザンがそのボロ小屋に仕掛けた爆弾が、大気を震わせたのだ。

閃光と煙でもって、その爆薬は、帝国軍に劇的かつ痛烈な結果を生み出す。

帝国軍にとっては何一つ慰めにもならない事実を付け加えれば、これは『連邦軍がラウドン大将以下、司令部を狙った斬首作戦』ですらなかった。

帝国軍並びに自治評議会により治安回復中と評されていた後方地域への同時多発的な爆弾攻撃はただ、攪乱《かくらん》のため。

意図せざる結果なれども、連邦軍は、攻撃開始と同時に最高の大金星を挙げたのだ。

勿論、帝国軍は軍隊である。上が死んだら、後任が後を引き継ぐ仕組みならばあった。戦争のやりすぎだといわれる軍隊だけあって、指揮権継承などという『上役の死亡』のような特殊なはずの経験すらも帝国軍では日常茶飯事という次元で慣れ切っている。

更に言えば、ラウドン大将は入念ですらあった。

最悪のケースに備えて、参謀長以下、留守要員を司令部にはきちんと詰めさせていたし、次席指揮官とはごく例外的な事例以外、絶対に行動を共にしないことで万が一の司令部全滅を避ける配慮すらも徹底していた。

最悪を予期することは、彼の義務だった。

最悪に備えることも、彼は当然のこととしてやった。着任後、わずかな時間でここまでやってあれば、通常であれば、万全と評すべき手配りである。

だから、まだ、ラウドン大将が爆弾によって肉片に化されただけならば、留守司令部要員が引き継ぎを手配し、後任の次席指揮官が粛々と全体指揮を執ればよかった。

本来であれば、それでよい。

しかし帝国は、ある意味ではほとほとついていなかった。

次席指揮権の持ち主もまた、ラウドン大将の同類だった。ゼートゥーア大将に更迭されないナンバーツーなのだから、ある意味必然と言えば必然である。

つまり、極めて真面目に前線付近へ身を置く気質であり、自分だけ安全なところに籠るのではなく、前線付近の司令部でいち早く情勢を掌握しようときっちり詰めていた。

更に言えば、万が一に備えた施設も用意していたほどである。

なんであれば、二百五十キロ爆弾の直撃にも耐えうるベトンを固めた司令部だ。息苦しい区画に文句ひとつ言わず義務として次席指揮官は籠っていたのである。

通常であれば、万が一にも備えたといえるだろう。ただ、『そこにいる』と分かっていれば、連邦軍には物理の力があった。

『二百五十キロの爆弾に耐えうる？　じゃあ、もっと強い破壊力を用意しよう』と持ち出されたのは、対ベトンを想定した列車砲。

攻勢劈頭《へきとう》に連邦軍が敢行した列車砲による猛射撃を司令部バンカーへぶち込まれ、次席指揮官は見事に消息を絶つ。

何より帝国にとって救いがないのは、これすらも、『どこか一つでも混乱してくれればそれで良し！』という連邦の極端な割り切りで、雑に、帝国軍の前線司令部を刈り取る動きの一環でしかないことにある。

黎明攻勢は、帝国軍司令部を攻撃することを目算としつつ、黎明は『斬首』が成功しなくても『構わない』とまで織り込んでいた。

多少、通信が混乱してくれればよし。

そんな割り切りで行われた攻撃は、しかし、帝国軍の指揮系統を強《したた》かに打ちのめす。

一連の衝撃を被った結果として、方面軍司令部は『敵攻勢開始直後』の鉄火場で方面軍司令官がほぼ確実な死亡。これだけでも悪夢なのだが、次席指揮権の持ち主も瓦礫に消え、前線司令部ですらも複数の指揮官が消息不明という素敵な情勢に直面していたのである。

さて、ラウドン司令官に留守を『託されていた』参謀長をハーゼンクレファー中将という。

端的に言えば、彼は貧乏くじを引かされていた。

なにせ、指揮権をどうするべきかすら、彼の立場ではとっさに決めかねるほどである。

『指揮権の継承は順番通りにやるべきだという原理原則ならば、嫌というほどに分かっている』が、まずもって混乱から『誰が指揮権のトップか』について正確な判断ができない。

ラウドン大将に何かあったとして、それはどの程度だろうか。

死亡という『第一報』もあったが、何しろ爆発に巻き込まれて『死亡しただろう』とは思っても、『確認』されたわけではない。

楽観思考はゴミ箱に放り込むべきだが、死んだだろうとは思っても、確認はできないのだ。

暫定的に次席へ指揮権を継承させる程度ならばよろしいだろうが、あいにく、次席指揮権の持ち主までも消息不明であった。

司令部のベトンをぶち抜く列車砲の面制圧。

まさしく、悪夢である。

ラウドン大将の殉難《じゅんなん》と併せれば、連邦軍は帝国軍の指揮系統をズタズタに切り刻む構えだろうと見て取れるところ。

立て直しは急務で、さて、階級だけで言えば大将はともかく、ハーゼンクレファーより上位の中将級も近隣にいないではない。

だが、なにしろ、各司令部は空爆やパルチザンの襲撃にすら直面。そうでなくても戦闘の真っ只中である諸部隊を掌握しようと藻掻く最中である上に、連邦軍の砲爆撃で寸断された連絡網ではやりとりすら困難だった。

では、東部に不在だが順番では三番手に相当する人間を呼び出すべきだろうか？

平時であれば、ハーゼンクレファーは迷うことなくそうしただろう。手順としてはそれが比較的手堅く、何より、対象者の所在地もばっちり。

なにしろ後方勤務中だ。

この候補者も、資格だけで言えばばっちりである。

なにしろ、つい最近まで東部での前線勤務経験者。

加えて、中央との連携も抜群。なにせ、参謀本部の意向を世界で誰よりも掌握しており、統率の手腕も東部でコンバットプルーフ済み。

軍隊基準でみれば、盤石な資質である。

ただし、その名をハンス・フォン・ゼートゥーア大将。

作戦参謀次長、戦務参謀次長を兼任するに際し、ゼートゥーア大将は『東部査閲任務』こそ解除されたが、査閲官の職そのものまでは『解任』されていなかったが故の捻《ねじ》れである。

今は亡きルーデルドルフ将軍がこね繰り回し、なぜか持つに至った指揮権絡み。故に、形式上の継承権を保持し続けているに過ぎない名目的な第三席。

しかし、名目とはいえ……組織上、誰一人として否定できない三番目なのだ。

オマケに、この大混乱の真っ最中。

一刻一秒を争うのだ。

三番手を飛ばしていいか？

その場合、単にハーゼンクレファーより先任であるだけで事情に通じていない四番手に選ばれた人間が混乱を収拾し得るだろうか？　誰が四番手として継承するべきかどうかも確認が取れていないのに？

勿論、参謀本部に相談し、誰を指揮官とするか決めてもらえば問題は解決だ。ただし、連邦軍が大規模な攻勢に出ている間に『後任人事で時間がかかるんで、その間、待ってもらっていいですか？』と連邦に聞くわけにもいかず、その間の判断を誰かがしないといけないのだが。

東部方面軍司令部代表として決断を迫られるハーゼンクレファー中将にしてみれば、やっとこラウドン大将に馴染もうと決意した矢先に、『これかよ』である。

彼は心中で頭を抱えていた。

東部の方で誰を選んでも円満に行くとも思いにくいのだが、更に言えば、『別』の可能性もあるのだ。例えば、三番目が『私がやる』と言い出す可能性とか。そして、組織論で言えば、それを否定するのも自殺的なやばさである。

ラウドン大将さえ生きていれば。生きていてくれれば。

でも、たぶん、まず、死んでるだろうなぁと現実的にとらえ、善後策を何とかと動き始めたハーゼンクレファーは、そこで更なる混乱の渦に突き落とされる。

それは、一通の電報であった。

出どころは、大慌てで駆け込んでくる通信将校。呆れたことに、通信指揮所にいるべきクレーマー大佐その人。人目も憚《はばか》らずに血相を変えている彼に、ハーゼンクレファーは胡乱《うろん》な目を向ける。

だが、それも震えた筆跡で書き起こされた電信を突きつけられ、自らが当事者となるまでのこと。

宛：東部方面軍
発電者：ゼートゥーア東部査閲官主席参謀
ルーデルドルフ元帥ならびにゼートゥーア大将による統一暦一九二七年九月十日命令に基づく参謀本部からの指示により、東部方面軍に対して主席参謀は次の如く伝達す。

一つ、ゼートゥーア大将の命令に基づき、以下を通達す。

・現状について
連邦軍の発動した冬季攻勢は、縦深打通を試みる複数の梯団による波状攻撃なり。敵は我が野戦軍の撃滅を目論むと思われる。

・対応策について

直ちに全戦線を戦略次元で後退させ、防御線を再構築すべし。既存の防御陣地に拘泥するべからず。連絡線の保持を最優先とし、敵の攻勢限界までは防御に徹すること。

・命令

一つ、東部方面に展開せりし全ての航空艦隊は全力をもって航空優勢を獲得せよ。

一つ、封緘《ふうかん》されていた防衛計画第四号を直ちに開封、即時実行せよ。

一つ、レルゲン戦闘団傘下より、参謀本部直属第二〇三航空遊撃魔導大隊を抽出。同大隊を主軸とし、サラマンダー戦闘団を構成す。東部方面の『全航空魔導師』は、直ちに『サラマンダー戦闘団』を全力、かつ最優先にて支援せよ。

一つ、死守命令を禁止す。諸部隊は、戦術的判断に基づく進退の自由を委任されねばならない。

一つ、東部査閲官主席参謀はサラマンダー戦闘団の航空戦闘を完遂させせしめよ。

当たり前だが、こんな怪しげな命令を素面《しらふ》で即時実行などありえることではない。通常の思考をわずかでも保った高級将官であれば、まず絶対に、やらない。

連邦軍の強力な電波妨害の中、こんなものが、このタイミングで届く方がいかにも不自然である。いっそ、偽命令による破壊工作か。ハーゼンクレファーの脳裏《のうり》では、そんな可能性すらも、真剣かつ本気で疑われた。

「連邦軍の偽電だろう。連中、手際の良いことだな。こうも的確に、我々の指揮系統を叩きに来るとは……」

苦々しさを押し殺す呟きに、しかしクレーマー大佐による否定の言葉が飛び込む。

「しかし、閣下。コードは全て正規のものでした」

「正規？　偽装ではなく？」

はい、と報告に来たクレーマー大佐その人が震えるように言葉を継ぐ。

「私では、私の次元では、確認できる全てにおいて、この命令は、正規のものなのです」

通信屋の能面じみた返答にやや呑まれかけつつ、ハーゼンクレファー中将は、そんなものはいくらでも偽装しようと思えばできるのだ、という返答をかろうじて飲み込む。

「閣下、使い捨て暗号で複合できたのです。ご不信の念は理解できます。ですが、これはゼートゥーア閣下個人専用の使い捨て暗号が流出していない限り、正規の命令であることを強く示唆しており……」

ゼートゥーア大将用の使い捨て暗号書が、というのはハーゼンクレファーをして思わずクレーマー大佐の言を否定できなくさせる物証であった。

使い捨てなのだから、当然、たった一回きりの暗号だ。

一度の傍受で解読はほぼ不可能に近い安全性ということ以上に、そもそも『初めて使われる暗号パターン』を偽装するのは、暗号書が漏れてでもいない限り、まずありえない。

使い捨て暗号書、それも、ゼートゥーア閣下個人のものが漏れるのか？

それでも、まだ、ハーゼンクレファー中将は常識的なことを口に出す。

「だがな、通信参謀。第四号防衛計画なんて、誰も知らない。この私ですら、初耳だ。そんなものは存在しないと考えるべきではないかね？」

「しかし、コードは全て参謀本部の正規コードです。レルゲン大佐も、ゼートゥーア閣下の使い捨て暗号も……」

第四号防衛計画が存在するかの確認だけでも、とクレーマー大佐からしつこく念を押されれば、あえてそれを拒む合理的な根拠はハーゼンクレファーの立場としてもない。

醒めた脳裏では、それでも、思う。

そんな計画書があるわけないだろう、と。

ハーゼンクレファー中将自身、東部の防衛計画策定には数多《あまた》関与しているが、そのような計画名は、聞いたこともない。

けれども、彼にも軍官僚としての本能があった。

確認もせず、『なぜ、命令を無視したのか？』と後で締め上げられるのに比べれば、『危うく騙されかけたよ』と笑い話になる方がまだマシだと確認したくなる習性である。

「分かった、分かった。金庫を調べさせよう。あるわけがないと思うが……」

参謀将校と憲兵らに金庫室を漁らせれば、ゼートゥーア大将が厳封としていた金庫はすぐに見つかる。あとは、権限者としてハーゼンクレファー自身が解錠すれば、よし。

幸か不幸か、その厳封されていた鍵は、手続き通りに解錠できた。

開けられた金庫の中にあるのは、いくつかの書類綴りに簡単なタイトルが付されたもの。

ゼートゥーア大将が残した書類は多くはなかった。

更なる幸か不幸か書類を漁っていた中将閣下は優秀な眼球を持ち合わせていたこともあり、すぐに『目的の物』を見つけ出す。

防衛計画案。

ただ、そうシンプルに記載された包みである。

「ん？」

発見者たるハーゼンクレファー中将の脳は、しかし、『発見した』という事実を即座には理解し得なかった。震える手で封筒をひっくり返し、中身を取り出してみる彼は、そこで、現実を直視するしかなくなるのだが。

『防衛計画一号』『防衛計画二号』『防衛計画三号』『防衛計画四号』と表題付きでご丁寧に『封緘』された封筒が出てくるではないか。

東部方面軍司令部に長い彼ですらも、存在を知らない代物。だが、不審な電信が存在を主張し、司令部に厳封されていた金庫の中に、確かに存在するもの。

「な⁉　なんで、こんなものが、こんなところに⁉」

思わず叫ぶ中将は、しかし同時に、その脳裏でそろばんをはじく。

参謀本部発を称する命令が、ゼートゥーア閣下名義の暗号通信をよこし、ゼートゥーア閣下関連の使い捨て暗号書を適切に使用している。そしてゼートゥーア閣下の残した金庫は、たった今、自分が開封するまでは封印されていたことは開封前に確認済みだ。

作成者はハンス・フォン・ゼートゥーア東部査閲官（当時中将）と、見覚えのある筆跡で封緘にサインされた『防衛計画第四号』なるものが存在している？

「椅子をくれ。頑丈なやつを」

誰かがよこした椅子に腰を落とし、震える手で開封し、その意外に短い紙面に目を走らせ、ハーゼンクレファー中将は呻《うめ》く。

戦線の全面瓦解《がかい》を想定したと思しき防衛計画第四号の骨子は、『空間をもって、衝撃を緩和する』という趣旨らしい。

曰く、『後退とその援護』を念頭に、『野戦軍の温存』を企図せねばならぬという大方針は明記されている。

だが同時に、思うのだ。

これは、ゼートゥーア大将自身の備忘録じゃなかろうか、と。なにせ間違っても『本格的な計画』とは呼び難い。そう言うには、あまりにも空白が多かった。無論、命令の情勢認識が正しければ、この対処計画は……対処計画というにも概略に過ぎないペーパープランは、一応のところで、方向性では正しい。

「だが、具体的な命令にしてはひどく大雑把だぞ。こんなものを、発令すれば……」

ぞっとしない。

実施の細目を現場に委任するにせよ、大混乱は必定。まして、後退が……どこまでかが明示されないのは怖すぎる。

「委任戦術の基本は、何をすべきかを伝えて、実行の手段は現場の裁量次第というものはあるにせよ、これほど純粋な目的のみというのは……」

まして、とハーゼンクレファー中将は葛藤する。そもそも、最も控えめに評しても、異例の形でねじ込まれた『伝言』なのだ。

命令というには、あまりにも疑問が多すぎる。

だが、偽の命令だと否定しきれるのか？

「ああ、もう」

哀れなハーゼンクレファーは小さく呻くしかない。なにせ否定しようにも難しすぎた。

だから、ハーゼンクレファー中将は良識に従って躊躇《ちゅうちょ》していた。

あまりにも、異例。あまりにも、異質。つきつめると、あまりにも、不審。

いっそ、誰かが騙《かた》っているのではないか？　とすら勘繰りたくもなる。

だが、堂々巡りの結果、出発地点に葛藤が戻ってくるのだ。

使い捨て暗号による命令、司令部の金庫にはゼートゥーア大将直筆の封緘済み計画書！　こんなものを、敵が仕込めるのか？　ゼートゥーア大将が、ハーゼンクレファーすら知らない計画を残していると、連邦がどうやって探知しえると？　敵の情報屋や内通者が、そこまで浸透していると主張するよりも、命令が本物である方が正しいという蓋然性《がいぜん》は？

まして、とハーゼンクレファー中将は臍《ほぞ》を嚙むしかないのだが……彼は、留守番なのだ。本来の意思決定者であるラウドン閣下であれば、知っていたのやもしれないが、それすらも代理の自己では……と。

「ラウドン閣下さえ、おられれば……」

ああ、と。どうにもならない繰り言だった。

東部方面軍司令部の一角で、愚痴を零《こぼ》しかけた天罰だろうか。

不運なハーゼンクレファー中将の元に、その知らせは一刻の遅滞すらなく、ほとんど即座に搬送されてくる。

クレーマー大佐の留守を任されていたはずの若い少佐が、血相を変えて駆け込んでくるではないか。

「ほ、報告！　魔導部隊が、魔導部隊が……！」

「落ち着きたまえ、少佐。通信担当が慌てふためくものではないぞ！」

ですが、と若い士官はあえぐように叫ぶ。

「す、既に！　この、不審な電文に従って、即時行動を始めています！　動き出してしまっているのです！」

己の耳を疑うハーゼンクレファー中将に、情け容赦ない事実が追い打ちをかける。

「参謀本部直属の第二〇三に至っては、臨時に航空師団を編成すると号し、周辺の魔導部隊を手当たり次第にかき集め指揮下に組み込み始めています！　連中、この命令に基づいての『即時行動』だと！」

バカな、と誰かが叫んでいた。

当たり前だ。こんな真偽の疑われる命令を即時実行？　魔導部隊の連中は、暗号書も命令書も実在かを確認すらできないのに？

何かが、おかしい。ハーゼンクレファー中将の脳は、組織人としての違和感を叫ぶ。その違和感に従い、彼は組織人として本来は正しい指示を下す。

「止めろ！」

命令を伝達せよ、と彼が口に出した瞬間、クレーマー大佐が口をはさむ。

「無理です！　命令できません！」

「なぜだ!?」

なぜって……とクレーマー大佐は混乱で上司の脳裏から忘れ去られている事実を思い起こさ

せようとばかりに叫んでいた。

「参謀本部直属の連中には、独自行動権があります！　おまけに、くだんの命令で『全航空魔導部隊』への命令権があるとして……！」

全域に命令を発し、部隊を動かし、あまつさえ多くの魔導部隊が『呼応』していると知らされ、ハーゼンクレファー中将は激昂《げきこう》も露わに叫んでいた。

「では、一歩間違えば……ある種の叛乱《はんらん》ではないか！」

まさか、命令を騙ったのも二〇三の連中か？　そんな連想を抱いたハーゼンクレファー中将は、しかし、そこで深刻なジレンマに到達する。

ハーゼンクレファー中将は、東部が長い。

ゼートゥーア大将が、第二〇三航空魔導大隊をはじめとするサラマンダー戦闘団を『事実上の子飼い』としているのも、彼は、現場で見て知っていた。

戦争のための、戦争屋から成る、精密無比な暴力装置。

それこそが、あの第二〇三だ。

子飼いの猟犬というのも悍《おぞ》ましい暴力装置は、命令さえあれば『どんな』無茶でも平然と即時実行していた。

付け加えれば、『いつでも』躊躇なく。

何より、デグレチャフ中佐という『化け物』をハーゼンクレファーはある程度まで、東部の人間として知っていた。

あれが、叛乱などする口か？　とも疑う。

自問し、それこそ、ありえんなとハーゼンクレファー中将は呻く。

奴の堪忍袋の緒が切れた結果、「無能な上官へ鉛弾《なまりだま》をしこたま撃ち込みました！」とか聞いたならば、『いつか絶対にやるだろうと思っていた』以外の感想がない。それぐらいには、ハーゼンクレファーもデグレチャフ中佐の実績を『信頼』している。

だが、敵を骨もろとも嚙み砕いて飲み干しそうなあの怪物は、ゼートゥーア閣下の忠実な猟犬以外の何ものでもないのだ。

いわば、獰猛《どうもう》すぎる戦争の猟犬。

なにせ、ハーゼンクレファー中将は、これまた知っているのだ。

ソルディム五二八陣地などという孤立した陣地へゼートゥーア閣下に放り込まれたサラマンダー戦闘団とその指揮官が、死地へ淡々と赴き、散々に腹いっぱいの戦争を堪能していた悍《おぞ》ましい武勇伝を。

軍隊は場合によれば、命令書一枚で死ねとすら言われうる世界だ。

それはそうだ。だが、だとしても、物事には、通常、限度があって、東部ですらそれは例外ではない。

第二〇三は、その中にあってさえ、『命令』には忠実だった。

よく言えば傑出し、悪く言えば『染まり切った』戦争屋ども。

指揮官の経歴からして、おかしすぎる。いや、ある意味、最初の経歴だけでもう十分かもしれないなとハーゼンクレファー中将は思い直す。

誰が、一個魔導中隊を相手に初陣《ういじん》ながら単身で遅滞戦闘を完遂せんと奮戦し、かなわぬとみるや躊躇なく自爆までやらかすものか。

『敵と刺し違えに自爆？　銀翼を生きてもらえるわけだよ、あいつは』というのが、帝国軍でデグレチャフ中佐をじかに知る人間の大半が持つ正直な感想である。何かが生物として壊れていると思うしかない。

それが、一時の弾みや勢いであれば、まだ、人間らしさと言えようか。だがその後も、狂った戦果を指揮官先頭の理念のもとにガンガンと叩き出す戦争屋だ。

しかるに、任務にはいつでも忠勇。

繰り返すが、奴が無能な上官を殺したぐらいならば『そうかね』と驚きもしまい。だが、叛乱したと言われるのと、奴が戦死したと言われるのでは、どちらがより信じられるだろうかとハーゼンクレファー中将はこの瞬間、哲学的な疑問すら抱く。

いっそ何もかもが杞憂《きゆう》であって、第二〇三とその指揮官はいつも通りに『正規の命令に従っている』と考える方が整合性もつくのではないか？

思考が迷走し始め、ハーゼンクレファー中将は頭を抱え込んだ。同時に、頭の出来が悪いわけではない東部方面軍司令部の将校らは一様に似たような思考を経ていた。

かくして、彼らは各々の疑念を口に出し始める。

「参謀本部直属部隊が動いている。ということは、命令も本物なのでは？」「ひょっとすると、ひょっとして、参謀本部直属の身分を逆用して、あいつらが、でっちあげたとすれば？」「いや、流石に、それは穿《うが》ちすぎでは？」「とはいえ、これを正規のものと確信しうるかは……」「誰か参謀を出して確認を……いや、しかし、最前線の状況が……」

頭が良く、しかし、決断を下す決裁者ではなかったが故の迷走。

大将閣下がいれば、責任者として決断を下しえただろう。

しかるに、肉片と化した上位者の空席を代理で埋める彼らは、その決定プロセスが決定的に空回りしている。

「前線部隊に後退を命令しますか!?」

「だが、これが偽装であれば、我々は、防衛線から部隊を引きはがすことに!?」

「情報は!?」

そう、決定の先延ばしである。

確認すればいいというのは、正論であろう。しかるに、確認というのは、連絡である。

連絡しようにも……と誰もが思うのだ。こんな重大な疑問を、傍受されうる無線で問い合わせられるほど、彼らの神経は太くない。傍受されたら不味《まず》いという『ネガティブなリスク』だけは、賢いだけに察しが付くものだから。

人間、行動しないことによるリスクには気がつきにくく、『行動したらひょっとして……』というリスクには目が向きがちであるということも足を引っ張る。

だから、せめて秘匿性の高い有線で電話しようと東部方面軍の参謀らは試み、そこで初めて思い出す。

ラウドン将軍の激怒にもかかわらず、たった数キロ先の村落にすら、『優先順位』の都合で有線の電話は後回しにしているということを。

ならば、将校が直接赴くしかない。

最も手っ取り早いのは、航空魔導師を飛ばすことだろう。だが、『命令の真偽確認』など、一介の尉官にやらせるわけにもいかなかった。

ならば、魔導士官に抱えさせて、参謀を運ばせるか？

このゴタゴタは、ついに、軍大学を出たばかりの若い少佐によって解決される。

比較的東部の弱気に染まっていない意気軒高《いきけんこう》な若手少佐は、単純に『百聞は一見に如《し》かず。さっさと確認に行けばいいではないか』と思い立っていた。

そうして、上に一言言い残すや、ゴタゴタしている間も惜しんで軍用車両に飛び乗り、サラマンダー戦闘団の駐屯地へとモーターバイクをかっ飛ばす。

彼が飛び出して辿り着くまでに要した時間はわずかに半時間であった。

上が迷ったあげくのたった半時間。

だが、スクランブルの世界では『無限』の遅滞であった。

故に、既成事実が半時間分も積み上げられる。


野戦航空魔導師団、臨時前線戦闘指揮所。

仰々《ぎょうぎょう》しく力強い名前。いかにも、帝国の暴力が結集していそうな雰囲気漂う名前だ。

実体と言えば、全くの見掛け倒しだが。

徴用した木製の果物箱の上に、戦闘団の通信機を据え付け、まともな椅子がないので、余った木箱を椅子代わりに使う始末。

強いて良いところを探すとすれば、手作り感満載のアットホームさだろうか。要は、臨時前線戦闘指揮所の看板だけが立派な、そこらの納屋である。

惜しげもなく振る舞われる珈琲《コーヒー》の香りだけが、文明の香を漂わせる殺風景な空間だ。

だが、納屋の中に詰まっているのは同時代における最高峰の『暴力装置』である。

故に、東部方面に展開する野戦慣れした航空魔導将校らは一様に場を主導する歴戦の風格を纏《まと》う魔導少佐へ一抹の疑念とともに、ある種の期待の念を向けていた。

「総員、け、傾注！」

若い中尉魔導師が緊張した声で号令を発した瞬間、『説明しろ』という無数の鋭い視線が木箱の上に登る少佐へと襲い掛かるも……その全てを受け止めた当人は、落ち着き払ったまま口を開いた。

「小官は、ヴァイス少佐だ。東部査閲官の命令により、臨時に編成された本航空魔導師団の臨時先任指揮官である」

「先任？」

集まった魔導師らから疑問が零れるが、質問に対するヴァイス少佐の対応は極めて明確であった。

「全て話してからだ。異論は？」

じろり、と。視線に圧を込められれば、反駁《はんばく》はなし。

ネームド魔導師は、それだけ偉い。

要するに、実績がある奴こそが偉いのだ。

現場で泥にまみれている人間は、泥底まで一緒に浸かる勇者には敬意を抱くもの。それが、サラマンダーの二〇三ともなれば、疑問をひとまず飲み込むまでの信用に至る。

だから、その日、その場に集まった魔導師らは一様に『続けてほしい』とだけ頷く。

「当該魔導師団は、臨時編成であり、各大隊指揮官がそれぞれ任意に指揮を執ることを前提とし、簡便な管制のみ当戦闘団司令部が提供する。故に、本戦闘団司令部は各大隊指揮官を通じて各大隊を統制すると思ってもらいたい」

『なんという無茶か』と何人が悟りえただろうか。

だが、分かる人間は唖然《あぜん》としたはずだ。なにしろ『戦闘団』編成の司令部が、師団規模の管制だ。大体を指揮官に委ねるにしても、限度があろう。そんな、自分の母体が無茶をしているという事実を微塵《みじん》もにじませず、淡々とヴァイス少佐は説明の口を動かす。

「このような運用が必要とされる状況について、貴官らは説明を求める権利があり、私は事前にそれへ応えるつもりだ」

傾注せよとばかりに一拍おき、ヴァイスという少佐は淡々と語る。

「目下、我が東部軍の中央は敵連邦軍による全面攻勢下にある。これは、戦略的奇襲でもあった。東部軍が構築してきた防衛線は……事実上の瓦解状況にあるか、瓦解が時間の問題であると目される」

その姿は、怒濤のごとき奔流《ほんりゅう》を前にし、凪のように落ち着きはらった表情で、練達《れんたつ》の水先案内人のごとし。

語られる言葉の激烈さと、平然としきった将校の態度。あまりの温度差に若い魔導将校らの一部が怖気を覚える。

「諸君も承知のように……敵の第一波は、主攻をかなり広範に取っている。その上で、猛烈な砲爆撃により我が方の防衛線並びに予備兵力を全面的に痛打してきた。相当入念に練られていたものと思われる」

更に、とヴァイス少佐はメニューを読み上げるように淡々と情勢を説く。

「繰り返すが……後方ですらも、襲撃が頻発している。詳報は未確認だが、司令部要員が複数名、行方不明になっている。諸君。言うまでもなく、全てが大混乱だ」

ニヤリ、と。

歴戦らしく、ヴァイスはそこで外連味《けれんみ》のある笑顔を浮かべていた。

「つまり、カオスの渦だ。どこもかしこも、鉄火場も鉄火場。不思議と懐かしさすら感じないでもない」

なにしろ、と彼はそこで具体例を提示できる。

「ラインのフランソワ軍を思い出せるじゃないか。頭をつぶされ、後方を制され、袋のネズミになった光景だ。が、立場を入れ替えて、彼らの立場に立つのは酷く不快だ」

居並ぶ魔導将校は、ベテランが多い。東部の壮絶な総力戦。その最先鋒で、生き残ってきた連中ばかり。

なればこそ、回転ドアで蹴とばす側だった連中も残っている。

残っているからこそ、自分たちが蹴とばされる側になると知れば恐怖するしかない。

そんな空前絶後な情勢を簡単に要約し終えたところで、第二〇三を代表する男はちょっとした予定変更を告げる現場監督のように結論を口にする。

「したがって、これらは従来の想定とは……大袈裟に言えば、少しばかり状況が異なる」

少しばかり？　冗談だろう？

思わず、聞き手の誰もが唖然としていた。

それを気にも留めず、ヴァイスは言葉を続ける。

「従来手配されていた当初計画では、我々は前線で圧迫されている地点に急行するか、進軍する敵鋭鋒の側面を閉鎖することにより、反撃を支援するという明瞭な想定であった」

しかるに、とヴァイス少佐は上官から告げられた言葉を、恐るべき現実を、仲間の魔導師らの前へついに示す。

「諸君も承知のように、問題は一点だけ想定が異なる点にある。……敵は鋭鋒どころか点ですらなく、複数の主攻から成る、いわば、ただ面あるのみという厄介さだ」

槍を手に突き進んでくる敵を想定し、敵の槍をひらりと蝶のように躱《かわ》して、蜂のようにチクリと刺してやろう――それが、帝国軍の想定であった。

機敏に走り回って、敵の鎧が弱い部分を一刺し。自分たちの足なら、判断力なら、か細い活路でもやれるだろうという自負。

ただ、実際に殴ってくる敵は壁だった。

バカでかい鉄槌《てっつい》どころか、壁で圧殺するように面制圧されている状況。

しかも、とヴァイス少佐は地図上で確認されている敵の配置へ会場の視線を集めた上で軽く、ばん、と地図を叩く。

「地図を見れば分かるだろう。敵は『波』だ。一つじゃない。複数の津波である」

前線で友軍とぶつかっているのは、『第一梯団』という名の第一波。

帝国軍とても、連邦による反撃があるとすれば、敵は複数から成る強大な部隊であろうという想定は固めていたし、攻撃される拠点への圧が壮大であることは想定していた。

言い換えれば、防衛線の『どこか』にある『拠点』へ一時的な過負荷があることは覚悟できている。だが……『波』と化して、防衛線そのものが面単位で押し流される事態までは想定していない。

無論、相当に要塞化ないし陣地化された拠点にこもれば、しばらくの間、各拠点は耐えられるだろう。

もしも、波が退くのであれば、それも悪くはない。

ただし、ここでも一つ想定と違うのだとヴァイスは知っていた。

なにしろ、この『波』は引かない。

壮絶な津波が押し寄せ、そして、同じ規模の津波がまた『襲い来る』のだ。高台で『波』が退くことを待ち、救援に期待するようでは、押し流されよう。

否、押し流されずとも『いつまでも、高台で助けを待てる』わけではない。補給が途絶えた高台の備蓄は、水も食料も燃料だっていつかは終わる。

連邦軍が波の間に包囲してくれれば、いつまでも退かない海によって陣地がいずれ沈む。

これは大袈裟に言えば、比喩ではない。

籠城と同じだ。拠点といったところで、食料や弾が無限に湧き出すわけではないのだ。

拠点の物資は、時間の経過とともにどんどん失われていく。友軍の反撃まで持ちこたえるつもりの各拠点が懸命に持久したところで、友軍の反撃が始まらなければ？

各拠点の兵力は、いずれ、選ぶしかなくなる。降伏か死かを。いざ脱出させようにも、刀折れ矢尽きるまで抵抗した時では、遅いのだから。

もうここまでくれば、誰でも同じ答えを見つけられる。

帝国軍の東部方面軍は、ほぼ全ての兵力が拘束されつつあり、逃げ損なえば、最後は陣地を枕に仲良く全員で討ち死にするか、戦友を置き去りにして空を飛べる魔導師だけおめおめと逃げるかの二択しかない。

故に、ヴァイスは端的に結ぶ。

「各拠点が波に飲み込まれてしまえば、いずれ力尽きる。救援を送ろうにも、友軍の主力は敵の第二梯団という波に押し流されるだろう」

そして初めて沈痛な表情を作り、自分を凝視する魔導将校らを相手に上官の導き出していた結論を口にする。

「そうなれば、全てがおしまいだ。我々は、決戦に敗れ、二度と態勢を立て直すことすらかなわないだろう。故に、今や我々は全てを一つに集中し、それ以外の全てを投げ出す」

は？　と。魔導将校らから、殺気すらまじる巨大な反発の視線を受けてなお、練達の魔導将校はそのまま言い放つ。

「我が軍の東部戦線、その軍主力を文字通りに全滅させられるわけにはいかない。最優先するべきは、言うまでもなく、軍の全滅回避だ」

ああ、とそこでヴァイスは軽く肩をすくめて見せる。

「ちなみに戦友諸君、軍事的意味合いでの全滅ではないぞ。軍主力が、文字通りに消えうせることを回避するのだ。これを避けるべく、他の全てを捨てる」

捨てる、という言葉を強調し、ヴァイス少佐は沈痛さを押し隠しもせず、しかし、断固たる口調で以て、結論を居並ぶ全員に飲み込めと押し付けるのだ。

「津波に対する唯一賢明なアプローチはご存じかな？　避難だ。安全なところへ、直ちに遅滞なく。後退あるのみ」

まぁ、今回は戦争だから幸いにして地面はさほど揺れないがねとヴァイスは続ける。

「付け加えれば、海水とは異なり、この津波の後続を遅滞させることすら可能だ。それ故に、我々は重大な損害を被りつつも、最悪は避けうるだろう」

絶望を提示し、しかるに、と希望を提示。

「案じる必要はない。本当だ。なにしろ……幸いなことに、ゼートゥーア閣下が事前の策定計画を用意してくださっていた。防衛計画第四号という」

ほとんど詐欺のようなやり方だなというのが、ヴァイス自身の偽りなき感想ではある。だが、これを指示してきた上官の中佐殿曰く、『説得術』に過ぎないものだとのこと。

お偉いさんは全く、と思いつつ、お偉いさんの模倣をヴァイス自身がやっているのだから何とも言えない不思議な気持ちになる。

「だが、問題が一つある。司令部が敵の攻勢を読み違え、指揮系統の混乱もあり、防衛計画第四号の発動に二の足を踏んでいる」

厳密に言えば、二の足を踏んでいるどころではないが、ヴァイス少佐は上官を信じると決めた男として、平然と、その嘘を戦友に吐く。

「ゆえに、我々は二重の時間を稼がねばならない。軍上層部が混乱を収拾するまでに必要な時間と、友軍諸部隊が撤退を完遂するための時間だ。時間を、我々で用意する」

やるぞ、と。

信用される男が、歴戦の人間が、一人一人に目を合わせながら。

「我々は時間稼ぎのため、防衛計画第四号に基づき全力で反撃する。かかる諸問題に対し、ただ挺身航空阻止攻撃のみが現下において有益な解決策と見なされた。かくして、この間、我々は戦術航空魔導軍としての任務は全てを放棄するのもやむなきに至るであろう」

これで間違っていたら、自分も地獄行きだと覚悟を決め、ヴァイス少佐は確かに、全員に求めていた。

戦友の多くを見捨て、大のために小を切り捨て、そして、自分たちをも総力戦の炎にくべる時が来ているのだ、と。

「恨むならば、命令を恨みたまえ。しかし、命令は命令だ。そして、既に、命令は下された。したがって、諸君は受け取ったのだ」

そこで、ふと、ヴァイス少佐は常に自己の尊敬する上官がやっていることを思い出す。

特に理由あってのことではなかった。

いわば、ほぼ、惰性である。

ただ、最も相応しい模倣だと感じ、彼は付け足す。

「とはいえ、なに、簡単な仕事だ」

上司は、いつでも笑っていた。

自分がそこまで自然な形で肩の力を抜けるかはさておき、一発、かましておく。

「久方ぶりに、一個航空魔導師団による全力反攻だぞ?」

魔導大隊ですら有力な単位だ。

それが、師団規模。

ライン戦線賑やかなりし頃とて、そうそう容易《たやす》く動かしえた数ではない。まして、東部のように広漠な戦線では各所に分遣され、『前線の援護』から、全魔導師を引きはがしでもしない限り師団規模の統合運用など夢のまた夢。

……前線部隊への直協任務、すなわち、前線部隊との直接協力のごときは一切合切を全て放り出し、彼らの多くが敵に嬲《なぶ》られる運命を呪うに任せることでのみ、この空前絶後の規模で魔導師団は集結し得る。

「魔導師の本懐《ほんかい》だとは思わんかね。我々が、貴様と俺が、今日この時から主役になるんだぞ？」

通達を済ませた副長が戻ってきたとき、ターニャは山のような命令書を起草しているところであった。

一切の躊躇なくレルゲン大佐名義をガンガン使いたおし、ついでに必要なサラマンダー戦闘団向けの命令書は自己の名義で用意。

枠組みこそ最低限は取り繕いつつも、実質は軍から独立した形での独断専行である。

当然、航空魔導師による師団規模航空阻止攻撃の実現に必要な事務は、ターニャらで完遂するしかないという無茶であった。

実際、ターニャは、人間の限界へ挑戦している。

師団というものに、本部があって、本部にはそれなりの将校が割り当てられるのは別に儀《ぎ》仗《じょう》や見栄やポスト数の確保という雇用安定策だけが目的ではないのだ。

人手。

渇望するほどに、足りない人手。

元々、魔導大隊が中核という時点で『ただでさえ』将校のマンパワー不足は自明だ。

戦闘団単位の運用すら、砲兵の指揮を兼務しつつのメーベルト大尉に駐屯地周りの判断を押し付け、現場担当としてトスパン中尉を酷使しても辛い。

師団ともなれば、セレブリャコーフ中尉が連絡役としていつもの三倍は駆け回ったところで、師団の規模をカバーするには到底及ばぬところ。

だが、それでも――。最優先すべき魔導師らの事柄とあれば、ターニャは死にそうになっている顔を上げて、副長に質問を投げる。

「どうだね、ヴァイス少佐。魔導師諸君の意欲は」

「おそらく、彼らも状況は肌で感じていたのでしょう。この方策が必要であることは理解を得られたかと」

よろしい、とターニャは小さく頷く。

「……統制は、取れるか」

それは、安堵でもあった。

横紙破り、独断専行どころか命令偽造。

そこまでやらねば軍を救えぬ。なのに、そこまでやってしまえば……肝心の人がついてきてくれるか？　という矛盾した問題。

どうしようもないぞと泣き言が零れないのが不思議な綱渡りだが、とにもかくにも、ターニャは第一の難題を渡り切ったことに肩の力を抜く。

「賭けにお勝ちになられましたな」

言祝《ことほ》いでくれる副長に対し、いや、とターニャは気を引き締める。

まだようやく、入り口に立ったに過ぎないのだから、と。

「今は、まだそうとは言えんよ。グランツ中尉が上手いことやってくれねばな」

「こちらが防衛に成功することは、当然視ですか」

「勿論、成功させたい。だがな？　……しくじったその時は、私も貴官も生き残ってはおるまい。案ずるだけ杞憂だ」

考えても仕方のないこと。

ならば、考えない。

だとすれば、成功したときのことを心配する方が生産的だ。

以上の単純な理屈に基づき、ターニャはやるべきことだけに意識を割いている。

「三個連隊による大規模機動により、主として敵の兵站《へいたん》、並びに第二波を徹底して叩くだけでも大仕事なのは否定しないがね。失敗した時の善後策は、ゼートゥーア閣下に委ねることにして、現場はやれることをやるばかりだ」

「その……現場のことなのでありますが」

「なんだね、ヴァイス少佐？」

ヴァイス少佐がややおずおずとしつつ、口を開く。

「友軍拠点の支援はいかがしますか？」

おや、とターニャはわずかに眉を寄せる。その件ならば、とっくの昔に結論が出ているではないか、と。

「できもしないことを言うな。我々が唯一の火消し役だぞ？　直協に使える要員がいれば、全て航空阻止攻撃につぎ込む以外に道があるとでも？」

「しかし……その、見殺しというのは不評でして」

副長の言葉にターニャは腕を組み、一瞬、思案していた。

一つ。純軍事的観点から勘案するに、前線部隊への掩護《えんご》など『贅沢』以上の何物でもない。

なにしろ、戦局は燃え上がっていた。

連邦軍の縦深攻撃は、火事は火事でも質の悪いガス火災も同然。燃え盛る前線に同情し、貴重な機材と人員を前線へ投じたところで、ガスの流れを止めなければどうだ。

消火能力をいたずらに消耗するどころか、ガスが大延焼を始め、ついには全てが焼け落ちてしまうに決まっている。

「……我々は火消し役だ。だからこそ、火事を消すために元を叩くしかない」

仕方のないことだ。

「ただでさえ戦力が不足している状況で、戦力をわずかなりとも分散させる余地など検討することさえ愚かだろう」

「中佐殿、それは『理屈』では、そうでありますが……」

「見殺し、という言葉は重たいか」

はい、とヴァイス少佐は板挟みの苦悩をにじませた表情ながらも小さく頷く。

「誰だって明日は我が身と案じています」

つまりこれは、信用の問題だな、とターニャは諒解《りょうかい》する。

一つ。純軍事的観点からは不合理。しかるに、各人のモラールの観点から、切り捨てた場合の弊害は小さからず、と。

どうしたものか、とそろばんを弾き、ターニャは妥協点を咄嗟《とっさ》に見出す。

「形式的な掩護《えんご》までは、辛うじて許せる。具体的には、敵地に孤立した友軍陣地を飛び石として活用しよう。その際、必要に応じて防御へ一時的に助力することは禁じない」

見捨てろとは言わん。だが、助けに行けるとまでは言わない。

「悪いが、これが限界だ」

「やはり……救出は、しえないのですか？」

おいおい、とターニャは今更な言葉に頭痛が痛いぞとばかりに頭を振る。

連邦軍の波を食い止めるられると？

古のクヌート王にでも復活してもらって、王でもそれはできないと説明してもらえば事足りるだろうか？　それとも、ヴァイス少佐はクヌート王の臣下と同様に、私が全知全能だとでも思いこんでいるのか？

部下からの評価が高いのを喜ぶべきか、部下が無茶を求めていることを咎《とが》めるべきか。わずかに迷ったあげく、ターニャは事実が一番良いだろうと判じる。

「敵後方連絡線。兵站段列。ただ、その二つを叩くだけで限界だ。我々は戦略空軍的な役割でもって、多数を救わねばならぬのだぞ？」

「……ですが道中、嫌でも目につくかと」

「はっきりと明言しておく。目的外である地上部隊の支援はこれを原則として『禁じる』。そんな余力がないが故に、だ。我々は、まず軍を救わねばならん。野戦軍が全滅するのを、阻止しなければならんのだ。それは、大勢を救うことになるのだと了解してもらうぞ」

「理屈はそうですが……私ですら、正直、中々」

辛いですが、とうつむく副長にターニャは気にするなと軽くほほ笑む。

良心の咎めを感じるのは、善良で結構。

しかるに……そもそも、責任を取るべきなのは、こういう戦略環境のやむなきに至らしめた国家なのだとターニャは割り切っている。

「我々には、涙を流す余力すらも、本国より得られていない。そもそも、航空魔導師団とて何かを切り捨てられる立場ですらないのだぞ」

泣くべきは、現場ではない。

責任から逃れる権限も権利も現場にないならば、唯一の論理的帰結は上の責任だ。

現場が最善を尽くした時、それでもなお解決できないならば、それは上の問題なのだ。ターニャはマネジメントの肝心さを信じるが故に、断固として、最善を尽くした現場の無謬《むびゅう》を確信し得ている。

「航空魔導師団は、現場の努力に過ぎん。現場が努力以上の結果を望まれるのは、上の失策だろう。我々は十全に義務を果たすが、義務以上を上が求めざるを得ない時、それは、上の咎であり、我々は義務のプラスアルファを求められる不幸な犠牲者だ。それ以上、気に病むな」

労働には、対価を。

適切な、人事評価を。

それは当たり前でなくてはならない。

「ここはラインではない。交代も、増援も、支援部隊も湧いてはこない。そして、ライン以上に過酷だ」

生きてこそ仕事もできるのだ。

「ヴァイス少佐はどうも生真面目すぎるな。いいかね、仕事のできない部下も、仕事をしない上も、全部、一掃してやるぞぐらいの単純な生き方で良いのだよ。真面目にやることをやる。ただ、それだけが、偉大なのだ」

さぁ、とターニャはそこで嗤《わら》う。

「仕事の時間だぞ、ヴァイス少佐？」


黎明は、計画通りに始動した。

その時、連邦軍最高司令部は安堵の一色だった。

連邦軍は、帝国軍東部方面軍の事情について、帝国以上に知り尽くすと称して入念な事前準備を整えている。それでも、なお、彼らには一抹ながら不安が存在していたのだ。

この攻勢計画は通じるのか、と。

攻勢意図を隠匿《いんとく》するためには、歴史的規模の努力が払われた。

戦力の集結を誤認させるため、わざわざ新編の部隊を首都で複数パレードさせ、『再編中』というシグナルを第三国経由で帝国に流し込んだのは序の口。

敵の航空艦隊による定期的な偵察を逆手に取り、敵に『見せる』ためだけに、貧弱な部隊を前線に置いた。新型機、新編成の部隊を試験投入することにより、戦力錬成を偽装し、本命の大戦力が結集していることから目線をそらさせる細工すら行っている。

敵地後方に浸透したパルチザン部隊には、あえて『休止』を指示することにより、帝国軍の警戒を緩めさせ、ついでに自軍の進撃路の保全のため、帝国がちまちまと行っていた『交通インフラの再建』を見逃すようにパルチザンの統制を徹底。

帝国が見事に鉄道と街道を整備し、『これで、補給がより盤石になる』と自負する裏で、進撃予定ルートの路面状況が改善したぞ！　と連邦軍司令部ではほくそ笑む余裕すらあった。

いわば、帝国の資源と労力を活用した副産物だ。

それでも、撃退され続けた記憶が、連邦軍にはしみついているのだ。

忌々《いまいま》しい帝国軍。忌々しい帝国軍参謀本部。ああ、あの帝国人どもの狡猾《こうかつ》さときたら！　だが、今誰もが胸をなでおろすのだ。

神よ、祖国よ、ああ、砲兵よ！

「……いよいよ、始まるのだ」

ぽつり、と。最高司令部に零れ落ちた言葉が、この場の全てだ。

事前計画通りに、砲兵が制圧を開始。

入念に策定されていた砲撃計画は完璧に機能。おまけに、航空戦力でも航空優勢の確保に成功済み。タイムスケジュール通りに、全てが機能している。

後は、第一梯団が怒濤の進撃を開始すれば——。

「勝利は、我々のものだ」

「ああ、今度こそは」

そうだ、と誰もが心のうちに秘めた思いとともに頷く。

「斬首戦術への警戒は怠れん。魔導師と空挺には断固として警戒が必要だ」

「承知しています。とはいえ、帝国軍が来ますかね？」

「連中、モスコーにまで来たぞ？」

連邦軍という完全なプラグマティズムの信奉集団は、故に最悪の反撃すら想定していた。例のくそ忌々しいサラマンダー戦闘団とやらが、連邦司令部に全力で乗り込んでくる事態すらも想定し、古参を中心に迎撃用の師団規模魔導師を予備部隊として確保してある。

質に不安は残るにせよ、極まった大隊規模魔導師程度であれば、司令部が態勢を立て直すまでの肉壁には間に合うだろう、という極端なまでの割り切り。

彼らは、確信していた。

自らの優勢を。磨き上げた作戦術ならば、自ずから勝利をもたらしうる、と。

同時期、連邦の確信を第三者の目で見ることができる集団がいた。その場に居合わせることになった、連合王国の武官団である。

開示された『黎明』の概要を目の当たりにした彼らは、一様に驚愕《きょうがく》した。

それこそ、明け透けに語るならば、『連邦軍の止まらない一撃は、世界を征服しうる』と戦《せん》慄《りつ》するほどの衝撃だ。

無論、名目上、連合王国と連邦は戦争を共に戦う仲間である。

内実において隔意がどうであれ、連合王国の武官団は連絡担当として、『連邦軍の大反撃』というのを通知され、公式には『言祝ぐ』立場であり、『反撃の成功』を心から祈ると結ぶ程度には外交も理解していた。

とはいえ、裏を返せば、『連邦の独り勝ち』を真摯に危惧する頭脳もある。

プロの目からしても、『黎明』は、成算がありすぎた。

連邦軍の事前準備は、それこそ、執念の結晶だ。

かつてライン戦線を観戦したことのある古参をして『あのライン戦線だって、これに比べれば……まるで子供のお遊戯だぞ……』と呻かせるに至る。

投じられる鉄量の規模。

繰り広げられる戦闘領域。

その全てが、ただただ絶大なのだ。

連合王国の善き軍人たる彼らは、故に、即座の警告を本国へ飛ばす。

『戦後』を考えるべきだ、と。

この際、連合王国軍は帝国軍が『敗北』を喫するであろうと誰もが予期していた。

連邦軍から提示されていた見通しは、あまりにも蓋然性が高い。

連邦曰く、『帝国軍は、準備不足のまま戦略的な奇襲で混乱。それでも、東部に展開した各部隊は各拠点で激烈に抵抗し、連邦軍の第一波に対峙《たいじ》するであろう』

そうなれば？　連合王国人は自問した。

答え。帝国軍野戦軍主力は、黎明攻勢第一波により、完全に、身動きが取れなくなる。

そうすると、どうなるか？

答え。物資が払底《ふってい》した際、各拠点に籠っていた帝国軍部隊が撤退しようにも、囲まれたまま身動きが取れずに干上がるであろう。

では、帝国がこれを脱するにはどうすればよいか？　おそらく、初撃を受けると同時に後退戦闘を開始するしかない。それ以外、帝国が事態に気がついた時には、全てが時間切れ。

後は、悠々と連邦が進む。道中で帝国軍野戦部隊を刈り取り、かつて帝国軍がフランソワ軍主力を『全滅』させた後のごとき大進撃を成し遂げるのみ。

ああ、と誰もが唸った。

『黎明』には、洋々たる前途が輝いていた。


ズルいことに。

ただ一人だけ、帝国側には答えをカンニングした奴がいたのだ。

だから、歯車が少しずれる。

少しのズレだが、その羽ばたきは、確かに世界を動かす。

とはいえ、感動はない。

戦争は地獄だ。そして戦場は煉獄《れんごく》だ。当たり前だが、最前線に神はいない。どれほど、渇望されているとしても。

それを、帝国軍の将兵は最前線で震えながら思い知る。

「て、敵前で、このタイミングで!?」「後退せよ!?」「拠点は放棄だって!?」「移送の間に合わない重装備は遺棄せよ!?」「即時実行せよだと!?」

突然の後退命令。なりふり構わず、さっさと下がれ、の御諚《ごじょう》であった。

それも、敵の攻勢を受けての土壇場で。

まともな士官ならば、疑問を叫ぶものだった。

「なんだ、それは!?」

従前から、対処方針は決まっていたではないか！　と誰もがいぶかしむ。帝国軍は、帝国軍士官らは、共通の理解を持っていたのだ。

『敵が、攻めてきたらば、拠点で防御。敵の主攻に直面した拠点は持ちこたえることに専念し、その間に、友軍が敵の後方を扼《やく》すこと』に誰もが納得していたのだ。

第一、それで、勝ってきたではないか、と。

もう一度、そうやって勝つために、準備をしていたのではないのか。少なくない帝国軍将兵は、そう思い込んでいた。

それを、この土壇場でひっくり返せば？　臨機応変な命令といえば聞こえは立派だが、朝令《ちょうれい》暮改《ぼかい》を軍隊が忌み嫌うのはそれなりの理由があってのこと。

たとえ、俯瞰視座で上からの命令が唯一正しい選択だとしても。

「上は、何を考えている!?」

現場の誰もが、叫ぶ。

共通理解として、陣地防御、救援部隊による解囲、最後は反撃という三段階を夢見ているからこそ、相当数に場慣れした指揮官らですら、絶叫せざるをえない。

なにせ、もう、それを前提に全ての物事が進んでいる。

最前線の前哨から、予備の防御陣地に部隊を後退。拠点に籠り、友軍の救援を待つべく動き始めている段階だ。

撤退しろと言われたらば、拠点に集まる流れを逆流させ、準備の一切合切を投げうち、陣地を放棄する羽目になる。

『今すぐにそこから逃げ出せ』と言うのは容易《たやす》かろうが、実行できると本気で上が言っているのか？　と正気を疑いたくもなろう。

罵詈雑言《ばりぞうごん》を吐き出し、士官らは手元の命令を呪った。

頭上を見れば、嫌になるほどろくでもない空。

天に唾するまでもない。

地上では包囲されつつある状況で、空を遊弋《ゆうよく》するのは雲霞《うんか》のごとき敵機の群れ。あげく、前線では連邦軍航空魔導部隊が出現中。その堅固な防殻に任せて陣地が蹂躙《じゅうりん》され始めたと悲鳴のような報告が飛び込んでくる状況ともなれば、下手に後退しようにも……。

「後退!?　この状況で、後退だと!?」

今更言うな、このあんぽんたんと叫んでも、たぶん、誰も、軍法会議に持ち込まない。

蹂躙されていく前線。締め上げられていく退路。

指揮官らは、誰もが嘆く。

だが、彼らの一部は、命令を受領し、己を実行する装置と化す覚悟があった。故に、彼らの中には兵士を安全と思われる陣地から蹴り飛ばすように後退させ始めた者もいる。

では、その決断は現場から感謝されるだろうか？

素直な兵士の言葉は、悲嘆の言葉である。

「ああ、神様！　畜生！　どうして、こんなことに!?」

最前線の帝国軍将兵は寒さと恐怖に震えながら、街道を外れて歩きながら、天を仰ぐ。

「暖かな陣地に籠るはずだったのに！」

命令一つで寒空の下に蹴り出され、雪にまみれての撤退戦。泥濘《でいねい》期前の凍結した路面、足りない備蓄、そして極めつきは孤立への恐怖。

空を押さえられた軍隊は、いつだって辛い。そんな状況で後方に下がるとなれば、無理難題のバーゲンセールも同然だ。空を見上げると、敵機が悠長に飛び、敵魔導師が元気に対地襲撃を繰り返し、援護が任務のはずの友軍即応魔導中隊どもは影もなし。

「航空魔導師どもは、どこに消えた!?」

思わず、撤退中の兵士がぼやくのは、自然の摂理に等しい。

味方の魔導師も、航空機も、影も形もなし。なのに、敵だけが飛び回っている！　これで嘆くなというのは、無理だ。間違ってすらいるだろう。

「航空艦隊の間抜けどももだ！　高いところが大好きな大馬鹿野郎どもは、こんな時にどこで油を売ってやがる!?」

古参になればなるほど、彼らは恨めしげに空を仰ぐ。

悠々と遊弋するは敵ばかりという環境のまずさは、ベテランほど知っていた。

包囲される方が、場合によってはまだマシ……ですらあるのだ。

航空優勢さえ確保し続けられるならば、包囲された陣地とて持ちこたえられる。けれども、一度空が閉ざされてしまえば――。

せめて、一機でも、一人でもいい。

友軍の航空機か、航空魔導師でも上空を通過してくれ。それだけでも、逃げる部隊の士気は持ちこたえ得る。まだ見捨てられていないと信じられる。

だが、空を睨みつけても、凝視し続けても、そこに帝国の翼はないのだ。

せめて、夢にはみたいのに。それすら思《おぼ》つかないとなれば。

「呪われてしまえ！　どいつも、こいつも！」

さて、悲鳴は届かない。

だから、呪詛《じゅそ》は聞き届けられない。

東部の帝国軍では運よく後退を決断できた部隊ですら、追撃に追われ、航空攻撃に神経を削られ、恨み言とともに逃げるしかない。

それが、帝国軍の現状であった。

それでも、それだけの涙を現場へ流させた結果として、実現したことが一つある。

『局所的な優勢』の確保だ。

消え失せた航空魔導師ども。前線の将兵が渇望し、不在を呪うに至る彼らは、ただ一つの目標を果たすべく、東部の空を飛ぶ。

その規模、師団。

最大戦闘速度で東部の空に小さく、されど凶悪無比にして、同時代においては、比肩《ひけん》しうるもののない純粋な暴力装置の塊である。

すなわち、書類上の存在と化して久しいはずの実体を持つ航空魔導師団が、ここに牙をむくのだ。

かき集められたそれは、三個航空魔導連隊として運用されていた。

連隊規模魔導師による複数個所での大規模阻止攻撃を企図した群れだ。

ただただ戦略空軍モドキとして己が役割を果たすべく、空をかき分け、敵地へと突き進む。

帝国軍では稀になって久しい大規模編隊による侵入航程。

三つの集団には、それぞれに苦悩があった。

ベテランとはいえ、部隊としては寄せ集め。

事前想定も曖昧で、かろうじて、戦線が長らく後退していたがゆえに土地勘だけはある空を長駆し、かつて放棄した補給の要衝を叩きまくれとだけ言われれば目もむこうというもの。

「……サラマンダー01！　聞こえますか、サラマンダー01！　どうか！　どうか！」

自らのコールサインを呼ぶ声に、ターニャはそこで顔を微かに顰《しか》める。

無線封鎖のため、とにかく声を張り上げるかハンドサインを送るしかないのだが、ハンドサインと叫び声で連隊を統制するのは悪夢であった。

周辺を見渡しても、誰が呼びかけてきているのかをとっさには識別し得ない。

当たり前だ。

今の高度は、周囲を悠長に見渡すには……あまりにも、低い。

地形追随飛行を、連隊単位となれば、一瞬たりとも気が抜けない。

まして、戦闘を前提とし、編隊のまま全速でかっ飛ばせば、余裕など、あって無きが如し。

全ては、高度を取って、魔導反応を逆探されぬための苦心である。

無論、相応の代償があるのだが。

「また落ちたのか!? 今度はどの程度だ!?」

舌打ちし、ターニャが空中でわざわざあえて高度を上げて確認すれば、後衛の一部が墜落したのだろう。そこだけ隊列がぽっかりと数を減らしていて、地面には墜落したと思しき影だ。

誰がどう見ても、墜落事故であろう。

「くそっ、会敵《かいてき》前にこれか！」

ぼやきつつ、ターニャは戦闘機動を描く隊列の先頭へと身をひるがえした。その時自分のペアがすぐそばまで近寄ってきていることに気がつく。

「セレブリャコーフ中尉？」

「中佐殿。やはり、無茶です！」

真面目な顔で、声を押し殺し叫ぶセレブリャコーフ中尉。その器用な真似に感心する間もなく、『分かっているが、やるしかない！』とターニャは小さく叫び返す。

ただでさえ地形追随飛行の難易度は高い。連携訓練も何もなしで、連隊規模の魔導師が戦闘速度でとなると……曲芸のごとき難易度だろう。

ターニャですら、『楽ではない』と素直に認めうる。

だが、必要なのだ。

たとえ、匍匐《ほふく》飛行とも呼ばれるほど地面ににじり寄った地形追随飛行で、最大戦闘速度を発揮し、GPSもなしで目的地へ夜間の空をかっ飛ばせというのは航空事故の温床以外の何ものでもないと承知の上でも。

「っ！　また!?　墜落です!?」

セレブリャコーフ中尉の警告に振り返り、ターニャは舌打ちする。友軍の魔導師が一人、とっさの判断か機動を誤り、防殻があるとはいえ地面に接触。

動いてはいるようだが、一瞬のことだ。生死の判別などつけようがない。

「突入前だぞ!?　無線封鎖を総員に徹底！　復帰が無理ならば襲撃予定時刻以降に、魔導封鎖を解除して帰投！」

指示を飛ばしながら、ターニャはああ、と一瞬だが頭をかく。

「……あと少し、あと少しなんだ」

チャートと飛行時間と天測で、自隊の位置は測っている。このままいけば、おそらく、敵の連絡線と交差しうる公算だ。

後は、連絡線上の敵を荒らせば済む話。

連邦軍第一梯団に補給を提供し、第二梯団のための燃料を前方に運ぼうとする連邦軍の大規模なトラック集団ともなれば、『利用できる道路』も相応に制約されるものだから。

会敵は、間近とみてよかった。

鵜《う》の目鷹の目で地上を舐めるように見つめ、探し求めるターニャも必死だ。

目標たる敵の補給段列さえ、叩くことができれば、叩きさえできれば、とターニャは反芻《はんすう》する。連邦軍の巨体が、その巨体故に連邦軍を食らうだろう。

「だからこその、後方襲撃。だが……」

無茶だというのは理解している。

ターニャの率いる第二〇三航空魔導大隊からの脱落こそないが、既に別大隊のペア二組と、それとは別に新兵に近い中隊も半数が脱落済み。ヒヤリハットまで含めれば、とんでもない数になる。それだけの犠牲とリスクを選ぶ価値はあるだろうか？

それは、ただ、戦争の理が、判別することだった。

統一暦一九二八年一月十五日　帝都上空

戦争は浪費であり、不合理である。

とはいえだ。

ならば、戦火を交えない後方の原理原則が合理によって支配されているかといえば、その答えをグランツ中尉は吐き捨てることで世界へ告げる。

「あいつら、どうかしている！　脳みそは、どこに置いてるんだ!?」

一刻も早く伝令を、という身を焦がされんばかりの焦燥。

東部より、遮二無二に飛び続けてきた彼は、帝都防空識別圏へ突入するや信じがたい官僚主義の壁に正面衝突していたのだ。

「帝都防空司令部より、アンノウンに通告する。直ちに、高度を下げ、武装を解除せよ。繰り返す。直ちに、高度を下げ、武装を解除せよ」

繰り返される要撃部隊からの警告は、冗談にしたって笑えない。グランツ中尉は悪夢だとばかりに顔をしかめる。

「こちらは参謀本部直属第二〇三航空魔導大隊所属のヴォーレン・グランツ魔導中尉。将校伝令の任により、東部より首都への航程途上なり」

友軍の哨戒部隊から要撃された挙句に、官僚主義をお見舞いされた前線帰りの将校が、『お返事』に選んだ言葉としては、誠に抑制的だろう。

だが、グランツの忍耐は報われない。

「東部方面軍の識別信号が確認できない。繰り返す、貴官から、東部方面軍の識別信号が確認されない」

当たり前だろう、とグランツは叫び返していた。

「自分は、参謀本部直属だぞ!? 東部のコードなどあるものか！」

「確認できない。アンノウンに通告する。こちらは、帝都防空司令部だ。迎撃要員の誘導に従い、高度を下げ、武装解除せよ。申告の身上は、こちらで照会する」

「いくらでもしてくれ！ だから、さっさと航路を承認して……」

「警告。貴官は、ただちに指定された空域へ高度を落とし、武装を解除せよ」

「待て、最優先の将校伝令だぞ!?」

話が通じなかった。

気味が悪いほどに、どうしようもなく。

「グランツ中尉を称するアンノウンへ帝都防空司令部より最終通告。ただちに、高度を下げ、指定のエリアで武装を解除せよ。繰り返す、ただちに、高度を下げよ。さもなくば、ボギーとして貴官を要撃する」

「繰り返す！ 最優先だ。参謀本部への伝令だぞ!?」

「命令書を確認させよ。脱走兵ではないのか？」

「バカなことを言うな！」

よりにもよって俺が脱走？　バカげている嫌疑に対し、沸騰したグランツ中尉は声を荒らげて叫び返す。

「この馬鹿野郎が！　誰がなんで逃げるだと!?」

とっさに高度を上げたのは、ほんの時間稼ぎ。

投降するか、切り込んで突破するかの二者択一は究極の理不尽だろう。

どっちを選ぶべきか。

選んでいいのか？

何かを判断するための時間が一瞬でもいいから、グランツは欲しかった。

そんなグランツ中尉は、自分の方へ近づいてくる哨戒部隊が次にどう動くかを見極めようと、必死になって頭を働かせる。

前線での癖で高度を取ったのは、交戦の意思ないし逃亡兵の証拠と、要撃部隊の反応を硬化させるだろうか？

これ以上、事態を面倒にさせないためにも、いっそ、素直に同行して説明するか？　同時に酷く躊躇う。ここで官僚主義に囚われれば、きっと大惨事は必須だ。

帝都防空司令部に、真面《まおもて》な魔導士官がいれば？

話も早かろうとは思う。だが、真面な士官が、どれだけいるか？　その可能性にかけていいのかと悩み、悩み、悩み続け、そこでグランツ中尉はようやく『今になっても悩めている』という事実に気がつく。

「おいおい、マジかよ……」

高度八〇〇〇への追随がなし。

というか、哨戒中だったはずの要撃部隊が……高度を十分に取れていない？

ちらり、とそちらに意識を向ければ、殆ど、素人のような集団が空でもがいているのが遠望できてしまった。

「あれで、帝都防空司令部付とは！」

勇ましいお名前とは裏腹に、なんと寒々しいことだろうか。

速度もなんというか……『巡航速度』かそれ以下の非常にゆったりとしたもの。防空を目的とした巡回故の低速・中高度待機かと思っていたグランツ中尉はそこで自分が思い違いをしている可能性に思い当たる。

「まさか、まさか……」

あれで、全力なのか？　曲がりなりにも、帝国軍航空魔導師が？　帝都防空を謳う部隊で!?

「嘘だろ!?」

思わず叫んだグランツだが、同時に冷徹な観察眼で、眼前の光景が、自己の推測を裏打ちしていることを受け入れざるをえないことも理解し始めている。

それでも、信じがたいのだが、

「溺れるような不格好さで飛んでいる連中、あれで、自分を要撃するとは」

はぁ、とため息を零すグランツ中尉は歴戦らしく思わず震え上がる。

「あんなのを実戦投入？」

撃墜スコアを稼ぎまくる的《まと》を提供するようなものだ。連邦軍の連中の方が、いま少しまともに戦争しえるだろう。宝珠の特性上、防殻が堅固な連邦軍仕様の方が生存性に優れるまである。

ついでに、グランツは理解し得てしまっていた。

これは、『融通を利かせる』どころの話じゃない、と。

そして、グランツは自覚していないにせよ……まだしも『良い』人間であった。

割り切っている軍人、或《あ》いは合理化の達人であれば、必要の名のもとに、眼前のひよっこの撃墜も辞さず、その上で『正当な権限なく緊急の伝令を妨げる奴こそが悪いのであって、命令の適切な遂行に必要な行為を選んだだけの自分は軍法に照らして何一つ悪くない』と嘯《うそぶ》くのだろう。

だが、そう開き直るほどに、グランツは人間性を摩耗させていなかった。

任務への忠誠と、常識と良識と。

役割を果たさねばならないことは分かっているにせよ、彼は、どうしようもない苦悩を抱え込む。

ああ、神様、と自ずから彼が祈り始めた時、そして、かく、それは、訪れる。

「あー、もしもし？　君、君、聞こえるかね？」

歴史書において

二つの歴史がある。

西側と東側の歴史だ。

どちらの歴史も、始まりは同じ。かつての大戦において、邪悪な帝国という強敵を前に、偉大な同盟が違いを乗り越え、普遍性のために、一致団結して立ち向かう。

悪に対して力を合わせた善が、勝利したハッピーエンドとなる結論も、大体は同じ。

ただし、そこに至るまでのエピソードはあまりにも似て非なる。

公平な書き手はそこから『どちら』の意見が正しいかを常に見極めねばならない。資料と証言の山には、数多の偽り、主観、錯誤、そして僅かな真実が潜んでいる。

同時代者の証言とて、証人が『誠実な語り手』なのかという点は問われ続けるだろう。

偽りを述べる人間には事欠かない。だが、研究者にとってはありふれた最悪なことの一つであり、門外漢には意外に思われる事実として、『誠実な語り手』の証言すら『完全に正しい』ことはひどく稀である。

実に単純だ。人間の記憶は、あまりにもあやふやである。

過去を『ありのまま』に記憶できる人間は、あまりにも少ない。

貴方が例外だというならば？

簡単に思い出していただきたい。一週間前の食事と、一カ月前の食事と、三カ月前の食事の内容だ。もし、いつも同一メニューの食事を、同一時刻に摂取しているか、完全に食事の内容を覚えていたならば、その時の咀嚼《そしゃく》回数と、周囲の気温と湿度も思い出せるだろうか。

管理されていない環境下のそれをも完全に把握しているならば、きっと、貴方は法廷で重宝される完璧な証人たりえるに違いない。

あいにく、人間の大多数は、そうではないのだ。

何を食べたか、思い出せるだけでも稀有だろう。

いや、反論があるかもしれない。印象に残る事柄は別だ、と。誕生日のケーキは覚えていてもおかしくはなかろう。初めて食べた珍しいものも覚えているかもしれない。

けれども往々にして、細部の詳細は揺らぐものだ。

だから、証言の大筋が正しくとも、ブレは避けがたい。

こんな但し書きを入れたところで、しかし、東西の分かたれた歴史観は……ブレや記憶の誤差という領域をはるかに超えていた。

典型例は、一九二七年末から一九二八年頭の展開に対する見解の相違だろう。

一九二七年十月十六日、イルドアと合州国は『今次大戦に対する世界的平和維持ならびに中立諸国の平和と安全を確保するための相互の中立義務に対する安全保障』を確立せんと、『武装中立同盟』と称される同盟を締結した。

これに対する帝国軍の返答は明白であり、わずか一カ月後、一九二七年十一月十一日に集結した帝国軍イルドア方面軍が電光石火の勢いで南進を開始。

戦略的奇襲により、イルドア軍が大幅に瓦解するも、十一月二十二日時点で両軍は暫定的な停戦合意に同意。一週間の間、奇妙な平和が続いたのち、戦闘が再開されるという異様な展開を経るや、十二月にはゼートゥーアのシャンパンパーティーと称されるイルドア王都の暫定占領に至る。

さらなる急転直下の事態は、クリスマスに訪れた。

同盟諸軍の電撃的な反撃により、王都のクリスマス解放が成立。

世界を驚かせたイルドア王都攻防戦は、わずかひと月の間に攻勢限界に達した帝国軍が北部イルドアに後退する結果をもたらす。

ここまでは、西も東も概ね事実関係について『そうだった』と同様に主張している。

異なるのは、そこからだ。

同盟諸軍がイルドア方面における更なる反攻をもくろみ、帝国軍の戦略予備をイルドア北部に拘置したまさにその瞬間、連邦軍による一九二八年一月攻勢——黎明が火を噴いた。

内線戦略を得意とし、各方面における戦術的優位を誇る帝国軍に対し、外線戦略を挑む同盟諸軍がその戦略的優位性を存分に発揮し、かつ、相当程度に協調性を保って敢行した『対帝国戦略攻勢』とでもいうべき一連の流れと言えるかもしれない。

しかし、最終的に連邦軍の黎明は所定の成果を上げるには至らなかった。

さて、仲間割れが始まったのはいつのことか。

西側の史観は、端的にのたまう。

連邦の要請した第二戦線形成。

この要請に対し、連邦の同盟国は忠実に履行した、と。

帝国軍六十個師団をイルドア方面に誘引し、特に機甲師団の大半をイルドア北部に拘置。さらに、連邦の要請に応じる形でイルドア方面にて激戦を交えつつ、自軍が必要とする数多の兵器類をレンドリースし、がら空きとなった東部方面での決定的一撃に万全の後方支援をした、と。

連邦軍の稚拙な作戦指揮によって、黎明が失敗さえしなければ、戦争はこの一撃で決したとすら論じる向きもあるほどだ。

そこまで連邦の失敗を大きく見ない向きにせよ、統一暦一九二八年の新年攻勢は連邦軍が『イルドア方面に主力を転用した帝国軍』の虚をつく形で冬季攻勢を敢行したにもかかわらず、『ゼートゥーアのマジック』により目的を達し得ずに攻勢が頓挫《とんざ》。結果的に、イルドア方面に多数の帝国軍主力を拘束し続けたイルドア方面同盟諸軍の奮戦を無に帰した……と通俗的には語られる。

東側の史観は、西側のそれとは似ても似つかない。

第一に、連邦軍参謀本部はイルドア方面を『第二戦線』とみなさなかったという。

第二に、連携は連携でも『西側』は『救われる』側である。

東側の史書曰く、『帝国』に噛みつかれたイルドアを合州国や連合王国をはじめとする西側諸国は『支援』しきれず、結果的に『同盟諸軍の窮地』を救うべく連邦軍は『不利を承知で黎明の発動日程を前倒し』したことになっている。

曰く、『帝国はイルドアを人質とすることで、連邦軍が不十分な状況下で行動に出ざるを得ない環境を強要した』と。

自分たちはやるべきことをやったが、組んだ相手のせいで足を引っ張られた。

西も、東も、似たようなことを、高度に修辞的な文言で語るのである。

ただ、双方の主張を比較した時、いくつかの共通点は見えてくる。

例えば、一九二七年十一月時点で帝国軍がイルドア方面に有力な機甲師団を重点配置し、多数の一線級師団を集中投入したのはひとえに東部方面より『精強な師団』を抽出したからだ、という事実だ。

この戦力が引き抜きえたのは、当時帝国で絶大な影響力を誇ったゼートゥーア将軍の強烈なイニシアチブと博打的な采配があればこそであったのは間違いない。

だが、その数については、議論が割れる。

機甲師団を含むほぼ全ての戦略予備を転用した、と西側は最大の数字を語る。少数の機甲部隊だけが抽出された、と東側はこれを過小の数字で語る。

実数は、いまだ、議論を呼んでいる。ただ、近年の公文書等によれば、実際のところ帝国軍がイルドア方面に投じ得た師団数は三十を下回る可能性が指摘されてはいるが……これが新たな議論の争点となっているのはよく知られた事実だろう。

最大で百四十個師団を動員し得るイルドアに、二十個師団を超える合州国軍、更には連合王国、自由共和国からなる増援と対峙した帝国軍が僅か三十個師団というのは、あり得るのかという問題だ。

まして、イルドア王都こそ同盟軍が奪還に成功したにせよ……イルドア北部をがっしりと掌握——つまり、攻め込んで、陣取ったのが帝国である。

ゼートゥーア大将といえども、それを、三十個師団だけでなしうるのか？　というのは合理的すぎる疑念である。しかるに……近年現れたいくつかの傍証は帝国軍の戦力が二十五個師団を超えたことはないと示唆しているのが議論を過熱させる所以《ゆえん》だろう。

仮に二十五個師団説が事実であれば、帝国軍は実に一：六という戦力比にもかかわらずイルドア戦線を保持し得たということに他ならない。

同時にそれは、六十個師団を東部から転用したという『内線戦略』が実際には存在しなかった可能性があることを物語るものだ。

健在の帝国の東部方面軍に連邦軍が殴り掛かり、真っ向勝負でその過半を削り取った……という連邦公式史観が『真実』である可能性は否定できない。

とはいえ、その場合、もう一つの矛盾する資料が飛び出してくるのだ。

当時の帝国軍東部方面軍司令部は、帝国軍参謀本部へ再三にわたって懇請していた記録が残っているのだ。

曰く、『戦略予備』を返してもらえないと、『現有防衛線は、あまりにも、脆弱《ぜいじゃく》すぎる』と。

[chapter]

II

第弐章

早すぎたエアランド・バトル・ドクトリン

Untimely AirLand Battle Doctrine

敵地後方へ航空・魔導の稼働可能な全戦力を集中投入。
第一目標、敵兵站。
第二目標、敵兵站。
第三目標、敵兵站。
現下における危機的状況に対しては、
著効を期待しうる唯一の処方ではあろう。
なるほど、理屈は真っ当だ。だが、あまりにも、これは、むごい。
……最前線からの援護要請を全て見捨てるのだぞ！
くそったれ!!!

――部隊日誌より

統一暦一九二八年一月十四日　東部上空

編隊の先頭は、静謐《せいひつ》さと緊張感のブレンドを堪能《たんのう》したいならば間違いなく最高のポジションであろう。

ただし、とターニャは付け加える。

戦場において、という但し書きを忘れない限りにおいてだが。

エンジン音のごとき騒音とは無縁に近い魔導師とて、無音ではない。

その飛翔音をどのように形容するか。ゴウゴウか、ボウボウか、ブオンか、はたまた想像もできない文字もありえる。

要は、言語圏ごとに異なるのだろう。だが、一つ、共通していることがある。音速に至らなければ音は振り切れない。

世界をどのように知覚するにせよ、現実を支配するのは物理原則だ。

ターニャの知る地球と、この存在Xに放りこまれた世界でもそれは同じであるというならば、もはやテンプレートの使いまわし。

存在Xがこの世界を創造したのであれば、実に、平凡にして凡庸、極論すれば雑な創造主であると言わざるをえないし、創造主のごとき知性がある輩というには随分と粗も目立つ。

であるならば、類似性は畢竟《ひっきょう》創造主の御業《みわぎ》というよりも、偶然の産物だろう。

ターニャは複数の世界を観測した経験からして、奇跡のごとき世界創造も『結局は偶然だ』と確信し得ている。

つまるところ、運命などないのだ。

全ては、定まってなどいない。

で、あるならば。

人の営みが、人の意図が、未来を創る。

『帝国の敗北』という必然に近い未来。『いずれ』来るであろう破局さえも、それが『運命』だと泰然自若《たいぜんじじゃく》として受け止め、不条理とても耐えるべき道理なぞは……ない。

ならば、足掻ける限り、ターニャは抗《あらが》うであろう。

とはいえ、どこまでそれが能《あた》うかは難しい問題だ。なにしろ、大地を一瞥《いちべつ》すれば嫌でも現実の儘《まま》ならなさが理解できる。

破壊され、今なお燃えるもの。

防衛拠点だった残骸なぞ、珍しくもなくなっている。思わぬ余禄《よろく》として、夜間飛行中だった帝国軍航空魔導部隊が、道しるべにすら使えるほどだ。

これが、帝国の拠《よ》って戦うはずの防衛線の夢の跡。ゼートゥーア大将が立ち上げ、ラウドン大将が率いるはずだった『防衛線』は今や残骸か、机上の概念に過ぎなかった。

ふん、とターニャは肩をすくめる。

強がったところで事態の深刻さはごまかしようもないだろう。だが、これをなしたのも畢《ひっ》竟《きょう》、イデオロギーではなく、平凡な人間である。人間の力は、ただ、人間の力によってのみ跳ね返せるのだ。

『運命』などではなく、『己の力』で以て、状況に抗うことを断行せんとターニャは空で独り拳を握っていた。

幸いにして、自分の元には小さくも団結した力がある。拳としてかき集めた師団規模の魔導部隊は、十分な強度がある。これで、てこの原理を働かせられるに違いない。

「そして、私は支点を与えられた。さらば、惑星も動かさん、だな」

クスリ、と笑うに足る出来事であった。

それほどに、航空魔導師はなんでもできる。

近接航空支援はとても得意だ。

空も飛べる歩兵なのだから、援護される側がしてほしいことだって心得たもの。長距離阻止攻撃もこれまたばっちり。

空挺？　勿論、できます。

必要とあれば、強襲降下からの一時的な占領だっていつでも提示可能な選択肢。

ついでに言えば、まだまだ芸には引き出しがある。

敵の頭を吹き飛ばしたい？

ああ、十八番ですとも。ちょうど、斬首戦術がございます。帝国軍のお家芸こと、指揮系統への斬首戦術ならば当然のごとく定番メニューに掲載済み。

それらをてこに使えば、世界を動かせるわけで。運命なる重たいものだって、人力で動かし得るとターニャですら確信するに足るもの。

直卒《ちょくそつ》する魔導連隊の最前列で、ターニャは、愉快だとばかりに快活にほほ笑んでいた。

「中佐殿、何か、よろしいことが？」

「ああ、ヴィーシャ。今ならば、世界をも動かせるよ」

魔導師という兵科へ、無理難題でも、まずはなんでもご気軽にご相談を。

魔導資質の希少性さえなければ、きっと、世界中で酷使されるブラック職種というやつであろうとターニャをして恐怖せざるを得ない万能さ。

しかし、とそこでターニャは付記する。

万能というのは、多機能というのは、色々できる。けれども。その全てを同時にできることを、意味するわけではないのだ、と。

万能機の泣き所といえば、泣き所。

故に、選ばざるを得ない。

選択と集中といえば、麗しかろう。実際には、『一つしか選べない』のだが。もっとも、今回に関する限り、ターニャは、何を優先するべきかにおいて一切迷いがない。

最優先すべきは、アカの戦略的勝利を断固阻止。

そのために取るべき解決策は、敵の無停止進撃の阻害。

必要な手段は、敵地後方へ航空・魔導の稼働可能な全戦力を集中投入あるのみ。

ならば、達成されるべき目標もまた単純だ。

第一目標、敵兵站。

第二目標、敵兵站。

第三目標、敵兵站。

砲兵観測任務？　前線の救援？　友軍上空の防空？　突破してきた敵部隊の阻止？　そんなもの全て、この際、どうでもよしと割り切る。

だって、仕方ない。この手で自らが摑みうるのはたった一つ。

故に、ターニャは出撃前のわずかな時間で、再三にわたって『全てを敵の兵站攻撃へ』と連呼し、指揮官級へ自己の意図を反復徹底して叩きこむことに全力を注いだ。

そうしなければ、統制が崩壊することをターニャは東部で学んでいるのだから。

なんとなれば、兵站攻撃への徹底した戦力集中とは、敵第一梯団を完全に放置する以外には成し遂げようがないのだ。

文字の意味を、言い換えよう。

助けを求める前線の友軍は、全て見殺し。

それどころか、言明しないにせよ逃げ遅れた友軍の前線部隊が各拠点にて絶望的な防衛戦闘を行うことで、敵の保有弾薬・燃料を少しでも消耗させ、敵兵站攻撃の成果を最大化する算盤まで弾くのが戦争だ。

さらに言えば、連邦軍が防御線を蹂躙《じゅうりん》するには、わずかにせよ時間はかかる。

つまり、時間稼ぎができてなおヨシという悪魔の算盤だ。そこまで、なりふり構わずに数時間単位の時間的猶予をも徹底して活用する。

そうでもしないと、時間が足りないが故に。

だからこそ、『救援』などにわき見されては、困るのだ。稼働可能な全航空戦力で以てすら、敵後方兵站線を焼き払えるか不安なのに。

……兵站線の破壊に失敗すれば、全てがご破算だ。

現状、わずかに光明は見える。だが、まだ、か細い。閉じる前に、まっしぐらに走り抜ける以外に道はなし。非情且つ残酷なまでの割り切り。

理屈だけの合理性であり、だが、理屈だけはある合理性だった。

誰ならば、こんなむき出しの合理性を飲み干せるだろうか？

この点、幸か不幸か、かき集められた『ベテラン』どもは、東部で頭が戦争に焼かれ果てた野戦将校らであった。

戦場というのは人を迷信深くすると同時に、冷徹すぎる眼を持たせる。

そんな環境に放り込まれれば、善良な個人すらも、戦理でもって行きつくところの理屈を、無条件に『そういうものだ』と飲み干してしまえることが……あるのだ、本当に。

味方を見捨てたくない、という気持ちは本物だ。

見捨てるしかないのだ、という気持ちも本物だ。

相反する感情を昇華させる触媒があるとすれば、それは、『勝利につながる命令だ』という理解のみであり、武勲と戦理の奇妙な混合物と言うべきであろう。

ターニャは、そうやって自らを納得させたであろう魔導師らを引き連れ、ついには師団規模航空魔導師をもって、東部の連邦軍兵站攻撃へ投入している。

命令を偽装までして。

ここまでやるのだ。

ここまでやったのだ。

ここまでの犠牲だ。

これが、たとえ、サンクコストに対する病的な拘泥に過ぎないとしても。

結果が出せねば、我が身の破滅では済まぬだろう。

軍のためにも、自分のためにも、ターニャは切実に連邦軍の輸送段列を探し求めていた。貪《どん》婪《らん》に渇望してすらいた。いてくれ。頼むから、この攻撃精神が全身に満ち溢れた魔導師の前に、車列の群れが……。

「ああ、よし、よし、よし!!」

戦理の確信は、随喜の声。

賭《と》した道が正しいことを、眼下の光景こそが物語るのであれば。

「見えた！」

白銀の世界に、無数の灰色じみた点。

トラック、ああ、どれ程にその姿を見たいと恋焦がれたことだろうか。一日千秋《いちじつせんしゅう》の思いで探し求めたそれは、標的ことトラックの群れ。

後方に展開している敵補給段列。

間違いなく、連邦軍のそれ。

夜間ということで相当程度に灯火管制が施され、厳重に隠匿されていようとも、この低高度で突っ込んでいけば、流石に見逃しようもない。

ちりり、と。戦場を感じた喉が渇く。だが、そんなものは、一瞬の感覚。成し遂げうる結果に対する期待と、高揚していく精神から湧き上がってくる歓喜の唾でもって、あっという間に喉に及んでくる。

「敵は……よし！」

車列に視線を走らせ、空一帯に意識を向け……ターニャは思わず、まさに思わずという顔で叫ぶ。

目視できる敵。まさしく、求めたそれは大なる規模。

希望以上の大物。

予想以上の獲物。

連邦軍の前線部隊にとって生命線であろう輸送部隊を目の当たりにしていると確信したターニャだが、更に随喜し得る余地に恵まれていた。

上空には、拾える限りで、敵魔導反応がなし！

希望がバブルのように沸騰していく。脳内では、さながらお祭りだ。

勿論、バブルでご機嫌なパーティーを冷ます役は残っている。

頭の片隅では、パンチボウルを下げる役を担う理性が小さくも果敢に手をあげ、『魔導反応を抑制した敵が存在を欺瞞《ぎまん》している可能性は？』と警告を叫ぶが……。

冷静な脳裏に囁かれるは、最悪の可能性。常ならば、警戒しただろう。しかし、恐怖からの幻影だと今のターニャは笑い飛ばせる。

これほど理想的な状態で接近した距離で、自隊の練度で、誰一人として気がつかぬというならば、それは、『いない』と目してよし。

『一理ある。しかるに、断言しうるだろうか？　演算宝珠の特性で、偽装した可能性は？　そういう宝珠特性があるというのは、つい年初の演習で確認したばかりでは？』

なおも囁く声の懸念は、なるほど、これまた正しい。

そういう、奇襲的な運用ができる宝珠も、世界にはある。

だが、とターニャは懸念を切り捨てていた。

連邦軍が大規模な兵站段列の護衛のために用意すべきは、そもそも、『接近阻止』のための魔導兵力だ。来るかも分からない魔導師を迎撃するために、伏兵としての魔導師を用意するぐらいならば、正攻法で初めから護衛を飛ばす方が合理というもの。

よしんば、偏執的な連中が伏兵を用意し得るのだとしても……そんな運用ができるならば、最前線の帝国軍防衛線でもすり抜けて、それこそ帝国軍航空魔導師らの寝床を攻勢開始劈頭《へきとう》にでも蹴り飛ばす方がよほど合理的だろう。

ならば？　そうとも。今や、ここに、敵の魔導師はいないも同然。

一方的に、圧倒的に、蹴り飛ばしてやるのだ。やるべきことなど、決まり切っているではないか！

これらを脳内で整理し得た瞬間、ターニャは初めて愁眉《しゅうび》を開く。

「指揮官より、総員！　指揮官より、総員！　獲物を食らいつくせ！」

猟犬に告げよう。

猟犬たちに、笛を吹こう。

今こそ、なのだ、と。

ときは今　あめが下知る　一月かな。

明智もびっくりの前倒し。イチゴパンツの一つも敵に投げつけてやればよかったかもしれないが、まぁ、理解もされない粋など、無粋も無粋。

今となっては、ただ、ただ、ターニャは吼《ほ》えるだけで事足りる。

「対地襲撃！　対地襲撃！　各隊、任意に突入せよ！」

さぁ、と繰り返すのだ。

「突入せよ！　蹂躙せよ！」

ただ、一言添えるや、意図は明瞭に伝わる。

何をすべきか。

それを承知している個人からなる集団の動きだ。

号令と同時に隊列をばらし、瞬く間に連隊規模魔導師らがあれよあれよと突撃隊列へ戦列を再編していく。

戦塵《せんじん》にまみれた軍装の将兵。

だが、手には、宝珠とライフルを握り締めている。

組織化され、練度の極みによってのみ、形成されうる衝撃力。

かかる戦闘機動は、見慣れたターニャをしても、感動するほどに美しい。極まった機能美の発露であった。

いわば、ボロボロで、ギラギラ。

だからこそ、沸々と暴力に満ち溢れている。

詩人ならざるとも、誰もが認めることだろう。

「……究極の芸術だな、これは」

ニヤリ。

擬音が物理的に凝固し、世界に出没しそうな顔で笑う。そんな上機嫌そのものである表情のままにターニャは頷いていた。

プロがプロとして仕事。

誠実なプロフェッショナリズムだ。

全く、いつでも、心地いい。善良な市民として、誇らしくもある。これに触発されて、自分ももっと頑張ろうとすら思えるわけだから、素晴らしい外部経済だ。

意欲も新たに、やるぞという意を込め、ターニャは副官にして僚機であるセレブリャコーフ中尉へ軽く手を振っていた。

「指揮官先頭が何たるかを、連隊の諸君に、そして連邦人諸君にも、盛大にご覧に入れるべきではないかね？」

「お供いたします」

「ありがとう、中尉。では、仕事を始めよう」

九十七式突撃演算機動宝珠の『突撃』たる所以。

双発、二核同調による複数術式の同時発現。

そして、なにより、明白なことに『速い』のだ。

エレニウム工廠《こうしょう》の傑作は、その主任設計技師がどれほどアレであろうとも、芸術的なまでに速かった。

ならば、その速い宝珠でもって、飛行術式に全てを注ぎ、防御膜どころか防殻すら最低限に落とし込めば、いかなる結果であろうか？

答え。いかなる航空魔導師も追随しえぬ速度を発揮する。すなわち、加速性能に優れ、小回りが利き、あげく、術式の発現速度において優越する宝珠の本懐である。

正しく活用し得る魔導師が少ないことだけが、この宝珠をして『悩ましい』と軍政に言わせる所以だろう。

だが、現場の人間としてならば、これは、一つの理想だ。

初期の初期からこの宝珠を握り続けているターニャとヴィーシャのペアともなれば、帝国軍の古参魔導師を基準においてすら圧倒的に『速い』。

二つの小さな影。

地上よりはそう形容するほかにない二人の魔導師が加速し、加速し続け、戦闘加速する編隊の先頭でもって、描くのは本髄とばかりに暴力的なまでに美しい破壊的な突入航程。

風を切り、獲物を見つめ、鋭い牙で飛び掛かる。例えるならば、狩猟動物のそれ。だが、獣以上に牙の鋭利たるのは、その統制であった。

ペアの連携は、形稽古のごとく、動作の一つ一つが完全に呼応したもの。

連隊の最前列に立ち、部下に続けと背中で示し、振り返ることなく敵隊列へと切り込んでいく指揮官。その背中はセレブリャコーフ中尉に預けられ、ターニャは、ただ、一心に前だけを凝視する。背中を預かる副官はといえば、突入する前衛の上官が『ぶち抜く』ことを当然視し、それを疑わぬが故にカバーを徹底し得る。

二人が、お互いの役割を、能力を、信じるが故の連携。職務を、相互が徹底してやり遂げると確信したが故の効率性。

積み重なった小さな改善の山は、かくも偉大な巨人を打ち立てるのだ。

洗練された暴力装置の鋭利な矛先をもって、穿《うが》つべき相手は、無為無策であるはずもなし。

迎え撃つ連邦軍の陣容も、軍事的合理性からなる暴力的な分厚さを持ち合わせていた。

お出迎えの内容を目の当たりにし、ターニャは部隊へと警告を吼える。

「後方段列とて侮《あなど》るな！　装甲戦力が多い！　あげくに対空砲火、密な対空砲火だ！」

なかば、呆れと驚愕すら込めながら、ターニャは吼える。

「敵対空砲火に留意！　トラックにまで、対空装備だぞ！」

連邦軍の相対的には脆弱《ぜいじゃく》なはずの輸送部隊。にもかかわらず、連邦軍主催の帝国軍襲撃部隊歓迎会の準備には滞りはないらしい。

「コミーのくせに、生意気な！」

ぼやき、ざっと敵情を観察したところでターニャは改めて舌打ちを零《こぼ》す。

敵の車列にはトラック以外にも装甲戦力が多め。

軽武装の空挺や、友軍拠点から脱出しえたであろう部隊程度では、鎧袖一触《がいしゅういっしょく》とばかりに蹴散らかされかねない重武装度合い。

はっきり言えば、やせ細った東部帝国軍の基準では『有力な戦闘単位』としか形容しがたい後方段列である。

事実上、自軍で絞り出せる『戦闘部隊』ですら、敵軍にとっては『後方部隊』の警備と同程度だとすれば、驚愕だ。劣勢側な指揮官の視座からは吐き気を催すしかない。

まして、とターニャはため息を飲み込む。用意周到なことに、トラックに機関砲を搭載した対空装備までご装備。

「戦車とトラックの使い方が、あまりに、贅沢すぎる！」

貧乏軍隊の士官として、ターニャは思わず嫉妬を零す。

後方で使える戦車！　いや、それ以上にトラックだ。トラックは、いつだって、兵站で引っ張りだこ。それを、わざわざ『対空陣地用』に流用とは！

どれだけ余剰があれば、そんな、そんな、費用対効果も糞もない贅沢ができるのだ？

どれだけレンドリースされたのか？　レンドリースは無尽蔵なのか？

そうでもなければ、連邦軍は、トラックを魔法のツボから山ほど取り出したとでも？

いや、とターニャは少し視点を調整し直す。

「もしや、輸送部隊と第二梯団の混成か？」

だとすれば、戦闘団規模に見間違うほどの戦力が後方部隊に追随していることも一応は合理化できるだろう。

ぼやきつつ、しかし考えてみれば、なすべきことは変わりなし。

慌てふためく敵車列へ、帝国からの愛を込めて、爆裂術式と貫通術式のペアをセットで送り付けるのだ。

捉え、照準を付け、そして、引き金を。

ただ、それだけ。

爆炎、爆音、悲鳴、絶叫。

当たり前のように敵の反応は、激烈な火と鉄による応答だった。

静寂な夜の帳《とばり》をぶちのけよとばかりに照明弾が煌々《こうこう》と打ち上げられるのは序の口。あまりの眩しさに視界を阻害されるほどのサーチライトが、これでもかと空へ向けられる。

「中佐殿！　あきらかに、エリアごとに弾幕が！」

「っ、やはり、急増ではない。防空専門部隊が展開済みか！」

ヴィーシャからの警告に頷き、二人して光源に向けて術式をぶっぱなすも、思い切りのよい決断の速さでもって、敵の輸送車両が退避していく。

これは、『襲撃されたケース』まで織り込み済みでなければ、まず、硬直した軍隊ではやれない機敏な判断。

そして、その判断の速さがターニャらにタイムリミットをも設定していく。

忌々《いまいま》しいことに、まだこの暗闇だ。

一度逃げられると、追跡しての撃破は大した骨となることだろう。

時間稼ぎに狡猾なことを……と感心する間もなく、地上からは、ありとあらゆる類の鉛弾がターニャら空の帝国軍魔導師めがけて振る舞われる。

鉄、空、鉄。

あたかも空が従で、弾幕が主であるかといわんばかりに、連邦軍は構築しきった防御砲火を空へ向けてばらまき続ける。

「陣地ですらない車両を襲撃して、これですか!?」

副官の悲鳴に近いぼやき声が、おそらくは帝国軍魔導師の総意だろう。

対地襲撃の突撃隊列は、地上目標に対する鉄槌である。ハンマーが芯を叩けば、崩れるべきだろうに！

振り下ろした勘所《かんどころ》が間違っているとも思わない。

なのに、こうも、叩き潰せないというのは何ともはや。

ダキアの時と異なり、『対空射撃ごときに怯《ひる》むな！』と怒号を飛ばすのも憚《はばか》られる手厚い歓迎会を受けるのだから、ターニャをして瞠目《どうもく》するほかにない。

火力の密度が、全く尋常ではなかった。

高速にして、堅牢なる九十七式の突入機動ですら、『弾が当たる』レベルの防御網。

それも、『まぐれ当たり』を期待するレベルではなく、『継続的に当たる』ことを危惧しなければならない次元。防殻で弾きつつ、鬱陶しいとばかりに光学系狙撃式で射点にお返しを撃ち返したところで、全く穴が開かない防御網には辟易《へきえき》とさせられる。

ただ、それでも。

尋常さという点で……人間の歴史は色々と極まっているものである。

凄まじい対空砲火だが、とターニャは胸を安堵でなでおろす。

『今次大戦』の基準で厳しいというのは、誘導ミサイルも、レーダー連動型の短距離防空兵器も存在しない『まだまし』な状況だな、と。

「まだ信じられません。こんな後方の補給車列ですら、我が方の突入部隊を抑え込めるほどの対空火力があるとは……」

「逆だ、ヴィーシャ」

唖然としかけている副官に対し、これなら本当の最悪よりはましだぞとターニャは朗らかに心底から安堵して笑う。

「こんな後方だから、あの程度で済んでいる」

「は？」

「想定される最悪のケースに比べれば、随分と手ぬるい。密度はあるがな。まだ、この程度で済んだことを喜ぼう」

よっこいしょ、などと空中で軌道を補正し、わずかに高度を取り、急加速を開始したターニャは躊躇《ためら》うことなく再突入を開始する。

「言っちゃ悪いがね。この程度、私は風呂で足を伸ばしているようなものだよ。いい湯加減だ、と笑ってやろうじゃないか！」

ＮＡＴＯの航空優勢下であろうと突っ込んできたであろう赤軍機甲部隊。

これに比べてしまえば、随分と対空砲火がマイルドじゃないか、と。

ＭＡＮＰＡＤＳと自走式高射機関砲がずらりと並んだ防空コンプレックスに比べれば、まだしも、可愛い。

あるいは、ハリネズミな米機動部隊に突っ込むよりは、ずっとマシ。

もっとも、そんなターニャがもつ安堵をこの空で分かち合う人間はいないが。

ターニャとの付き合いが長いセレブリャコーフ中尉その人でも同じであった。その表情は流石に唖然としている。

同時に、ある種の理解と諦観もセレブリャコーフ中尉の表情には浮かんでいるのだが。

その表情を翻訳すれば、『ああ、この人なら、そう言うだろうな』か。

とはいえ、ターニャとセレブリャコーフ中尉のペアは確かな連携を保ちつつ、対空砲火の海へと果敢に潜り込み続ける。

基本は、爆裂術式。

トラック相手なれば、軟目標だ。

吹き飛ばす危害半径を重視し、爆裂術式を効力圏重点でご提供。

術弾をばらまきつつ、戦車へは時折行きがけの駄賃とばかりに、光学系狙撃術式を手すきの際に出来る限りご提供。

航空魔導師による対地反復襲撃の模範。

いわば、教科書通りとでも評すべき精華。

その執拗さと徹底度合いは、連邦軍の防御砲火をしても、阻止すること能《あた》わぬ脅威であり、帝国軍航空魔導師の暴威を物語るものでもあった。

だが、五度目の突入でターニャは自軍の限界を認めざるを得なくなる。

「我が大隊はともかく、連隊全体とすれば……動きがやや鈍いな」

解説

【MANPADS】 携帯式地対空防衛システムとか、携帯式地対空ミサイルとか言われる、個人が持って運んで、ついでにお一人様で発射して航空機を狙える地対空ミサイルのこと。

「防殻ありとはいえ、ハチの巣に突っ込むのは中々ですからね」

うん、とターニャは副官の呟きを首肯《しゅこう》する。

考えれば、必然に近いが……航空戦力に対し、迎え撃つ意欲満々な地上の対空陣地に突っ込めというのは、元来、烈度《れつど》の高い要求だ。

やらされる側にしてみれば、簡単にやれる仕事ではない。

危険であるし、大変でもある。つまり、リーダーが、リーダーシップを発揮するべきは、こういう時であった。

「やむなしだな、中尉。もう一度、指揮官先頭だ。今回は、防空砲火の一番に分厚いところに飛び込んで、安全にやれれば問題ないことを部隊に示してやるぞ」

「……あれに、でありますか？」

呆れ顔で困惑をにじませ、敵の防御砲火を指さす副官の感性は、まぁ、普通の人間のそれなのだろうとターニャは苦笑する。

知識があって、初めて、無理でないと分かることもある。

故に、必要なことを知っている人間として、ターニャは『おいおい、ヴィーシャ』とあえて軽い口調で副官の緊張を解きほぐそうとした。

「要は、なすべきか、なさざるべきか。単純な二択で、なさざるというには、敵さんの防御砲火には穴がある。ならば、まだ、やれるだろう？」

「……やれるはやれる、と思いますが」

そうだろうさ、とターニャは笑う。

米帝のそこまでするかなという濃度の対空砲火。

これにだって、防殻なしの雷撃機が、雷撃高度で突っ込めるのだ。

まぁ、生存率は絶望的だが。

それに比べれば、随分と魔導師は恵まれている。

なにせ、九十七式の防殻であれば、四十ミリの直撃をもはじけるのだ。

突撃機動演算宝珠様々というところか。

これさえあれば、突っ込んで火力による非文化的交歓に励んだところで、安全に離脱できる公算が実に大きい。

むろん、ゼロリスクではない。

安全と安心は別ものでもある。

だが、リスクとしては合理的許容の範疇であり、ならば、『ノープロブレム』だとターニャは信じて疑わないのだ。

繰り返すが問題は、あくまで『比較対象』の基準をどこに置くかであるのだが。

愕然と副官が見つめていることにも気がつかず、ターニャは軽く手を振って、さっさとやっつけてしまおうと簡単に言ってのけた。

「総員、敵の段列を叩く好機だぞ！　この程度がなんだ！　後方の敵なんだぞ!?　この程度の弾幕ごとき、笑って突っ込め!!!」

否、とターニャはそこで叫ぶ。

「我に続け!!!」

手を振り、指揮官先頭とばかりに防殻を堅めるや、地上から打ち上げられる砲火が最も激しいエリアへあえてターニャは突入してみせる。

「ごきげんよう、コミー諸君！　ご挨拶させてくれたまえ！」

「中佐殿!?　お、お待ちください！」

慌てふためきつつもなんだかんだで追随してくるセレブリャコーフ中尉。彼女が背中をカバーしてくれるのであれば、経空脅威はしれたもの。

なにより、指揮官と副官が真っ先に突っ込むのだ。

ちらり、と空を見れば、『躊躇《ちゅうちょ》』する部下は流石にいなかった。

重防御の施された地上目標に対する六度目の反復対地襲撃。

『無茶』ではあるのだが……指揮官のペアが率先して突っ込む以上、『継続』するしかないことは部下にもよく伝わるのだ。

そして、継続は力なり。

どれほど物量が豊富な地上部隊とて、六度目の突入ともなれば、流石にいくつもの対空車両が吹っ飛んでいるためか、防御砲火の網にも穴がいくらでも見受けられる。

更に喜ばしいことに、戦術的な副次的利点もある。

なにせ、明るいのだ。地上襲撃の結果として燃えさかる地上目標は襲撃者側の視界を幾分かは改善してくれている。

無論、それらは、どこまでもターニャだけの理屈だ。

この空を舞う全ての帝国軍航空魔導師が頷き得る理屈であるはずもなし。

「我が大隊以外は……鈍いな」

「疲労でしょう。これ以上は、不可避かと」

そうだな、とターニャは頷く。

酷使慣れしていない部隊では、流石にきついのだろう。必要なのは無茶を無茶と承知で突っ込み続けるだけの勇猛さ。

なれば、とターニャは指揮官先頭の範を示す。

防空砲火を突っ切り、中距離まで詰め寄ったところで術弾を射撃。

「親愛なる帝国軍一同から、真心たっぷりの歓迎の爆弾と銃弾をお届けだ！　たっぷり楽しんでくれたまえよ!?」

封入された術式を宿し、術弾は工業製品として想定された通りに綺麗な軌道のまま飛翔。そうして、敵の車列直上に到達するや盛大に爆裂術式を発現。トラック程度の装甲では防ぎようもない破壊の渦を地表にぶちまける。

同時に、ターニャに続いて突入しているセレブリャコーフ中尉が発現した術弾が同じように防御砲火の一角を吹き飛ばせば、連隊も遅まきながら襲撃航程に乗り出してくる。

よろしい、とターニャはそこで満足げに頷き、ここぞとばかりに連隊に向け盛大な声で叱咤激励する。

「帝国軍魔導師諸君、勇者諸君！　容易《たやす》い仕事だ。新兵にでも出来ることだぞ？　それとも、やりがいが無さすぎるかな？」

露骨で、露悪的ですらある扇動《せんどう》。

だが、人はメンツの生き物だ。

怖いと震えることよりも、『震えていた』と笑われることを将兵が恐れるのを指揮官は熟知している。ターニャもまた、人間理解という点で『幾分の偏り』があるにせよ、当然承知していた。

疲れ果てた連中に活を入れるのはそれぐらい単純で、露悪的で、物騒なくらいがちょうどよかった。

「かきまわせ、焼き払え、吹き飛ばせ、なんでもいい。諸君、我らこそが暴力だぞ！　我らこそが、暴威だぞ!!」

別段、本心からの叫びではない。単なる、煽《あお》りだ。それが、職務上の役割と察したターニャは、役割を果たすためだけに、檄を飛ばし続ける。

「壊せ！　燃やせ！　潰せ！　野蛮の極み？　大いに結構！　上等じゃないか！　我らが敵こそを、お上品に墓へ進軍させてやれ！　我ら、ここにて、生を満喫せん！」

それが、どう見られるか。

客観視しているつもりで、俯瞰視座からの客観視をなしえない人間特有の過ちを犯している当人は、ただ、ただ、演じて叫ぶのだ。

「勇気、蛮勇、名誉、義務、嫌悪、恐怖、ありとあらゆる感情を、東部の地表にぶちまけてしまえ！　我々は、航空魔導師だ！　我々こそが、航空魔導師だぞ！」

非生産的行為の極みである戦争。

すなわち人的資源の途方もない浪費。

本来であれば、誰もが避けたいと思う行為に、誰もが名誉と勇気を胸に勤《いそ》しむ捻《ね》じれ。

それが、東部における帝国軍航空魔導師団の奏でる戦争音楽だといわれれば、ターニャは『衒学《げんがく》趣味が過ぎるな』と笑い飛ばしただろう。

だが、傍から見れば。

まさしく、ターニャは、楽器であった。

戦争というろくでもない世界で、この上なく、一等にとどろいてしまう類の。

結果だけ言おう。

帝国軍魔導師は、対空砲火よりも、『嗤《わら》われる』ことを恐れた。

それが蛮勇か、戦場心理の極北か、はたまた巧みな人心掌握の技量かは、大いに議論が割れるにせよ、だ。

帰結は、明白であった。

適切に統制された暴力装置の破壊力とは何かという問いかけに対するごくごく平凡な答えとして、車列の残骸を生み出す。炎上し、煙を立てる無数の残骸の上で、その生産者たちは『次』のことに意識を向けざるを得ない。

「襲撃やめー！　襲撃、やめー！　総員、集結せよ！　繰り返す、総員、集結せよ！」

眼下の光景を見て、ターニャは『戦果判定』を手際よく処理していく。

敵補給段列の一つは全滅。

幾分かは逃がしたし、地上には残敵も相応にいることだろう。

追撃を更に行うべきか？　否。それらを殲滅《せんめつ》する時間的余裕がない。時間コストの問題だ。付け加えれば、そもそもあえて殲滅《せんめつ》する軍事的必要性も乏しい。

重要なのは、敵の組織的な補給段列を叩いたという事実。ひいては、敵の梯団が必要とするであろう補給に一つ重大な困難を提供できたという明確な事実だけ。

意味するところは、数多《あまた》の生産財が消えるわけだが。

やった当人ながら、ターニャは浪費と不経済を心中でひどく惜しむ。

戦争！　究極の浪費！　不経済の極み！

総力戦極まれりとは、全く、甚《はなは》だろくでもないこと。

非文明的にも限度があるぞ……などとターニャは、戦場にもかかわらず、ホモエコノミクス的な感性で以て、寂莫《せきばく》たる感傷を覚えてしまう。同時に、浪費に嫌悪を覚える真っ当な自己の感性に満足し、戦地にあっても自分の文化性が損なわれないことに安堵もしているのだが。

なぜかと言えば、戦争の最中でも、人間性、すなわち、市場を愛する善良な市民としての価値観が保たれていることは、戦後の豊かな市民生活に重要だと確信しているから。

未来を信じ、明るい展望を望むからこそ、仕事に対して誠実であるターニャはそこで自分の仕事に意識を向けなおす。

任務完了、再編次第、直ちに次の目標を叩く。

無論、全てのプロセスは可及《かきゅう》的速やかに。

「ここでの仕事はおしまいだ。離脱を始めろ！　道中は、目につくトラックだけ狙え！　あとは放置！」

明確な指示を発し、これでよしと段取ったつもりのターニャはそこで思わぬ声に遭遇する。

「追撃は!?　なされないのですか!?」

馴染みのない声、かき集めた部隊の指揮官だろう。ターニャは『バカなことを言うな』という一言を飲み込み、そちらの方へ顔を向ける。

「雑魚に構う時間がない！」

「雑魚ですか？」

しかり、とターニャは力強く頷く。

優先すべきは、兵站の破壊。

再三強調したように、第一目標、敵兵站。第二目標、第三目標も、敵兵站なのだ。

敵による組織的行動の阻害は、それ以外には達成不能であろう。

この点を出撃前に再三にわたって釘を刺した。

まだ、足りないのだろうか。いや、疑問が呈される以上、くどいほどに繰り返しても足りていないのだろうとターニャは切り替えていく。

時間が惜しい。一秒一秒が、あまりにも貴重極まりない。

だが、時間的制約が極大であるとしても、それでも、リーダーが何を目的としているかを関係者へ徹底できなければ、ダメだ。

組織は、目標と現状認識を共有できなければ、身動きが取れなくなる。

ましてゼートゥーア閣下名義の命令で無理やりかき集め、ろくな集団行動の訓練すらしていない寄せ集めだ。意思疎通の徹底にこそ、最大限の留意を払う必要があった。

「戦果拡張は、敵全軍を揺さぶることによってのみ、成し遂げねばならん」

部隊に隊列を再編させるわずかな時間に、ターニャは指揮官同士での議論を選ぶ。

多くの魔導師らが粛々《しゅくしゅく》と空中で急速に進発態勢を整える中、ターニャは端的に自己の意図について、指揮官級へ向けて熱弁を振るっていた。

「兵站攻撃、兵站攻撃、兵站攻撃だ。敵の兵站を断つ。ただ、これにつきる。敵の進撃を阻止するには、物理的に、敵の補給を締め上げる以外にないのだから……これは、戦略次元で『決定打』を欲する敵に対し、我々が作戦次元で取りうる唯一の対抗策だ」

明確な意味の提示。

そして、それを自分たちがやるべき理由も忘れてはならない。

単純化し、将兵の脳裏に染みわたるように、ターニャはなすべきことだと言葉を紡ぐ。

「我々こそが、希望なのだ」

希望、と付け加える。そして、なぜならば、と繰り返す。

「我々こそは、戦術的次元ではなく、作戦的次元で敵の根を断ち、以て、戦略的劣勢を挽回する唯一の希望だと心得てもらいたい！」

『希望……』などとわずかに、しかし、咀嚼《そしゃく》するように部下が呟けばしめたもの。

「希望たるべきは、我々なのだ。我々は、間違えてはならない。我々が、我々の決断が、この状況における唯一、決定的な意味を持つのだ！」

よろしいな、と周囲を睥睨《へいげい》し、そして、ターニャは異論なきことをもって承諾とみなしたとばかりに次を語る。

「仕事は多いぞ、諸君？　さて、次の仕事だ！」

「目標は!?」

「東部方面軍指定『輸送基幹街道』並びに『鉄道線』を漁り、会敵した段列への襲撃を想定する。加えて、それ以外の街道上でもまとまった輸送部隊を発見すれば、随時狩る！」

その言葉にかき集められた魔導師らは、やや硬い表情ながらも納得とばかりに頷く。

この調子であれば、少なくとも、もう一つか、二つの敵輸送段列といくばくかの輸送部隊を叩きうるだろう。

連隊規模魔導師で叩く必要のある敵輸送部隊を、自分の直卒であと一つ。他の連隊がそれぞれ一つ潰してくれるだけでも、今叩いた一つと合わせれば、四つは叩ける見通しが立つ。

全ての部隊が成功裏に敵輸送部隊へ接敵し、全ての部隊が重大な損害を敵に及ぼし、全ての部隊が引き続き戦闘行動を継続可能な程度の消耗に留まれば。

いや、とターニャは頭を振る。

「さすがに、欲張りすぎだろう。もしかしたら、もしかすれば、全てが上手くいけばという誘惑は強烈すぎるな」

顎をさすり、熱しかけていた頭を理性で冷却。

物事が自分の思い通りに運ぶと思いあがる危険性。

これほどまでに、周知され、万人が陥穽《かんせい》を理解し得るにもかかわらず、数多《あまた》の歴史においてこの愚が繰り返されている。

その所以が、嫌でも、分かった。

あまりにも蠱惑《こわく》的すぎて、つい魔が差してしまう。

現実というのは、直視するには辛いのだ。苦々しい現実を抱きしめるよりも、『そうであってほしい』という色眼鏡で見る方が容易《たやす》い。

だが、願望で現実を定義しても、現実と願望は別ものなのだ。

忌々しい現実を睨み続けて、初めて、世界がほほ笑む。


部隊を掌握し、再編された部隊でもって次の目標へ向けて飛ぶ最中、ターニャは管制を経由して接敵報告を受ける。

「第二連隊より入電。有力なる敵航空魔導部隊と接敵、交戦中」

敵！　対抗してくる有力な航空魔導部隊！　敵の後方を極力迅速に叩きたいこの瞬間において、まさしく最悪の報《しら》せだ。

だが、ターニャはそこで舌打ちを飲み込む。

対手の存在するゲームの中でも、戦争ほど、双方が死力を尽くすモノはなし。相手も必死なのだ。ならば、相手さんはどう出るか。

「CP、こちら東部査閲《さえつ》官首席参謀。敵情を送れ」

説明に対する返答は、これまた明晰であった。

曰く、友軍の第二連隊が、二個連隊規模の敵魔導部隊と接敵。

「二個!?」

偶発遭遇というには、あまりにも有力すぎる組織的戦力。

しかも、敵の後方地域で作戦行動中に遭遇とは。聞き間違いではないのか、とターニャは言葉を返し、それが事実であると返答を得た時点で予定の変更を覚悟する。

目下、帝国軍は師団規模航空魔導師による兵站攻撃を敢行《かんこう》中。兵站を絶たれまいと連邦軍が対抗して部隊を動員してくるのは自然だろう。

ただ、早い。

ひょっとすると、早すぎる。

何もかも、段取りがダメになってしまう。

「もしかすると。もしかすれば……?」

連邦の大規模攻勢に対する唯一有効な反撃策は、敵の進撃を阻止するため、その後方連絡線を徹底して破壊することだと敵が承知し、それを帝国が行うことをも織り込んでいるとすれば。

「大規模な航空反撃を行うことまで……読まれていた？　だが、連隊規模魔導師による兵站攻撃を即時に邀撃《ようげき》する兵力を後置だと？」

敵は、帝国軍が、大規模な魔導師の集中運用を行うことまで読んでいるのか？　帝国の兵員事情がどれほど抜かれているかはさておくにしても、稼働状況からして、帝国軍の魔導師が人員不足気味なのは相手も看破済みだろう。

東部の帝国軍航空魔導部隊は絞りつくしても一個師団程度が限界だ。連邦とて、概算にせよ大枠では、その程度が帝国の実情だと戦力を算定しているだろう。

この状況下、帝国が魔導師を集中運用して大々的に航空攻撃に投入する可能性を連邦当局は考慮しているのか？

していたとしても、連隊規模魔導師による攻勢すら想定し、戦略予備として連邦軍の航空魔導部隊を二個連隊も後置するか？

「いや、だが、第二連隊の位置を思えば……」

計画では、第二連隊は最も奥地に切り込む割り当てであった。となれば、敵がこれを『主攻』と目し、予備兵力を当ててきたか？

連隊規模帝国軍魔導師と激突できるほどの連邦軍魔導部隊ともなれば、兵力事情が帝国に優れて良好な連邦といえども贅沢は出来ぬだろう。

有力な対抗部隊。おそらくは、敵のワイルドカード。

いっそ、撃滅すべきか。

連邦軍の魔導戦力は、再編が進んでいるとしても、『有力』なものは限りがあり、敵の手駒を叩ければ……？

いや、とターニャは微かな未練を脳裏から蹴りだす。

優先順位を違えてはならじ。

対抗部隊を狩れるという『可能性』ごときで、『兵站』を断つ時間を浪費なぞできぬ。

『現地判断を尊重する。必要であれば、応戦してよろしい。ただし、敵航空・魔導戦力の撃滅は優先されない。兵站破壊が最優先だ。連隊には、敵の補給段列を優先してもらいたい』という指示を吐きかけたターニャは、そこで踏みとどまる。

願望と、現実を、混同はできない。

数的劣勢の攻撃部隊が、送りオオカミにまとわりつかれたのだ。

追われながらの地上襲撃に成算は乏しい。よしんば、襲撃そのものをなんとか成し遂げたところで、労多くしての典型例だろう。

必要とあれば、指揮官は『死ね』と命じることも可能だろう。

だが、全ては機会費用の問題だ。

今、敵の虎の子を狩れれば、次は楽な展開を期待できる。ああ、敵の虎の子を叩かせて帰還させれば、また次の襲撃にも酷使できるのだ。つまり、持続可能な襲撃である。

ならば、とターニャは腹をくくって割り切った。

「第二連隊に通達！　敵魔導部隊との交戦を優先せよ！　現状においては、兵站攻撃は優先せずに良し！　帰還後にこき使ってやる！　だから、さっさと敵を片付けて、基地で食って寝ろと伝えろ！」

指揮官として、優先順位を明確に。

字面とすれば単純なことで、実際に行うのは極めて難儀な判断をやり終えたターニャは渋い胸中の感情を押し殺す。

これで、第三連隊がしくじり、自隊も新手の敵補給段列に接触できなれば、今宵叩けた敵補給段列が一つだけというオチまであり得た。

坊主ではないが、それは、事実上の坊主だ。

敵補給段列は一刻でも早く排除しなければならない。

遅れるたびに、連邦軍の梯団が進撃を続け、帝国軍の前線は溶けゆくばかり。

時間だ。時間との競争なのだ。

例えるならば、暴走列車を押し留めようとして、ブレーキを全力で引くようなもの。

列車が停止したところで、暴走していた列車がこちらの守りたかったアセットを全部轢《ひ》きつぶしてから、やっとのことで停止したのでは意味がない。

今、止めなければならない。

止められるとしても、それが、『帝国にとって致命傷』たる前なのかに葛藤していたターニャは、無言で水筒を取り出し、微かに温かさを保っていた液体を飲み込む。

緊張感であろうか。珍しく、喉が渇いて堪《たま》らなかった。

せめて熱い珈琲があれば、とも思う。だが、ないものねだりの極致だろう。

空を高速で飛ぶともなれば、防御膜の中で体温程度の温度にまでぬるくなった水を飲む以上のものはとても望めない。

そして、街道の分布や、主要な鉄道線との関係から敵補給段列の存在が濃厚な地域を飛翔しているにもかかわらず、敵影及びその存在を示唆すると思しき反応はなし。

太陽が昇る前、闇の帳《とばり》に隠れているといえばそれまで。

暗い世界で、敵を求めてさまようのは、急がなければならないという事情と相まって、嫌なプレッシャーが双肩《そうけん》にどんよりとのしかかってくる。

『これは、厳しいか？』などという閉塞感すら覚えかけていた時のことだ。

「第三連隊、接敵なし」

『そうか』と失意に包まれそうになった知らせには、しかし最高の朗報が付帯している。

「想定ルート上に敵影なく、迎撃ないことをもって独断専行。操車場へ進出し、これを焼き払わんと試み、これに成功。並行して、デポと思しきものを発見、これを攻撃中……？」

三番目の連隊からの吉報は、カンフル剤のごとき著効《ちょこう》を、沈みかけていた希望に及ぼす。

「素晴らしい！」

思わず、手を打ち、頰を緩ませ、『刈り取れるだけ、刈り取らせろ』と戦果拡張の檄を飛ばしてしまうほどターニャは歓喜したのである。

三部隊のうち、自隊は想定通りに輸送部隊を襲撃。

もう一つは想定以上に迅速かつ有力な敵迎撃部隊に遭遇しこれと交戦。

ここまでは、一勝一敗だ。

けれども、最後の一つが全く迎撃されずに敵の内奥に切り込み、大いに暴れるとすれば？

一勝どころではない、大勝利。愁眉を開くには早すぎるが、脳裏で『成算』の二文字が勢いよく点灯されるには十分だった。

「これならば……」

やはり、やれる。

そんな独り言を呟き、そこでターニャは自らに接近してくる人影に気が付き、はて？　と視線を向ける。

見れば、何事か言いたげな副長の姿。

「ヴァイス少佐？」

「中佐殿、規定の時刻です」

「規定？」

何を、と問う前に囁き声で副長が付け足す。

「……航空増加食を」

ああ、とターニャはそこで『気を使われた』という事実に思い至った。

副長の言葉。それで、時間の経過に気が付くなど！

公然と指摘されれば指揮官の部隊に対するメンツへ大いに響きかねない。ひっそりと注意喚起してくれる部下を持てることは、最高の幸運というものだろう。

「……ああ、そうか、そうだな。そうだった」

普段であれば、時間を見落とすことなぞなし。

だが、疲労と緊張が認知力に過負荷を及ぼしていたらしい。ターニャは、自己の意識も相当に散漫になっていたことを認め、苦笑しながら礼を述べる。

「すまん、ヴァイス。助かった」

「いえ、お礼を言われるほどのことでは。お考えになるべきことが数多ある中で、私も、今少し、気を回すべきでありました」

それでも、適切な助言には、適切な謝意をだ、と礼を重ねて述べたターニャは部隊へ向けて、声を張り上げる。

「増加食のための小休止だ！」

飛びながらではあるが、休め！　という命令を下し、戦闘速度から巡航速度へ速度を落とすことを許可し、自身もポケットに突っ込んでいた『増加食』に手を伸ばす。

「……何度食べても、これは、慣れんな」

咀嚼した末に出る感想は、苦手意識をにじませるもの。栄養価こそ最高水準なれど、味に関しては連合王国のそれに勝るとも劣らない仕様。

高級栄養食の高級が、味を担保しないのは、軍隊ゆえか？　悩みながら残っていたそれを口に放り込み、ぬるい水で嚥下《えんげ》し、口直しだと兵隊用チョコレートを齧《かじ》る。

食後の深呼吸まで済まし、人心地ついたところでターニャは副長に問いかける。

「ヴァイス少佐、私自身もそうだが、部隊の戦闘力をどう見る？」

「中佐殿は、いざというときは相変わらずかと。それに、部隊も弾薬・人員の損耗はいずれも軽微そのものであり、経戦自体には、表面上、大きな支障はないかと」

「で、あるか」

「ですが、我々はともかく、この種の航程に不慣れな部隊の疲労は……」

うん、とターニャはヴァイス少佐の言葉に同意だと頷く。

自分自身すら注意力がいくばくか散漫になるのは、まぁ、指揮官としての重圧所以だとしても、編隊の動きはやはり『完璧』とは程遠い。

出撃前ですら、『歯がゆい』と感じる部分は多々あった。

疲弊が積もっている状況ともなれば？　『これで、もう一戦か』と引きつる部分が心中に無きにしも非《あら》ずだ。

危機感はあれど、しかし、選択肢はあらじ。

「貧乏暇なしだな、ヴァイス少佐。ここで歩みを止めれば、どのみち、戦線がどうにもならん。

そうなると、何のために手段を選ばなかったのか」

分かるだろう？　と水を向ければ、まさしく、魚心あれば水心というやつだ。

「我々には、仕事が多すぎます。ですが、前進あるのみ、でありますな」

「しかり、しかり。各級指揮官の役割や、実に大であるな」

実際、軽くヴァイス少佐へ応じつつ指揮を執るターニャ自身、一人三役どころでは到底済まないほどに多忙を極める。

自身も一個連隊規模魔導師を直卒している。のみならず、通信越しで二個魔導連隊を緩やかながらも大枠部分で統制だ。

並行して、上ともやり合っている。

具体的には、対東部方面軍司令部の折衝《せっしょう》だ。今更ながら、東部方面軍司令部は、事態を掌握しようと動いている。

まぁ、それは、そういうものだと分かっていても。

頭の片隅で思うのだ。余計な差し出口を、と。

自分のまいた種ゆえに、東部方面軍司令部へは通信越しながら恍《とぼ》けては、はぐらかし、邪魔させまいと交渉するなどに励むのみならず、留守番役のメーベルト大尉を応援するまでである。

具体的には、駐屯地からの『うるさい司令部からの伝令将校です』という報告にため息交じりに『追い返せ』と指示を出すなどだ。

全てを同時並行で進めつつ、敵影を求めて敵地を突き進む。

いくら頑強な魔導師で、ゼートゥーア閣下の無茶ぶりによって業界平均水準以上には修羅場耐性のあるターニャとて、さすがにオーバーワークであった。

とはいえ、部下も楽ではない。

なにせ、長駆しての襲撃。ほぼ過半の航程は地形追随飛行。

一行で書けることも、それを即席の部隊でもって実戦を前提に、長時間継続すれば、訓練された将兵であってすら疲労と緊張で人間が加速度的に壊れていく。

古今東西、あらゆる精神主義的激励をもってしても、この人間種の限界は超克《ちょうこく》され得ないのである。

ターニャはそれをよしとしないが、ある種の覚せい剤が軍組織によって渇望されるのは、人間には限界があるのだというごく自然の摂理を、時として軍組織は何としても乗り越えさせようと藻掻《もが》くからだ。

それを良しとするかは別として。

一般に、限界まで機械を酷使する上で、必要最低限のメンテナンスが避けがたい。

同様に、ターニャによってかき集められた魔導師も、大事にこき使われる。

そう、『大事』に。

言い換えれば、『稼働率の限界』までは酷使されるのだ。

消耗した魔導師らには、最低限の休息時間を。

必要とあらば、敵地で大胆不敵にも地上休息という離れ業までやる。

地上で熱々のお湯を飲むという贅沢すら許し、味はともかく、増加食を再度取り、ターニャ自身も腰をおろして一息。

そして指揮官先頭だとばかりにターニャはまた部隊の先頭に立って飛び上がる。

幸い、部隊の士気は許容の範囲。

同時刻、第二、第三の両魔導連隊より『任務完了』と『一時帰還』の報告を受領。両部隊が共に人員・装備に深刻な消耗なしというのもまた朗報であった。

休養の必要性を訴えてくる両部隊の指揮官に対しては、躊躇なく『昼に寝ろ。それまでは戦闘継続！』とターニャは檄を入れた。

昼であれば、とても近づきたくない敵勢力圏とて、『夜間の帳』であれば、まだ帝国の航空魔導師に一日の長があるのだから。

一つ、明白な事実がある。どんな人間にも、どんな主義主張にも、どんな権力者にも、一日は二十四時間しかない。

そんな時間は有限である。おまけに、希少ですらある。

ならば、その配分は『必要と場合』に応じて決されるのが必然である。

『まだ半日もたっていないのが信じられないほどに濃密すぎる』と通信越しに第一連隊指揮官

にぼやかれ、ターニャは嗤って『半日も過ぎそうなのだぞ?』と応じていたが、本質的に『時間』を意識するという点では似たようなものである。

繰り返そう。時間は有限だ。

故に、失敗し、時間を失うことは並々ならぬ痛手である。

『予想される敵の補給拠点所在地域』へ迫るにもかかわらず、雪上に敵の灯《あかり》らしき灯が見当たらないともなれば、実に据わりが悪い。刻一刻と『見つけられないのではないか』という悲観的な見通しが強まるのは、全く楽しからざる体験だ。

ターニャとしても、覚悟はしている。元より、ここに敵の段列がある『公算』が『大きい』という話に過ぎない。

全てにおいて、全てのところで当たりくじを引き得ぬようなものだ。

そんなことは、当たり前であろう。分かり切った話ですらあろう。

さりとて戦場に立てばその道理が忌々しい。

これはある種の人間的な矛盾である。

同時に、市場におけるバブルの根源が、この種の欲望であると否応なく理解できる体験だ。

ターニャとしてみれば、バブルは必ず崩壊すると知っている。知っていても、その誘惑が強大である理由を改めて痛感できるところ。

さて、しかし、現実の問題に際してはどう行動するべきだろうか。

これ以上、見込みの薄いキャンペーンに時間を賭《と》せば、いよいよ挽回は難しくなる。サンクコストに囚われるのは、恐ろしいことだ。

同時に、損切りに走るあまりに、有望な投資を無駄にしてしまうのも恐ろしい。

どちらも、一長一短ではあった。空中で腕組みし、しばし思案した末に、ターニャは腹を括って部分的な追加リスクの受容を選ぶ。

「高度を上げ、索敵を厳にせよ」

低空では、視界が限られる。高いところからならば、見晴らしもよし。理屈ではあるが、それを『今まで選ばなかった』理由も相応にある選択である。

「時間は有限だ。探知されるリスクよりも、探知できないリスクを恐れよ。この際、魔導照射で周辺走査くらいは断行してよろしい」

レーダーは『敵を探る』ことができる。

けれども、レーダーは電波だ。電波を放てば、『どこから探しているか』を逆探されることもありうる。同じように魔導師が高度を取って、周辺を索敵し始めれば、魔導反応を敵部隊も感知し、さっさと逃げ出すリスクも跳ね上がるわけだ。

いや、それどころか。

敵魔導部隊が邀撃《ようげき》せんと飛び上がってくるリスクもゼロではなし。

事実、別行動中だった友軍の第二魔導連隊は、敵の迎撃部隊を叩き潰す羽目になったばかりだった。あれで敵が打ち止めの保証など、どこにもない。

「索敵！　周辺走査！　敵の応戦はありうると想定せよ！」

対魔導戦を意識し、ペア単位で、死角を減らせとの命令を飛ばしながらの索敵。

だが、ここでターニャが遭遇したのは、予想通りでありつつも、ある意味では想定外の出来事であった。予想通り、予期せぬ抵抗に遭遇したというべきか？

「っ！　我に接近する反応あり！　飛翔体！　二時の方角です！」

警戒要員の叫び声で、全員が周辺に意識を向け、複数の飛翔体を感知したところで帝国軍魔導師らは困惑する。

飛翔体より、魔導反応なし。わずかに、対空警戒用の簡易電波術式のみが反応あり。

「これは……？」

困惑をにじませる部下らに対し、ターニャは『航空機だ！』と叫んでいた。

魔導師でなくても、空を飛ぶのはたくさんあるではないか！　と。同時に、ベテランぞろいの軍人が『まさか』と困惑する理由も当然あるのだが。

「ですが、この時間帯に？　鈍重な夜間戦闘機で、魔導師の迎撃《げいげき》ですか？」

困惑顔の副官に、ターニャは『他に考えられん』と応じ、部隊に陣形の再編を命じる。

相手が魔導師なれば、過度の密集は避けるべきだった。しかし、比較的高速と思しき敵夜間戦闘機であれば、むしろ防殻を並べてのコンバットボックスが……と判断を修正しようとしたところでターニャは遠くに敵を視認し、呻《うめ》いていた。

「夜間戦闘機にしては随分と小ぶり？　距離を見誤っている……？」

敵影が小さい。まだ薄暗いこともあり、識別も困難。

だが、何かがおかしい。

一般に、夜間戦闘機とは長距離飛行可能な双発航空機。運動性能は、双発にしてはマシ程度だが速度は概して高速。しかるに、遠景ながら敵は……

その存在が夜間戦闘機ですらないことに思わず驚愕を叫ぶ。

「単発だと!?　まさか、戦闘機を飛ばしたとでもいうのか!?」

夜間飛行だけでも、ばかげている。

それを、複数、編隊飛行できる練度で、我が方に突っ込ませられる？

「バカな!?　どんな練度だ!?」

後置されていたであろう予備が、単発の戦闘機で夜間離発着と誘導の問題に臆せず、魔導部隊へ挑みかかる忌々しい練度と覚悟。

いくら連邦軍にしてみれば自軍の勢力圏上空とはいえ……普通、上がるか？

「連中、正気か？」

ぼやき、そして、ターニャは頭を振る。

こんな光量、双方が双方をろくに視認できぬほどの暗がりだ。闇夜の空にあって、敵機はあきれ果てた集中力でもってこちらへ機関砲を撃ちまくってくる。

空戦の基本通りに、一撃離脱。

それも、編隊単位。

防殻で弾ける程度の火力とはいえ、そんな連中相手に気を抜くのはアホの中のアホ。いわば世界のアホである。

「糞度胸じゃないか！　いいぞ！　よろしい！　相手になってやれ！」

勇敢な指揮官としてのターニャは吼え、そして、心中で罵詈雑言《ばりぞうごん》を零す。

連邦人め。一体全体、どうして、給料以上に働くんだ！

労働力のダンピングに激昂したくなった。

友軍を鼓舞するため、ターニャはあえて主役は私だとばかりに先頭に飛び出し、爆裂術式をこれ見よがしに発現し、投射。

とはいえ、交戦は長続きしない。

敵はもとより一撃離脱前提で、巴戦《ともえせん》など意図せざる航空機。まして夜戦だ。双方が組織的にというには、あまりに変数が多い。

損害こそ皆無なれど、貴重な時間を浪費し、何より忌々しいことに足止めされたことをターニャは認める。

いずれにせよ、とターニャはぼやく。

「……敵の野戦航空基地が前進しているとすれば、厄介だ」

単発の戦闘機を上げて、管制できるタイプの基地。

おそらく、今後も邪魔をされる可能性は大。少なくとも、今回たまたま運が悪かったと片づけるわけにはいかない。

「ん？　いや、待てよ？」

ターニャは、そこで、敵の航続距離が『並み』であることに注目する。

一撃離脱向けの重武装、重装甲で馬力のある発動機を積んだとなれば、どうやったって航続距離は鈍ろうというもの。

確かに、一般論として、魔導師よりも戦闘機の方が速度は速い。

だが、物理法則は時として『つり合い』を与えてくれるものだ。

それこそ『近くに』敵基地があるとすれば……？

「諸君、送りオオカミだ！　敵に、敵の塒《ねぐら》まで案内してもらうぞ！」

追跡し、巣穴を焼き払わん。

明確な決断は、『また、邪魔をされてはたまらない』という切実な危機感に裏打ちされたものであった。戦場における狂気なればこそ、狂気には狂気。蛮勇には蛮勇で殴り返す野蛮さ。

戦時においては、時にこの種の極限状態に依拠《いきょ》するがごとき極端な判断さえ、当事者にとっては合理性ゆえに生じることがある。

魔導連隊は、敵機の群れが向かう方向を大まかに見定め、ただちに追跡を開始。

敵機が幾分か分散していることもあり、絞り込むのに少々難渋《なんじゅう》はした。裏を返せば、手間取ったとはいえ……発見の報がほどなくもたらされる。

「て、敵基地！　敵基地です！」

報告を受け、意気込み、ポイントへ文字通りに飛び込んで、『マジか』と言いたくなるほどに巨大な敵の基地を見つけて息をのむ。

巨大な滑走路があるのはいい。

平野を臨時の滑走路にするのは珍しくもない光景だ。雪原の滑走路転用も圧雪して利用する例がごまんとある。

けれども、滑走路に付随する設備までは地面から生えてくる道理もなし。

だが、どこからどうみても、ニョキニョキとそびえたつ威容である。

『野戦航空基地』と呼ぶべきかは疑問の、むしろ恒久拠点なのではないか、とぼやきたいほどに巨大な飛行場。

記憶の限り、数日前には帝国軍航空艦隊が偵察済みのはず。こんな拠点があれば、報告されているはずなのだが。

「どこから、生えてきた？」

墨俣《すのまた》一夜城の伝説か、何かの寓話かなどこの際どうでもいい。ないはずのところに、ないはずの敵拠点がある。

全く、これが、どれほど、頭痛を引き起こすことか！

不確実性に包まれる摩擦だ、霧だとクラウゼヴィッツが言うまでもなく、戦場には想定外があふれているが、これほどの誤差となれば敵の作為以外にあり得るのだろうか。

「野戦航空基地だとして、こんなところにまで、設備ごと進出とはな」

どうやったのかは謎だとしても、決意のほどに思わずたじろぐ存在だ。

なにせ、ここは、前線付近。

帝国軍の重砲——勿論、いまだ健在だとすれば、だが。その……の射程圏に堂々と敵が航空基地を押し上げてくるほどの殺意と戦意。

罵詈雑言を吐きたいほどに、連邦軍は戦意が旺盛。

「ラウドン閣下が生きていればなぁ」

ゼートゥーア閣下とツーカーと聞く老大将閣下がご健在ならば、『この観察した事実』を報告するだけで、たぶん、死にかけの砲兵だろうと総動員して叩いてくれるだろうに。

「中佐殿？」

どうされましたか、と訊《たず》ねてくる副官へターニャは気にするなと言葉を返す。

『外部への業務委託を期待したが、それができないので自力解決するしかないのか？』というような愚痴を部下に吐くべきではない。

むしろ、不幸なめぐり合わせだとか、貧乏くじだとか思わせないように、これを千載一遇《せんざいいちぐう》の好機だとばかりに気勢を上げるしかない。

「こんな大物を独り占めする罪悪感は凄まじいとね」

「よく燃えそうですもんね」

副官の素直な感想に頷きかけ、そこでターニャは待てよと首をひねる。

ここは、雪原だ。航空燃料を誘爆させることを試みたとしても、さほど延焼するとは思えない。なにより、敵の配置だって空襲や砲撃を想定し、それなりにダメージコントロールも意識しているだろう。

「爆裂術式をぶち込み、燃え盛る敵の跡地を背後に悠々と引き上げるのは……」

難しいだろうな、という一言を発しようとする瞬間であった。

ターニャの脳みそは、ふと、『脱構築だ』と叫ぶ不思議な視座に気が付く。

『一撃で燃えない』ということは、『誘爆したところで、一撃で全滅させられるリスクも少ない』ということではないか、と。

航空基地は可燃物が満載であるが、対地襲撃で弾薬庫や燃料庫を吹っ飛ばしたところで、相当の施設が残るのであれば。

「爆裂術式用意！　可燃物をあらかた吹き飛ばし次第、制圧する！　防護の乏しい備蓄があれば、お土産だ！」

降下襲撃だ！　と部隊へ無線越しに叫ぶターニャへ戻ってくるのは、困惑をにじませた副長の問いである。

「中佐殿、ヴァイス少佐であります！　その、制圧とは!?」

「雪原の上の基地だ！　燃え尽きん以上、降りて、壊す！」

「ですが、降下制圧は！」

「降下襲撃！　降下襲撃だ！　敵の塒をぶち壊すのが主軸で、占領は目的にない！　ほかに疑問は!?」

なし、とのことでターニャは満足げに頷くと対地襲撃隊列を取りつつある魔導連隊をそれぞれに動かし、地上へ向けて軽く爆裂術式で以て可燃物の処理を始めさせる。

あいにく、敵の防御砲火は相変わらず濃密。されども、防殻の上に防御膜まで纏《まと》った連隊規模魔導師と撃ち合えば、基地が先に音を上げる。

対空砲座の大半が吹っ飛ぶ頃には、反撃も微弱とならざるを得ない。

頃合い良し！　とターニャは部隊に『地上降下しての襲撃』を下達《かたつ》し、これまた指揮官先頭で連邦軍野戦航空基地の司令部だったと思しき宿舎残骸へ降下する。

なにがしかの情報でも、と期待したターニャだが、そこで目の当たりにするのはいっそ清々《すがすが》しいまでの『綺麗に壊された暗号機』であることに思わず舌打ちしていた。

どうみても、爆裂術式やその副次被害による破損ではなし。

丁寧に油をかけ、斧をぶち込み、ダメ押しで爆破処分。司令部が襲撃されると分かった瞬間から、なんと、連邦軍の誰かさんは暗号機を丁寧にぶち壊して退避したらしい。

「おいおい、ここまで……」

やるのか、なんて誰かがぼやく時、突如として横なぎに重機関銃と思しき火線が司令部跡地の残骸に叩き込まれてくる。

重機関銃の弾は木製の壁など紙切れのように切り裂き、お前らも肉片と化せと言わんばかりの殺意とともに室内へ飛び込んでくる。

そんな熱烈歓迎に晒《さら》される中、とっさに床へ伏せたターニャら魔導師は外に視線を向け、思わず瞬きし、自分が見たものが間違いでないと悟るや……啞然とぼやく。

「陣地？　……陣地だと⁉」

一体何をどうすれば、という気持ちであった。

降下歩兵を想定した陣地まで、ただの野戦航空基地が備えているのだろうか？

連邦軍らしからぬ現場の創意工夫による独断か？　それとも、もしや、上の次元で帝国軍の空挺を入念に警戒していると？

周囲の将兵に応射を指示しつつ、ターニャは、敵がしぶとい理由に当たりをつけておく。

「くそっ、敵も慣れたか」

経験という教師は、授業料こそ馬鹿高い。

だが、優秀な教師だ。ものすごく、優秀な教師なのだ。素直に教えを学ぶ生徒ならば、生き残っている限り、確実に学習している。

「もしも敵が用意周到だとすれば？」

まさかと思いながら、ターニャが司令部の残骸の中で『下を探れ！』と叫んでみれば、何とも呆れたことに、地下壕まで完備している模様。

オマケに、どうも地上に降下した各員からの報告と統合するに、偽装された掩体壕《えんたいごう》も数多あるとか。

驚くほどの偏執ぶり。よくもまぁ、そんなに揃えたものだ。

とっさの判断を離脱へ切り替え、ターニャは手早く命令を発する。

「焼き討ちにし、離脱せよ！　寝床を壊せたことで良しとする」

「は！　焼き討ちに……は⁉」

固まった副長に対し、ターニャは、何を惚《ぼ》けているかと檄を飛ばす。

「どのみち、このままでは一時的な制圧も手間取る。ならば、当初目標の破壊を優先。物資の押収はこの際忘れよう。地上、地下、どちらも、焼き払え！」

いや、その、と珍しくヴァイス少佐が声をこわばらせ、恐る恐るという口調で意見を具申し返してきた。

「あの……敵の抵抗も苛烈《かれつ》です。焼き討ちしようにも、阻害されるのでは？」

「おいおい、ヴァイス少佐。そのための創意工夫だよ」

ですが、という一言を飲み込んだ部下に対し、ターニャは『やるぞ』と呟く。

「飛行場は焼くものだ。伝統だぞ？」

「どこの伝統でありますか!?」

「オリエンタルな趣味さ」

戦闘機のパイロットが敵飛行場に着陸し、焼き討ちして離陸した事例がターニャの知る世界の実戦では実例としてあるのだ。

ただのパイロットがそれをできるのだ。

ならば、防殻付きの航空魔導師が、『空襲』や『空挺降下』へ備えた程度の連中相手に何を臆することがあるだろう。

砲兵に投射火力で劣り、重戦車に装甲で劣り、歩兵に制圧力で劣るのが魔導師だが、とはいえ、軽戦車程度の装甲は持ち合わせ、砲兵と比較できる程度には火力を投射可能であり、歩兵と同じようなことができるのである。

連邦軍の飛行場の一つや二つ、どうして、焼けないことがあるだろうか。

我が方が意を決して突撃すれば、敵の戦列は瓦解《がかい》。この基地を焼き払い、地図でも回収して敵情を友軍と共有し、次なる標的へ向けるか……？

そろばんを脳裏で弾きながらも、飛び上がり、ターニャは空中で姿勢を整える。

再襲撃するにせよ、離脱するにせよ、部隊として行動するためには、統制を保つことが肝要である。そこで、ターニャはふと違和感に駆られる。

なぜか、周りが遅い。いや、遅いどころではなかった。部隊の隊列は、いまだに再形成すらされていないではないか！　唖然と周囲を見渡し、事実を受け入れたターニャが何がどうなっているのだ、と副長に問えば、副長は渋い顔で友軍をご覧くださいと指さす。

「……疲労が深刻です」

「貴様も、か？」

「自分はまだマシですが……むしろ、指揮をされる中佐殿の方がお辛いのでは？」

そう見えるか、とターニャは小さく応じる。

二十四時間戦うことを覚悟するサラリーマンとて、色々な圧の元ではやはり来るものがあるのは否めないところ。

「我々はまだ、もっと酷い経験があります。ですが……連隊は」

「そうだろうな。我が隊は酷使に慣れすぎた。その分、酷使を前提に各員が動けるが……」

連帯を保つという一事をもってしても、疲弊を織り込み慣れていない要員では気力で疲弊をカバーし続けるのも困難だろう。

注意喚起ならば、ターニャはやった。だが、部下の疲弊は均質ではない。それは、まだら模様な差となり、究極的には、部隊の一体性を損なう。

そこで、意見を聞くべき相手は他にもいることをターニャは思い出す。

「ヴュステマン中尉！」

「はっ！　いかがされましたか？」

明晰な返答は、まだ、活力の残った将校のソレ。

「貴官と、貴官の部隊は、もう一戦し得るかね？」

「はぁ……その、中佐殿ならされるとばかり」

そうか、とターニャは小さく愉快げに口元を緩めてヴァイス少佐の方へ視線を向ける。

「我らは、やはり、肩で息をするというほどのことでもないようだな」

「中佐殿に、こき使われましたからなぁ」

ヴァイス少佐のしみじみとした一言には、ターニャの傍で周辺警戒に従事しているセレブリャコーフ中尉までなぜか深々と頷いていた。

ターニャとしては、『上の命令』でそうしているわけであって、自己がブラック業務の積極的推進者でないと声高らかに主張せねばならぬ局面であった。悲しいかな、しかし、ここは戦場であり、部下の誤解を解くための丁寧な対話を選ぶ贅沢は許されないのだ。

仕方ないので、ターニャは、それぞれの適性に応じた役割をあてがうことにする。

「やむを得ん。帰投する。ただし、小細工はやろう」

どのくらいを投じるかに悩む必要はほとんどなかった。

「ほぼ貴官に任せる、少佐。連れ帰って、無理やりでも休養を取らせたまえ」

「は！　ん？　すみません、ご意図が……」

「どうした、少佐。貴官ならば、連隊を連れ帰れると思うのだが」

「いえ、それは任されれば尽力いたしますが。その……中佐殿は？　我々とは別行動でありますか？」

その通りだ、とターニャは首を縦に振る。

「グランツの抜けた中隊とヴュステマン中尉の部隊を率いて、接敵の可能性が高いルートをスイープするだけしておく」

「……わざわざご自身で分遣隊《ぶんけんたい》を率いると？」

疑問を宿すヴァイス少佐の問いは、正鵠《せいこく》を射たものだ。

ターニャだって、自分にメリットが何一つないような超過労働を積極的かつ無償にて行うのは、本意ではない。それでも、アカの危険性は無視できないのだ。

将来的な自己の安全と未来に深刻な危害を及ぼす脅威への対処は、必要経費。

とはいえ、勿論、赤字だ。

アカ相手でもなければ、ここまで積極的にリスクを取ろうとは思わない。

まぁ、そこまで正直になる理由もないので……そうだなぁ、とターニャはあえて軽い口調で部下に応じていた。

「元気いっぱいな将兵を連れてただ飛ぶのか？　そいつは、全くもって、私の趣味ではないのだよ。勿体ないではないか。ならば、ここはひとつ、敵を突っ切る帰路でも余力の残った連中を率いて襲撃航程を取るのがいい趣味と言えるのではないかな？」

「は？　もう、夜が明けますが……？」

「ああ、その分、目標がよく見えるだろう？」

「我々の姿も、よく見えてしまうのでは？」

「そうだな。お互いさまというやつだ。フェアに戦争するのも我が趣味ではないのだが、太陽が自分を贔屓《ひいき》しないからと言って癇癪《かんしゃく》を起すのも公平ではないし、文明的でもない。なにより肝心な私の趣味からすれば、敵を吹き飛ばせればいいのだ」

「……毎度のことですが、中佐殿の趣味は悪辣《あくらつ》極まりますな」

「公正さを守って、悪辣と言われるとはな。つくづく、世界というのは不合理に満ち溢れているとしか思えん」

冗談交じりに軽口を交わすも、ターニャはそこでヴァイス少佐が渋い顔を改めないことに気が付き、懸念を問うておく。

「まだ、何か？」

「……中佐殿、危険度が跳ね上がります。よろしいのですか？」

敵に遭遇することは危険ではないさ、とターニャは訂正しておく。

「出会うのは、輸送部隊の公算が大きい。鹵獲《ろかく》した連邦軍の地図では我が方の予想通り、主要な幹線道路を燃料輸送路としている。高確率で、燃料を満載した車列が確認できるはずだ」

「叩くのですね？」

ああ、とターニャは獰猛《どうもう》に見えるように頷く。

「可燃物の塊は見逃したくない。なにより、自分の足元で、敵がのうのうと輸送している可能性が高いと思えばな」

「……前線への補給は、夜間に行われる公算はそれほどに大きいのでしょうか？」

確実に大きいよ、とターニャはヴァイス少佐へ請け合って見せる。

大前提として戦車は兵器としては自己完結性が乏しい。

継続的に補給・整備を受けなければすぐに脚が止まるし、歩兵の援護がなければ存外に脆《もろ》くもある。そんな機甲部隊を敵が槍の矛先にしてゴリゴリ平押しするならば、その無停止進撃のためには、装甲戦力に燃料を喰わせ続けねばならない。

これで、我が方が燃料を多く抱えている軍隊ならば、『鹵獲された燃料』で敵前衛が止まらないという悪夢もあり得たが……幸か不幸か、帝国軍が連邦軍によって『鹵獲』されるであろう燃料は『絶対的』に少量だ。

なにせ、イルドア戦線へ大量にゼートゥーア閣下が転用済み。

ひっくり返し、余剰を絞り出し、大量の機甲師団を集中運用したのだ。友軍の燃料庫なぞ、どこもかしこも、空っぽだろうと想像できる。

となれば、敵には鹵獲という選択肢が事実上ない。

航空優勢を双方が争奪し合っている現状であろうと、遮二無二に燃料を前線へ運ぶしかなく、その動脈を叩き切ることのみが帝国にとって唯一の処方箋なのだ。

故に、とターニャは事情を背景に断言しうる。

「敵が最前線部隊への補給を可及的速やかに企図しているのは確実だ。ならば、遭遇できるかは運に左右されるにせよ……おそらく、敵さん、多少の損失を織り込んですら、一定量を運ばざるをえないはずなのだ」

「……卓見《たっけん》と申しますか、その、そこまでお読みに？」

「軍大学の教育だよ、少佐。兵站を齧れば、誰でも、この程度、逆算できる。ウーガ大佐殿あたりならばルートの逆算もしうるのではないかな？」

「あの方が!? 失礼ですが、後方の方だとばかり」

「なんだ、副長。ウーガ大佐殿は私の同期だぞ？」

「……急に説得力を感じました」

なんだかな、と破顔しつつターニャは肩をすくめていた。

「あとは任せた。さて、私も行かなければな」

結論から言えば、ターニャの判断は正解であった。

多数の燃料輸送車列を発見、撃破し、大量の燃えカスを大地にぶちまける様《さま》など、いわばある種のバンダリズムを極めたほどである。

赫々《かっかく》たる戦果というに恥じぬものは、しかし、物事の一面に過ぎない。

「ヴィーシャ、傍受の状況は？」

「前進する連邦軍に停止命令が出ている傾向はありません。我が軍の前線は依然として大混乱状態です。確認できただけでも、相当の友軍が取り残されることになるかと」

だろうな、とターニャは副官に応じる。

想像され、予想された話ではあるのだが、ターニャの剛腕でねじ込んだ『偽造命令』に従って全軍が動くなど普通はあり得ない話。

仮に全軍が即座にその命令を実行しようとしたところで、どれほどの部隊が動けるのかという問題すらあるほどだ。

「むしろ、スムーズに動ける連中の方が少なかろう」

分かっているが、とターニャは臍《ほぞ》を噛む。

これで一日目。始めてまだ二十四時間の経過もなし。同時にこれは、今なお後退の時間を浪費しているという意味でもある。

軍全体が動かねば、このごり押ししてまで後退をさせようとした野戦軍主力はものの見事に溶けることだろう。

chapter II

どうにか、どうにか、とターニャは初めて小さくグランツ中尉に祈る。
頼むから、どうか上手く、ゼートゥーア閣下に話をつけてくれ、と。

[chapter]

III

第参章

嘘つきは泥棒の始まり

Liar today, thief tomorrow

重大な危機とは、解決できないからではなく、
『解決できるかもしれない』から悩ましい。
見切りをつけるには希望が残り、楽観するには複雑怪奇。
後知恵で、『こうすれば、解決できた』と言うことはできよう。
だが、ただ一つの正解を、ただ一瞬の猶予だけで、
間違えることなく選択し続けることが、人に可能なのか？
……選び続けられた人を、自分は、二人しか知らない。
もし、彼らを人のうちに数えるならば、だが。

――ヴォーレン・クランツ――日時不明口述記録

祈って指を組めば世界の問題が消滅するでもなし。

ターニャにとって、部下に祈るという行為こそは精神的余裕の欠如を自覚する内省の機会であった。

故に、というべきか。

二個中隊規模での対地襲撃航程をつつがなく終了し、駐屯地に帰還するや熱い白湯《さゆ》を用意させ、秘蔵していたイルドア土産の真っ当なチョコレートを司令部要員らに配布。ともに齧《かじ》りながらターニャは煩雑《はんざつ》であるけれども処理の必要な案件に向き合うぞとばかりに書類に没頭していた。

戦時下で作戦行動中の軍隊で、書類の山へ没頭するのは現実逃避に見えるやもしれないが、バカバカしくも切実だ。

なにせ、軍隊も組織である。性質《たち》の悪いことに作戦行動だの、戦闘行動だのを経るたびに、必要な事務処理が激増する組織なのだ。

これへの対処を疎《おろそ》かにすれば？　部隊の実情を掌握《しょうあく》し損ね、補給はひどくおざなりになり、命令はいつも時機を逸する、失敗が約束された組織へと堕《だ》すのである。

真っ当な近代軍にとって書類に勝利することは、戦争に勝つためにも必要不可欠であった。

だが、この事務戦線において決定的な敗北を喫しつつある事実をターニャは現時点で否応なく理解している。

はっきり言えば、処理が飽和していた。

別行動で帰還していたヴァイス少佐が決済できる分を処理してくれ、セレブリャコーフ中尉の補佐を入れて、司令部要員総出で処理したところで、追いつくどころではなし。

原因は、非常にシンプルだ。

人手不足。それも、非常に厄介なことに、構造上の欠陥タイプ。

そもそも、ターニャの指揮下にある士官は魔導大隊の人間が多い。

なぜならば、『増強規模の魔導大隊』を運用することを前提に、第二〇三魔導大隊は編制されているのだから。

無論、サラマンダー戦闘団として機甲・砲兵・歩兵の各士官が存在はするが……重大なことに、『各部隊の士官』はいても、それらを統合運用する要員は『一人』も増員されていないのだ。

支店が四つ集まり、地域の統括機能を持たせる施設をでっちあげ、アルバイトすら採用せずに、支店のスタッフがそのまま地域統括をやっているようなブラック業務である。

なぜなら、戦闘団は、『臨時』の編成だから。

緊急事態に際し、柔軟に編成し、必要な処置が終われば解散。恒久的な司令部機能はそもそも実情とは裏腹に、必要なしと省かれている。

元来の『戦闘団規模』の運用ですら、ターニャら指揮官クラスのオーバーワークを大前提としている。一人でブラック業務に沈んでたまるかと、ターニャが各兵科の部隊指揮官に仕事を裁量で割り当て、様々な処理を迅速化して、ブラックに耐えているのが実像である。

さて、問題。

機甲屋のアーレンス大尉は戦車整備のために部隊丸ごと抜けています。砲兵のメーベルト大尉と歩兵のトスパン中尉は戦闘団で留守番役です。

手持ちの魔導将校から、グランツ中尉は将校伝令で抜けています。

これで、連隊規模魔導師を直卒し、師団規模魔導師を運用するための司令部業務をこなせるでしょうか？

出来るわけがない。

しかも、人手が足りぬとそこらの魔導士官に無理くり業務を割り当てることも不可能だ。なにせ今のターニャは『ゼートゥーア大将名義』の命令で無理やり部隊を動かしている状況である。因果を含めていない士官とあれば、司令部要員としてこき使うことすら不可能である。

せめてもの効率化のため、優先順位の問題だと師団に組み込んだ各級指揮官へ大半の事務を委任し、敵兵站へ徹底した攻撃を繰り返し行わせつつ、ターニャ自らも飛び続けるというのは、破綻が時間の問題の綱渡りという他になかった。

連邦の攻勢開始から二十四時間。たったそれだけで。

たったそれだけで、ターニャは既に限界に近い。

望みは、たった一つ。

ゼートゥーア大将にグランツ中尉が事情を打ち明け、ゼートゥーア大将名義で全てが正常化されさえすれば、全ての混乱に一定の収拾さえつけられれば。

破局を引き延ばすべく、懸命に、懸命に書類にサインし、命令書を用意し、後回しに出来るものを後回しにしても、しかし、仕事は積みあがるばかりだ。

途中から、魔導部隊への救援要請などは無情に聞こえようと一律にゼロ回答を返せと通信要員に厳命せねば物事が回らないほどになっている。

あげく、東部方面軍とのすり合わせもままならない。むろん、すっとぼけることを前提とはしているが、しかし、『後退させろ』と念を押さねばならん。

だが、ラウドン大将が吹っ飛んだ向こうさんは大混乱。

「……さて、飛行速度と時間を勘案すれば、そろそろ、グランツ中尉から報告があっても良いころなのだが」

頼むから、早く話をつけろ。

いっそ、自分で行くべきだったか。

そんな八つ当たりを覚えるほどに、ターニャは追い詰められていた。

書類を終わらせなければ、戦闘行動に戻れない。

冷戦もびっくりの核なし版エアランド・バトルを続ける必要があって、そのためにもあちこちに無理を求める必要があって。

ターニャは乾燥した目をこすり、指が微妙に震えていることに気がつく。

気がつけば、知らぬ間にペンを握り締めすぎていた。

眼も指も限界をはるかに突破。

これ以上は能率の無駄だと割り切り、ターニャは副長と副官へ離脱を告げる。

「グランツ、すまんが私は仮眠だ。十五分だけ寝る。交代で貴官も寝たまえ。セレブリャコーフ中尉はすまんが、私とグランツの寝起き時に、チョコレートと珈琲《コーヒー》を。貴官もその後必要ならば仮眠をとりたまえ」

諒解《りょうかい》ですと頷く部下に後を任せ、ターニャはゾンビのような足取りで『寝室』というにはあまりに粗末な寝床へ飛び込む。

布団もベッドもなし。寝袋どころか、寝床にできるのはただの藁だけ。だが、贅沢なことに誰かが乾燥はさせてくれていた。

泥と泥濘《でいねい》の世界にあって、乾いて、暖かい。

ならば、それは贅沢だ。

戦場にあっては、スイートルーム以上の文化が薫《かお》る。

すとん、とターニャの意識は落ちていた。だが次の瞬間、落ちたはずの意識が外的刺激によって強制的に引き上げられる。

「んぁ？」

回らない頭が、ぬくぬくと惰眠を貪《むさぼ》りたいという衝動を訴え、体の奥底が怠《だる》くてたまらないと叫ぶものを、覚醒しつつある意識が無理やりねじ伏せ、ターニャは自分の肩を揺さぶる手の存在を知覚する。

「……っ、もう、時間か？」

ターニャは時計に目を向け、そして、寝ようと決意したばかりの時間ではないかと気が付き、そして、誰に起こされたのかと目を向ける。

視線の先には、申し訳なさそうな副官のしょげ顔。

「デグレチャフ中佐殿……その」

「用件を頼む」

「お電話です。お出になられた方がよろしいかと。受話器をお持ちしますが」

「電話？　……何？　ああ、電話か」

この修羅場で、副官が取り次ぐと判断した話はなんであれ重要であった。ヴァイス少佐による処理ではなく、こちらに話を持ってくるなど、よほどのこと。

避け得ない類からの電話であると理解し、ターニャは即座に意識を無理やり引き上げ直す。

「受け取る。受話器をくれ」

ターニャは寝床から指揮所へとんぼ返りする道中、なんとか寝ぼけ声を外向けに整え、電話を拾う。

「はい、お電話かわりました。小官が……」

「やぁやぁ、デグレチャフ中佐。最近はどうだね？　私はどうもインスピレーションが欠けているのか、悲しむべきことに、歳を感じる頃合いでねぇ」

ゆったりとしている声だった。

どこかとぼけているような声でもある。

だが、ターニャにとって、無線越しであれ、電話越しであれ、たとえそれが寝起き直後であっても、絶対に聞き間違えのない類の声であることに違いはなし。

「ド、ドクトル？」

「うんうん、覚えていてくれたか。いやいや、話が早くて結構じゃないか」

忘れるはずがない、というのがターニャのウソ偽りなき本音である。

「御用件をお伺いできると幸いなのですが」

文明人として最低限の自制心が勝利したというよりは、啞然としすぎた結果として不機嫌さが声色から抜け落ちた声で、ターニャは思わず事務的に問い返していた。

自爆する宝珠を押し付けておきながら、無線機越しに『どうして、まともに使えないのか!?』と罵《ののし》ってきたマッドの声である。

そんな相手に叩き起こされれば、誰だってフリーズもしようではないか。

「いやいや、ああ、そうだったね」

だが、ターニャが脳を無理やり回転させる中でも、相手は実にマイペースであった。

「そちらは色々と忙しそうだ。善き信仰の灯を知る者同士とはいえ、軍用の回線で久闊《きゅうかつ》をのんびり叙《じょ》していると周りに、不謹慎だと怒られてしまうかな？」

「はは、怖い人がどこぞで聞いていないとも限りませんからね。願わくば、お気遣い頂けるとありがたいです」

「ああ、そうだね。だが、たまにはゆっくりと話すのも悪くはないじゃないか」

意味が分からない。

どうして自分はドクトルと世間話をしているのだ？　それも、戦場の真っ只中で貴重極まりない仮眠時間を生贄《いけにえ》にして？

「ドクトル？」

「私も歳でねぇ。色々な友人の近況が聞けると、やっぱり安心するんだよ。あちこちで仕事をしていると、ついつい挨拶ばかりでね」

「お顔が広いのですね？」

「そうとも言える。知己《ちき》が元気にやっているか、ついつい世話を焼きたくなるんだ。そう、近況といえば本題を思い出したよ。君のところの若い中尉だったかな。彼も休暇でこっちに遊びに来ているだろう？」

ん？　とターニャはそこで背筋を正す。

自分のところの若い中尉？　どうして、首都のドクトルが派遣したばかりのグランツのことを知っている？　いや、待てよ。

野戦電話でわざわざバカ話をする理由は、それか!!!

「あいにく、財布ごと配給切符を落としたみたいでね。揉めているようだったんだ。知らぬ顔でもないだろう？　ちょっとの御親切で、こっちで建て替えておいたのだけども、彼のタクシー代を大隊の方へ請求してもいいかね？　何分《なにぶん》、戦時配給規則でタクシーチケットが工廠《こうしょう》の公務用しかなくてね。流石に、これを使い込みと言われると、私も辛い」

「ああ、そういう御厄介を。うちの若いのがやらかして申し訳ない。急な休暇を取れたということで、舞い上がっていたのでしょうな。ご配慮にお礼申し上げます」

「いやいや、たまたま、居合わせたものだからね」

「タクシーの利用券は勿論、この電話代の請求も、こちらに回してください。留守司令部が速やかに決済するように取り計らっておきます。本日はドクトルもお忙しい中、ご迷惑をおかけしてすみません」

「貸し一つにしておくよ」

「高い借りですね。確かに、帳簿につけておきます。それでは、また」

会話を終えるや、ターニャは受話器をガシャン、と下ろしていた。その素振りのそっけなさに不安を抱いたのだろうか。おずおず、というようにヴァイス少佐が口をはさむ。

「ひょっとして、私の方で処理しておくべき案件でしたか？」

上官の睡眠時間を奪ったのではないか。

そんなことを気遣っているらしきヴァイス少佐に対し、ターニャは全く気にする必要はないと鷹揚《おうよう》に手を振っていた。

「私に回してもらって、正解だった。いやはや、悩みの種が解決だ。これで半分は肩の荷を下ろせたようなものだしな」

「……グランツ中尉の件ですか？」

ああ、とターニャは首肯《しゅこう》する。

長距離通話ともなれば、傍聴されている可能性を考慮するのは当然だし、友軍にだって聞かれたくない類の話ではあるのだ。

むしろ、ドクトルが気を利かせてくれたことこそ驚くべき幸運だった。

「今のお電話には、どのような」

推測ではあるが、と前置きしターニャは概ね正鵠《せいこく》を射ているであろうところを口にする。

「首都の防空網か官僚組織か知らんが、何か面倒がグランツ中尉をとらえたようだな。幸いなことに、ドクトルが何とかしてくれたようだがね」

「ドクトルが？」

「中央で好き勝手にやれる人物だ。相応に顔も広いということだろう。あの御仁《ごじん》も世の役に立つことがあるということだろうな」

ターニャにしてみれば、全く期待していなかった縁故《えんこ》が役に立ったわけだ。人間というのは、どんな輩にも何がしかの取り柄があるのかもしれない。ターニャの意見としては、不承不承ながらも、それを実感する思いだった。

もっとも、司令部においてターニャの意見は少数派なのだが。

ヴァイス少佐こそ礼儀正しく沈黙を守るも、ターニャに私淑《ししゅく》して久しいはずの副官がなぜかあきれ顔で苦言を呈してくるではないか。

「中佐殿の宝珠や、私たちの九十七式を開発してくださる偉大で、立派な人格の技術者じゃないですか。そんな風におっしゃるのは……」

「セレブリャコーフ中尉。あとで、ドクトル・シューゲルの人物評をグランツ中尉に聞きたまえ。彼の感想が、全てだと思うがね」

はぁ、と頷く副官を視界の隅に追いやり、ターニャはひとまず朗報だったと肩の力を少し抜く。ゼートゥーア大将の名前を騙《かた》って物事を動かしていただけに、本国から命令が騙りだと下手にひっくり返されれば大混乱は避けがたかったが……。

「少なくとも、話はできるのだろうな」

グランツ中尉が事情を上にぶちまけてくれさえすれば。

ゼートゥーア大将がどんな判断をするにせよ、最低限の『通報』の役割は果たせるのだ。だとすれば、どうにか、大惨事は避けられるというところだろう。

上手くいけば、『それ以上』が期待できるのは決して悪くない。

ならば、今少しばかり、無茶な業務量に持ちこたえるのも不可能ではなし。

終わりの見える無理というのは、先の見えない無理よりもよほど心に負荷が少ないのだから。


統一暦一九二八年一月十五日　帝国軍参謀本部

「とまれ！」

鋭い衛兵の誰何《すいか》。

階級にかかわらず、許可なき者の侵入は断固として拒む。そんな使命感を帯びた視線が、声と共に来訪者へ向けられる。睨まれたのは、参謀本部へ駆け足で踏み込もうとしていたグランツ中尉だった。

彼は、どうにか足を止めて憲兵に相対する。

正直に言えば、心臓が破裂しそうなほどに緊張していた。

なにせ、無理やり強行突破に近い形で帝都上空を横断した身だ。

つい先ほどまで、管制や防空司令部と揉める必要があるかとすら悩んでいた。すんでのところで、幸運にも、戦闘団と所縁《ゆかり》の深いドクトルが介入してくれ、一難去って参謀本部に駆け込めたにせよ……その先の伝手《つて》には微妙に自信がない。

いや、実のところ、参謀本部の方へもドクトルが『話を通す』とは空中無線越しに請け合ってくれてはいるのだが……。

さて、どこまで話が通っているだろうか？

「自分はヴォーレン・グランツ魔導中尉。サラマンダー戦闘団より、将校伝令として……」

恐る恐る名乗りを上げれば、ああ、と憲兵は表情を緩める。

「ああ、ドクトル・シューゲルから伺っております」

この瞬間、グランツはあの良識的で善良な研究者に対する尊敬の念を改めて深めるばかりであった。

こうも手際よくやってくれるとは！

宝珠といい、手配といい、全く、あのような人格者が、陰の立役者として帝国を支えてくれている。後ろの人々が立派であるのは、なんと頼もしいことだろう。

「参謀本部直属の部隊から、緊急の将校伝令でありますね。……はい、確かに。どうぞ、お通りください」

「任務ご苦労」

敬礼に答礼を返し、小走りでグランツは参謀本部の奥へと進む中で、しかし、新たな障害に遭遇《そうぐう》する。

「とまれ！」

「は？」

ゼートゥーア閣下の事務室と思《おぼ》しき区画を目指すグランツは、そこで帯銃した少佐と古参下士官と思しき曹長に咎《とが》められていた。

立ち入り制限区画だ、と告げられたことに対しドクトル・シューゲルの名前を出せども『許可がない。立ち去れ』と今にも拘束するぞとばかりの強硬姿勢。

正門とは異なり、話が通じない。

いや、とグランツは頭を振る。

考えてみれば、これは、自分のミスだった。機密保持を慮《おもんぱか》り、ドクトルにすら『将校伝令』としか伝えていない。

ドクトルからしてみれば、ゼートゥーア大将の警護要員へ話を通すという発想すら湧かないだろう。

あの方は、あの方が分かる限りの範囲で、万全を期してくれていた。

にもかかわらず、自分はその厚意の手を十全に活用できていない。いっそ、機密漏洩を覚悟で、話すべきだっただろうか？

あの時、どうするべきだったか。

猛烈な疑念と悔悟《かいご》にさいなまれつつ、グランツは今度こそ間違えまいと懸命に考える。時間がない。一刻を争うのだ。とにかく、ゼートゥーア閣下に話をつけねばならぬ。

だが、眼前の警護要員は完全に厳戒《げんかい》姿勢。

押し問答する時間も惜しい。

いっそ、強行突破するか？

自分が、参謀本部で？

本当に、自分は、どうすればいいのだ？

グランツが泣きそうな感情を押しこめたところで、廊下を歩く参謀らが彼の視野に入り、その瞬間、か細くも堅牢な蜘蛛の糸に気が付く。

咄嗟《とっさ》に、叫んでいた。

「ゼートゥーア閣下の警護担当、グランツ中尉であります！」

権限はあるはずだ、とすがる思いで口にしたそれ。

「待て、聞いていないぞ。通せるわけが……」

「確認を！　グランツが！　グランツが来たと！」

大声でがなり立て、まくしたて、何とか！　と懇願し、せめて誰か知己が通りかからないかとグランツが天に祈り、絶望のあまり、宝珠を使っての強行突破を本気で選択肢に入れた瞬間のことである。

「グランツ？　待て、グランツ中尉か。二〇三の？」

少佐と曹長の背中越しに放たれた言葉は、甘露《かんろ》の如き響きであった。

はい！　と頷きたいグランツとは対照的に、警護役らしい少佐は困惑顔で振り返り、背後の人間に問いかける。

「ウーガ大佐殿？　失礼ですが、グランツ中尉と名乗る人物をご存じですか？」

「二〇三のだろう？　いや、多少の面識があるだけだ。顔ぐらいは分かるが……」

などという声が、どれほど、頼もしいことか。

「し、失礼いたします！　緊急につき、ご容赦ください！」

懐のメモを握り締め、グランツは一縷《いちる》の望みを託してウーガへ歩み寄る。

「うん？　貴官はたしかにグランツ中尉ではないか。突然、何事だね？」

これを、とグランツは縋《すが》るようにデグレチャフ中佐より託されたメモをウーガ大佐の手に押し付ける。

「東部方面における現下の情勢に関し、ターニャ・フォン・デグレチャフ中佐より、至急報告であります。ゼートゥーア閣下に、ご高覧いただけと厳命を受けております！　かなわぬ場合は、レルゲン大佐殿、もしくはウーガ大佐殿へとも！」

ハンス・フォン・ゼートゥーア大将は、帝国軍人事当局による人事考課においては常に『学究肌』と評されてきた。

むろん、これは帝国軍人事流の丁寧なオブラートである。

礼儀正しさを取り払い、込められた意味を直截《ちょくせつ》に言うなれば、『学究肌』の意味は『決断が遅いわ、ボケ』であろうか。

ちなみに、『学究肌』の対極にあるのは『勇猛果敢《ゆうもうかかん》』だ。

こちらでも、帝国の人事基準が意味するところは実に辛口だが。なにせ、最も甘口の評価ですら『ほかに褒めるところがないのね』を意味するほどである。

曰く、『勇猛果敢』ですって？　将校が勇敢であるのは当然の基準ではありませんか？　と。

故に、標準的な評価ですら、『ほかに取り柄がないので目を離すな』という『事実上、特大の注意書き』ぐらいのニュアンスが含まれる。

極めつけの辛口ともなれば、もう辛辣《しんらつ》どころではない。

『勇猛果敢なんだって？　じゃあ、なんで、まともな勲章もないの？　というか、なんでまだ、生きてるの？』まであり得る。

とにかく無慈悲にして情け容赦ない全人格の評価であり、戦前の厳格な基準が今なお適用されている参謀将校の人事考課ともなれば、される側にしてみれば『吐きそう』なほど秋霜烈日《しゅうそうれつじつ》な視座で満ち溢れていた。

畢竟《ひっきょう》、参謀本部の評価基準は、人間の限界があることを前提に、限界へいかに対応するかを冷徹に凝視していた。高ストレス環境下で、認知の歪《ゆが》む限界まで追い詰められた時、個人がいかにして『現実』に向き合うかを、情け容赦なく見るのだ。

それが、建軍以来の伝統である。

なんとなれば、帝国軍の創設者たちは知っていたのだろう。

人間は、現実を抱きしめるにはあまりにも脆《もろ》いのだ、と。

だからこそ、士官学校、軍大学のいずれにおいても『アホのような厳格さ』でもって、将校を限界の限界まで締め付けさせている。

実戦で馬脚を現す前に、さっさと間引くのだ、と。

そこまで配慮し得る先達《せんだつ》らですら、後世の後輩諸君が専門バカになるとは夢想だにしないあたり、人間の合理性には限界がある。

先達は完璧ではなかった。しかし、彼らは偉大な現実主義者である。必要なところに、必要な教育を受けた男は残せている。故に、草葉《くさば》の陰で彼らは誇るであろう。

『自分たちの後継者』たる男が、高ストレス環境下で機能する士官が、参謀本部には、いるのだ、と。


ウーガ大佐は、思う。

その瞬間を、自分は絶対に忘れないだろう。

たまたま、だった。

副官たる彼には、ゼートゥーア大将より『東部における命令系統の混乱を掌握《しょうあく》するための電文』の発電が指示されており、その手配を終えた復路のことである。

警備要員が妙にもめていたので、不審に思い覗けば……知った顔の魔導将校が悲壮さをにじませてゼートゥーア大将への取り次ぎを懇願しているではないか。

駆け込んできたグランツ中尉と名乗る将校から自分が見せられたメモは、封筒に入った小さな紙切れ。

だが、中身は、劇物そのものであった。

曰く、『小官は独断専行いたしました。ですが、主力を救わねばなりません。詳細は、伝令にご確認ください。処罰はいかようにでも』。

意味不明瞭にして、不審物とでも称するべきそれ。

知らぬ人間の書いたものであれば、笑い飛ばしただろう。

知っている人間のものであってさえ、一笑に付したやもしれん。

それでも、書き手が誰か知っていれば……グランツ中尉からの取り次ぎを決断するには十分だった。

なにしろウーガ大佐は、嫌というほどに知っている。

あの『デグレチャフ』が『独断専行』の事後報告。

参謀将校が、適切な独断専行を行ったという報告ならば、ただの人間には、上申する以外に選択肢があろうはずもない。

所詮《しょせん》、自己はただの人間だから。

あるいは参謀将校の極まった生き物同士であれば、それだけで意図が伝わるのではないかと直感が働いたのは……我ながらいい勘働きだったのかもしれない。

けれども。

自分の差し出したメモをひったくり。

中の書類を一瞥《いちべつ》した、その瞬間。

ゼートゥーア大将が顔に浮かべた感情は……。

直感的に思う。

chapter III

あれは、『形容してはならぬ』類の感情だ。

だから、ウーガは忘れることにした。

なんと感じたかは、そこで、消える。

それでも、忘れようもないことも多い。

「ウーガ大佐」

震える声だった。

あるいは、抑揚《よくよう》のない声だった。

怯《おび》えた声だった。

歓喜の声であったかもしれない。

「直ちに、グランツ中尉をここに」

自分に命じるゼートゥーア大将の声は覚えているはずだ。鮮明に、言葉の字面は記憶している。だが、分からないのだ。

その声が、どんな声色であったかを、ウーガの脳は理解し損ねた。

それをなんと形容するべきか。

ウーガは迷い、言葉を見つけかね、そして語り得ぬとして、生涯、彼はそれについて沈黙せざるを得ないとのちに悟るほどだ。

ただ、いずれにしても。

ウーガの眼前にいるのは、断固たる決意で、数多の困難と混沌の中でも明瞭な行動指針を選べる帝国軍の理想を体現した参謀次長閣下その人であった。

「……ウーガ大佐！　急ぎ付け加える。発令せよと伝えた先の命令文は取り消せ！　先の命令は、全て取り消すのだ！」

「閣下？」

「先に命じた命令文の発送を直ちに止めろ！　まだ、今なら暗号化が終わらん段階のはずだな？　間に合わせろ。貴官自身で、発送を確実に止めさせるのだ。そして、グランツ中尉をここに入れろ。差し止めは貴官自身で確認し、関連書類を破棄次第、復命せよ」

東部方面での混乱に関連し『発したはずのないゼートゥーア大将名義の命令が出ている』と理解し、状況を把握しようとする照会文。

最優先で発電せよと命じられたそれは、確かに、ゼートゥーア大将からウーガ自身が命じられていたそれ。

「し、しかし、つい先ほどまでは……」

「ウーガ大佐。命令は発された。貴官は、私の命令を理解したかね？」

有無を言わさぬ断固たる上官の態度に、ウーガは自身の内部に湧き上がる疑問をひとまず脇に追いやり、上司の意を汲み取る高級副官としての義務を優先する。

「はっ、直ちに」

失礼いたします、と言葉を発するや、ウーガ大佐は駆け出していく。

電話を介し、電話越しのやり取りやらの手続きでゴタゴタやるよりも、すぐ近くにある部屋に駆け込む方が早いのだから仕方ない。

道中、待機しているグランツ中尉と警備に『ゼートゥーア閣下が確かにお呼びだ』と一声だけ投げつけ、そうして通信室へと彼は駆ける。

だが、駆けていく彼の胸中は複雑だ。

脇に追いやったとしても、ウーガ大佐の胸中には疑念が数多あった。

サラマンダー戦闘団、それも、旧友であるデグレチャフ中佐のところの若い将校が参謀本部に将校伝令？　前例がないではないか。

そして、紙切れ一枚で全てが覆《くつがえ》されるとは。

東部では、一体何がどうなっている？　……まさか？　いや、しかし、自分の知る彼女の気質は、そのようなこととは無縁なのでは？

疑問はこんこんと湧き上がり、善良な彼の心を疑念の海に沈めていくに足るもの。

惑い、溺れ、沈むには……ウーガ大佐は真面目かつ善良な個人であり、誠実かつ訓練された組織人でもありすぎた。

ウーガは、その意味において理想的な副官である。

彼は、ゼートゥーア大将の希望を文字通りに優先した。

「高級副官のウーガだ！　通信全て待て！　通信、全て、待ってもらう！」

通信要員らが行き交う通信室に飛び込むや、暗号化途上の通信文を差し止めるために割って入る。

参謀モールの権威と、大参謀次長の高級副官、そして何よりも参謀本部に『長い』という三点でごり押し。

「大佐殿!?」

「ゼートゥーア閣下名義での電報は、全て取りやめ！　暗号化したものと、通信記録は全てこちらへ。発電前のものも、こちらに」

破棄するのだ、と言外に示す彼に対し、当直の若い少佐は唖然とした顔で規則を口に出す。

「記録の処理は、責任者であるコリアー准将《じゅんしょう》の許可を取らねば……」

なりませんが、という反論の声は正しい。

正しいのだが、『貴官自身で、発送を確実に止めさせるのだ。差し止めは貴官自身で確認し、関連書類を破棄次第、復命せよ』と命じたゼートゥーア大将の意図を考慮するとウーガ大佐に選択肢などあってないようなものだ。

関わる人間を最小限にせよと大書されているも同然だろう。

ならば、決まっている。たとえ組織上の責任者で准将級といえども知るべきでないならば、知らせるべきではない。

「閣下の専権事項だ。すまないが、今、ここにいる人間以外への口外を禁じる」

無茶を口に出している。

その自覚は、ウーガとて持ち合わせていた。

だが、彼の立場としては、押し通すしかない。

「ウーガ大佐殿、失礼ですが、大佐殿の権限といえども……」

「少佐。すまないが、これは相談などではない。通達だ」

必要なのだ、という一事《いちじ》が横車《よこぐるま》を正当化してしまう。

「電話を借りるぞ、少佐」

そのまま交換室に一言、二言、告げ、ウーガ大佐は当直将校に受話器を押し付ける。

「差し止めの件について、閣下に直接、貴官が問えるようにした」

「ご冗談でしょう？」

信じがたいという視線をよこす少佐に対し、ウーガ大佐ははっきりと苦笑する。気持ちはよく分かるが、あいにく自分に冗談のセンスは一切ない。

だから、上を待たせるなと無言で受話器を指さす。

話せば分かるから、と。

おずおずと、まるで取り扱いを誤れば、即座に起爆する手りゅう弾を持たされたかのように顔色の優れない当直士官が受話器を手に伸ばし——そして、彼に襲いくるのは衝撃であり、畏《い》怖《ふ》であった。

「ハンス・フォン・ゼートゥーア大将だ。確認とは？」

参謀本部のお偉方というのは、恐ろしい。

グランツ中尉は、帝国軍に数多いる中尉の中でも、最もその事実を不幸にも己の身で以て知《ち》悉《しっ》している一人である。

『さっさと入れ』と上に招かれた部屋で上司から『伝えろ』と命じられた言葉を吐けば、全てを心得たという顔で大将閣下が頷いた。数分ののちに突如として鳴り始める受話器を取り上げるではないか。

そこから？

目の当たりにしたのは、何か、壮大なごり押しである。

「そうだ、少佐。全て、私の指示だ。詳細はウーガ大佐より口頭で伝達される。されたのであろうな？　よろしい。確認するのは大変に結構なことだ。改めて、必要な措置を講じる権限を自分の権限で、ウーガ大佐に付与していることを明言しておく」

いいかね？　分かるかね？　などと圧を発するゼートゥーア大将閣下に電話越しで『理解し

ろ』とねじ込まれる現場の人間がいるらしいのだ。

剛腕を存じ上げる身としては、受話器先の恐怖は我が事も同然。

心底より同情する。眼前で繰り広げられている会話のお相手がどこの誰かは想像するしかないが、きっと、仲の良い友人になれるだろう。

なんなら、ビアホールで一緒に愚痴を吐きだしてもいい。

その日のうちに貴様と呼び合う生涯の親友になれるかもしれない。だから、この場から消え去りたいなとささやかにグランツが祈りかけた時のことだった。

ちらり、と永久凍土のごとき視線が自分をとらえるではないか。

「ご苦労、グランツ中尉。……さて、ここからは事後処理のための確認だが」

波に例えるならば、凪《なぎ》の声色。

淡々とした調子でもって、ごく自然体で語り掛けてくる老将軍は、しかし、眼だけは笑っていないのだ。

グランツの戦場で鍛えられた危機感を発動させるまでもない。

これは、デグレチャフ中佐殿のような類の士官が相手にするべき怪物であって、自己のようなタダの人間は嵐が過ぎるのをブルブルと震えて待つしかないような相手である。

「全て私が命じていた。貴官は、私が発令した件について、緊急に現状報告のために飛んできた。間違いないだろうね？」

「は、はっ！」

とっさに、震える声で以てでも返答できたのは、わずかなりとも『ゼートゥーア閣下免疫』がグランツにあったからだろう。

こんな時に、グランツはふと思い出す。あるいは、緊張感から走馬灯《そうまとう》が走ったのだろうか？　かつて『グランツ中尉を借りても？』とゼートゥーア閣下が部隊へ無理をねじ込んできた時のことだ。

自分の上官である、デグレチャフ中佐は、なんと、勇敢だったことだろうか。かなわぬまでも最大限に抗弁し、グランツをゼートゥーア閣下から庇《かば》ってくれた。

あの時は、まだ分からなかったが、ゼートゥーア閣下と付き合いが長く、ゼートゥーア閣下の恐ろしさを知悉《ちしつ》している上官が、『それでもなお、自分のために抗弁してくれた』という事実はグランツをして『上に行く人は、そういう立派なところがあるのだな』と感じ入らせるほどであった。

そんな上官が『頼む』と自分に東部戦線の帰趨《きすう》を託したのだから。

一人の人間として、グランツは義務を果たす覚悟の下、ゼートゥーア大将の下問《かもん》にも震えそうになる心を奮い立たせて相対する。

「防空管制と揉めたと言っていたな？　なぜだね？」

「識別が問題でした」

「ルーデルドルフの件があって以来、防空識別が煩《うるさ》くなっていたな。おまけに、ベテランが少ないので慣れていないゆえに硬直的な反応を示すわけだ」

よろしい、と物分かりよく大将閣下は鷹揚《おうよう》に笑う。気さくな態度だけれども、しかし、その目は依然《いぜん》として笑っていないのだが。

「こちらから話を通しておこう。参謀本部への伝令将校が阻害された、とな。きっちり怒鳴り込んでおくとも。ところで、これは蛇足だが――」

さりげない付け足しと相反するようにガラスのような冷たい眼。そして観察するような視線がグランツ自身の顔面に向けられたことで、『ああ、これが本題か』と彼は唾を飲み込み、次の言葉を待つ。

「本件について口外は？　どのようにして、突破した？」

「道中、ドクトル・シューゲルのお世話に」

「ドクトル・シューゲル？　なぜだね」

意外な人の名前を聞いたという態度の上官の更に上官である偉いさんが『処分しよう』とか言い出す前に、グランツは端的に言葉を継ぎ足す。

「将校伝令の途上、友軍に脱走兵ないしボギーとして処理されかけました。身元を証明していただき、その、伝令だとだけ」

「詳細の説明は？　していないだろうな？」

ああ、やはりか。

機密保持。どこまでも機密保持。

幸いにしてグランツは、あの善良にして尊敬すべきドクトルを巻き込むが如き迂闊《うかつ》な発言は一切していない。

つい先ほどは、間違ったと思った。

ドクトルに打ち明けて、助力を乞うべきだった、と。

だが、今は、話さなかったことこそが、正しかったと理解している。

全て、結果論だ。だが、間違えれば、大変不味《まず》いことになっただろう。

「しておりません」

「よろしい。他に、このメモについて知っているのは？」

「ウーガ大佐殿にだけ、このメモを」

「伝言は、それも伝えたのかね？」

その質問の真意を、グランツは幸いにして知る必要がなかった。

なにせ、ウーガ大佐殿は、グランツからメモを見せられた時点で『上申する』と即断していたのだ。だから、グランツは胸を張って『メモだけお見せし、ここまで通して頂きました。他に、本件についてデグレチャフ中佐以外はご存じではありません』と報告できるのだ。

機密保持の必要性。案件の重大さを思えば、それは全てに優先される必要であった。

必要が、必要だと求めれば。

ある種の『気まずい措置』を求める必要があったが。

その必要のないことをゼートゥーア大将はひそかに喜びつつも、選択肢に入れていた自分に苦笑する。

一度、友殺しに堕してしまえば際限がなくなる。

どこかで、タガが外れたのだろう。

自身の思考が『目的の為に純粋化』しつつあることをゼートゥーア大将は密かに面白がる心境にすらあった。あるいは、善悪の判断に葛藤しないことで、諧謔《かいぎゃく》を介する余裕を初めて取り戻したといえるのだろうか。

いずれにせよ、誰の幸運かはさておくとしよう。

重要なことは、ゼートゥーア大将が自己の高級副官の復命を平静に迎えうる心境にあったという点だから。

「高級副官、ウーガ大佐、入室いたします」

「ご苦労、大佐。電報は差し止めできたか？」

「はい、間に合いました」

差し出されたものを一瞥し、ゼートゥーア大将はそれを自身の手で破り捨て、灰皿の中に突っ込む。

無造作に取り出したマッチで数枚の書類を燃やす顔には、万事を楽しむことのできる好好爺《こうこうや》以外のものがなし。そのまま懐から取り出した紙タバコをニコニコと咥《くわ》え、紫煙《しえん》をお茶目にたっぷりと吐いた直後に、再び言葉が発せられる。

「よろしい。大変よろしい。ご苦労だったな、ウーガ大佐」

くるりと振り返り、背中を部下に向けたところでゼートゥーア大将は言葉を放つ。

「すまないが、もう一つ頼まれてくれるだろうか」

「はっ、なんなりと」

柔和な口調のゼートゥーア大将と、職業軍人然として峻厳《しゅんげん》な表情のウーガ大佐。

ちなみに……傍で見ているグランツ中尉に言わせれば、物腰丁寧な人間ほど怖いという生きた実例であったが。

「朝令暮改《ちょうれいぼかい》で悪いが、東部方面軍司令部に向けて新規の至急電を手配してもらいたい。本文は『先の東部査閲官命令を、速やかに実行せよ』。以上だ」

「閣下？　よろしいのですね？」

「何か、誤解があるのだろうか。よいかね、ウーガ大佐。あの命令は、私が確かに命じていたものだよ」

ゼートゥーア大将は訥々《とつとつ》と語る。自明のことじゃないか、と。

「敬愛するラウドン閣下に万事心得てもらっていたのだが、武運拙く、ラウドン大将消息不明という緊急事態だ。大混乱との現地報告もあったのでね。念のためということで、私の方で手配したものだよ」

うわぁ、と。

呻きそうになっていたグランツ中尉だが、辛うじて耐え切る。

ゼートゥーア大将の返答は真っ黒も真っ黒で、断固としてそれ以上の確認を許そうとはしていない。

グランツ自身、自分が何を運んだかは知っている。

『ゼートゥーア大将による命令の追認はあるだろう』と尊敬するデグレチャフ中佐が明言していたことも信じていた。

だが、これは、なんだろうか。

これは、権力で、黒を白にひっくり返す無茶だ。

こんな無茶を、即興で、即座に、迷うことなく、選べるのか？

ゼートゥーア大将も、デグレチャフ中佐も、なんで、そんなに、そうも、視点が常人と異なるのだろうか。

お偉いさんって、怖い。どうしようもなく、ヤバイ。

グランツ中尉は若干、現実逃避気味に思考をもてあそび始める。それは、正気をかろうじて保つための健気《けなげ》とでも評すべき取り組みだ。

そんなグランツ中尉をよそに、ゼートゥーア大将は淡々と言葉を紡ぎ続ける。

「ああ、そうだ。ウーガ大佐、私は、貴官へ上手く伝えられなかったようだ。その件については、私としても誠に遺憾《いかん》に思うよ」

「……大変失礼いたしました。激務と混乱ゆえに、少し、齟齬《そご》があったようです」

「理解できたかね？」

「はい、閣下。小官は、確実に理解いたしました」

理解し、尊重します、とばかりに表情をこわばらせつつも頷くウーガ大佐に対し、ゼートゥーア大将の声色だけは穏やかなままだった。

「よろしい」

くるり、と向きなおり、笑顔をウーガ大佐に向けるゼートゥーア大将は落ち着いた口調でもって、ターニャの積み上げていく既成事実こそが、自分の意図であると塗り替えていく。

「先の命令が通信混乱の最中でも届いたのは、実に僥倖《ぎょうこう》そのものだった。ラウドン閣下の受難ともあれば、現場でも色々とやむを得ない混乱があったはずだが、参謀本部として改めて正式に厳命し、東部査閲官主席参謀名義で発せられた私の作戦指導を徹底したい」

そうだろう？　と咥えタバコで素っ気なく口に出された内容を、この場の誰も否定しえるはずがないのだ。ゼートゥーア大将からの伝達という名義で騙されていたはずの命令が、たった今当人が追認する弩級《どきゅう》の無茶苦茶で『本物』の命令と化けたのだから。

発令名義の人間が、『確かに私の命令だ』と言えば、そうなる。

ならば誰もが『それは正規の命令であった』という『事実』を事実として動くしかない。グランツの眼前で、ウーガ大佐が厳《おごそ》かに頷くのがその嚆矢《こうし》であった。

「万事、遺漏《いろう》なきように、小官自身で『今度こそ』確実に伝達すべく手配いたします」

「素晴しい。大変結構だ」

思い付きのような声ながら、そこで、ゼートゥーア大将はウーガ大佐へ何げない一言に擬《ぎ》した礼を口に出す。

「高級副官、すまんね、いつものことだが……苦労を掛ける」

「いえ、光栄です。それでは」

敬礼とともに立ち去っていくウーガ大佐の背中を見送ったところで、ゼートゥーア大将は思い出したようにグランツに視線を合わせてきた。

グランツとしてみれば、忘れてもらいたいところだったが。なにしろ、どうしようもなく、本当に、どうしようもなく怖い。

そう、怖いのだ。

相変わらず好々爺然とした大将閣下の目を見るほどに、恐怖が湧き上がってくる。グランツ中尉にとって、それほどに、このゼートゥーア大将という人物は畏敬《いけい》の対象であると同時に切れ者すぎて怖い。

今や、デグレチャフ中佐のようにまだ分かりやすく喜怒哀楽を示してくれる鬼上官の方がよほど天使に思えるほどなのだ。

「グランツ中尉。どうか、かけてくれたまえ」

親切に、親しげに、温かい態度で勧められる椅子が、どうしてか、グランツ中尉には電気椅子にしか思えてならない。

「少し、楽しく、おしゃべりをしようじゃないか」

渋々椅子に腰を下ろせば、ゼートゥーア大将が向かい側に座っている。という事実に耐え忍ぶしかない。

「地図をみてもらいたい。そうだ、これだ」

作戦に使う東部戦線の地図は、見慣れたもの。

参謀本部の使う地図ということで、自分たちの部隊で目にしている物より、紙質こそ上等のようだが、地図自体は同じものだ。

「見ての通りだ。書き込まれている情報は、後方の帝都側で把握できていると『思っている』情報に過ぎん。端的に言えば、混乱が可視化されたものだな。貴官の見たものと、違うのではないかね？」

「……はい、閣下。仰《おっしゃ》る通りです。小官が把握している情勢とすら、部分的に食い違っているかと」

うん、とゼートゥーア大将は優しい表情で顎を撫でる。

「後方から、遠く離れた前線の状況を把握するのは難しくてね」

困ったことじゃないかね？　などと相槌を求められても、グランツは引き攣《つ》ったほほ笑みを返すしかない。

「ここで決められるのは、大まかな方針ぐらいでな。だからこそ、現場の意見を聞きそびれると……肝心のところで間違うのではないかと心配でね」

上位の意思決定層が、現場の意見に耳を傾ける必要性を重視。何一つとして、瑕疵《かし》のない正論だろう。

「グランツ中尉、少し、話を聞かせてほしい」

聞かれるのが、自分でなければ！　とグランツは心の中で付け足すが。

「なんなりと」

「……空挺降下の経験はあったな？」

「は、ノルデン以来、たびたび行っております」

よろしいと満足げに頷き、しばし、何かを考え込む大将閣下は時折、なぜか顎をさすってはグランツに視線を向けてくる。

「斬首戦術のベテランに問うのもばかばかしいが、もう一つ、いいかね？」

はい、と頷くグランツに、朝食のメニューを訊《たず》ねるように気さくな態度で『これは、確認なのだが』などとゼートゥーア大将は続ける。

「東部では、今も、通常展開している魔導大隊で……連邦軍の一個歩兵連隊程度であれば蹴散らせる技量を保っている。違いないな？」

「はい、閣下。定数に対して六割程度の魔導大隊であれども、連邦軍の一個歩兵連隊程度であれば対応可能な範疇かと」

そうか、と上官は少し言葉を選びなおすように腕を組み、天井を見上げる。しばし上を眺めていた大将閣下はやがて意を決したように口を開いた。

「航空魔導師団による兵站破壊だが……敵後方を十分に蹂躙《じゅうりん》しうるとデグレチャフ中佐は判断したのだったね？」

「我が大隊長殿は、そのように判断し、小官に命じました」

ふーむ、などと唸《うな》り、ゼートゥーア大将はそこで緘黙《かんもく》する。

まるで居眠りをしているかのように身じろぎすらせず、そのまま彫像のように固まっていた大将閣下が目を開けたのは数分後だろうか、それとも、数秒後だろうか。

緊張感のあまり、時間感覚が怪しくなっていたグランツに対し、眼を開いたゼートゥーア大将は、おやというように顔を上げる。

「……中尉、少し待て。なんなら、好きに寛《くつろ》いでくれて結構」

立ち上がり、ゼートゥーア大将は後ろで腕を組む。そのまま、何事かを思案するようにフラフラと室内を歩き回り始める。

「その……閣下？」

「少し、考えるのだ」

「は？」

「ああ、そうか。貴官には、はっきりと、言わねば分からんのか」

よろしい、と大将閣下は不機嫌に続けた。

「命令だ。黙れ」

言葉に込められた有無を言わさない圧に、グランツ中尉は口をふさぐ。彼は、よく知っている。

口は災いのもと、と。

だから、自分は置き物、自分は置き物と心中で唱えながら、彼は黙る。

ブツブツと呟く大将閣下と帝国軍参謀本部の内奥で同室し、並々ならぬ頭脳の持ち主が何事かを呟き続ける言葉を極力耳から耳へ聞き流せと精神統一に勤《いそ》しむ。

「……足りない、足りないが、足りないだけだ」

だが、聞いてしまえば、意識してしまうのだ、グランツだって。

足りない？

何が？

兵力だろうか。

タイミングだろうか？

時間だろうか？

分からないが、何か、嫌な予感がするのは？

「斬首戦術は種が割れているはずだ。だが、連中は、『斬首戦術』を知っているだけでもあるだろう。本質である投射能力の真価は、まだ知るまい。であるならば……」

であるなら？　いや、ダメだ、これ以上、意識を割くな。

「……ふむ？」

ふと、そこで、ゼートゥーア大将の声色が奇妙なまでに変わっていた。

ブツブツと繰り返されていたぶつ切りの乾燥した色からうって変わり、まるで灌漑《かんがい》されたかのように生気を帯びた色。

「……ふむ、ふむ」

小さく頷き、ゼートゥーア大将の指はその口元をなぞるではないか。

「ふーむ、なるほど、これは、よし」

ぱん、と手を打つさまなど上機嫌以外の何ものとも思われないだろう。

「グランツ中尉、もう喋っていいぞ。ああ、そう堅くなることはない。笑顔を大切にしているかね？　リラックスして、緊張せずに答えてくれたまえ」


書類、そして、連邦軍勢力圏での兵站破壊。

二方面作戦は、悪夢である。

負けられない二つの戦線を抱え、世界の全てを呪うとばかりに食いしばり、自由で公正で善良な個人としてのターニャは踏ん張り続けた。

自由主義者ならば誰でも称賛せずにはおられない、善き市民的な義務の発露である、とターニャは自負するほどである。

実際、驚異的な能率であった。

ゼートゥーア大将名義で『東部方面軍』に『黙れ』とまでねじ込む無茶で、東部方面軍司令部の騒音は一時的にカット。

もちろん、ばれたら、うるさく譴責《けんせき》されるどころか、問答無用で武装した憲兵なり魔導部隊なりが司令部のドアを銃床《じゅうしょう》でノックだろう。

組織論からすれば、それほどの蛮行である。

だが、『今ここ』をしのぐためには四の五の言っている余裕がターニャにもなかった。

僅かな仮眠後、副官共々、吐き気がするような味の泥水珈琲――熱いことだけが唯一の利点である――を胃に流し込み、ターニャは航空魔導師用増加食である板チョコレートを親の仇《かたき》であるかのようにボリボリとかみ砕く。

僅かな休息。

抜けきらぬ疲労。

その状態で、ターニャは連隊規模魔導師を直卒し、帝国軍の防衛線を蹂躙する連邦軍第一梯団へ一切合切の補給を許さじと徹底した兵站攻撃をし続ける。

補給の阻害は、実際、有用なのだ。

生身の歩兵主体である塹壕《ざんごう》戦ですら、食い物が無ければ戦力は時間とともに喪失される。弾薬の消耗もあるだろう。

同時に、『即座』の結果に繋がらないのも事実なのだが。

通常の場合、人間は、一日食べないだけで餓死まではしない。

無論、空腹にはなるだろう。すきっ腹の兵隊が、十全な戦闘力を発揮し得ないというのも道理であるだろうが……軍隊とは極まれば、必要の奴隷なのだ。空腹の兵隊にアンフェタミンだけ与えて雪中行軍させるような割り切りを是《ぜ》とすることもある。

まして、連邦軍の組織文化が人道的で平和主義的で博愛主義的であろうか？

ターニャに言わせれば、『ご冗談を』である。みたところ、帝国も、連邦も、軍隊は『必要』に奉仕する悪癖があるのだ。

当然だが、一日、二日程度だけ補給を一定程度に阻害しえたところで、敵は止まらない。

だから、前線からの悲鳴のような救援要請は、ターニャらが疲労困憊し崩れ落ちるように寝床で意識を失うまで激戦を戦っても、途絶えるどころか、いや増すばかり。

比例して、苦境にある友軍を見捨てるのか！　などという近視眼的な極論が『英雄的』な魔導師諸君から飛び出してくるのだ。

『救援要請に応じ、前線に支援を！　余力がないならば、我が隊だけでも！』などと、別働隊に属する中隊指揮官級から懇願《こんがん》があったときなど、限界だった。

破局がじりじりと迫っているのに、構造的な問題ではなく、眼前の問題だけに拘泥《こうでい》するアホに、自分が時間を奪われる？

その場で、とっさに想ったものだ。

『いっそ、射殺して別人に指揮させるべきではないか』と。

ターニャは激昂《げっこう》ではなく、理性から『時間と感情的反発』を天秤にかけ、『射殺して一罰百戒とし、反発を抑え込む方が時間効率では最善か？』とすら真剣に脳裏で検討した。

時間がないのに。

労力も足りないのに。

フリーズしたターニャだが、幸い、究極的な判断を迫られる前に、頼もしいことにヴァイス少佐の鉄拳が問題を解決してくれる。

士官が、士官をぶん殴るというのは非常に稀《まれ》なのだが。

「士官たるものが！　優先順位を、はき違えるな！」

怒号《どごう》し、激怒も露《あら》わにヴァイス少佐が糞生意気な中隊長級の顎に拳をぶち込む。凍り付いた周囲が唖然とする間に、意識を失った中隊長を担いで司令部の外に放り出す。

「中佐殿、寝不足の士官が、昏倒《こんとう》したようであります！　睡眠をとらせてやりたいのですが、構わないでありましょうか！」

「ほう？　いっそ、安らかに眠らせてやるべきかね？」

冗談だよ、とターニャは表情をこわばらせかけたヴァイス少佐に笑い返す。部下の気遣いを無に帰すほど無粋なことをしたいわけではない。

「すぐにたたき起こせ。仕事があるんだ。起きた時、指揮を執れる状態であれば、指揮に戻してよろしい。ダメならば、次席に指揮権を継承させて、ゆっくり寝かせてやれ。なんなら、ずっとお休みさせてやっても構わんからな？」

はっ、と短く頷き足早に駆けていくヴァイス少佐に心中で感謝し、ターニャは再び書類と地図に向き合う。

東部方面軍の防衛線は、既に瓦解を開始している。

連邦軍の砲撃、混乱したこちらの防衛計画、何より、敵の衝撃力が強烈すぎる。言うなれば、堤防が各所で決壊しているような状況。敵の第一梯団は、濁流のように帝国軍の勢力圏へ突き進みつつある情勢だ。

だが、肝心なこととして。

『まだ』遊水地に浸水したのと変わらない。

帝国が持つのは縦深の薄い防衛線だけ。貯留機能は極めて限定的であり、洪水に押し流されるのは時間の問題ではあるだろう。

常識的に考えれば、防衛線の再編が間に合わなければ、大崩壊寸前の状況だ。

しかし、『まだ』これ以上の水量が流れ込まなければ、制御はかなう。

敵第二梯団の突入を阻害し、第一梯団への補給を妨害できれば、『まだ』帝国は防衛線を後退の後に再建できる。

「まだ、まだ、まだ」

三重のまだを繰り返し、そこでターニャは願望の連続だなとため息を飲み込む。

意識が曇りすぎていることを知覚し、切り替えだとばかりにチョコレートを齧ればわずかに人心地もつこうもの。ついでに副官が差し出してくれる珈琲を楽しめば、人間性を回復だ。

もっと頻繁にチョコを齧って珈琲で胃へ流し込んでリラックスしていれば、文化的なのだろうが……あいにく、貴重な備蓄だ。これ以上、消費量が加速度的に跳ね上がり、反比例するように在庫が減少するのは痛し痒し。

いや、ウーガ大佐に依頼すれば、『いずれ』は手配されるだろうが。少なくとも、死に瀕しつつある東部方面軍の容態が確定するまでには間に合うまい。

結局のところ、いつでも、時間を意識するしかないとは。

一日はどうして、たったの二十四時間しかないのだろうか。

世界の不条理と矛盾に嘆きつつ、ターニャは地図上の街道を睨み、よし、と息を吐く。

世の中のしがらみに似たようなものだ。帝国軍も、連邦軍も、街道と鉄道から自由にはなりえない。ならば、どこの街道が補給上のチョークポイントかも両軍は共に知っている。

そして、そこを大規模な航空魔導師が狙っていることも、連邦軍は察知したとみていいはずだ。連邦人がイデオロギーで目隠しされているとしても、連邦軍はプラグマティズムという眼鏡でかっちり視界を確保しているに違いないのだから。

ここだけは、残念だとターニャは嘆きたい。

連邦共産党がもっと頑張って、連邦軍の足を引っ張ってくれないのはなぜだろうか。これだから、コミーには困る。期待するだけ無駄な相手だとターニャは思うが、それだって、もう少し、役に立ってほしいものだ。

「奇襲の方が好みだがな。強襲やむなし」

意を決し、呟けばもうそれが規定の方針であった。

出撃に挑む魔導師らへはわずかな時間とはいえ、休養として温食が提供され、衛生兵がどうにかかき集めてくれた燃料でサウナもどきまで一部の兵士には堪能《たんのう》させてある。

勿論、指揮官は最後だ。

この種の見栄っ張りは不合理であるが、そもそも戦争は不合理の極みなのだ。

ターニャは故に、再出撃に際し、各中隊指揮官をはじめとする『リーダー』がそれぞれにやるべきことを踏まえているか一人一人と目を合わせ、『しくじるなよ?』と圧をかけておく。

そうして、出撃前にじろりと部隊を舐めまわすように見終えたところでターニャは単刀直入に本題を切り出す。

「諸君、さぁ、仕事だ。いつも通りに、私に続きたまえ」

激しい檄はなし。

百万の激励よりも、時に、『何をすべきか』を知悉していると示す行動こそが、雄弁以上に雄弁足りえるのだから。

故に。

ターニャは、疲労困憊を押し飛ばし、先頭を選ぶ。

すべきことを明示し、人を使う立場にとって適切な行動として。

だからこそ、部下が続く。

だからこそ、部下が従う。

だからこそ、背後から撃たれない。

なにせ、魔導部隊に課された役割はあまりにもむごい。

『魔導師、魔導師はどこで油を売っている！』『救援を！　包囲されている！　大隊が、まるごと包囲されている！』『司令部、司令部！　航空魔導中隊でいい！　近接支援を緊急で要請する！』『友軍機の墜落を視認。小隊でいい！　魔導師の救難部隊を派遣できないのか!?』『撤退中の砲兵に敵機甲大隊が急速接近中！　頼む、近隣部隊の誰でもいい！　止めてくれ！』『支援要請、支援要請、緊急！　二個中隊規模の敵重戦車が陣地に乗ってきている！　このままじゃ！』

無線感度は、甚《はなは》だ、『良好』であった。

友軍の悲鳴が明瞭に受信できてしまう。

いっそ、連邦軍の電子戦で『聞こえなければ』と誰もが顔をしかめてしまうほどに、無線感度は『クリア』だ。

地上で起きている現象。これを一言で言い表すならば、惨状《さんじょう》以外の何ものでもなし。

現場から実況中継され、『助けてくれ』と呼び掛けられる側が心から葛藤しているのは、その全てを『必要』の二文字で黙殺し続けよと命じられているから。

「だが、エアランド・バトルの神髄のためにも、必要なのだな、それが」

かくして、必要が命じるままに。

『救援要請を黙殺せよ』という命令しかターニャが選べるカードはなし。

地上では、紙切れのように蹂躙されていく帝国軍防御線。陣地に籠《こも》ったところで、拠点ごと囲まれるのがオチ。そんな地上の光景を眺めながら、ターニャらは、ただただ敵勢力圏の兵站攻撃を狙うしかない。

酷い泥仕合《どろじあい》であった。

敵の後方段列や、移動途中の敵後続部隊をこちらが吹き飛ばす合間にも、敵さんは敵さんで砲爆撃を我が方の前線に浴びせまくる。

徹底的に耕された陣地の残骸で、運よく生き残った帝国軍の将兵とて、その未来は明るくない。波濤《はとう》のごとき勢いで迫りくる連邦軍に囲まれ、『土壇場』で飛び出した後退命令を実行する余裕すらなく押しつぶされていく。

運よく、首尾よく即時に決断して後退を支障なく開始し得た諸部隊とて、徘徊している敵航空戦力に怯え、上空援護がないことを心の底から呪いながら、この寒空の下で長駆追撃してくるであろう連邦軍との命がけの鬼ごっこを楽しむことになるわけだ。

どう言いつくろっても、もう、帝国は末期以外の何ものでもなし。

そして、ここで主軍の壊滅《かいめつ》を回避したところで、その程度では、ピュロスの勝利にすら至らぬことをターニャが誰よりも知っている。

だが、それでも。

ここで、やり遂げるしかないのだ。

「目標補足！　敵燃料輸送車列。……呆れました。また、自走式対空車両です」

「知ったことか、だな。セレブリャコーフ中尉」

「もう、慣れましたからね」

セレブリャコーフ中尉の指摘するように、敵補給部隊は嫌になるほどに対空防護へ熱心であり、その火線の規模などは襲撃に参加する帝国軍魔導師をして『対空砲に撃たれるのは日常である』と断言せしめる次元にある。

最低でも、自走式対空砲が随伴《ずいはん》。酷い場合には、トラックに高射砲だ。連邦軍は航空優勢を確保しているにもかかわらず、これ。航空優勢を喪失した地上軍だって、ここまで偏執的に対空砲火を重視するのか？　と問いかけたくなるほどに、対空砲火が密である。

「が、レーダー射撃でもなければな」

魔導師を補足し、撃破するには、まだ連邦の火力の精度は甘い。油断すれば、魔導師も落ちるだろうが……現状では、気を付ければよし。

ならば、やることは自明である。

直ちに襲撃。それも、徹底して、断固として、情け容赦なく。

「よろしい、ペア単位で各隊は地上襲撃へ。無論、相互に射線へは留意せよ。急造の連携とはいえ、味方撃ちは許容できんぞ？」

命令を飛ばしてやれば、部隊が反復によってのみ実現可能となる慣れた手合いで地上襲撃に向けて分散し、各自が突入航程へと移行し始める。

よろしい、と指揮官としてのターニャは頷く。

ほどなくして、一斉に襲い掛かれるであろう。

「さて、我々も突っ込むことになるが……意気込みのほどは、どうだね、ヴィーシャ？」

「はい、グランツ中尉の分も頑張りますね！」

「やる気はいいが、なぜ、ここでグランツ中尉の分なのだ？」

「いえ、私にも言い分が」

聞こうじゃないか、とターニャは部下の声に耳を傾ける。

「ペアを取られそうでしたから」

はて、と考え、そこでターニャはああと頷く。確かに、長距離偵察に際してはグランツに声をかけていたが。

「ははは、それはいいな。だが、僚機は慣れた奴が一番だ。貴官が一番頼りになるよ、中尉。いつも通り、期待している」

「頑張ります！」

期待するとも、と応じ、ターニャはちらりと部隊へ目を向ける。

配置完了。地上襲撃への移行もよし。

連隊規模だからこそ、手間を惜しまず、段取りを確認する。

ならば、発すべき号令はただ一つ。

「対地襲撃！　総員、かかれぇぇ！」

号令を飛ばすと同時に、ターニャはセレブリャコーフ中尉を背後に地上へ向けて光学系狙撃術式を投射。燃え上がる敵輸送車両の炎は、まさしく、帝国軍にとって攻撃目標を示すある種の誘蛾灯《ゆうがとう》が如き役割を発揮する。

戦場音楽は、全く酷いものだ。

爆裂術式の煌《きら》めき。

光学系狙撃術式で撃ち抜かれる人だったものの悲鳴。

貫通術式を付与した短機関銃弾の音と、それが地上の軽装甲車両を薙《な》ぎ払う音と光なぞ、それが誰かの死をばらまく音だとは思われぬ軽薄さすら纏《まと》う。

だが、それですらも、『まだ、鈍い』とターニャは檄を飛ばす。

「諸君、手早くやりたまえ！　時間を惜しめ！　仲間を思え！　手際よくやれ！」

敵後方兵站線を破壊するというのは、理屈の上では単純なものだ。あいにく、単純な理屈を単純なこととしてやり遂げるのは簡単ではない。だからこそ、どこまでも、どこまでであろうとも、効率化されねばならないのだ。

兵站攻撃というのは、自明だからこそ、対策もまたよく知られている。

「我々が締め上げるべき敵の動脈は太い！　一本一本丁寧には切ってられん！　ざっくりと、大胆に、迅速にぶった切れ！」

故に、古今東西、数多の素人から玄人に至るまで、口を揃えて指摘する。

『兵站線の破壊』という概念は素晴らしいものだ、と。

軍隊とは巨大な消費主体である。

戦闘状態でなくとも、兵員には適切な食事、休養、余暇を提供されねば瓦解しかねない。戦闘状態ともなれば、積み上げられていたはずの弾薬が瞬《また》く間に消え去り、備蓄されているはずの燃料は空っぽになり果て、がらがらだった病床だけが満床となっていく。

その生命線である物流を断てれば、どうして、効果が小さかろうか？　補給線を保持し損ねた軍隊は、いつだって、時間の経過とともに加速度的に瓦解していく。

故に、誰だって、兵站の攻撃は有用だと即座に理解できるのだ。それは、素晴らしい。だからこそ、専門家は『概念』としては称賛する。同時に、実務に際しては、『出来るならば』という付言《ふげん》付きでしか称賛しないのだが。

ターニャとて、その付け足された実務上の困難には心底から同意する。

補給を断つというのは、それほどに王道にして、誰もが思いつくがゆえに対策もまたありふれすぎたもの。

そこで、問題。

連邦軍の百個師団を超えるような規模を支えうる『兵站』の『完全な破壊』を、たかだか一個航空魔導師団程度で簡単になしえるだろうか？

答えは単純。不可能である。

そもそも、誰が考えても、分かり切った話なのだ。

敵だって襲撃を警戒する。なにより、襲撃者と護衛で規模からして違う。そんな状況で、少数精鋭が息巻いたところでどれほどの意味があるというのだろうか。

局所的な勝利で凱歌《がいか》を叫んだところで、歪んだ軍事ロマンチシズム以上の意味を見出し得るかは甚だ疑問とせざるを得ない。

それが、理屈だ。

至極真っ当に考えれば、これでこの話はおしまいになる。

帝国軍航空魔導師団は、頑張っても、状況を挽回できない。したがって、試合終了。本大戦はこれにて連邦大勝利と相成ります……というのが、常識の帰結だ。

ところで。

戦争に常識なんて、真実、あるとでも？

そんなものがあれば、そもそも、戦争なんぞ、起こり得ないのだ。

起こり得ないはずの戦争が起きているのであれば、すなわち、常識の帰結などに甘んじて敗北を抱きしめるべき理由なぞも帝国軍魔導師らには皆無である。

航空魔導師団は、故に、確かに、敵の兵站を食い荒らす。

とはいえ、戦争とは、非常識の塊なのだ。

こちらが信じられないことを成し遂げるのであれば、相手だって、同じようにする。そんな平凡な真理を、ターニャは敵地上空に、無線経由でメーベルト大尉から知らされる。

高度六〇〇〇。索敵態勢を保持しつつの敵勢力圏突入中。間違っても、注意力を散漫にしたくない局面で、留守司令部からの緊急通信などそもそも嬉しい類のコールのはずはない。

だが、悪い報《しら》せを歓迎しない上司になる方が危険だと、ターニャは通信に応じる。

「ちゅ、ちゅ、中佐殿！」

どこからどう聞いても、狼狽《うろた》える砲兵屋の声ではないか、と。

歴戦の留守番が怯える通信。

控えめに言っても、嫌な予感。だが、だからこそ、ターニャは、あえて鷹揚に応じていた。

「なんだね、メーベルト大尉？　落ち着きたまえ。貴官らしくもない」

ゆっくりと、一言一句を区切って、聞き取りやすいように。ひいては、興奮している状態にある相手が、鎮静しやすいように。

「で、ですが！　緊急なのです」

そんな思いやりに満ちたターニャの声掛けだが、さほどの安静効果もなかったらしい。

「中佐殿、緊急なのです。し、司令部、敵の空挺が！」

「はぁ？」

ぽかん、と。

一瞬、言葉を理解しそびれるターニャに、メーベルト大尉は泣きそうな声で繰り返す。

「空挺です！　連邦軍が、東部方面軍司令部へ！　斬首戦術を！」

おやまぁ、とターニャは口をすぼめる。帝国のお得意芸が、模倣《もほう》されているではないか。

「くそっ、メーベルト大尉。そいつは、愉快じゃないぞ」

司令部への空挺強襲。

帝国軍魔導師のお家芸であるが、実のところを言えば、実行部隊が魔導師でなければならぬ必然性はない。なんなら普通の空挺だって片道なら突撃できることだろう。

そして、その種の割り切りを連邦なら平然とやる。

空挺堡《くうていほ》にぶち込み、後は野となれ山となれ。指揮系統をつぶせるならば、トータルでは割に合うと割り切る感性がコミーにはありそうだなとターニャは苦笑していた。

苦笑どころか、吐き気すら感じるべき局面だなと脳裏で誰かが囁《ささや》き、きっと、現実逃避だろうよと脳裏で誰かが囁き返す。

いずれにしても、とターニャは頭を振りつつメーベルト大尉に半ば衝動的に問い返していた。

「周囲の部隊は？　最悪でも、司令部の状況は知りたい」

「全てが不明です！　現在も、交戦中という事実だけが分かります！」

報告を聞き、ターニャは即断する。

東部方面軍司令部は、ラウドン閣下を喪失しているが、その意味は、たかだか意思決定者の喪失でしかない。間違っても、司令部丸ごとを取り除かれ、組織的戦闘能力を全て喪失し果てるわけにはいかないのだ。

であるなら、最悪の回避こそが、義務であろう。

「救援命令。最優先。トスパン中尉の歩兵含め、戦闘団の全要員を使って構わん。東部方面軍司令部の援護のためならば、現有兵力全てを投じてよろしい」

「きょ、拠点の留守は!?」

「暗号機の処分用意だけ、整えよ。後は全力で進出だ。いかなる犠牲を払っても、敵空挺に東部方面軍司令部をやらせるな」

「いかなる犠牲をも？」

問いかけてくる部下に対し、ターニャは、しかりと強く首肯する。

「メーベルト大尉、明言しておく。我が戦闘団が全滅しようとも、だ。司令部が落とされる方がまずい」

「直ちに取り掛かります。魔導部隊の来援は期待できますか!?」

切実に救援を望む部下の問いかけに、ターニャは渋い声で困難だと事実だけを伝えてやる。

「間に合わん。今、奥地だぞ？」

敵補給線を狙っての長駆敵中浸透。空を飛んでいるだけとはいえ、とんぼ返りで五分後に新鮮な出来立てピザのデリバリーというわけにはいかなかった。

「反転をお願いできますか!?」

「間に合わんと言っただろう」

「ですが、それでは！」

厳しいだろうな、とはターニャにも分かる。メーベルト大尉に泣きつかれるまでもなく、司令部に殴りこんでくるような敵空挺が戦意旺盛でない道理もなし。

戦闘団の基幹は諸兵科の合同であるのに、アーレンス大尉の装甲戦力も、ターニャの魔導戦力も留守だから砲兵と歩兵だけで何とかしろと現場へ丸投げとは、そもそもひどい話だ。

上司として、ターニャは最善を検討し、この状況下における唯一の道を選ぶ。

間に合わないが、せめて、敵後続は遮蔽してやろう、と。

「空挺堡への増援を阻止すべく、こちらでも機動しよう。間に合えば、司令部への支援もその後には請け合う。……もっとも後者にはあまり期待するな」

「最善を尽くしますが……せめて、中隊単位だけでも」

「司令部への空挺だぞ？　後続の規模如何《いかん》では、私の連隊で跳ね返せるかすら怪しい。繰り返すが、増援には過度の期待をするな」

最悪な上司のセリフ。

実質、増援の手形はなし。

全く、嫌な上司になったものだとターニャは空中で嘆息する。

良い軍人になりたいとは、思ったことがない。良い軍人と評価されて、適切な処遇と、より良いキャリアが欲しいとは思う。だが、それ以上に、転職をしたいのだ。そんな時、部下に精神論だけを押し付ける上司であるという人事考課はいただけない。

自分が採用担当者なら、『協調性』がある人間を採るだろう。誰だって、そうする。自分だってそうする。

心底から協調性を纏う必要はない。誰だって、自己犠牲は避けたいものだ。だが、最低限、周囲の目を意識して、『他人に貧乏くじを押し付ける』と目されない程度の善良さを社会性というのだ。

社会性のためにも、ターニャは、今、ここでメーベルト大尉に誠実な支援を行わざるを得ない立場にあることを市民として受け入れる。

全く、どうして、自分が。

そんなぼやきを零すわけにもいかず、代替としてターニャは愚痴を吐く。

「連邦人どもめ、戦争だけは上手になっていきやがって」

[chapter]

IV

第肆章

プロ意識

Professionalism

戦車兵が言いました。
「戦場では対戦車砲ほど恐ろしいものはありません。
隠れていて、いつ撃ってくるかも分からないのです」

対戦車砲を操作する兵隊は言いました。
「戦場では戦車ほど恐ろしいものはありません。
こっちはむき出しなのに、
相手には分厚い装甲があるんですよ」

chapter IV

統一暦一九二八年一月前半　東部方面軍管轄後方管区／整備工廠

帝国軍には、数多《あまた》の大尉がいる。

その多数の中に、正月だけをかろうじて帝都で過ごし、新年の祝杯をろくに飲み干す間も許されず東部に放り込まれる哀れな一人の大尉もいた。

その名をアーレンス大尉。

サラマンダー戦闘団の機甲屋である。

中間管理職が酷使されるのはいつの世でも同じであり、彼もまた、組織の歯車として酷使されていた。

東部方面に再展開せよ。

上級者が、かく欲せば、実行するのは現場の中間管理職。

アーレンス大尉は、気がつけば、無茶苦茶なペースで東部方面へと送り込まれていた。

オマケに……いつの間にやら、怒濤《どとう》の勢いで戦闘団主力だけは東部司令部付近へ再進出する中、戦車の整備という都合から機甲部隊だけは後方で足止め。

前線勤務を忌避《きひ》する性格でもあれば『しめたものだ』と喝采《かっさい》を叫ぶのだろう。

だがあいにくなことに、彼は非常に機甲屋さんであった。しかも……かなり『サラマンダー環境に適合』しているタイプでもあった。

「なぜ、自分たちだけ、残置されるんですか!?」

東部管区の工廠《こうしょう》に置いて行かれた、と認識したアーレンス大尉は叫ぶ。

「納得いきません!? 代替の戦車をください！ 我々が一番上手く使える！」

アーレンス大尉は、それは、もう、叫びに叫んだ。

「予備がない!? なら、とにかく、こいつの足回りを直して、さっさと主戦線に行かせてください！ もう、戦闘団主力は前線入りしているんですよ!?」

切歯扼腕《せっしやくわん》し、なんとか早くとアーレンス大尉はわめきまくった。少しでも、前倒しして前線へと藻掻《もが》く彼はしかし……押しても押しても、押しきれない官僚文化によって頭を抱え込む羽目になってしまう。

一月の第一週の段階で以て、アーレンス大尉と官僚機構は早くも仲たがいしていた。

「くそっ……ままならんなぁ。これ、いつになったら自分の番だ？」

ごり押しし、泣き落としし、自分の要求をねじ込める勝気な戦車指揮官とて、『これは、ダメか』と悟らざるを得ない環境ではある。

なにせ、とアーレンス大尉は周囲に視線を向けて無言でタバコの尻を嚙む。

視線の先には、工廠中に積みあがった無数の『整備対象』。

部品取りにしか使いようのない残骸から、おそらく再生可能であろう破損車両まで、なんでもある。工廠が、戦車の墓場とでもいうべきありよう。

そこで、新年早々、無数の作業員がこれでもかとばかりに働いている。交代制ながら二十四時間体制で全面稼働。作業員のモラール確保のためだろうか。なんと特配で本物のチョコレートまで出されているあたり、上の本気度が伝わるだろう。

アーレンス大尉とても最初のうちは、『これだけ人手と部品があれば』と期待もした。パーツも、人員も当てがあれば、自分たちの戦車に必要な整備だって比較的容易だろうと。

あにはからんや。東部方面軍司令部は戦車と燃料にアーレンスの想定よりもはるかに飢えていたのである。

大量の工員も、大量の機材ですらも、需要の前には全然足りていなかった。

効率の悪さなど知らぬとばかりに、遺棄された戦車の回収と再生にまい進すべく設置された整備施設が文字通りの不夜城《ふやじょう》と化して久しい。

そんなわけで、自前の戦車確保に血眼《ちまなこ》な東部方面軍の工廠において、外様の扱いというのは相応のものとなる。

「来月には、スケジュールだけなら相談できるなど……あんまりだ」

サラマンダー戦闘団の装甲指揮官、恐れることを知らぬが如きアーレンス大尉ですら渋い顔で呻《うめ》きたくもなろうというものであった。

とはいえ、彼にも理解だけはできるのだ。

イルドア方面へゼートゥーア大将が根こそぎ転用したのだから、東部方面軍の戦車事情はひっ迫もひっ迫となろうもの。装甲戦力の欠乏と深刻な定数割れに直面した東部方面軍が、『一台でも戦車を』となるのもよく分かる。

いっぱいいっぱいな現場に、余計な仕事を追加で発注するのは非常に心苦しい。

まして、サラマンダー戦闘団も東部からイルドアに持っていかれた戦力である。

勿論、何一つとして、悪いことをしているわけではないのだが……経緯が経緯である。東部で順番待ちしている連中の前に、南方作戦帰りのサラマンダー戦闘団分を割り込ませろとねじ込むのも憚《はばか》られた。

いや、参謀本部のお墨付きがある分、『制度上』はおのずと優先されることになっている。だが、簡単な整備ではなく、『オーバーホールの必要性』となると便宜《べんぎ》の供与にも限度があった。

「……どうにもならんのか」

アーレンス大尉の縋《すが》るような問いに、工廠の検査担当者が無言で顔をそらしたのが全てであった。

そんなこんなで、鬱々として楽しくない日々に髀肉《ひにく》の嘆《たん》をかこつアーレンス大尉が『最前線での大激戦』を知らされたときはもう限界だった。

連邦軍の攻勢――のちに『黎明《れいめい》』なる攻勢だと知らされるそれだが――を聞きつけた一月十四日の時点で、アーレンス大尉はもう爆発していた。

文字通りに、全身から闘志があふれ出ていた。

それも、当然であろう。そもそも、彼は装甲部隊指揮官なぞという生き物である。機甲屋という人種は、前線で戦闘が起きている時に、後方でぬくぬく寝ていることを是とは出来ぬ。誰よりも積極果敢《かかん》であることこそを至上の美徳とみなし、真っ先に行動することを貴ぶホモサピエンスの中の積極行動種族である。

機甲屋らしい率直さで、彼は『空いている戦車はないのか』とあちこちに問い合わせていた。

勿論、愛車が一番。

だが、愛車が持ち出せないならば？

前線擦《ず》れした将校は、『とりあえず、その辺で調達できないか？』と考えがち。この際、現地調達で入手可能な装備でもやむなしだった。

で……実のところ……アーレンス大尉にも狙っている『在庫』があるのだ。

厳密にいえば、滞在している工廠の在庫ではない。だって、戦車で長駆自走するのは足回りに損害が出る。だから、前線や部隊主力の付近で調達できる在庫だ。

そんな都合がいい戦車が転がっていれば、帝国が苦戦するはずもない？　全くごもっともなご指摘であろう。しかし、サラマンダー戦闘団の特殊性が、近くに、ピッタリな供給源を用意してくれたのである。具体的には、…東部方面軍司令部に併設されている兵器廠《しょう》で『緊急整備中』の在庫である。

いわば、東部方面軍司令部のへそくり。

アーレンス大尉は、この存在を嗅ぎつけ、目ざとく目を付けていたのであった。

勿論、東部方面軍司令部の虎の子だ。正確を期すならば、装甲戦力を抽出されて困惑しきった東部方面軍司令部が、あちこち駆けずり回って破損車両を回収し、あるいは鹵獲《ろかく》品を整備してはやりくりし、何とかなけなしの装甲戦力を分厚くしようとコツコツ積み上げ、辛《かろ》うじて絞り出した在庫である。

装甲部隊を再建する際、一つの戦術単位として……！　という切実な願いでもって司令部が総出で作り上げたのが中隊規模の分にも満たない戦車の群れ。

『貸してよ』、なんて言われても、『貸せるわけないでしょ』な類である。が、アーレンス大尉にしてみれば、中隊分の戦車があるという事実だけが重要で後は知らんことである。

実のところ、連邦の攻勢が始まる前から、彼は、貸してよと騒いでいた。

ぜひとも、ぜひとも、使わせていただきたい、と。

中隊規模の戦車など、使わない方がもったいないではないか、と。

十四日には、ドンパチが始まっているんだから、使っているならしょうがないけど、使ってないなら、ぜひとも！　と強請していた。

否、電話や電信だけで埒《らち》が明かないと分かるや、彼は行動力の塊らしく、なんとか現地に乗り込もうと動き始める。

だが、あいにく、輸送機の席は限られるし、車両事情も最悪。一人で現地拠点に乗り込み、整備兵をだまくらかして、戦車兵に転用するか？　と本気でアーレンス大尉は悩んだものである。

　しかしそこで、彼の経験は冴えたプランを生み出す。

「そうだ、中佐殿の真似をすればいけるのでは？」

　ぽん、と手を打った彼は東部方面査閲官からの命令で司令部付近に飛んでいく魔導大隊に話を付けた。

　なんと、魔導大隊に二十人ほどの戦車兵を無理やり運ばせたのである。

　イルドアで砲兵を魔導師が搬送していたし、とアーレンス大尉は平然としているが、普通の装甲部隊指揮官は『魔導師なら、人間ぐらい運べるだろう』とは思いつかないことである。

　サラマンダー戦闘団で、酷く魔導師慣れしていた将校ならではの発想であった。

　そうして、翌日には司令部付近の整備拠点に乗り込み、友軍の技術将校をつかまえるや、『貸してくれ』としつこく頼み込む。引っ張り出され、困惑顔の技術中尉相手に、アーレンス大尉は『いいから、使わせてくれ。ちょっと借りるだけだぞ』と懇請《こんせい》する。

「ですから、大尉。あれは預かりものでして……」

「技術中尉。しかし、今、使っていないではないか！　今も、戦闘が起きているのだぞ!?」

　うん、とアーレンス大尉はそこで言葉を言い換える。

「前線から回収され、修復され、投入を待つばかりの車両だろう？　例えば、私が前線に運んでいくというのはどうだろうか」

「いや、あんた、絶対、乗り回しますよね？」

あきれ顔の技術中尉に対し、アーレンス大尉は堂々とした態度で首を横に振る。

「必要最低限の自衛以外は行わない。私は、臆病で慎重派なのだ」

「機甲屋の言う自衛や臆病やら慎重派だのを信じるぐらいなら、上層部の空手形の方がまだ信じられますよ!?」

「信用してほしい。私は、誠実な機甲将校だ」

「無茶を言わんでください！」

「借りる前に、頼んでいるじゃないか！　こうやって！　頼む！」

ああ、もう機甲屋ってのはこれだから。そんな技術屋の嘆きをものともせず、機甲将校は熱心に『貸せ』と迫り続ける。

だが、答えが出る前に、喜劇じみた押し問答は、唐突なサイレン音によって断ち切られた。

「「空襲警報!?」」

驚愕は一瞬であった。

アーレンス大尉と技術中尉は違う兵科の人間だ。しかし、彼らには東部戦線の人間らしく無益な議論を打ち切り、習性として把握している最寄りの壕へとっさに飛び込むという共通点は備わっていた。

個人壕のような浅い穴とて、あると無いでは桁違い。

爆撃の最中には、どんな人間だって、どうか、自分の頭の上にだけは爆弾が落ちてきませんようにと祈りを捧げるものだ。

勇気というよりも、経験と諦観《ていかん》のカクテルを飲み干しなれていれば、せめて、敵機がこちらに爆弾を落としませんようにと空を見上げる癖も出来る。

まして、アーレンス大尉は機甲屋だ。

つまりは、戦車に乗る生き物で、戦車という鉄の棺桶《かんおけ》は『急に敵機が来たから』と隠れるわけにもいかない難儀な代物。航空優勢を取れない戦場が長ければ、敵機というのは対戦車砲並みに厭《いと》うのが道理なのである。

というわけで、アーレンス大尉は戦車から離れて壕に飛び込む安堵と、装甲に囲まれていない居心地の悪さが同居する不思議な感覚とともに、空を見上げ、制空権すら敵が握っているのではないかという戦況についてたっぷり悪態を吐く時間を堪能しようとしていた。

していた、と留保するのには理由がある。彼はそこで、『おかしいぞ』と気が付くのだ。

空襲してくるはずの、忌々《いまいま》しい敵機ども。

やることもないからと、そいつらを見るために空を睨《にら》んでいたのだが、どうも様子が変だ。

「……見覚えのない機種だな？」

戦闘爆撃機のように、見るのも嫌な敵機がブンブン飛んでいないのは大変結構。

だが、敵重爆やらだって街道ぐらいは水平爆撃で吹き飛ばせるものだ。

どっちも嫌いなので、ちゃんと機影を把握するぐらいのことはしていた。ところがどうしたことだろうか。どうも遠望する限りにおいて、敵さんの機体はずんぐりしているが、爆撃機にしては見覚えがないではないか。

一瞬、新手《あらて》の重爆にしてもでかいな？　と思ったところでアーレンス大尉は敵が何かを投下し始めることに気が付き眉を寄せる。

「随分と遠くに落とすな。爆撃ミスか？　珍しくはないが、しかし妙に爆弾がゆっくりと落ちる……？」

爆弾に落下傘があるのは、まぁ、いい。そういう落とし方をするのもあるだろう。だが、それ以上にヤバいものがあることをアーレンス大尉は知っていた。

「なんてこった、もしかしたら、いや、もしかせずとも！」

アーレンス大尉は、サラマンダー戦闘団で教育された将校である。

例えば、空から部隊がお邪魔して、敵陣を散々にぶっ壊すなんていう手口も知悉《ちしつ》している手合いであった。

経験曰く、『ヤバイ』。

そして歴戦の士官らしく、アーレンス大尉は知っていた。正常性バイアスに囚われれば、くたばるしかないことを。骨身に染みる戦場体験でもって、嫌というほどに理解していた。

次の瞬間、防空壕でやり過ごそうとしていた意思を反転させ、ベテランとしての彼は怒号《どごう》をとどろかせる。

「敵の空挺！　敵の空挺だ！　敵が空挺降下してきた！」

司令部への、空挺強襲作戦。意味するところをアーレンス大尉は決して間違わない。帝国軍が散々に愛用しつくした、斬首作戦。

大規模作戦に際し、頭を叩き潰す強烈なパンチ。

受け損なえば、一撃でノックアウト。試合終了だ。

アーレンス大尉自身、試合を終了させてきた側の一員なのだから、威力のほどは熟知しつくしている。今、される側になって初めて、その悪辣《あくらつ》さに震え上がる。

「機甲要員は直ちに搭乗準備！　砲弾と燃料には留意しろ！　ただし、最悪は車両を動かすことを優先で構わん！　行動にかかれっ！」

号令一下、戦車兵たちは爆撃されていようが知ったことかとばかりに壕を飛び出し、それぞれにめぼしい戦車や燃料・備品へ向けて走り始める。

「戦車を動かせ！　急げっ！」

燃料缶をかき集め、砲弾を無理やり用意し、『こいつで動かせるぞ！』というくつかの歓声とともに戦車を始動。

勿論、サラマンダー戦闘団に属するアーレンス大尉はルールを守れとデグレチャフ中佐の薫《くん》陶《とう》を受けているわけであり、こういう時にはちゃんと一言を忘れない。

「借りていくぞ、中尉！」

緊急事態であろうとも、ホウレンソウを大切に。

素晴らしいアーレンス大尉の心遣いは、不幸にして文化的差異から、あきれ果てた顔による暴言に近い反駁《はんばく》に直面する。

「強奪じゃないですか!?」

「敵の爆撃から退避させてやるのだぞ？　緊急事態だろう？」

アーレンス大尉の情理を尽くした説得に、戦車を担当していた中尉は葛藤の末に絞り出すように懇請する。

「せめて……壊さんでくださいよ!?」

悲鳴のような祈りに対して、アーレンス大尉は安心させようと極力誠実かつ現実的な態度で以て、重々しく頷く。

「誠実に、慎重に、懸命に、努力する！」

「何一つ信用できない!?」

信用は実績と人間関係の積み上げなしには構築できないという寂しい現実をアーレンス大尉と現地の技術中尉が嚙み締めるのはひと時だけ。

技術中尉は、その職分に忠実であった。

飛び出していく戦車に向かって、無線越しに注意を飛ばしていたのである。

「装甲を過信せんでください！　焼き付いて、脆《もろ》くなってるのも多い！　リストア仕様も多いんです。足回りだって……！」

無線機のレシーバーも状態は良好。口うるさい工員らは、実に手もいい。故に、アーレンス大尉は満足げに顎を撫でる。

「いい仕事だし、アフターケアも行き届いてるじゃないか」

満足げにぽん、と装甲を撫でながら、相好を崩したところでアーレンス大尉はお決まりの文言を世界に向けて放つ。

「よし、戦車前進！」


結論から言えば、このアーレンス大尉の借用した戦車は僅かに十両程度であった。

戦車兵だって、直卒の人間ばかりか、工廠の工員まで動員している急造部隊。

まぁ、とはいえ……十両もの戦車が前触れなく投入可能になったと見なせば大した予備兵力というべきだろうか。

少なくとも、空挺降下した連邦軍の空挺歩兵にとっては『話が違う！』と叫び、辛うじて持ち込んでいた『対戦車ライフル』に近い軽量対戦車砲で抜けない装甲を前に、決死の表情で対戦車擲弾《てきだん》を持ち出し、アーレンス大尉らの戦車を『押しとどめよう』と防御態勢を取らざるを得ないほどには強力な戦力であった。

同時に、防御態勢を取れる程度には、拮抗《きっこう》していた。

なにより最悪なことに。降下した連邦軍の火力は、増強可能だったのだ。

「四号車！　やられ……七号車もです！」

くそっ、と吐き捨ててアーレンス大尉は自分の戦車を遮蔽物《しゃへいぶつ》の陰に引き戻させる。救援のために突入しようにも、既に敵の火力が優越しつつあった。

「重対戦車砲だぞ？　どう見たって、重対戦車砲だ！　空挺部隊風情がどうやって……」

「大尉殿、あれ、友軍のものです！」

「は？」

無線越しに飛んでくる部下の報告に、アーレンス大尉は思わず絶句する。思わず、ハッチから身を乗り出し、忌々しい対戦車砲の方へ双眼鏡を向ければ。

おお、なんたることだろうか。

「司令部の連中、鹵獲《ろかく》されやがった!?」

呪詛《じゅそ》を絶叫し、そして、戦車の車長として、アーレンス大尉は掩蔽《えんぺい》だと部下を小突くしかない。

「くそっ、こっちは装甲だってジャンクでまともじゃないのに！」

リストアされた戦車の泣き所は、数多ある。なかでも、装甲の強度はいくら強調してもし足りないほど不安だ。ただでさえ、対戦車砲との相性がよくないのに。やわらか装甲で、帝国式タングステン芯を受けたくなぞ……。

更に、連邦兵の動きはアーレンス大尉をしてぞっとするほどにこなれていた。対戦車砲の援護の元、連邦軍空挺歩兵部隊が軽快な肉薄攻撃をも辞さぬ構え。

「肉薄攻撃を受けるとやばいですよ、これ、カバーできません⁉」

ああ、そうさ、とアーレンス大尉はぼやく。

友軍歩兵に援護されない戦車なんて、でかい標的でしかない。だが、カバーしてくれるはずの歩兵はどこにもいないのだ。

ああ、畜生、これまでか……というところでアーレンス大尉は後方に位置する部下の車長からの無線報告に目を逆立たせる。

「新手です！　トラックが接近中！」

は？　と思う間もなくアーレンス大尉は振り返り、オウムのように叫んでいた。

「トラックだと⁉」

振り返り見れば、しかし、遠望できる一群が確かにあった。

装輪《そうりん》のトラック複数が確かな足並みでゆっくりと、しかし、確実に迫ってくる。

アーレンス大尉の脳裏では、瞬時に最悪の事態が想起されていく。すわ、敵空挺部隊に続く敵の後続がもう到着か⁉

いずれ、来るであろう可能性は頭の片隅にあったとしても。

今、この瞬間に敵の増援が訪れるという事実は勇猛果敢なアーレンス大尉ですら、とっさにつばを飲み込み、罵詈雑言が漏れ落ちないように拳を握り締めるしかない恐怖であった。

許されるならば、彼は叫んだことだろう。

『早すぎる！　糞ったれの連中、どこから来やがったんだ!?』と。

だが、地獄の底で足掻こうと、とっさに先制して砲撃を浴びせんと意識を切り替えたアーレンス大尉の梯子《はしご》は良い意味で外される。

「ゆ、友軍です！」

アーレンス大尉に、トラックの存在を告げた部下は、後方を双眼鏡で覗き込みながら、喜色たっぷりに、声を弾ませて、繰り返すではないか。

「友軍です！　増援です！」

「何？」

戦場のストレスで壊れたか？　あいつ、そんなに殊勝《しゅしょう》な玉だったかな……などと部下の正気を疑いつつも、一応、アーレンス大尉は手元の双眼鏡を向かいくるトラック群へと向けなおす。

観察すれば、あまり綺麗とは言い難いが、まぁまぁ動く帝国軍制式のトラック。

まぁ、装備品なんて鹵獲して、鹵獲されて、双方が使い倒しているので、それだけで『友軍』と誤認するのは希望的観測からの錯誤《さくご》だろう。

むしろ、味方に偽装した敵の方が恐ろしいわけだが……と愚痴るアーレンス大尉は、そこで、戦闘のトラックの上で銃を振っている人間に目を止める。

はて、どうしたことだろうか。

「あれは……！　トスパン中尉？　じゃあ、あれは……本隊か!?」

そうです、と無線越しに歓喜を爆発させる部下の声がアーレンス大尉の声を首肯《しゅこう》する。

「味方です、サラマンダー戦闘団です!!」

やってくるトラックいっぱいの歩兵の正体を知ったとき、アーレンス大尉は歓喜の雄たけびも露《あら》わに、トスパン中尉へと帽子を振り、心からの喝采《かっさい》を世界にとどろかせ続ける。

「今なら、キスしてやりたいぞ！」

抱きしめてやってもよかった。

危機に駆け付けてくれる救援とは、無上の歓喜を現場に発現させせしめるもの。ましてそれが、旧知の友軍とあれば、喜びもひとしおである。

「アーレンス大尉殿!?　なぜ、こちらに！」

「ドンパチが始まってるんだぞ。機甲屋なら、昼寝などしてられんだろう！　砲声のする方に突っ込め！　言うだろう？　これぞ、古今東西の真理である！」

ゲラゲラと笑いながら、意気揚々《ようよう》と応じる機甲屋だが、別段、現実が見えていないわけではない。なので、再会を喜びつつも、てきぱきと状況を共有し始める。

「司令部は依然《いぜん》として抵抗中。見た限り、司令部は陥落《かんらく》までは至っていないだろう。今なお、抵抗中と判断できる。なれど、敵空挺部隊は数的に優勢だ。比較的軽火力な降下歩兵だったが、我が軍から鹵獲されたと思《おぼ》しき火砲が脅威となっている。……このままでは際どい」

で、そちらは？　と水を向けるまでもなく、情報は速やかに共有される。

聞けば、トスパン中尉らはデグレチャフ中佐の命令で司令部援護へ派遣されたメーベルト大尉率いる救援部隊の先鋒だとか。

「では、仕事だ。歩兵と戦車で、手慣れた仕事。いつものように、いつものことをやろう」

ぽん、と肩を叩いて促せば、心得顔が一つ。良くも悪くも、暴力装置として、彼らは完成していた。

戦車砲をぶっ放しつつ、じりじりと圧力を戦車でかける。

装甲戦力を欠く相手さんが、白兵《はくへい》で片づけようと迫ってくれれば、友軍の歩兵が牽制射撃で追い返し、じわじわと突破口を確保。

途中、戦車をぶっ殺さんと、ぶっ放される忌々しい重対戦車砲はどうにか、こうにか、戦車・歩兵の協同で制圧。

教科書通りに、装甲を活用しての激突ともなれば、アーレンス大尉も、トスパン中尉も、自分の仕事をよくよく理解していた。

血と汗から成る経験はとうに骨肉と化している。

鉄火場において、それは、大変によく機能する。

故に、後続としてメーベルト大尉が無理やりけん引してきた砲とともに戦闘加入を行う頃合いには、戦車、歩兵、そして砲の諸兵科がそれぞれの役割を果たすための体制が暫定的ながらも整っていた。

それでも、絶望的なまでに手が足りない。

だから、アーレンス大尉は更なる援軍を切望して問うのだ。

「メーベルト大尉殿、救援の状況は？」

「近隣に友軍部隊は多くないのだ」

「司令部救援のための抽出も困難と？」

ああ、とメーベルト大尉はアーレンス大尉の疑念を首肯する。

「元々、予備兵力が少ない。なんなら、我がサラマンダー戦闘団が一番有力な救援戦力までありうる」

「こういう時のための戦略予備では？　彼らはどこに？」

「紙の上だ」

くしゃり、と表情が歪むが、アーレンス大尉はメーベルト大尉と見つめ合って苦笑する。他に、苦い現実を直視するために、何ができるだろうか？

何もない。

ならば、せめて笑う他にない。

彼らは、無い無い尽くしを、嫌というほどに味わっているのだから。

「それは素敵でありますな。私の戦車も、紙の上にならば健在なのですが」

「貴様のそれは、紙には見えんぞ？」

どう見ても普段使っている戦車じゃないだろう、と言ってメーベルト大尉が指さすのはアーレンス大尉が『敵の爆撃から退避させよう』と『臨時に協力している』整備中の装甲車両であった。

どうせ、どっからかかっぱらったんだろう？　と言うメーベルト大尉に対し、アーレンス大尉は臆面もなく胸を張る。

「そこらの戦車を預かったんです」

勿論、報告書では『爆撃からの退避中、退路にて不意遭遇戦のやむなきにより、戦闘加入』と書かれる類の手口である。

後々、問題になりうる際どいやり口。ガミガミ言われるかなぁ、なんてこんな時にも叱責される学生気分で内心は億劫だったアーレンス大尉は、しかし、ニヤリと野戦ずれしたメーベルト大尉の不敵な表情に『おや』と驚かされる。

「あとで、中佐殿に命令書を貰おう。それで解決だな」

「できるのですか？」

ああ、とメーベルト大尉はほくそ笑む。

「中佐殿も、昨今は、命令書にて創造性を発揮できるようになったらしいからな。ま、いずれ、魔導師連中と酒を片手に語らおうじゃないか」

アーレンス大尉が、トスパン中尉に軽く言うように。

メーベルト大尉もまた、『戦車、歩兵、砲の仕事だな』と慣れ切った仕事に、慣れ切った物腰で挑むのである。戦車、歩兵、そして、砲から成る諸兵科連合部隊は、かくして、連邦軍空挺部隊の排除に乗り出す。

サラマンダー戦闘団の粋たる魔導師がおらずとも、メーベルト大尉にはこの種の諸兵科連合の使い方は慣れたもの。ただここにきて、メーベルト大尉はちょっとした困難を自らの指揮に自覚していた。

自分の経験が『偏って』いるな、と。

『……自分から攻める側だと、不手際だらけだな』とすら自認できてしまう。

メーベルト大尉としては、部下にとても聞かせられない嘆きだ。だが、実際問題として不慣れで手際もよくないのだ。

『攻め寄せてくる敵』を撃退するに際しては迷いも少ない自分が、司令部を救援するため『こちらから仕掛ける』となると、何もかもが手探り。

伝統的に、帝国軍では『内線戦略』を重視した経緯から……カウンターを好む。古いタイプの将校であるメーベルト大尉は、殊更その思考が強い。

更に言えば、『防御側』の経験ばかりしている。結果、ハンマーと金床《かなどこ》でいえば、ハンマーをした経験は戦歴に比べて実に乏しい。

砲兵としてならば、デグレチャフ中佐の指揮下で攻勢を経験しているが……思い起こせば戦闘団における諸兵科で指揮を執った経験といえば防御戦ばかり。歩兵操典も齧り直していたが、『主として』防戦を念頭において読んでいた。

『引きこもりというやつだな』などとメーベルト大尉は小さく嘆息を零す。

まぁ、そういう思案も半分は贅沢な現実逃避だ。

攻撃の慣れ不慣れ以前の問題として、兵力が足りていない。

空挺降下した敵の規模がどの程度かはまだ推測だらけ。けれども、明らかに救援部隊よりも敵が多い。むろん、司令部が抗戦している現状では、司令部を襲う連邦軍部隊をけん制するだけでも、圧力緩和という点で救援軍の役割を部分的にせよ果たしてはいるのだが……。

「ジリ貧ではある」

メーベルト大尉は、単純な事実を吐き捨て、頭を軽く掻く。

司令部の陥落を先延ばしできるのは、大いに結構だ。

だが、先延ばしした先に『破滅』が不可避となれば、全く結構ではない。

延々と時間を稼げれば、友軍ないし上官が救援に駆け付けてくれる可能性はある。デグレチャフ中佐殿あたりなら、想像より早く来てくれることもありうるだろう。

だが、どう見積もっても、『今』には間に合わない。『手が足りんな』という単純な事実こそがメーベルト大尉の脳裏を苛《さいな》む。このままでは、司令部も危い。無茶だが……博打と承知で、突っ込むしかないか？　などと追い詰められた野戦将校らしい思考が頭で膨らむ。

ただし、それが砲兵屋らしい理路整然とした絶望であるとすれば。

「メーベルト大尉殿！　ここをお任せしても!?」

「どうする気だ、大尉？」

「別の道を探します！」

メーベルト大尉の視線の先では、堂々と第三の道を探しましょうやとアーレンス大尉が笑っていた。闊達《かったつ》かつ活発な迂回路《うかいろ》を模索こそが騎兵以来の伝統であり、今日における機甲屋ならではの発想であった。

「別の道？」

「工廠にまだ戦車と整備兵が残ってますよね、かき集めて、何かしましょう」

なにしろ、と機甲屋はやけくそ気味に笑う。

「どうせ、この状況だ。車両どころか、人員丸ごと借り上げたところで、命令書が後で何とかしてくれませんかね？」

「誰にも文句は言わせせんよ。違いない」

「じゃあ、善は急げと申しますし、やっても？」

そうしてくれ、とメーベルト大尉は力強く頷く。それどころか、彼は更に踏み込もうとごく自然に付言していた。

「いっそ、命令してしまえ」

「司令部の部隊ですよ？」

「司令部の部隊からでも、構わん。我々は、参謀本部直属で、参謀本部から権限を与えられているんだぞ？　遠慮する方が間違いだよ」

メーベルト大尉は、今、理解し得ていた。

上司がやる無茶は、どうにも無茶にしか見えないものだが、自分がその立場に立てば、その無茶というのは合理的な唯一の解決策だと理解できることがある、と。

故に、ちょっとやりすぎではないかと内心で躊躇《ためら》うデグレチャフ中佐式が、たった今、唯一の正解であると確信し得た彼は堂々と模倣していた。

「権限はあるんだ。そういうことになっている。そうしたまえ」

「どうしてそうなっているのやら。ですが、この際です。何もかも足りなんだ。使える物は全部使いましょうや」

アーレンス大尉はメーベルト大尉へ男くさくニカッと笑う。

「ありったけ、奪ってきますよ。それまでは……数台しか残せず恐縮ですが、かっぱらってきたのは、ここに全部残していきます」

「了解した。ここは任せておけ」

「では、ゆっくり急ぎますので、なにとぞ」

「おうとも、おうとも。請け合った。なんなら、司令部の救援も片手間で全部こっちだけでやっておくぞ？」

己を謹厳実直《きんげんじっちょく》と自負するメーベルト大尉その人ですら、この程度の放言は茶飯事である。軽口が叩けるうちは、まだ、死んでいないのだから。

それではな、とメーベルト大尉は見送りの言葉をアーレンス大尉へ投げ掛けてやる。それから小さく兵隊タバコの尻を噛みながら、くそったれな戦争へと意識を戻す。

請け合ったはよいものの、敵さんはいつになく元気そのもの。

不味いことに、敵歩兵の手際は悪くない。次の瞬間、メーベルト大尉はすぐそばにぶっ込まれる砲弾の衝撃波で大いに世界を呪詛《じゅそ》する羽目になる。

「うおっ!?」

思わず、叫び、頭を庇《かば》わざるを得ないほどの近距離。

顔を上げれば、擱座《かくざ》する鉄の塊が一つ。友軍戦車だった残骸から、辛うじて、乗員が逃げ出しているのが不幸中の幸い。

とはいえ、戦車兵にとっては災難だろう。そして、装甲戦力をまた一台喪失したという点では、指揮官であるメーベルト大尉にとっても嘆くべき事態である。

「敵の対戦車砲を制圧しろ！」

「だめです！　敵の魔導師どもです。魔導師どもが、出張ってきました！」

「敵に魔導師まで！　しかも、対戦車砲と組み合わせてだと!?　空挺風情が、よくもそんなものまで！」

軽装備の空挺部隊のはずが、敵の火力は想像を上回るそれ。

装甲を貫通し得る対戦車砲が鹵獲されているだけでも頭痛が酷いのだが、時折飛んでくるようになった敵魔導師の爆裂術式もメーベルト大尉の頭を悩ませる。

だいたい、そもそも、魔導師相手に、なぜ、火力で押し負けているのか。砲兵屋としては苛立たしい限り。

この距離だ。

重砲と砲弾さえあれば、火力で押し負ける醜態《しゅうたい》はない。

だが、手元にあるのはせいぜいあって小銃と牽引《けんいん》してこれた野戦砲程度。

なにより弾がない。

弾だ、景気よく撃つための弾。

なんだってか、手持ちの砲弾にはいつもの制約があるのだ？

「とはいえ、司令部が溜め込んでいた備蓄が奪われた挙句に、撃ち負けたでは死んでも死に切れん不条理だ。ほんと、シャレにならんぞ……」

救援に来た軍隊が、救援するはずの軍隊から奪われた砲弾でいいように撃たれる。

昔、さんざん鹵獲した砲弾で敵を撃った身だが、なるほど、とメーベルト大尉は小さな納得を得ていた。敵さんが怒り狂うわけだ。我が身で体験すれば、一発で納得できる。

ついでに、やる側が愉快痛快で戦意旺盛になるのも分かってしまうのだが。

『こりゃ、まずい流れだな』と彼は部下に聞かせず心中でぼやく。

状況を整理しよう。敵さんは空挺降下で敵地に降り立ったある種のやけっぱちさがあるにせよ、最高の気分だろう。こっちは最悪の気分だ。

本来は、時間をかければこちらに援軍が出そろい、敵は不利になるはずだが……この調子では、司令部が持ちこたえきれるか？

さて、と彼の脳は冷徹に計算式を解きほぐす。

敵兵。元気そのもの。意気軒昂《けんこう》で暴れている。

我が方の司令部、どうも抵抗が微弱になりつつあり。

メーベルト大尉の保守的な見積もりでも、想像より、状況はよろしくない。

全く、と嘆息した砲兵将校はいつだって手持ちの少ない戦争を強いられるんだとぼやき、嘆き、そして、帝国軍にもたっぷり潤沢《じゅんたく》な供給が許されるため息をまた世界に零す。

砲弾が欲しい。

兵力が欲しい。

なんだって、いつだって、何もかもが足りないのだ？

司令部の警備どもは何をしていて、それ以上に司令部の握っているはずの戦略予備はどうした？

「司令部の間抜けめ。いつもは予備兵力を抱え込んで遊兵にするくせ、肝心の時は空っぽ！ どうして、逆ができん！」

心がある限り、意識がくそったれな現実に罵詈雑言を投げ返せる。口の悪さは、極限状況における人間の負けん気。いわば、人間性だ。

いよいよ、やばいかもしれん。そんな予感と共に、メーベルト大尉は咥えたままだった兵隊タバコに火をつける。

一服し、冷静さを取り戻したのが唯一のプラス材料。何度見ても、敵空挺歩兵は練度がいい。以前、港湾防衛で殺しあった敵のコマンド並みか、それ以上だ。

「なんだって、砲兵の自分がこんな真似を」

さっさと、アーレンス大尉に戦車をかっぱらってきてほしい。切実に、そう願う。いや、なんなら中佐殿の魔導師に帰ってきてほしかった。

連隊規模魔導師を夢見て、メーベルト大尉は思わずぼやく。

「いてくれればなぁ」

それは、現場において責任を負う指揮官としては禁句だ。ないものねだりは、問題を解決しない。だが、至近に味方の魔導師さえいれば……とは。その便利さのあまり、士官だって、ついつい願ってしまうもの。

夢見るメーベルト大尉は、そこで、渋い現実を思い出させる電話の呼び出し音に思わず呻く。ひたすら撃たれ、ほとんど撃ち負けている前線から、無線電話。内容は、どう考えてもあまり愉快なことではなかろうと思いつつ、彼は電話を拾う。

「メーベルト大尉殿！　すでに限界です！　このままでは！」

「トスパン中尉！　下がるのは許容できん。すまんが、できんのだ」

「なんとかしますが！　ですが、くそっ、このままでは……」

厳しいかぁ、などと言わずもがな。当たり前の事実を現実逃避せず、かっちりと理解したところで、メーベルト大尉は腹をくくる。こうなったら、一兵でも遊ばせるには惜しい。

「増援を戦闘加入させる！　そちらで会おう！」

「は？　それは……」

「一兵でも前に、だな」

がしゃん、と通話を叩き切り、メーベルト大尉は鉄帽をかぶり直す。もはや、戦闘団に余剰戦力なし。ならば、絞り出すしかない。簡単な計算だ。

さて、軍隊には、指揮系統なるものがある。

通常の場合、ああしろ、こうしろ、と人に指図する連中のことだ。

で、こいつらは軍人である。

つまり、兵力の頭数に入れていいのだ。

もちろん、頭をつぶされるぐらいならば、後ろで警備でもつけておとなしくしてほしいというのが常識ではあるが、戦場においては、常識通りに万事を進めるのは贅沢である。

故に。

「指揮所を戦闘加入させるぞ」

一言、部下に命じれば、サラマンダー戦闘団留守司令部も心得たもの。なにせ、本来の指揮官、デグレチャフ中佐その人だって指揮しながら戦争もしていた。

「全く、戦争狂いしか、ここにはいないな」

戦闘団司令部そのものと、その警護も前線へ。

士官学校であれば、即時に落第となるような采配《さいはい》。だが、兵力がここまで枯渇《こかつ》していれば、これが最善なのだ。

メーベルト大尉はトスパン中尉と肩を並べ、ついには、歩兵戦へ加入していく。

前線で、敵と、拳と拳をぶつけられそうなほどの至近距離で、ありとあらゆる武器を原始的にぶつけ合う字句通りの肉弾戦。

既に、近接戦ありき。

敵に切り込まれ、各所で火力と戦意に頼る形で切り結ぶ——銃剣とナイフで殴り合う——羽目になるほどの混戦であった。

東部方面軍司令部の救援どころか、まずもって、自分自身を守らねばならぬ羽目にサラマンダー戦闘団の兵員は下から上までこぞって突き落とされている。

それは、どこでも例外がない。

ふらり、と。

人影が現れた時、指揮所にあった司令部地図を手に、部隊を督戦《とくせん》していたメーベルト大尉もまた、同じ状況であった。

はて？　といぶかしみ、その姿を凝視すれば、迷い込んだ敵兵だろうか。

そこまで視認したとき、しかし、そのナイフをかざし、とっさに刺突《しとつ》しようと突っ込んでくる連邦空挺兵はもはや眼前である。

「くそったれ！」

叫び、身をひねり、ナイフの一撃をすんでのところでメーベルト大尉は回避する。

しかし、避けることができたのは、むき出しの刀身のみ。突っ込んできた敵兵にぶつかられて、連邦産人体の重みを、全身で感じる羽目になる。冷たい鋼鉄を全身にぶち込まれるよりはマシとはいえ、精悍《せいかん》な歩兵の体当たりは堪《こた》えるものだ。

物理法則に従い、速度のある重りにぶつかられたメーベルト大尉は、見事に姿勢を崩し、吹き飛ばされる。

ただ、倒れる最中にあって、彼は無我夢中でそれを握り締めていた。

「大尉殿!?」

「やめろ！　メーベルト大尉にあたる！」

周囲が騒ぐのをどこか、遠い世界の出来事のように聞きつつ、血走った目でナイフをこちらにつきつけようとしてくる若い敵兵へ、メーベルト大尉は固く握りしめた相棒を振り降ろす。

「なめっ、る、なっ！」

その相棒は、きちんと、刃を磨いてあった。

刃が敵兵の後頭部を強打し、反射的に敵がのけぞった瞬間、メーベルト大尉はとっさに身を引きはがして距離を取る。

刹那《せつな》の後、傍《かたわら》の友軍が数発敵兵に撃ち込み、これを確実に無力化してくれた。

「ご無事ですか、大尉殿!?」

「ああ。大事《だいじ》ない。シャベルがなければ、危なかった」

ぺっ、と口の中の砂利やら血やらを地面に吐き捨て、水筒の中の貴重な水で口を漱《すす》ぎつつ、メーベルト大尉は兵科に対する忠誠心で以て、憤懣《ふんまん》をぶちまける。

「砲兵大尉として軍に奉職しているんだぞ。敵砲兵以外に殺されてたまるものか！」

指揮官の豪胆さは、兵の好むところ。とはいえ、そんなもの、見せかけだ。勇壮を装う大尉の内心は、事態がいよいよ限界かと泣きたくなっている。

先ほどの敵兵は、単独の空挺兵。にもかかわらず、こちらの指揮官狙いで突っ込んでくる戦意。あんな連中が、ごまんと襲い掛かってくるとあれば。

意志力と意志力のぶつかり合いで劣るとは思わずとも、数の劣勢は明白。

これ以上は。

このままでは。

背筋に冷たいものが走る中、しかし、メーベルト大尉はあえて周囲に見せつけるべく不敵に笑い、あたかも余裕綽々《しゃくしゃく》であるかのように取り繕《つくろ》う。

根拠がなかろうとも、将校は弱音を吐くべからず。

当たり前のことを、当たり前に。

広く視界を取ることは、大切だぞ？　とばかりにメーベルト大尉は双眼鏡を片手に周囲を見渡し、そこで、おや、と固まる。

思わず二度見し、そして彼はそこで初めて本心から笑っていた。

視線の先にあるのは、鋼鉄の塊。

そして、制帽を振って最高に調子に乗っている機甲将校である。

機甲屋とは、気障《きざ》な奴らだ……と砲兵屋として思わないでもない。

だが、今なら、アーレンス大尉の気障さすらメーベルト大尉は愛しただろう。友軍戦車の登場は、いつだって、味方の心を上々にしてくれるというものなのだから。

「騎兵隊のお出ましだな」

ぽつり、とメーベルト大尉は苦笑し、見たまえ、と周囲にアーレンス大尉の戦車部隊を指さす。新手の重装甲戦力。

数台どころか、二桁はいる戦車。

ぱん、と手を打って、メーベルト大尉は仕切り直せるぞとほくそ笑む。

「戦車隊を援護しろ！　空挺屋ごときに、諸兵科連合部隊を蹴散らせるわけがないと教育してやれ！」

檄にあえて、勢いの良い言葉をまぜ、戦意を駆り立てる。希望を、楽観を、そして、逆転を確信させるための言葉。だが、どうせならばもう一つ、気合の入ることをやれば……などと思案しかけたメーベルト大尉はそこで『戦車』の中に愉快なものがまじっていることに気が付く。
10.5センチ榴弾砲《りゅうだんほう》、でっかい大砲を積んだ車両。戦車とほぼ似た形だが、分類上は『砲』になるもの。そのカテゴリー名曰く、突撃砲。
無線でアーレンス大尉を呼び出すや、メーベルト大尉は切り込んでいた。

「おい、おい、アーレンス大尉！　素敵な榴弾砲が載ってるお土産じゃないか！　突撃砲なんて、どこで拾ったんだ!?」

「借りたんですよ！　友軍がいたので、丁寧に頼んで！」

そうか、とメーベルトはニンマリ顔でほくそ笑む。

「じゃあ、俺も砲兵屋として丁寧に頼む。こっちで、それを撃たせてくれ！」

「ちょっ!?」

「突撃『砲』は、たしか、砲兵の担当だったはずだろう？」

「……突撃砲だけですよ!?」

話の分かる奴じゃないか、と笑いながら、メーベルト大尉は周囲の砲兵に声をかける。

「諸君、歩兵の真似事はいったん終わりだ！　次は、戦車兵の真似事だ、砲兵やるぞ！」

よしきた！　と応じる砲兵どもを引き連れ、アーレンス大尉の渋い顔をよそに、メーベルト大尉ら砲兵ご一行は突撃砲数『門』——『門』であり、間違っても、数える単位は『台』ではない——を『運転手の戦車兵』と共有し、砲として運用し始める。

だって、『砲』は戦車兵じゃなくて、砲兵のものだから。そして素晴らしきかな、機械の力。

野戦砲の配置転換が、こんなにもお手軽に。

もっと、自走する素敵な砲が増えればいいのだが。

そんな素敵な感慨を抱きつつ、突撃砲を操作し、メーベルト大尉は『頃合い良し』とばかりに砲撃を開始する。

効果は正しく覿面《てきめん》そのもの。

なにせ、メーベルト大尉の手元にあるのは通常の戦車砲と異なり、対歩兵戦闘もなんのそのの榴弾砲。そりゃあ、景気よく吹っ飛んでいく。つい今しがたはシャベルとナイフで殴り合っていた石器時代の勇者だって、大砲と弾薬が手元にあれば無慈悲な火力主義へ熱烈な信仰を回復しようというもの。

いつだって、敵に優越する我が方の火力こそが正義だ。敵の火力は邪悪である。

そして、正義は、いつだって勝つ。

勝利を確信して榴弾砲を操作していたメーベルト大尉は、そこで榴弾砲の天敵こと装甲された『敵』の存在を嫌でも思い出す。

連邦軍魔導師諸君の反撃に、嫌でも、思い出させられたというべきか。

あろうことか連中が、地形を活用しながら防殻を纏《まと》い、小癪《こしゃく》にも対戦車砲からの援護を受けつつ、こちらの反攻を叩き返そうと爆裂術式をやたらめったら応射してよこす。

「魔導師を敵にするのは、厄介だなぁ。くそっ、今日は最悪の厄日か」

舌打ちし、ダメ元で牽制しろと榴弾をぶち込む。流石に、防殻で耐えられてしまうにせよ、至近弾ともなれば、制圧は可能だろう。

そんな見積もりだった。

メーベルト大尉の見積もりは、完全に間違っていた。

敵魔導師ときたら、榴弾砲の至近弾でパタリと崩れ落ちるではないか。あまりといえば、あまりに予想外の光景。

　メーベルト大尉は、思わず、二度見していた。

「んー？　あれ？　歩兵を狙っていたか？」

　だとすれば、すごい無駄撃ちだが……と焦りつつ、別の魔導師と目される目標に再度照準を合わせ、榴弾をぶち込んでも同じ結果。

「はて？」

「んー、メーベルト大尉殿。魔導師って、飛びますよね」

「そうだな、飛ぶな」

「あいつら、飛んでませんよ」

「あ!?　まさか!?　そうか、半端な連中をかき集めただけの速成か！　くそっ、こっちの魔導師を基準にしすぎた！」

　となれば、防御膜はもとより、防殻だって、いくら連邦式の宝珠が堅牢とはいえ、たかが知れているのでは？

「おい、弾種は榴弾のままで面制圧だ。吹っ飛ばしてやる！」

「よろしいんですか？　司令部の至近ですけど」

「敵に制圧されるよりは、ずっとましだろう？　それに、敵さんがたくさんこっちの大砲を鹵獲してぶっ放してるんだ。今更じゃないか？」

そりゃそうだ、なんて納得とともに部下一同ともども、メーベルト大尉は装塡《そうてん》された弾にたっぷり真心と敵意とくそったれめという言葉を載せてやる。

思いよ、届けとばかりにメーベルト大尉は吠えていた。

「ぶちかませぇ!!!　アーレンス大尉を、突っ込ませるぞ！」


結論から言えば、メーベルト大尉が端緒を開いた重装甲の諸兵科合同部隊の突入は、連邦軍空挺旅団の大規模な挺身攻撃に対する強烈な横撃《おうげき》となった。

鹵獲した対戦車砲が最大の対抗手段レベルな軽歩兵に、装甲戦力による横殴り。

天秤は、大いに、帝国側に傾く。

さりとて、その程度であれば、連邦軍空挺部隊が匙《さじ》を投げるには至らぬもの。

並々ならぬ決意と覚悟、更には希望すら抱いている彼らはなおも司令部の確保と増援の排除へ突き進み続けていた。

あるいは、あとわずかに司令部へ踏み込まれれば、という局面。

最後の天秤は、しかし、連邦軍空挺部隊に傾かない。

戦意旺盛な連邦軍空挺部隊の希望。

それは、後続の所在があればこそ。

そして、確約されていたはずの後続——地上を突っ切って突進してくるはずの機甲部隊は、ついに、約束の刻限《こくげん》を超しても姿を見せなかったどころか、『有力な航空魔導師団に襲撃されている』という悲鳴のような報告と共に通信を途絶させてしまう。

希望の喪失は、勇敢な兵士を、勇敢だった者たちへと変貌させせしめ、ついに、衝撃力の喪失に至るのだ。故に、三々五々と離脱し、あるいは、投降することになる彼らは、もはや帝国軍司令部を征《せい》さんとする勇者ではなく、生きることに必死な人間の顔であった。

同時に、絶望を嚥下《えんげ》させられていた守備側——帝国軍東部方面軍司令部は将官から一兵卒に至るまで、希望という美酒を貪婪《どんらん》に飲み漁る。

生き延びることがかなう。

敵襲をしのぎ切れる。

その実感から、『それどころではない』となっていた案件に頭を回す余裕が回復する。頭を悩ませる羽目になるのは生きているからこその贅沢ではある。

まぁ、贅沢とは言っても。

訳の分からない命令は、何だったのか？　と半ば混乱しかけていたところへ、空挺降下を食らったのがハーゼンクレファー中将なのだ。

やっとの思いで、襲撃を撃退し、ライフルを担ぎ泥にまみれた手で戦闘糧食を齧っている『晩餐』のさなかへ、東部方面軍司令部宛の爆弾じみた電文を受け取ることを、生き残ったからこその贅沢と形容するべきかは、修辞学的な難題以外の何ものでもないだろう。

端的に言って、ハーゼンクレファー中将はついていなかった。

「参謀本部からです。発令者はゼートゥーア大将。コードは完全に正規のものです」

やっと来たか。

そんな安堵の念で、ハーゼンクレファー中将が電文を受け取るや、『なんということだ！』と叫び、胃を押さえる。

「あれが、間違いでないだと!?」

あまりといえば、あまりの展開。

『本当に、あれは、正しかったのか』と不安に駆られていることを隠そうともしない幕僚らは中将がちぎれんばかりに握り締めた紙切れへと自然に目を向けていた。

正真正銘、ゼートゥーア大将が本国からよこした電文である。で、あれば。

混乱を解決してくれるだろう。混乱が、振り払われ、何をすべきか、明示してくれることだろう。そんな儚《はかな》い期待を彼らが抱いていたとすれば、確かに、参謀らは正しい。

だが、彼らが目の当たりにするのは固まりつくす中将閣下の姿である。連邦軍の空挺部隊に襲撃されたという一報さえも、彼をここまで固まらせたことはない。

見かねた参謀が司令官の手にする通信文を受け取り、同じように彫像となったところで高級佐官連もようやく電文を目にしえるが、彼らもまた、一様に、固まるしかないものだった。

確かに、それは、参謀本部からの電文である。

誰もが、誤解しようがない権威のごり押しとでもいうべき手続き。

そして、参謀本部は、ハンス・フォン・ゼートゥーア大将は、東部方面軍からの『第四号』をめぐる照会に対しては実に明瞭であった。

『先の命令を、速やかに実行せよ！』

のみ。

言わんとするところは、なるほど、と誰もが理解する。

先に『怪文書』ではないかとささやかれ、『中途半端に始まっていた』防衛計画第四号の完全かつ即時の断行と、言明されていた航空魔導戦の継続を『誰が読んでも誤解の余地がないほど断固且つ躊躇に激怒した文面で突き付けられている』というわけだ。

軍隊に身を置いた者であれば、誰だって、分かる。

先の命令を、速やかに実行せよなどと、トップから直々に命じられたら、返事はいつだってただ一つだけ。

さっさとやれと『督促』を受け取るのは、よっぽどだ。

エリート揃いの参謀将校ともなれば、キャリアの終わりを覚悟するような次元である。

「……つまり、我々の問い合わせに『混乱』していたのは」「正規の命令に、再三、反復して問い合わせしたと解釈された？」「しかし、参謀本部とて、混乱していました！　それは、間違いが……」「あんな形の命令がありえると？」

「諸君！　そこまでだ！」

ハーゼンクレファー中将の断固たる一声は、しかし、混乱と議論が充満しかけていた室内の空気を一気に吹き飛ばす。

血走りかけた眼ながらも、それでも、中将は声を震わせ、その先を口にする。

「命令は、命令だ！　遅れを取り戻せ！」

「しかし！　あれは、あまりにも、異例でした！」

いいか、と彼は良き組織人として、その組織人であるゆえんを、身をもって示す。

「命令は出た！　これは、正規の命令なのだ！」

ハーゼンクレファー中将は、留守番役である。

ウルトラ積極主義である故ラウドン大将に、『いずれ、ハーゼンクレファー中将の交代を検討したい』と思わせる程度には消極的であった。

だが、彼は標準的な帝国軍人でもある。

つまるところ、規律訓練された職業軍人として、命令の即時実行に関しては一切を躊躇わぬ典型的な帝国軍人ということなのだ。

「行動せよ！　遅れを取り戻せ！」

chapter IV

第一梯団は、怒濤の勢いで帝国軍を駆逐《くちく》していた。

拠点に籠った敵の抵抗が想定よりも微弱。

想像以上に帝国軍が衰微《すいび》している兆候かと喝采を叫んでいた連邦軍司令部は、しかし、雲行きの怪しさをいくつかの不可解な報告から感じ取っていた。

一：街道上を動く敵部隊の多さ。

二：帝国軍司令部から発信されていた命令・『第四号』？

三：極めつきは、帝国軍東部方面軍司令部を狙った空挺作戦の頓挫《とんざ》である。

魔導部隊をまぜた空挺部隊を、パルチザン等に同行した正規軍と秘密警察の専門チームが『予備兵力が払底《ふってい》』したことを確認したのちに、帝国軍司令部に降下させたというのに。

司令部警備要員など、圧倒できるはずだったのに。

優勢に襲撃を進めていた空挺旅団に対して突如として未確認の機甲部隊が出現し、横撃を加えてくるのは意味が分からない展開。あまつさえ、空挺歩兵と匹敵する精強な歩兵部隊まで随《ずい》伴《はん》しているとあれば、空挺部隊が『話が違う』と叫んだのは当然だろう。

トドメに突撃砲まで出張ってきたことで襲撃チームは撤退を余儀なくされ、随行した魔導中隊に至っては全滅させられたという報告まで入っている。

当然、帝国に都合が良すぎる展開が、偶然であると信じられる間抜けは連邦軍司令部に残れるわけがない。

彼らは、疑問に直面していた。

『なぜ、未知の兵力が都合よく湧き出すのか』。

『敵は、司令部に未知の予備兵力を留置できるほど統制が取れている。なぜ、我が方の進撃は快進撃のままなのか』

『なぜ、敵前衛陣地は想定以上に脆いのか？』

それらの疑問は、やがて全てが明らかにされる。

たった一つの、不愉快な答えによって。

『帝国軍は全面後退し、こちらの第一撃を回避せんと動いている』という可能性。

まさか、と士官らが青ざめた表情で見つめ合い、『まさか』とお互いの顔に書いてあることを読み取った時、彼らはそっと地図に目を落として最悪を予想する。

黎明の主目的は、『帝国の野戦軍撃滅』に主眼を置き、戦略的勝利を追求した大規模攻勢だ。

繰り返すが、敵野戦軍こそが本命なのだ。

そのド本命である帝国軍主力部隊が、こちらの第一撃と同時に『後退』？　黎明の目的とする獲物は後退し、我が方の攻撃は空振りで……。

嫌な予感だった。

詐欺にはめられているかのような悪寒。

無論、地図の上で見る限り、連邦軍の優勢はゆるぎない。

瓦解している帝国軍防衛線。

ほとんど、薄っぺらいまでに微弱な帝国軍の予備兵力事情。

こちらは、重厚としか表し得ない補給線を用意。

おまけに、第一梯団を支える第二梯団も手配済み。あとは、帝国軍野戦軍主力撃滅が成り次第、スチームローラーで帝国軍勢力圏を押しつぶして西進するだけのはず。

はずなのだ。

なのに、何かがおかしい。

黎明に関わる司令部要員らが、一様に、最悪を確信したのは、上がってくる凶報が一つの兆候を示していたからであった。

「補給がなぜ来ない!?」「敵に襲撃されている!? 最初から、損害は織り込んで、複数用意してあるだろう!?」「事前集積拠点がつぶされた!」「パ、パイプラインが……!」

兵站。

分厚いはずの、盤石のはずのそれが帝国軍魔導師に荒らされているという緊急の報告。だがそんな程度は事前に想定済み。帝国軍の斬首戦術や兵站攻撃こそを警戒すべきだという上の執《しつ》拗《よう》な要求も組み込み、余剰が過ぎるのでは？　というほどの要撃兵力を整備すらしてある。

トラックすらふんだんに対空仕様に改装し、生半可な襲撃ならば、撃退できる重厚な防護を輸送部隊にすら施しているはずだったのに。

その、はずだったのに。

なのに、何もかもがおかしかった。

「し、師団規模、師団規模だと!?」

受話器を握り締め、参謀が狼狽《ろうばい》も露わに唖然と絶句する。

「人的資源が払底しているはずの帝国軍が、魔導部隊で、よりにもよって航空魔導師団単位で、兵站攻撃!?　一体どこから、師団規模魔導師なんて絞り出せる!?　東部の全兵力でも、師団規模の魔導師がいるかいないかじゃなかったのか!?」

「全てを転用したのでは？」

「魔導師全てを、我が方の黎明に合わせてその場で全て、全て抽出したと？　その場で、迷わずにか!?」

それこそあり得ないだろう、が将校らの本音である。

黎明の主軸は、野戦軍の撃滅であるが、だからこそ、それを悟られぬように全面攻勢に擬態し、平押しと火力主義の組み合わせによるコンベンショナルな戦法を大々的に採用してもいる。

通常であれば、こんなところで、魔導師を根こそぎかき集め、あるかも不明な兵站線攻撃に投入など、出来るはずもないではないか。兵站攻撃により、第二梯団が動けず、第一梯団がやせ細るという予想など、敵に出来るはずが……。

はずがないのに。

どうして。

「……どうして、帝国の連中は！」

黎明に合わせて、こちらが一番嫌がる対応策を、迷いもなく？

「帝国の連中め、いつもいつもそうだ！　あいつら戦争だけは上手だな！　ちくしょうめ！」

統一暦一九二八年一月十七日　帝都／参謀本部

帝都で、一人の男が、ニコリと笑っていた。彼はなにせ今、地球で一番幸せな男であるかもしれない。悲願が成就するのを阻害されかけ、絶望の淵に、『最高』の報《しら》せを思わぬ形で受け取り未来を確信すれば、それはもう、喜色も満面というものだ。

彼は幸せだった。

全員が彼のように幸せであれば、きっと、世界は素晴らしい。

あいにく、ゼートゥーア大将というその男の傍に立つ若い中尉一人ですら、その幸せを理解することができぬほどに、特殊な幸せなのだが。

だとしても、ゼートゥーア大将は幸せに葉巻をくゆらせる。

ことり、と。

ねじを巻いた時計を机の上に放り出し、彼は頰を緩める。時計の針を動かすのは機械仕掛け。とはいえ、手巻き式の時計は字句のごとく、人の手で一つ二つやれることがあるのだ。

戦争で、圧倒的な鉄量を前にしてさえ、そう。

ならば老いも若きもなく、人らしく遊ぶしかないだろうとゼートゥーア大将は感無量である。

「グランツ中尉、呼び立ててすまんね。短い時間だが、帝都は堪能できたかね？」

「ご高配《こうはい》に御礼を」

「いやいや、堅くなる必要はない。幸福のおすそ分けというやつだ」

まぁ、とゼートゥーア大将はほほ笑む。

「ゆっくり休めただろうし、ちょっとした頼みがあるんだ。ご苦労だが、一つ、知らせを運んでもらおう」

「内容はどのようなものでありましょうか？」

「必要なものだよ」

「必要？」

不本意なことに、グランツ中尉の声には困惑と微かな恐怖すら滲んでいた。可哀そうに、とゼートゥーア大将は若い中尉に仄《ほの》かな同情を覚えてしまう。

若い彼は、まだ、この美酒を飲み慣れないらしい。

歴史上、この種の逆転劇ほどに。

強く、濃厚で、豊潤な美酒がいかほどにあろうか。

だけれども、とゼートゥーア大将は苦笑一つでその嘆きを胸中にしまう。若者に呑ませるのが惜しい美酒であるならば、年寄りが一人占めさせてもらうまで。

勿論、これを分かち合うことのできる朋友《ほうゆう》を軽んじることは、ないのだが。

「デグレチャフ中佐によろしく。彼女であれば、万事、諒解《りょうかい》するだろう」

「はっ、伝言を賜《たまわ》れますでしょうか」

構わないさ、とゼートゥーア大将はそこでペンを取り上げ、便せんに走らせる。

数多、命令文を書いてきた。

数多、書類を決裁してきた。

しかし、今日この時の瞬間、このペンを走らせる以上に、心が躍る体験をゼートゥーア大将は知らない。

「ははは、ははは、ははは。楽しいことになるぞ？」

嬉しさに筆が弾みすぎ、つい、筆が滑らないようにすることのなんと険しいことだろうか。

「まさか、まさか、だ。あの局面をここでひっくり返せるとは。そして、これだけでこの一手だけで全てがかなうとは」

問題を知ることができれば、解決までは道半ば。

解決の糸口を手繰《たぐ》り寄せるべく、運命の女神を殴り飛ばし、素首《そっくび》ぶったぎるなど暴挙も良いところだろうが。

「運命の前借りならば、いくらでも借りてやろうではないか」

もう、失うものはないのだとすれば。

帝国は無敵だった。少なくとも、ゼートゥーア大将その人は、文字通りの意味において、運命すら恐れるには値しない。

「私は、無責任な借り手なのだからな」

そう自覚できれば、彼にとって、数多の悩みが一気に退色していく。

世界は灰色だった。

かつては、だ。

今や、極彩色《ごくさいしき》そのもの。

全てが、明晰だ。

選ぶべきを、迷わずに済む。未来への道が、真っ赤に塗装されているのであれば、もう、迷うまでもない。

「来年の植え付けなど知ったことか。今食わねば、死んでしまうのだぞ？」

[chapter]

V

第伍章

魔導師の墓場

Mage Graveyard

我ら帝国軍航空魔導師。我に抗いうる敵はなし
我ら帝国軍航空魔導師。我に抗いうる敵はなし
我ら帝国軍航空魔導師。我に抗いうる敵はなし

東部戦線——魔導師の墓標

帝国軍という組織は、職業軍人の、職業軍人による、職業軍人のための軍事的合理性追求をするだけの組織である。

これを、典型的な専門バカな組織という。

では、つまり、どういうことか。

軍隊らしい軍隊の面目躍如《めんもくやくじょ》というべきか。良くも悪くも、軍としての決断が下されれば行動は迅速を極めるのだ。

東部方面軍司令部ですら、例外ではない。

参謀本部よりゼートゥーア大将の厳命を受領するや、彼らの迷走は一瞬のうちに終了していた。参謀連は一切の疑問を押し殺し、ハーゼンクレファー中将名義でもって帝国軍諸部隊に対する断固たる後退命令と防衛線の大胆な再編を伝達。

前言撤回どころの話ではなかろう。

だけれども、正規の命令であれば、その命令以上に優先するものはなし。

所定の防衛計画を完全に投げうち、防衛計画第四号を断固として即時実行。

事前の想定とは異なる後退命令さえも、東部方面軍の諸部隊によって若干のブレこそあれども、比較的迅速に開始される。帝国軍は、疲弊しきって摩耗しきった局面においてなお、軍事機構としては極めて堅牢であった。

統制を保てる組織。戦争だけは、お上手と評されるに足る機構。

元来、撤退というのは難しい。まして大規模な戦線後退と、前線の瓦解《がかい》は紙一重。にもかかわらず帝国軍は、それを土壇場でまたしてもやり遂げたのだ。

外部から見る限り、帝国軍の組織はほとんど完璧だった。

連邦軍の攻勢を『受け止める』という選択を、攻勢の規模と狙いを察知した瞬間に白紙撤回。

サンクコストをものともせず、事前想定を投げ捨てるや、連邦軍の進撃に対しては『敵後方組織』へ師団規模の航空魔導師による徹底した襲撃でかき乱しつつ、全力で後退。

結果、帝国軍は連邦軍の事前想定をはるかに上回るペースで『空間』を明け渡す一方、『帝国軍主力』の温存という本命は達成し得ていた。

無論、後退し、敵に追われているという構造に違いはなし。

帝国は逃げる側であり、連邦は追う側である。

だが、帝国の野戦軍を全戦線で拘束し、かつて、帝国軍がフランソワ共和国軍主力を撃滅した二の舞にしてくれんとする連邦の思惑は早くも肩透かしを食らう羽目になる。

軍隊は動けば摩耗する。

歩兵だって歩けば疲れるし、水や寝床、食糧の確保は必須である。車両にも一定の利用ごとに整備が必要で、燃料だって用意しなければならない。

策源地《さくげんち》から遠ざかれば遠ざかるほど、問題は膨れ上がる。どれほど自前の兵站機構が完備していようと、距離の暴虐《ぼうぎゃく》に襲われるもの。

逃げる側は、逃げる先に拠点があろう。

だが、追う側は、拠点から離れていくばかりなのだ。

故に、追撃にまい進するはずの連邦軍は、嫌でも悟らざるを得ない。

否、思い出すというべきか。

帝国の狙いはいつものやつだ、と。

何が来るかは分かり切っていた。

帝国の狙いは、お得意のカウンター。それこそ、以前に、『鉄槌《てっつい》作戦』とやらで喰らった後退誘因からの機動戦なぞお見通し。

この点、連邦軍ではゼートゥーア大将の意図をほぼ正確に読んでいた。この種の推定に必要なのは創意工夫や知的跳躍《ちょうやく》ではなく、むしろ軍事常識なのだから。

黎明《れいめい》に際して、帝国軍によるこの種の反撃は想定すらしていた。

連邦軍主力が進めば後退した帝国軍が再編し、カウンターを試みてくる？　そんな可能性など、連邦軍にとっては最初から予定に織り込み済み。

反撃を完膚《かんぷ》なきまでに叩き潰してからが、本命ですらある。

対する帝国としては、この難しい反撃を何とか形にするべく走り回る以外に道がなし。

実のところ、対峙する帝国軍ですら、この種の見解には同意するであろう。ほかならぬターニャですら、職業軍人の知見上、そのあたりが妥当であろうと穏当に判断していたほどである。

全く迂闊なことであった、とターニャは反省しているが。ゼートゥーアという生き物を知っているにもかかわらず、常識に甘えるなど、と。

その甘えの代償を、ターニャは、自身の指揮所で珍しくきちんと届いた魔導師用の増加食チョコレートを齧っている時、首都からとんぼ返りしてきたグランツ中尉の手によってしたたかにねじ込まれていた。

帰還の挨拶、形式的なやり取り、そして『伝令役』を務めてくれた部下に対する心からの感謝。そんなやり取りの最中、グランツ中尉はおもむろに一つの封緘《ふうかん》された包みと、参謀本部の便せんに何か殴り書きされている手紙を取り出す。

これを、と。

まるで、爆弾を他人に押し付けるが如き素振りで、渡された手紙であった。

「中佐殿、封緘命令書です。添え状の形でお手紙も。本国より、ゼートゥーア閣下より、お預かりしております。お手紙の方から、お目通しをなにとぞ」

「勿論のことだ。さて、閣下からは？　一体、なんと……」

手紙を受け取り斟酌《しんしゃく》し、意味を理解した瞬間、ターニャの理性を司る脳の一部は『意味が分からない』と理解を拒絶する。

同時に、理不尽な命令と要求に慣れ切った反対側の部分は『何を言われたか』を理解し、衝撃で心が押しつぶされるのを防ぐべく、心のメインタンクへある種の緊急ブローを発令する。

手紙に書かれている言葉の中から、拾い出す単語は一つだけ。

「空挺?」

脳のメイン部分に押し込まれていた『空挺』の二文字は、ターニャの脳裏で『過負荷』を引き起こす前に、遅滞なく口腔より外部へ排出されることで、その人格をして甚大な損害を被ることを免れさせるのである。

「……く、空挺だと?」

口に出し、単語を反復したところでターニャは深呼吸を一つ入れ、そこでグランツ中尉のもたらした報せへと不承不承向き合う。

帝都に派遣した将校が、上の司令部にいるゼートゥーア大将に一切合切の許諾を取ってこれたという知らせは朗報だ。

本当に、巨大な朗報である。

緊急避難的な措置とはいえ、命令を騙ったのだ。

これが追認され、免責され、それどころか公的に上司がその線で話を進めてくれる!

本来ならば、喝采を叫ぶべきで、それ以上に何を望めようかと、望外なまでの朗報に違いない。にもかかわらず、グランツ中尉がもたらした『ゼートゥーア大将のお手紙』はその朗報をしても糖衣錠とするには苦すぎた。

「グランツ中尉、確認するぞ」

「はい、中佐殿」

「ゼートゥーア閣下が、この手紙を？　貴官は内容を知っているのか？」

「はい、中佐殿」

「……師団規模魔導師による、敵連絡線遮断。挺身、空挺作戦。この封緘命令書には、その詳細が。間違いないのだな？」

はい、中佐殿と同じ言葉しか返さぬＢＯＴと化した部下。

その詳細な補足を待つまでもなく、ターニャはグランツ中尉がよこした包みをあたかも爆弾であるかのようにそっと机の上に置く。

開封したくないな、が正直な心。

あいにく、開封しないわけにもいかないのだが。

封緘が厳格に順守されているのを確認し、規定通り、将校の立ち合いとしてグランツに書類へサインを入れさせ、開封処理まで一切を規則通り几帳面にやったのは……ターニャなりの現実逃避だった。

見たくない現実を直視する前、人間らしい所作をターニャも取るのである。

かくして、第二〇三航空魔導大隊というゼートゥーア大将子飼いの便利屋は、ゼートゥーア大将その人がぶち上げる作戦計画（それを、作戦と呼ぶならば）に血走った眼を走らせることになる。

「チョークポイント三つに、それぞれに魔導師団を投射？」

封緘命令書に記載されている目標を読むやいなや、ターニャは突如として深刻極まりない立ち眩《くら》みに襲われていた。

それは、『できればいいね』の極みだ。

事もあろうに！　帝国軍のまともな頭脳の持ち主が！　そんな夢想事を大真面目に狙っている？

「燃料、弾薬を締め上げ、これをもって、連邦軍の活動限界を誘発。策源地から突出している連邦軍を最小限のコストで、最大限に痛打……」

理屈は分かる。

わずかな軍事的常識があれば、意図するところを読み取るのは簡明ですらあろう。

敵の後方にあるチョークポイントを制圧。

連絡線を切断。

補給線を締め上げたところで、主軍で以て空間全てを包囲し、これにより、敵主軍の撃滅を試みるという包囲殲滅《せんめつ》の構え。

教科書的ですらあろう。更には、嫌になるほど、既視感がある。

なにせ、これは去年の五月五日に帝国軍が発動した『鉄槌作戦』とほぼ似たようなものでしかない。はっきり言えば、作戦立案に際して流用されたと思しき部分がいくつも垣間見えるアタリに『急造の代物』感が透けて見えるほどである。

しかし、目標という点では……関わった将兵として思えば、あの当時には無謀且つ危険すぎる博打だったはずの『鉄槌』が『手堅すぎる』と思えてくるほどに、ぶっ飛んでいた。

『鉄槌』ですら、ターニャらにしてみれば『信じがたいリスクの塊』だったのに！

去年ならば、まだ、帝国軍でも東部に機甲師団を持ち駒として有し得ていた。今、戦車の群れなど、東部方面軍がいかほどに持ち得よう。余剰のほとんど全ては、イルドアで日光浴か、日光浴帰りで休養中だ。

更に、鉄槌では敵地後方を遮蔽《しゃへい》した降下部隊への救援があった。だが、機甲師団が消えた今、かつてと同じような『救援』を期待し得るだろうか？

腕組みし、ターニャは机の上に放り出していたチョコレートを全部一気にほおばる。糖分でも脳に送ってやらねば、立ち眩みが再発しそうであった。

啞然と見つめるグランツ中尉に、貴様も食えと傍《かたわら》の備品から航空魔導師向け高カロリーチョコレートを放り投げつつ、ターニャは脳裏で情勢のまずさを思案する。

機甲師団がダメで、ダメ押しに、航空優勢の欠片もない。

去年は、機動戦の最低条件である航空優勢を確保するべく、帝国中の航空艦隊をかき集めたもの。あれは、実に正攻法だろう。

今日、帝国にそんな余裕なぞない。

イルドア方面で局所的な優位を作るためとはいえ、ゼートゥーア大将が使いすぎた。航空艦隊は、去年、あまりにも酷使され尽くした。

従って、空挺作戦の大前提である制空権はおろか、航空優勢すら望みえない。いや、そもそもの話、まとまった数の大型輸送機が確保できるかも怪しかろう。

その辺は、ゼートゥーア大将もご存じだからこそ、自分たちに声がかかったわけだが。

空挺歩兵の代替として、少数でも効果的な魔導師を登用。火力と防御力でもって、数的劣勢を挽回というわけか。理屈だけならば、もっともらしく聞こえるだろう。……使える魔導師をかき集めることができるならば、ということにさえ目をつぶればだが。

参謀本部直属の第二〇三航空魔導大隊ですら、『補充に期待するな』と言われる状況でそれが可能だろうか？　師団単位の魔導師を空挺降下させられるならば、航空魔導師の補充でこれほどに帝国軍関係者が反吐《へど》を吐く必要がどこにある？

いや、それらが奇跡的に解決できたとしても。

「何より、何よりも不味いのは……二匹目のどじょう狙いは」

ぽつり、とターニャはグランツ中尉の前であるにもかかわらず、つい、零してしまう。

『鉄槌作戦』の基本的なフレームを流用したと思しき反撃計画は、彼我《ひが》ともに既知である。

鉄槌作戦で『帝国はこうするよね』と世界が既に学習済み。ワクチン接種を済ませ免疫を持っている相手のようなものだ。

免疫のない状態と同じ反応を期待する方が、端から間違っている。

敵は過去よりも強大で。我が方は、過去よりも劣弱《れつじゃく》で。博打じみた作戦よりも、更にギャンブルの要素を積み上げ、全てが上手くいくことを祈っての使いまわし作戦で乾坤一擲《けんこんいってき》。

それ以外に道がないという前提だとしても、なりふり構わないところは、あまりにも無謀にして壮大な企図。

「空中機動、戦略単位での大規模跳躍前進。これは……」

無理だ、という一言を零しかけたターニャはグランツ中尉らの前であるという極めて社会的な立場をとっさに思い出し、語彙を脳裏から絞り出し、限界まで取り繕いつつも吐き捨てる。

「……捨て石だ。事実上、魔導師団は無条件に血みどろになる。稼いだ時間で、勝利を贖《あがな》う構図。だが……我々が全滅するまで粘って、おおよそ、まともな成算はおぼつかない」

封緘されていた書類曰く、『敵地後方に降下。限界まで、敵の補給路を遮蔽せよ』だ。『後続部隊との合流』ではなく、『限界』まで。言外に、『来援がない』という意味を読み取れば、立派に野戦将校ずれしてきたと言えるだろう。

要するに、救援はないのだ。

敵地に降下し、自力で締め上げげ、連邦軍の主力が補給切れで酷い目に遭う間、降下部隊は四方八方からタコ殴りにされることに単独で耐えきらねばならない。

最良のレートでも、帝国軍魔導師団と、連邦軍主力の交換。

死んで来い以外のなんだというのだ。

断ろうにも、つい先刻、命令の件で借りを作ったばかり。

ターニャは思わず目をつぶり、そして、腹をくくる。

「……これは」

ご苦労だが、とターニャはグランツ中尉へ視線を向ける。そして、周囲を憚るようにして用件を申し付ける。直ちに、ヴァイス少佐とセレブリャコーフ中尉を指揮所に呼び入れ、貴官自身で何人《なんぴと》たりとも指揮所に近づけるな、と。


呼び出されたヴァイス少佐は、思わぬものを目の当たりにする。

「やぁ、少佐。珈琲はどうだね？」

指揮所の木箱の上に腰かけ、にっこりと珈琲杯《コーヒーカップ》を片手にほほ笑む上官。それどころか、帝都のカフェでお茶をするかの如く、凪のように穏やかな顔でもって珈琲とチョコレートを勧めてくる。

「せっかくだ、肩の力を抜け。本物の珈琲だからな」

鉄と血の巨大な暴虐が戦線全域で暴れまわる真っ只中、お茶のお誘い！

唖然としたところで、ヴァイスは、自分よりも中佐と付き合いの長いセレブリャコーフ中尉が平然とチョコレートにかぶりついていることに気が付く。

「美味しいですよ、これ？」

「ああ、そうかね」

何と返したものか、と迷いつつも……妙に緊張が削がれることだった。気がつけば、ヴァイス自身も勧められた椅子代わりの木箱へ腰かけていた。

「まぁ、話の前に、甘いものを喰え。ついでに、珈琲でも飲んで、わずかにでもいいから、肩の力を抜け。これは、そういう話だからな」

穏やかな声で上官がそう語り、戦時下の帝国においては並外れた高級品であるはずの嗜好品を惜しみなくたっぷりと饗《きょう》されたところでヴァイス少佐は腹をくくる。

ここまで上官が形を作って饗応《きょうおう》してくれるのだ。

飛び出すであろう難題の存在は、自明であった。

「志願いたします。なんにせよ、ご命令ください」

「ヴァイス少佐？」

きょとん、と。

その瞬間、常日頃は歴戦の老巧者じみた指揮官が、不意に年相応の表情をしたのを見て、不思議な面白さをヴァイスは感じ取る。

とはいえ、それは、頭の片隅での感想だ。

上官が言い出しにくく、最高の晩餐じみたものを用意してくれる宴席。

また、新しい厄介事だろう。そう察せられてしまうほどに、ヴァイスは東部で酷使される側の悲哀を散々に味わっていた。

「小官は、もとより覚悟の上です。サラマンダーに大隊として属する前から、そういう仕事だと、小官は知らされておりました。いかなる困難な任務でも、志願いたしましょう」

ちらり、とデグレチャフ中佐はセレブリャコーフ中尉へと視線を向けていた。

その目線の何げない動きに、ヴァイスは確信する。セレブリャコーフ中尉は、たった今、問われたのだ。『貴官も同意しているのか』、と。

それは同時に、反対したいならば、反対してよしという助け舟でもあろう。

なにせ、何事も、口にはされていない。

セレブリャコーフ中尉がヴァイスの意見へ反対であれば、ただ、沈黙を保てばいい。それは、上官へ『私は反対です』と言葉にせずとも、そつなく反対を許すという上官の心配り。

故に、ヴァイスはセレブリャコーフ中尉の心情を慮《おもんぱか》って、沈黙していた。

もっとも、余計なおせっかいというやつだろう。

セレブリャコーフ中尉は、静かに、口ずさむ。

「至難の戦場、わずかな報酬、剣林弾雨《けんりんだんう》の日々」

ヴァイス自身が、焼かれた文言だ。

勇壮で、高潔で、勇者のための文言。

現実は、戦場にロマンなどないことを、嫌というほどに、知らしめてくれている。だけれどもそんな中にあって、大言壮語《たいげんそうご》通りにあり続ける部隊で、舞台に立てるとするならば。

「ラインからのペアでしたので、勘違いされたのでしょうか。中佐殿、自分は、志願していたつもりなのでありますが」

「そうかね」

「はい、そうなのです」

小さな声で『そうか』と呟き、デグレチャフ中佐は視線をヴァイスに向けてくる。

「貴官たちは、覚悟がある、か」

はい、と二人が首肯《しゅこう》する。

「大隊に志願した時、勇壮さに惹かれました。しかるに、今やそれが、常態である中佐殿の視座をようやく理解し得た思いです」

「……生還の保証は、どこにもないのだが？」

ヴァイスは確信している。

その瞬間、『臆した』として引き返したいと申し出たところで、デグレチャフ中佐その人は咎めすらしなかっただろう、と。

それほどまでに、上司は沈痛な顔で『志願』するのかと確認していた。それだけあれば、ヴァイスは十二分に確信しえるのだ。

これは、とんでもない作戦から逃げ出す最後の機会であろう、と。

軽く肩をすくめ、ヴァイスは己の本懐をそっと言葉に乗せ直す。

「戦争なのです。ならば、必要がそう命じるのでありましょう」

「……貴官に求める前に重ねて問答を行いたい。どうだね、セレブリャコーフ中尉。この際だ、貴官も好きに言いたまえ」

「どう、とは」

チョコレートをほおばりかけていた副官が、ごくりと飲み干し、珈琲を片手に、首を傾げる間、デグレチャフ中佐は何かを堪《こら》えるような目線でその様子を眺めている。

そこで、はた、とヴァイスは違和感に気が付く。

既に、一度、副官に翻意《ほんい》を求め、なお、ここで翻意せぬかと問うとは。

ならば、これは、『道連れ』を求めることを躊躇し、あるいは、『考え直せ』と促すという思いやりか。……困難な局面で、これほどに部下のことを配慮しているのか、この中佐殿は。

ヴァイスは思わず苦笑していた。

「中佐殿、失礼ですが……」

「なんだ、少佐。横から口をはさむな。セレブリャコーフ中尉、貴官もヴァイスと同じように

今回も志願する物好きかね？　思うところを、好きに言いたまえ」

「いえ、ですから、えーと、その。なんで、聞かれるんでしょうか？」

「なんで、とは？」

はい、と頷き、セレブリャコーフ中尉は珈琲を片手に不思議そうに口を開く。

「ラインでついていくと決めましたし……先ほども申し上げたつもりです。考え直せと言いわれましても……随分、今更だなぁと」

再びきょとんと意表を突かれたらしい上官に、上官の前であるにもかかわらず、はっはっはっ、とヴァイスは心の底から笑いだしていた。

そりゃそうだな、という他にない。

あの、デグレチャフ中佐の副官として、ライン戦線から落伍《らくご》すらなく背中を預かり続けてきたセレブリャコーフ中尉だ。デグレチャフ中佐が気を使うのはいいが、使われる側にしてみれば、『いやいや』というところだろうよ。

上官も妙なところで、人間関係の構築が下手なことだ。

苦笑しかけ、そこで、ハタと気がつく。そもそも自分よりも随分と年若いではないか、この偉人は！　だとすれば、完璧に見えても、この上官も人間か。

愉快さを噛み締めながら、ヴァイスは謹厳実直《きんげんじっちょく》な顔を作って口をはさむ。

「失礼ですが、中佐殿。覚悟を問うのは、あまりにも今更にすぎましょう。とうの昔に、覚悟など決め切っておりますとも」

「……私の周りには、ウォーモンガーしかいないのか」

呆れたような声に、『類が友を呼んだのでは？』と返しかけたヴァイスであったが、もっと良い返しをセレブリャコーフ中尉が口にしたことでそれを胸中にしまい込む。

「いえ、一人は例外がいるかと」

「ふむ？」

誰だろうか、とセレブリャコーフ中尉へ中佐が問うように視線を向けた時のことだ。いるじゃないですかとほほ笑み、副官はその名を口に出す。

「レルゲン戦闘団の、レルゲン大佐殿だけは、常識人ですよ！」

ああ、と誰もが頷ける指摘だった。

ヴァイス自身、手を打って、賛同を叫んでしまう。

「ああ、確かに！　あの方は、真っ当でいらっしゃる」

ゲラゲラと三人で笑う。

馬鹿笑いし、そして、その愉快で温かい気分で以て、ヴァイスはデグレチャフ中佐が差し出してきた命令書を受け取り、眼を通し、温かさを胸に頷く。

「大変な命令ですな、これは」

「ほう、それだけかね？　少佐は、随分、抑制的なことだ」

「腹を括れば、それだけのことでしょう」

よろしい、とその瞬間。

ぴしり、と空気が切り替わる音をヴァイスは確かに耳にする。

「諸君、では、腹を括るとしよう」

年相応にすら見えた上官は、今や、戦場において白銀と称えられる練達した野戦魔導将校たる資格を誰一人として疑えぬオーラと共に、命を発するではないか。

「やるぞ、諸君。鉄槌の更に先に。……我々で、やるのだ」


言っておいてなんであるが。ターニャは疑問であった。

どうして誰も反対しないんだろうか、と。

世界は、時に酷く不思議だ。

永遠の謎であるとすら思いつつ、しかし、ターニャは他に選択肢がないならば、最悪を避けようと努力できてしまう程度には優秀であった。

だから、ゼートゥーア大将が命じ、現場指揮官がヨシとし、現場の要員が賛成し、ついに誰も反対することなく、本当であれば正気を疑うべき軍事的冒険じみた空挺作戦が、特に波乱もなく、承認されていた。

承認され、実行に、踏み切られた。

すると、帝国軍は、誠に戦争バカである。

誰も疑問のあまり立ち止まらず、各員が、各員の義務を、十全にこなすのである。


その時は、何かがおかしかった。

ある帝国軍魔導師は、その瞬間を『鮮明』に物語る。

東部戦線で時間どころか日付も怪しくなるほどに飛ばされ続け、ひたすらに連邦軍への対地襲撃に駆り出され、『五分でいいから、寝させてくれ』と誰もが呻く戦場にあって、『寝てる暇などない！　飛びながら補給を済ませろ！　直ちに、再出撃！』と怒号していた士官らが、疲れ果てた魔導師らの手という手に増加食の高級チョコレートを押し込み、叫ぶ光景だ。

「魔導師団諸君、食って、寝ろ！　起こされるまで、好きなだけ寝て構わん！」

万金を積み上げてでも、睡眠を欲していた彼らは、その瞬間、目が覚める。

「……睡眠許可が出るとは」

「先任殿？」

「思い出せ。いつだって、『当分、安眠は先だ』という前触れだぞ」

だからこそ齧れるだけチョコレートを齧り、さっさと目を瞑り夢の世界に飛び込む。一刻を惜しみ、寝だめするために。

同時刻のことだが、幾人かの魔導将校らは疲労と睡眠不足で血走った目を瞬かせながら、怒号する東部査閲官首席参謀の姿を朧《おぼろ》げに回顧する。

「全指揮官は、自身が指揮官であることを呪え！　仕事だ！　指揮官会合！　仮眠は一時間までだ！」

緊急の命令。

にもかかわらず、一時間だけでも、睡眠を許容するという大盤振る舞い。

よほどのことだろう。

疲れ果てた将校らは、その命令を聞いた瞬間、糸が切れた人形のように、一人、また一人と寝床に転げ落ちて眠る。

そして、きっちり一時間後。

体感では眠った瞬間に叩き起こされたとしか思えず、体が『寝かせてくれ』と叫びをあげる中、一部は宝珠で無理やり脳を覚醒させてまで這うようにして指揮官級の将校らが集まった指揮所で、その日、彼らは『役割』を知らされる。

指揮所でそれを知らされた第二〇三航空魔導大隊以外の魔導指揮官らは、さすがに、叫んだ。

「バカな!? 閣下は、正気か!?」「現有戦力で占領任務!? たかだか、二百かそこらで!?」「机上の空論だ! チョークポイントは防護されている!」「地上防空砲火の分厚さが計算に入っていない!」「補給が持たない! 鹵獲だけでやれと!?」「魔導師の数が足りなすぎる!」

要するに、帝国軍人には、きちんと異議申し立て機能が備わっている。

しかしあいにく彼らは、帝国軍人である。

ターニャは、簡潔に異議へ応じていた。

「諸君の異議申し立ては、全て分かった。希望すれば、文書で記録する。しかるに既に命令は下された。更に言えば、手当もされているのだ」

命令なんだよ、という定型文。

ただそれだけで、指揮官連が素直に沈黙し、『手当とは?』と前向きな問いかけすら目線で投げてよこせる。

「人員が増強される。待望の補充だよ、諸君。一個師団規模で空挺をする必要はない。上は人手を増やしてくれる、とのことだ」

魔法のツボから、大量の人員を上がご用意だ、なんてターニャは嗤《わら》ってやる。

「数は、どのようなものが？」

受けなかったようで、大真面目に『増援の規模は？』などという実務的な質問が飛んできた。

「本国より、二個師団規模の増強だ」

「は？　失礼、二個？」

耳を疑っています、と全身で主張する魔導将校の照会に対し、ターニャとてその気持ちは分かるとばかりに頷く。その上で、繰り返していた。

「本国は、本気だ。二個師団規模の魔導師を絞り出すとのことだ」

上が確約した数字を告げるターニャに対し、全くもって妥当としか言えない疑念が飛んできたのはすぐのことである。

「師団の編成と、実際の戦力は？」

「増強される師団はそれぞれ三個連隊編制。各連隊は、標準の三個大隊編制だ。ここにいる一個師団と合わせれば、九個連隊だろう」

「デグレチャフ中佐殿、それはフル充足ならば、定数で千近いでしょうが……」

ああ、とターニャは頷く。

「定数通りなら、そうだろうな」

「中佐殿。御言葉ですが、定数とご自身でおっしゃられたのが全てかと」

違いない、とターニャは首肯する。

るだろうよ」

「額面戦力通りならば、ガチガチに防護されている今のモスコーすら、片道でならば蹂躙《じゅうりん》しうるだろうよ」

東部のここでターニャが掌握している一個師団規模魔導師だって、実数はせいぜいが二百程度。三分の二程度の充足率。

「ただ、閣下曰く、後続の定数は、無理やりでも満たす、とはある」

数だけは揃えるという約束手形があるんだよと笑うターニャだったが、『御言葉ですが』とグランツ中尉が口をはさむ。

「使える魔導師が来るかは疑問です」

「グランツ中尉？　その根拠は？」

「はい、中佐殿。先だって、小官は帝都防空部隊の魔導師諸君とご挨拶する機会に恵まれましたが、連中、規則正しく飛べれば花丸レベルでした」

グランツの言葉は、居合わせた多くの関係者を随分と不安にしたらしく、一様に『それって大丈夫なのですか？』という目線がターニャとグランツに集まってくる。

「グランツ中尉、私は、それを見ていない。実務上の懸念点を口にしてくれ」

はい、と彼は補足する。

「帝都上空を編隊飛行できれば、花丸レベルと読みました。このような技量では、空路、進出さえおぼつかないかと……」

「貴官の言《げん》が事実であれば、我々が手にするのは、増援ではなく足手まといだ。飛べない連中を抱えて、我々が飛ぶ羽目になっては……」

別連隊からの連絡将校が渋い顔で口にした懸念に対し、ターニャは理解こそ示しつつ話がずれているだろうと苦笑する。

「諸君、思い出せ。本作戦は、空挺を企図したものだ」

「しかし、目的地は我が軍の輸送機ではギリギリです。前線に進出させるにせよ……」

「それは、輸送機の航続距離ならば、だ」

「V―1の長距離兵装をご想定ですか？　しかし、あれにしたところで、師団単位の戦力投射ができるほどの数は……」

常識的な反論だった。

ターニャは、帝国軍将師の思考様式へ一定程度に理解がある魔導将校らですら、『そうなのか』という事実に思わず『ゼートゥーア大将の奇策は、当たるかもしれん』と呻いていた。

「中佐殿？」

ああ、とターニャは肩をすくめる。

「貴官らの反論で、思わず、ゼートゥーア閣下の策は成算アリだなと確信していた」

ぽかん、と困惑する魔導将校ら。

……それは、連絡将校としてかき集められた各部隊のものに限らない。ターニャの下が長いセレブリャコーフ中尉ですら、そうなのだ。だがターニャの視線の先では、グランツ中尉は表情を微かにこわばらせる。

「グランツ中尉？」

「失礼ですが、その……ゼートゥーア閣下のことですから。何か、あるのかな、と」

おお、とターニャはグランツ中尉の嗅覚に手を打つ。

「貴様が連邦軍司令部にいないことは、我が軍の幸運だな」

「では？」

ああ、とターニャは卓上の地図を叩く。

「将校諸君。地図を見たまえ、目的地は分かるかね？」

勿論です、と一様に魔導将校らが頷くのにターニャはほくそ笑む。

「最寄りの航空輸送部隊が、作戦行動上、無理なく到達可能なエリアよりどこも遠い。それは、その通り。だが、我が軍の大型輸送機が『片道』だけ飛べる圏内ではどうだね？」

「は？　……え、あの？」

大型輸送機。

帝国軍にとって、希少極まりない高価値目標。

普通に考えれば、防護されるのが当然で、間違っても『使い捨て』など想定されない代物。

そんな希少な機材を空挺作戦に投入するだけでも目玉が飛び出るほどの博打なのに。

「乗り捨てれば、往復する必要はないだろう？」

嘘だろう？　と思わず固まった連絡将校らの視線を背に、直属ということもあり、口を開きやすい立場にあるヴァイス少佐が一同を代表する形で疑問を口に出す。

「あの……大型輸送機を、使い捨てに？　グライダーではないのですが……？」

ヴァイス少佐の常識的な意見は、実に、常識的だった。

「皆、ヴァイス少佐と同意見かな？」

ふむ、と頷き、ターニャはゼートゥーア大将が『選択と集中』で絞り込んだであろう事実を口に出す。

「常識的に考える必要はない。必要に応じて、柔軟に考えることだ。結局のところ、グライダーも、輸送機も、費用とリターンの問題に収斂《しゅうれん》してしまう」

つまるところ、その論理的帰結は、明瞭ではないか。

見合う投資ならば、巨額の投資だって、合理的なのだから、とターニャは続けていく。

「ここで連邦軍の戦略攻勢をくじけるのであれば、たかだか二桁程度の大型輸送機なんぞ、全て使い捨ててても、帝国は是とするであろう。閣下の割り切りだ。小官も完全に同意する。貴重な装備といえど、戦略的視座の観点では、全て消費が許容される駒であろう」

もっとも、消費したらどうなるかを公言しない程度の隠蔽《いんぺい》は怠らないのだが。なにせ、ターニャは予期している。

たぶん、二度と、帝国軍輸送機部隊は再建できない。

ひっそりと心中でその予測を呟きつつも、ターニャとしては『費用対効果』という一点で、ゼートゥーア大将の選択には強烈な合理性がまとわりついていることを認めてしまう。

国家政策の立案者次元でみれば、国家の存亡という目的に比べれば、重要な戦略的軍事的資産すらも、所詮コラテラルの範疇。

ついでに、とターニャはここで悲しい論理的必然をも悟っている。

大型輸送機と戦略投射能力はたぶん帝国から消えるが、『投射手段』が消えるような戦場へ突っ込まされる『投射される人間』も『消費』が前提だろうな、と。

「失礼ですが、そのような作戦の場合、その……」

ああ、とターニャはそこでヴァイス少佐にその先を言わせじと割って入る。

「魔導師も、輸送機も、文字通りに全部、全損覚悟で使うんだよ、軍は」

一番悪い報せは、自分が率先して語る。

部下に問われて後手後手で悪い知らせを認める上司よりは、せめて、悪い知らせを隠さないポーズをとる方がよほど印象もマシだ。

部下に対する将校の義務だとばかりに、ターニャは、いっそ露悪的なまでに最悪を語る。

「我々は片道を輸送機に運んでもらって、作戦完了までコミーと遊んで、後始末は誰かに任せて飛んで帰ればよいとされるがね。つまりは、激戦地に放り込まれて、九死に一生を拾ってこればという作戦だ」

「……大勢、死にますね」

沈痛そうなある連絡将校の言葉に応じ、ターニャも辛いという顔を作る。

「……長距離飛行に慣れていない新任の損害は絶大だろうな。ここまで戦い抜いてきたベテランらですら、連戦すれば安泰とはいくまい」

ターニャ自身のリスクも高い作戦だというのが、何より最悪である。

「が、悲しむべきことに現状、軍が選びうる犠牲の中では、最も、少ないコストだ。諸君も承知の通り、東部方面軍は現在、相当量の重装備を喪失している。反撃のための運動戦が可能なのは、イルドア方面の機甲部隊ぐらいだろう」

あいにく、イルドア帰りの戦車には全く期待できない。

口外しないが、額面上の兵力に過ぎないと割り切る方が精神衛生にいいぐらいだ。

なにせ、戦車は走った分だけ摩耗する。メンテナンスフリーの機械など存在し得るはずもなし。整備もなしに、次の戦場でも元気いっぱいとはいかないのだ。

東部方面への配置転換が全力で急がれているとはいっても、戦車の大量移送以前の問題なのだ。まず、整備しなければ使えない。無理に持ってきても、トーチカぐらいだ。

つまり、戦略的意味のある機甲部隊としては、まず間に合わない。

故に、ゼートゥーア大将が使える手駒が、疲弊した東部方面軍の主力だけなのだとすれば。

反撃戦は、極力、『お手軽』であることをゼートゥーア大将は欲するだろう。

必然的に、連邦軍部隊にデバフをかけることは不可避であり、そのデバフとして補給線の寸断を欲するのも、軍事的合理性からは明瞭だ。

できれば、と但《ただ》し書きがつく無理難題。その無理を、師団規模魔導師の集中投入という無茶でこじ開けようというのだから、そりゃあ、もう、すごいことになるだろう。

だから、ターニャは極力勇壮に聞こえるように願いながら、言葉を紡ぐ。

「歴戦の師団に、新手の精鋭。たくさんの師団に、たくさんの部隊。要するに、残骸と残党の組み合わせだ」

だが、矜持《きょうじ》があるだろう、と煽《あお》る。

「故に、魔導将校諸君。諸君らと私で、ただいまより増強として急派されてくる魔導部隊を根こそぎ活用し、東部に戦力たりえる航空魔導師団を三つでっちあげねばならない」

やるしかないのだ。

だから、やる。

やるしかないのだから。

なんて、頭の悪い循環論法だろうか。こんな檄《げき》で人を鼓舞し、戦争に投じなければならない側のなんと惨《みじ》めなことだろうか。

これは、管理職の悪夢である。

悪夢ながらも、ターニャは滑稽と承知で、魔導将校らに訴える。

「この航空魔導師団三つでもって、やり遂げるのだ。鉄槌と同様に、連邦軍の兵站を遮断。敵主力を窒息死させれば、我々の勝ちだ」

勝てるのだ、と。

勝ちが、見えているのだ、と。

これからの行動には、明確な意味があり、決して、無謀なだけではないのだ、と表面だけでも人を納得させるためのぺら回し。

「事実上、我々が、我々のみが帝国を救える」

ターニャは、一人一人の目を覗き込み、訴える。

愛国心、名誉、職業意識、なんでもいい。

とにかく、危機に臆さず、一致団結できるならば、頓服《とんぷく》すべき精神論を無制限に服用させることも辞さない。

「帝国を、世界を、コミーの手から我々が守り切るのだ。軍人ならば、これに勝るひのき舞台を想像しえまい」

ニヤリ、と。

好戦的な顔を作り、ワクワクが収まらんよ、と嘯《うそぶ》き、怯懦《きょうだ》を忌避《きひ》せよと方向性を誘導しながら、ターニャは一拍おく。

「そして、これらの作戦を準備するために……」

すーっと、言葉が染みわたるのを見定め、ぱん、と手を打つ。

「我々は、現下の敵補給線遮蔽行動を絶対に継続しなければならない。この挺身攻撃の準備と並行して、だ」

「は？　……出撃準備と並行して、兵站攻撃の継続でありますか？」

ぽかん、とした将校らが『無茶です』と口にする前に、ターニャは機先を制して言葉を放つ。

「この情報を知らされた指揮官が捕虜になることは看過《かんか》しえぬ。故に、諸君はただいまより、作戦開始まで出撃を禁じる。ただし、部下は絶対に継続出撃させろ」

前線に出なくていいという安堵。あるいは、部下だけ危険なところに突っ込ませねばという罪悪感。なんであれ、人は、自分の感情を処理しようとした時、時に、固まる。

固まって、反論の機会さえ逸してくれるのであれば。

それで、十分であった。

帝国軍という組織文化は、一度決めたならば、断じて実行せよという標準的な軍隊規範を過剰なまでに将校へ内面化させることに成功しているのだから。

「さぁ、諸君。部下諸君を最大限、航空攻撃に駆り立てろ。その間、将校は死ぬように働き、死なぬ程度にだけ仮眠し、空挺作戦の準備だ。分かりやすいだろう？　並行して、どちらも手抜かりなく進めようじゃないか」

統一暦一九二八年一月二十日　東部

兵站線は、軍の生命線である。包囲殲滅の夢に並び、古今東西、数多の軍が敵のそれを断とうと試み続けてきた。

帝国軍のハンス・フォン・ゼートゥーアも、敵の兵站線を断とうと試みるという点では歴史上の一人であり、過去の先人同様に『困難』を承知で試みる一人でもあった。

この点、彼はベテランだ。

劣勢の軍でもって、大軍から成る敵の大規模攻勢を迎え撃つに際し、ゼートゥーア大将はかなりの場合、敵の兵站を狙って勝利してきた。

それは、作戦屋としての手腕《しゅわん》であり、兵站の専門家として培った知見の活用であり、世界の敵たる詐欺師としての技量であろう。

だが結局のところ、数は雄弁だ。

戦力の集中と、適切な投入。

教科書通りで、奇をてらわない王道は、王道が可能な限りにおいて最強である。

兵站線攻撃による逆転狙いなど、劣勢側が奇策として追求する限り、どこまでも博打といえば博打である。……それでも、帝国軍は、必要の忠実な信奉者として『兵站線』を狙わざるを得ない。

故に、今回も、必要の求めるがままに総力を挙げて魔導師を結集させしめた。

そう聞けば、実に勇ましかろう。けれども、現場にいれば文字の勇ましさ以上のものを期待できない悲しみを堪能《たんのう》できる。

かき集めも、かき集められたるは帝国の魔導師。

その総数、実に三個師団規模。

先に東部査閲官名義で断行された空前絶後と評すべき大規模航空魔導反撃ですら『一個航空魔導師団』であったことを思えば、帝国にとって絞り出せる全ての魔導戦力をかき集めたというべき規模だ。

当然だが……真っ当にやっていたら、これだけの数が揃うわけがない。

だから、真っ当ではないのだ。

「……ははは、ははは、ははは、これは、笑うしかないぞ」

思わず、ターニャはから笑いしてしまう。

こんな緊急事態だ。若い促成栽培組が混じっているのは覚悟していた。

訓練部隊から、教官を引き抜くわけには……などと口にしていたゼートゥーア大将が、ついに教育部隊に手を付けるだろうとは、予想してすらいた。

だが、さすがに、ここまでなりふり構わずか……と驚きはある。

「教官や繰り上げ卒業どころか……全訓練生の即時投入とは恐れ入る」

魔導資質さえあれば、教育訓練中であった全てを丸ごとを前線に投入してのけるとは。

なるほど、引率付きの学生であれば、遠足ぐらいは行けるだろう。

行く先が最前線も最前線となれば、ある意味では一生ものの体験に違いない。

「帰るまでが遠足とはよく言ったものだなぁ」

平和な現代地球の記憶がターニャの脳裏によみがえる。

幾度となく戦場で、『帰るまでが肝心』だと痛感し、噛みしめてきたつもりだったが、流石にこれは強烈だ。

とはいえ、ターニャは良くも悪くも『それはそれ、これはこれ』で割り切れる。

新兵だって、訓練生だって、その身分は軍人だ。

つまり、戦場に放り込んでも法律上は問題なし。

志願とか徴兵とかの違いはあるにしても、使用者側であるターニャとしてはある意味他人事なのである。

だが、と利己的だからこそ、ターニャは別の集団に目を向けるや目頭を押さえてしまう。

「最後まで、国家にこき使われるのだなぁ」

立場として、言うべきでないのは理解しているが、同時に口から本音が零れ落ちるのは仕方ないだろうと言いたい。

元は傷痍《しょうい》軍人だろうか？　魔導師であれば、手足の一本二本欠けていようとも、前線へ出てこいという素敵な発想でかき集められたと思しき年齢も世代も疎《まば》らな集団まで戦列に肩を並べているではないか。

「デグレチャフ……中佐殿⁉　ご出世なさったのですね！」

「ん？　その顔は……タイヤネン？　貴官は、タイヤネン准尉か！」

ツイーテ・ナイカ・タイヤネン准尉。

統一暦一九二五年頃であったか。ライン戦線付近の傷病で後送された、かつての部下だ。記憶が正しければ、退役していたはずだったが。

「貴官は、ジャガイモの食中毒で退役したのではなかったのか？」

「ええ、あれがきっかけではあったんですが、なんか、医者によると色々な食中毒にまとめてあたって、肝機能がだめになったとかで……」

「ジャガイモだけではなかった、と」

「まぁ、ご時世柄、酷い目に遭って退役していました。ですが、お声がかかりまして」

よほど運が悪かったのだなと理解したところで、ターニャはそんな『不運』なはずの准尉が『黄金の負傷』で退役していたところから引っ張り出されているという帝国のブラックぶりに思いをはせる。

「現役に復帰したのは、いつ頃だね？」

「少し前から、教官としては戻されていました。ひよっこ相手に、超実戦的という売り文句の劣悪なプログラムを叩き込む毎日で終わるものだとばかり」

ぽつり、と彼はそこで呟く。

「……まさか、実戦投入されるとは」

「実際、訓練生の技量は？」

「飛行時間だけで言えば、二百を上回ります」

おや、とターニャは思わぬ数字に首を傾げていた。

二百時間というのは、戦前の感覚からすれば少なすぎるが、昨今の総力戦下では悪くないように思える。カリキュラム次第だが、飛ぶだけならばギリギリ最低限の水準を満たしているとも言えようもの。

「驚いたな。……訓練生と聞いた時、ゼートゥーア閣下の根こそぎ徴兵と相まって飛行時間が二桁の連中までかき集めたのかと思っていたが」

存外、戦力化できるのをかき集めてくれたのか。

そんな、予想外の好材料に頬を緩ませかけたターニャは、古い魔導師が渋い顔を浮かべたところで自分が何かを間違えているととっさに悟り、口をつぐむ。

「中佐殿。昨今の訓練をご存じですか？」

声を潜めるようなタイヤネン准尉に対し、ターニャは素直に首を振る。

「後方部隊とは縁が薄くてね。ご縁があればと思うばかりだ。それで、現在は促成栽培なのだろう？　そういった訓練では色々と簡略化しているのだろうが……どうなのかね？」

「簡略化どころか、連邦式です」

「は？」

耳を疑う単語だった。理解したくない類の話を聞かされたともいう。

「帝国軍魔導戦術とは水と油の連邦式？」

「魔導のマの字も知らない素人を、最も効率的に戦力化するには、連邦式が一番『堅実』と判断されました」

「バカな」

思わず、ターニャは自然と零していた。

「宝珠の設計概念からして全く違うのだぞ？　……我が軍の平均的な防殻で連邦式の運用など。取り入れようものなら死人の山だろうに……」

帝国式の宝珠は、機動性を重んじる。

蝶のように舞い、蜂のように刺せ。それが、帝国式の重点だ。

連邦式の宝珠は、堅牢さを重んじる。

山のごとく堅牢で、火のように火力を重視。

良い、悪いではなく、発想が違う。当然、運用だって異なり、それに合わせて装備する宝珠の設計理念も異なっている。

あげく、帝国はハイ・ローミックスの運用を狙っているが……廉価版仕様の宝珠ですら『ハイ』と同様の運用理念を前提として設計されている。

帝国軍の魔導装備で、連邦式のように『硬さで耐える』など想定外運用もいいところ。

それは、F1《エフワン》カーをトラックの牽引車として活用しようとするような無理だ。

どう考えても、致命的なまでに向いていない。

本気か？　とターニャが唖然としている中、タイヤネン准尉は辛そうに付け足す。

「しかし、速成できます」

「『単純化』することで無理やりひねり出した時間か」

なるほど、とターニャは得心する。光学系欺瞞《ぎまん》術式の発現や複数術式の切り替えを前提とせず、防殻と飛行術式だけに注力すれば、色々な座学を省くことも可能だろう。

教本であれこれ教育する時間を省き、とにかく飛ぶことだけ教え込むのであれば……それ以前の教育を極端に簡略化して飛行時間を二百時間とするのも不可能事ではなし、と。

だが、その代償は絶大だ。

「飛べないで死ぬのと、飛んで死ぬの。どちらがいいんでしょうね？」

辛そうに尋ねてくるタイヤネン准尉の疑問が全てだ。

かつての航空魔導師は、飛ぶ戦闘のエキスパートであった。

今日の速成組は、飛ぶことだけが可能となったアマチュアである。これを戦争に投入などというのは、はっきり言って、人的資本の度《ど》し難い浪費だろう。

もっとも、そんな無茶ですら、間違っていると一概には断言し得ないのが末期の軍隊という代物である。ターニャは、そして、保身という点において一切の妥協を行わない。

「敗北主義的言説だな、准尉。よほど、後方の水が体に合わなかったと見える」

「中佐殿と同じであります」

「私と？」

「私も前線の方が、よほど気が楽です」

ターニャはタイヤネン准尉の奇特な感性にやや困惑しつつも、個人の意見を尊重して沈黙を選ぶ。まぁ、そういう類の人間がいるのは知っていて、そう思う内心の自由は尊重すべきだろうから。とはいえ、自分がそういう人間であるという誤解だけは解きたかった。

「貴官の誤解を一つ訂正したい。私は、安全な後方から口を出す人々を尊敬している。彼らのおかげで、我々は戦えるのだ」

ついでに言えば、自分だって、ぜひとも、後ろでそういう仕事がしたい。

いや、タイヤネン准尉にアピールしたところで、彼がそういうポジションを自分に回してくれるわけでもないのだから、強調しても詮《せん》なきことではあるのだが。

とはいえ、ターニャは良き市民的感覚の持ち主として、それとなく、『自分は後方にも適性があるのだが』という点はいつでも付け加えておく。

「新人たちを見ると、思うところもある。私自身、人を教え諭《さと》したいものだ」

そして、絶え間ない良識アピールは他人に感銘を与えたらしい。

「改めて感謝を。……教え子ども、なるべくは今回で失わないようにしたいのですが」

「すまんが、頑張ってくれとしか言えん。何より、貴様も、私も、自分自身が生き残ることを優先するしかない戦場だぞ」

「……はい」

よろしく頼むぞ、などと言葉を交わしつつ、ターニャはため息を飲み込む。

手駒は新兵だらけ。

装備も手当たり次第のかき集め。

備品倉庫をひっくり返した年代物の全面動員では飽き足らず、歴史的記念品とでも称すべき博物館の展示品まで根こそぎかき集めたのだろう。博物館から戦場へ。

明日のための種籾《たねもみ》どころか、過去のモニュメントまで解体して利用だ。

なんとも、壮絶な光景である。

「これで解決すべきは、かつてのベテランですら匙を投げるような無理難題とは」

愚痴を空に溶かし、そして、ターニャはぶら下げたエレニウム工廠《こうしょう》製九十五式演算宝珠をその手につかむ。

きっと、これに頼る羽目になる。

最悪だ。

「……それでも、生き残るためには、好き嫌いしている場合ではないのだからな」


三個魔導師団による後方かく乱。

集中と選択による局所的優勢の確保。

ゼートゥーア将軍は、躊躇なく全てを投じた。

専門家たちは、長らく、この点で議論してきた。

これほどの投入は、果たして、長期的視野を伴う決断であったのか、と。

この時期のゼートゥーア将軍は、恐るべきは恐るべきでも……『優秀な方面軍司令官』のメンタリティであったのではないか、と囁く疑問の声は小さくない。

ある泰斗《たいと》は指摘する。曰く、『ゼートゥーア将軍は、中央での軍政経験こそ長い。しかし、作戦屋としては東部での経験が長く、中央を担っていたルーデルドルフ将軍の急な訃報《ふほう》で後を襲うまで、戦略次元で兵力のやりくりをした経験が乏しく、使えるものを全部使うという方面軍司令官のメンタリティが働いたのではないか』と。

これには諸論あり、中には『明日泣くとしても、明日泣くために必要だと割り切ったメンタリティであり、戦略次元の決断だ』と反駁《はんばく》する者も少なくはない。

しかし、後世の少なからずが認めるのだ。

これは、偉大な、ピュロスの勝利であった、と。

全知全能ならざるゼートゥーア将軍は、その軍人としての本能に抗《あらが》えず、勝利を追い求めるあまり、手品の種である魔導戦力を大きく損なう。

俯瞰《ふかん》すれば、この瞬間に、戦争の趨勢《すうせい》は決したと語る者すらいる。

帝国はひと時の絶大な勝利と、最終的な苦杯《くはい》を運命づけられた、と。

だからこそ、その瞬間、帝国魔導師は、世界の最高峰であった。

その輝かしい主役の座は、止まらぬ流血の果てに、大地にぶちまけられる怨嗟《えんさ》の呻きと白骨の屍《しかばね》によって、勝ち取られる。

帝国軍航空魔導師は戦いに勝ち、そして事実上、死んだ。

故に、世界は知る。

死に物狂いの魔導師が、いかに、いかに、恐ろしいかを。

『我ら帝国軍航空魔導師。我に抗いうる敵はなし』。

呪言《じゅごん》のように、祝詞《のりと》のように、怨嗟のように、祝福のように。

『我ら帝国軍航空魔導師。我に抗いうる敵はなし』。

彼らは、東部の空で、繰り返した。

『我ら帝国軍航空魔導師。我に抗いうる敵はなし』

ミネルヴァの梟《ふくろう》は迫り来る黄昏に飛び立つがごとく。

魔導師の時代の終わりを告げる一戦において、魔導師がいかに獰猛《どうもう》であるかを、最後の最後において、彼らは世界に刻み込み、ヴァルハラへと飛び立っていった。

友軍諸君は血みどろの戦争を大真面目にやる横で、堂々と後方の拠点で昼寝しては、寝起きにチョコレートを要求。

勿論、食べるのは本物の高級チョコレートだけ。安物はお呼びじゃないと参謀本部が手配した高級チョコレートを齧りに齧り、本物どころか焙煎されたばかりの豊かな芳香に富んだ珈琲を片手にハチミツをたっぷり練り込んだビスケットをお代わり。

ああ、忘れてはいけない。もう片方の手には砂糖たっぷりなビスケットも忘れずに。

節制とか、倹約とか、そういう貧乏くさいのはお呼びではない。

周囲が戦争をしている？　交代中の友軍は温食にすら事欠く？　で、それが？　とばかりに温かいシチューにたっぷり入っているゴロゴロサイズのお肉を味わい、ああ、食べた食べたと満足げに飛行機へ乗り込んで深夜のフライトへ。

字面だけ追えば、優雅な空の旅だ。

まぁ、『そういうのは良くない』とモラリスト然としてご叱責《しっせき》なさる高尚《こうしょう》な意思の持ち主であれば、ぜひともご同道《どうどう》願いたいものだとターニャは思う。

なにせ、最後の晩餐に近いのだ。

完全武装した兵員が、殆ど生還を期せぬ片道夜間飛行前に、基地の主計要員らが心配りをしてくれたということを『贅沢』とか批判するなら、もっと節制してほしいもの。

そんな想念を弄《もてあそ》ぶ間に、たっぷりの兵員を機中に抱え込んだ輸送機は無事に離陸していた。

「パイロットと機材の組み合わせだな。全く、見事なものじゃないか」

ぽつり、とターニャは称賛を零す。

夜間離陸というのはただでさえ難易度が高い。

荷物を満載した大型輸送機はひたすらに鈍重でもあるし……滑走路の路面状況とて良好とは程遠いのに。

こんな状況で、大型輸送機を難なく離陸させるパイロットは、本当に稀有なベテランである。

「お客様にご案内いたします。こちらは、機長のハンス・シュルツ空軍中尉です。当機は現在基地上空を計器飛行にて旋回中。観測機の報告によれば、目的地までの雲量は7」

帝国軍第四七二輸送航空団に所属する機長は、そこで、少し間を置き、言葉を継ぎ足す。

「管制より発光信号。全機が、無事に離陸に成功。現在、編隊を形成。定刻となりましたので、誠に忌々《いまいま》しいのですが、ハイジャックの支度をよろしくお願いいたします」

『忌々しい』というくだりが妙に強調された機内案内に、便乗していた魔導師らは一様に笑い出す。

ターニャとて、この種のプロのユーモアに敬意を払う気質を持ちあわせていた。

「はは、諸君、哀れな機長殿がお怒りだな。ヴァイス少佐、セレブリャコーフ中尉、私に続け。ハイジャックだ。グランツ中尉、君も来い」

次席指揮官と副官とグランツ中尉を連れ、狭い操縦室に押し入れば、航空機関士がエンジンをなだめすかし、操縦士が自動操縦装置の最終調整を入念に行っている姿が目に入ってくる。

本当ならば、こいつらに目的地まで連れて行ってほしいところだとターニャは思うのだけれども、こういう専門技能職を片道飛行で浪費するのは費用対効果上とても許容されないのも道理である。なので、泣く泣く彼らには降機してもらうしかないのだ。

その思いを、ターニャは、端的に、言葉にして発する。

「ご苦労だったな、パイロット。我々は、軍令に基づく合法的なハイジャックチームだ。さっさと操縦桿をよこせ、である」

そのターニャの言葉に、くるり、と顔だけ振り返った機長がため息を零し、大袈裟に首を左右に振ってくれる。

「ハンス・シュルツ空軍中尉です。こいつには愛着があるんですがねぇ。上も無茶を言う」

「大型輸送機を使い捨てるのだ。そういう類の無茶に、君たちを付き合わせるわけにもいかんだろう。お役目ご苦労だった。降りてくれていいぞ」

「いやいや、ご遠慮なく。よろしければ、最後までお付き合いしますよ」

本気の声色で、本気の目であった。

機体と共にあるぞ、という機長の覚悟を前に、ターニャは頭を振る。

正直に言えば、ぜひ、そうしてほしい。だが、組織人には組織人として組織の利益を意識せざるを得ないのが辛いところである。

「なに、航法ぐらいならば、我々もできる。自動操縦装置があれば、まぁ、まっすぐ飛ばすだけならな。うまくいけば、目的地だ。多少なら、修正も出来よう。それに、夜間飛行経験ならば、悪いが、我々の方が上だぞ？」

「たられば、ではないですか。事故ったら、誰もリカバリーできませんよ？」

「最悪、目的地上空まで辿り着ければ、どうとでもなる。乗り捨てだからな」

「撃墜されたことがないのが自慢だったのに、ついに、愛機を失う羽目になるとは」

己の不幸を嘆く機長は、いまだに信じられないとため息を零す。

彼の視線の先にあるのはぴかぴかに磨かれた計器類。

最後の別れとばかりに磨き上げたのだろう。……操縦桿《そうじゅうかん》を握る機長の顔には、泣き笑いのような表情が浮かんでいた。

「敵戦闘機からも逃れてきたのに……まさかですよ？　友軍の手による蛮行だとは、いくらなんでも想像すらできませんでしたよ。ひどい話だ」

おどけてはいる。だが、言葉に宿っているのはまごうことなき彼の本心であろう。

誰だって、パフォーマンスが抜群に良好なのに、上の都合で自分の仕事道具を取り上げられれば、嘆く権利はあろうというもの。

首にしたくない人間に、首を宣告するほど無意味な仕事も稀だろう。

ターニャだって、プロに仕事をしてもらいたいし、プロの機材を壊したくもない。仕事でなければ、なんだって、そんなことを。

どうして、こんな無益な役目を自分がしているのか？

そんな内心の葛藤を押し殺しつつ、せめてもの共感をとターニャは慰めの言葉を機長のシュルツ中尉へと手向けていた。

「私も、パイロット付きの優雅な旅を楽しみたい。だが、命令なんだよ、中尉」

「どのような、命令でありましょうか」

悲しげにターニャは応じてやる。

「なんでも……貴官をパラシュートに括りつけて、空から突き落とせだったかな。そういう命令を受けているんだ。本当に残念だが、操縦を代わってくれ」

「……どうあっても、小官が操縦してはいけませんか？」

「未練は分かるがね。これは片道なんだよ、シュルツ中尉。自力飛行できない操縦士を巻き添えにはできん」

「ですが、送り届けるならば私が一番、こいつを扱えます。こいつの、最後の仕事を……」

自分の方が上手く扱えるのに、という憤《いきどお》り。

有益な資産に対する立派な責任意識。

自分の仕事に誇りと自信を持つ善良な市民的模範だなと同類を見る眼でターニャはほとほとシュルツ中尉に同情していた。

「すまんね。この手のひどい話には続きがあって、我々も脅されているんだよ」

「一人ぐらい、見逃せませんか？」

ダメなんだ、とターニャは悲しげに首を振る。

「何もかもが命令なんだ。ベテランの操縦士、その一人たりとも、無駄遣いしようものならば、目にもの見せてくれるぞ、とね」

「血も涙もないお話ですね。どこがそんな脅迫を？」

「悪名世界に轟く我らが参謀本部様からさ。そういうわけで、国賠請求するなら私も応援するから、きちんと参謀本部に請求書を出してくれたまえ」

慰めになるかどうか。いや、戦場から一抜け出来るわけだから、自分ならば喜ぶだろうなとターニャは思う。

「必要であれば、小官が一筆添えよう。ゼートゥーア大将は必要だからと命じる方だが、必ずしも苦情申し立てを無条件に却下する方ではないぞ？」

「ゼートゥーア閣下に？　ごめんですよ。偉いさんのことだ。これ幸いと余計な荷物をたくさん押し付けてきかねませんからね」

シュルツ中尉が吐き捨てた瞬間のことだった。

上官批判とはいえ、この程度のことは前線では許容されるだろうと聞き流すつもりだったターニャは、『今、なんと？』と自分の傍で叫んだ若い将校に思わず目を向けてしまうのだ。

「シュルツ機長。貴官、今、ゼートゥーア閣下のことをなんと？」

グランツ中尉が、立ち上がるや機長の肩に手を置き、剣呑《けんのん》な顔で訊《たず》ねるではないか。が、機長も何一つひるむことなく前を見たまま言葉で応じる。

「荷物をたくさん押し付ける偉いさんだと申しましたが？」

次の瞬間、グランツ中尉は爆笑していた。

「はっはっはっ！」

「おや、どうされましたか？」

「全くの同感ですよ！　シュルツ機長、貴方が正しい！　ぜひ、この作戦が終わったら、貴方に奢りますから、愚痴を山ほどに聞いてもらいたい！」

「私が？」

ええ、ええ、とグランツ中尉はぶんぶん頭を振りながら叫んでいた。

「ゼートゥーア閣下も、参謀本部のお偉方も、あんなのは怪物どもですからね。関わりなど持つべきではありませんよ、本当に！　貴方のような方と知り合えたことだけが、今日の幸せかもしれません！」

そうしてがっしりと握手する部下を見て、ターニャは少し反省する。

グランツ中尉は人見知りする方ではないが、ゼートゥーア閣下のようなタイプの上司とは相性があまりよくないのだろう。

きっと、ストレス由来の反応だ。

戦場では全く問題がないのに、対人関係で思わぬ一面があるとは。

「なんだ、グランツ中尉。ゼートゥーア閣下のおひざ元から、こんな最前線に飛んで帰ってくる戦争狂が、そんな風にご老人を悪く言うものではないぞ！」

軽く言葉を投げてやれば、猛然と反論してくるグランツ中尉だった。

「お言葉ですが、中佐殿！　自分が戦争狂であれば、ゼートゥーア閣下は世界の敵であります！　自分は、閣下を悪く言ったのではなく、正確に評したのであります！」

軽妙なグランツ中尉の反論に、シュルツ機長が我が意を得たりとばかりに応じていた。

「言い得て妙だな、グランツ中尉！」

「おお、話せますな、機長！」

がっしり意気投合する二人は、きっと、良き友人になるのだろう。

他方で、上司としてのターニャは部下が偉いさんをくさしているのを『制止』すべきかもしれないが……と一瞬だけ思い至り、そこで訂正する。

部下が語っているのも、真実だ。

真実は、尊重されるべきだろう。

まぁ、いいかと肩をすくめ、一応、引き締めるだけは引き締めんとなとターニャは脱線していた話題を本題へ引き戻す。

「ではグランツ中尉、喜べ。貴官は、たった今、世界の敵として、ゼートゥーア閣下の大戦略を実践する誉《ほま》れを与えられたぞ？」

あ、という顔をするグランツ中尉を視線から外し、ターニャは機長殿へ優しく告げる。

「とまぁ、すまないね。パイロット諸君。ここからは、魔導師だけの楽しいパーティーの時間なのだよ」

「非魔導師差別です。これは、酷い」

「きわめて進歩的で倫理的な意見だ。心から同意したい。ぜひ、上申してくれたまえ。必要ならば、私も宣誓供述書で証言する。だが、進歩は漸進《ぜんしん》的で時間を要する。いつかは改まるにしても、今晩は諦めることだな」

操縦桿をぎゅっと握り締め、何かを堪えるように、シュルツ機長は言葉を絞り出す。

「魔導師だけのお祭りと？」

「そうとも、これは、魔導師だけの特別なお楽しみでね」

ターニャとしては、別に、そうしたいわけでもないのだが。

新年連邦軍交歓会の幹事であるゼートゥーア閣下がそういう規則を定めてしまったのだ。

務め人ならば、上司の希望だからと諦めるしかない。

「さ、降りたまえ。そして、基地の無線に耳を当てていることだ。我々が、我々だけが、世界で最高のパーティーを連邦軍相手に楽しむ歓声を、ぜひとも耳にしてほしい」

そのターニャの一言に、シュルツ機長はおもむろに頷き、立ち上がる。

「こいつをお預けします。……みてくれは綺麗ですが、中身はひどいものだ。航法は皆さんお出来になるでしょうが、航空機関士なしでこいつらを飛ばすのはキツイですよ。エンジンのオーバーホールも、定期整備も怪しい。失礼ですが、無理をしないでください」

「そんな状態の機材を適切に飛ばせる人材の方が、よほど、作るのに時間がかかろうというものではないかね？」

「あなたは、小さな巨人ですな」

それは言わないでほしいね、とターニャは殊更《ことさら》気軽に肩をすくめて見せる。

「この身長も重宝するんだがな」

「子供料金で、ですか？」

「ああ、そうさ。特に、塹壕《ざんごう》戦や航空戦では、的《まと》が小さくて被弾率を大幅に割引してもらえるんだ。人生の得だろうね」

何にせよだ、とターニャは機長殿にパラシュートを差し出しながら、『お別れだな』と軽くほほ笑む。

本心からすれば、ここで一抜けできる機長が羨ましくてたまらないし、彼と自分が立ち位置を換えられるならば、そうしたいほどでもあるのだが……コミーに世界をつぶされても困るのだ。まぁ、仕事をするしかない。

ターニャは『それでは』と機長らを見送る。

「ご武運を。魔導師殿」

「ありがとう、パイロット殿」

では！　と言い残し、綺麗に降下していく機長ら。彼らが、無事に降りられることを望みながら、ターニャはそばに控える副長に声をかける。

「いよいよ、お祭りだな」

ニヤリ、とターニャは嗤ってやる。内心はほとんどやけくそだが。

「降下記章と降下加俸《かほう》を申請したいところだな」

酷使される現場要員として、それぐらいの権利は期待したい。そんなささやかな願望であった。しかしあいにく、小さな我儘《わがまま》じみた願いすら組織の理屈の中ではかなわない。

「あ、中佐殿、降下加俸を申請すると、今の規定だと我々航空魔導師は航空資格が停止されて給与等級が下がりますよ」

「何？　セレブリャコーフ中尉、そうなのか？」

「ええ。同期が前、似たようなことを考えて手続きしようとしたら、規則が変わっていたらしく……新ルールの山と正面衝突して自棄飲みしてました」

啞然とした思いでターニャは副官を見つめていた。

「なんだって、そんなことに？」

「ライン戦線で魔導師が塹壕を支援している際、地上に降下して戦闘する事例が何例も生じた結果、『これは降下加俸の対象かどうか』という疑問が後方部門で生じたらしく……継続審議でこれまでは暫定支給だったんですが、昨年の後半から一律、『魔導資格持ちには適用しない』という解釈になっていたとか」

呆然とした思いでターニャは副官に問いかける。それは、つまり、『この降下作戦前に減俸されたようなものなのか』と。

渋い顔で副官が頷いた瞬間、ターニャは吼えていた。

「上には、血も涙もないのか！」

労使の交渉もなく、一方的な手当の削減。経費削減というのは良かろうが、それは費用対効果に優れている魔導師の俸給を差っ引くだけの合理性があるのかと、自己の権利を猛烈にターニャとしては主張したい。

いや、とそこでターニャは固まっていた。

何が、『主張したい』だ？

法学で言うではないか。権利は、不断の努力によって、守らねばならないのだ、と。

「いや、権利の上に胡坐《あぐら》をかいた結果やもしれん。思えば、私も、降下加俸を積極的に請求してこなかった。請求権の自然消滅は……だが、解釈変更ならば上に異議を申し立てることもできるか？」

まさか教科書に書いてあるかくも基本的なことを見落とすとは……と戦争によって自分の文化的規範がぐしゃぐしゃにされてしまったことを嘆きつつ、ターニャは自分が何を大切にしているのかを改めて思い出す。

コミーのように、全体のためという口実で、全員が不幸になる道を歩むわけにはいかない。権利の主張をせねばな、とターニャは心中のＴＯＤＯリストに重要事項として、でかでかと書き込んでおく。

もっとも、将来のことだけを考えていられるほど、輸送機の中というのは穏やかではない。はっきり言えば、幾度となく、操縦席の部下にくぎを刺す必要があるのだ。

「操縦員！　計器を読め。コンパスと照合しろ」

魔導師は操縦のプロではないし、飛行機を飛ばすのは、簡単な仕事じゃない。

正直、輸送機に自動操縦装置が組み込まれていなければ、まっすぐ飛ばすことすらできたか怪しいだろう。まぁ、簡素ながら操縦支援のシステムがあるので、航法を仕込まれた魔導師であれば『修正』ができるだろうとか上が言い出すのだが。

あいにく、理論と実際は異なる。

この時点でターニャは早くも確信していた。航空魔導師こそは、航空機の操縦要員として最低の類であると。

航法ができないわけではない。風を読む感覚だって、防御膜越しに空を感じているのだから、決して操縦士たちに頭から劣るということもない。

だがそれでも、航空魔導師に操縦桿を握らせては駄目だとターニャは悟らざるを得ないのだ。なにしろ、魔導師は『エンジン』という機械の心臓をあやしたことがないのだから。

「編隊を乱すな！　二号機に信号！　位置がずれているぞ！　横に流れすぎている！　後続機の針路と交差しかねん！」

冷や汗を流して双眼鏡を覗き込みながら、ターニャは回光通信機を操作するセレブリャコーフ中尉へ急げと促す。

編隊飛行など、作戦行動としては基礎の基礎……のはずだが、魔導師として自分で飛ぶのと、大型輸送機を飛ばすのでは全く勝手が違いすぎるのだろう。フラフラと彷徨《さまよ》う後続機のありようは、航空事故の覚悟を迫ってくる、非常によろしくないものだ。

頼むから、安定してくれ。

そう必死に見つめ、時に修正を指示し、どうにかターニャは安堵の息をようやく零す。

「二号機、針路をかろうじて回復か。これで、やっとだな……」

まっすぐ飛べるだけでも、大したものだな。

そんな感想を持てるようになったターニャは、肩ごしに『あのぉ……』というセレブリャコーフ中尉の呼びかけに気が付く。

「どうした、中尉」

「あー、発光信号で四号機から応答がありません。おそらく、脱落しています」

くそっ、とため息を零し、ターニャは双眼鏡で夜の空を舐めるように見渡す。

夜間で地上からの視認性を下げるために真っ黒に塗装された輸送機というやつは、視認性が劣悪ということもあり、機影を補捉するのも一苦労。

暫く探し続け、ようやく、闇の帳《とばり》に浮かぶ黒い影を見て取るのも手間取る始末。

取り急ぎ、発光信号を打たせて応答信号があったときは心底、安堵したほどである。しばらくやり取りさせれば、四号機は自機の針路がずれていることに気が付いていなかった。

夜間飛行とはいえ、これで敵地に辿り着けるのか？　とターニャをして真剣に悩まざるをえない次元である。

「一体、いつになったら……到着できるんだ？」

頭を抱え、ターニャは思わず呻いていた。

操縦桿を握り、自動操縦装置の補助を受けてまっすぐ飛ばすだけ。

予定ではそうだが、机上の理論と現実は相性が芳しくない。飛行機をまっすぐ飛ばすというのは実に難儀な仕事だった。

無論、搭乗員から事前に聞き取りはしている。

けれども、耳学問《みみがくもん》を実践できるかは甚だ微妙だった。

「航法ができるだけの素人に操縦させるなど、無理がありすぎる……二度と、こんな無茶はごめんだぞ……」

作戦の成否は降下の成功いかんということを考えれば、嫌な汗の一つもかこうというものだった。だが、ターニャはそこでヴァイス少佐が啞然と自分を見つめてくることに気が付き、なんだ、と声をかけていた。

「いえその、中佐殿、二度目をお考えで？」

「やりたくないぞ、さすがに。やれと言われても、断りたい」

「……もう一度、これをやれと言われる機会があると、中佐殿はお考えで？」

震えるような副長の問いかけに対し、ターニャは『当然あるだろう』と大いに頷いていた。

「副長。ゼートゥーア閣下だぞ？　絶対、また、やらせようとお考えになる」

「あの、もちろん、そうなのですが……中佐殿は、ご自分が、武運拙く斃《たお》れるとはお考えにならないのですか？」

「はぁ？　何を言っているんだね、少佐。死にたくもないのに、死んでしまった時のことなど考えてどうする。非生産的ではないか。生き延びた際に待ち構えている難題に頭を悩ませる方が、まだ、未来があるだろうに」

部下に未来思考の大切さを説きつつ、しかし、ターニャは覗き込んだ双眼鏡の先にある光景に舌打ちを堪える羽目になっていた。

「ん？　あれは……六号機だ、少佐。見えるか」

「タイヤネン准尉の乗った六号機ですか？　ああ、あれは、確かに、どうも、調子が……」

良くないですね、などとヴァイス少佐が応じる前に、セレブリャコーフ中尉が報告を叫ぶ。

「二号機より中継で信号です。六号機、機関不調だそうです。バッテリーも上がったとかで、照明が落ちていて、手持ちのライトでは短距離だけだとか」

通信を担当するセレブリャコーフ中尉からの報告に、ターニャは呻く。

「なんたることだ」

機関は、専門家の手が必要な部分だ。その役割を担う航空機関士がいれば、なるほど、ぶつくさ言うエンジンを制御できたのかもしれないが。

航空機関士は、パラシュートで降ろしてある。

となると……六号機は、脱落かとターニャはそろばんをはじくしかない。

「彼も、私も、運がない。ヴァイス少佐、一機分の戦力が抜けるぞ」

「なんとか、脱落を防止できませんか。機関の不調ということですが……宝珠と同じで、叩いたら直りませんかね？」

「回路に魔力が詰まっているのを叩けば詰まりが解消するというのは、初期からある間違った俗説だ。宝珠は精密機器だぞ？」

というか、エレニウム九十五式は今でこそ安定しているが、試験中に叩こうものならそれだけで大爆発ものだった。

この点は、ドクトル・シューゲルが悔い改めるべき点だ。

しかし、同時に宝珠開発者が使用者に苦言を呈していい領域もあるにはある。

それこそ武人の蛮用とは言ったもので、航空魔導師の一部には、時折、宝珠の異常を『叩けば動く』と思い込む悪癖があることなどだ。

ヴァイス少佐もその一味かとため息を吐き、ターニャはセレブリャコーフ中尉へ善後策を指示する。

「発光信号で六号機に送信。無事の不時着を優先。作戦開始時刻までは、極力、魔導封鎖。作戦開始後は、我々に合流するも、主戦線に帰還するも自由。判断は、タイヤネン准尉へ一任と告げておけ」

「合流を厳命しなくてよろしいのですか？」

「ヴィーシャ、無茶を言うな。こんなところで、進退の自由を部下から奪うわけにはいかん」

それに、タイヤネン准尉には悪いが、彼の部隊は訓練生だらけ。確かに猫の手も借りたいが、猫の手を借りるために事故を引き起こしても仕方がない。

後ほど、合流してくれるかもしれないことに望みをつなぐ方がましだろう。

「発見されることだけは避けるように。途中、発見された場合は退避を優先。自己防衛以外の発砲は厳禁。無線は、緊急報告以外禁じるとも」

送信せよ、と伝えれば、セレブリャコーフ中尉は心得たように手際よく信号を送る。

「六号機、了解しました」

「貴機の無事を祈る、と伝えてくれ」

送信し、受信しましたとセレブリャコーフ中尉が解読する。

「ご武運を！　と」

最後の文面に込められた思いを察したという顔で、セレブリャコーフ中尉はターニャにだけ聞こえる声でそっと呟く。

「タイヤネン准尉、残念でしたね」

「どうだかな。案外、私たちの方が運のない奴らと言われるかもしれんぞ？」

「……お互い、そう思っているのかもしれません。結果は、出たとこ勝負かもしれませんね」

そうだな、と頷いたターニャは心中では『絶対、自分の方が大変だぞ？』という愚痴を飲み込んでいた。

航空魔導大隊どころか、航空魔導師団を率いての空挺降下。

世界初の大規模な魔導師のみでの後方遮蔽。

輸送機も、魔導師も、全てを絞り出しての無理やりな博打。普通であれば、三個魔導師団もあれば前線で敵の食い止めに使うだろうに、ゼートゥーア大将もよくもまぁこんな大博打を素面《しらふ》で決め込むものだ。

「全く、早く、降下したいものだ」

そうすれば、もう、これ以上、苦労することも増えないだろうに。


グランツ中尉は、常々、上官のことを理解しかねるところがあった。

『全く、早く、降下したいものだ』と傍でため息交じりに零されたときなど、『本気ですか？』と問いかけたい衝動を押し殺すので精いっぱいだったほどである。

無論、グランツも将校である。

部下の前の将校は見栄っ張りだと、知っている。

何故、見栄を張るのか？　見られているからだ。誰からも、見逃してはもらえない立場だから。誰だって、『頼りない』奴に命を預けたくはない。

偶像に過ぎないとしても、期待を裏切らない顔をする重要さはバカにしたものではない。グランツ自身、デグレチャフ中佐が狼狽していたら『相当にやばいな』と覚悟を決めるだろう。かつてのイルドア戦役であのゼートゥーア閣下から『笑え』と薫陶《くんとう》された記憶も鮮烈だ。上の人の言説を割り引いて聞くことぐらいは、朝飯前。

ただ、建前と本音の違いを嗅ぎ分けることも大切なのだ。

だからこそ、『たぶん、本心なんだろうなぁ』という類のぼやきで、『さっさと戦場に行きたいぞ』と呟くデグレチャフ中佐という上司が、グランツにはちょっとよく分からない。

部下に聞かせるならば、もっと豪快に呟く。

誰にも聞かせるつもりのない独白で、まだかなぁという色をにじませるのは、零れ出た本音と見ていいだろう。

行く先を知らない新任少尉ならばともかく、指揮官殿は事前の通達で、どこに放り込まれるかは重々承知の上で『それかよ』とグランツは戦慄する。

常々、『戦闘狂』と評される第二〇三航空魔導大隊ではあるのだが、攻究すれば、それは上司の性格に全てが帰結するのではなかろうか？

まさか、とグランツが観察しているともつゆ知らず。

『もっと常識を働かせたまえ』と部下に口うるさく戦争以外に目を向けろと言う当人からして、

目的地上空付近に到達した瞬間にはワクワク顔になっている。

「時間だな。目的地上空だろう。確認しろ」

道中の渋面《じゅうめん》とは打って変わって、はきはきした声には喜色《きしょく》が滲む。

上官の機嫌というのが、グランツには手に取るように想像できる。

敵地上空で、意気揚々《ようよう》というところか。

こういう上司の機嫌を損ねたくはないぞと地図と地形を読み込み、グランツは見て取った状況を素直に口に出す。

「見えました。川と……橋です」

「ヴァイス少佐、貴官の方でも、再度、確認しろ」

「視認できました。こちらも、同じです」

よろしい、と目的地であることを確認し、デグレチャフ中佐その人はニッコリと笑って隊内通信に使う空中無線電話を取り上げる。

「01より、総員。ただいまをもって、全封鎖を解除する。よろしいな。では、諸君。傾聴したまえ」

いいかね、と朗々ととどろく声でデグレチャフ中佐は叫ぶ。

「航空魔導連隊の戦友諸君、簡単な仕事をしよう。魔導師であれば、誰でも夢に見る単純ながらも愉快な仕事だ」

どこがですか？　とグランツは内心で突っ込む。

敵の内奥に切り込み、自分たちが、逆転の一撃を生み出す。

確かに、武勲《ぶくん》であるし……どこか、思うところがないわけではない仕事だ。

とはいえ、まぁ、自分は、デグレチャフ中佐ほどには、前のめりにはなれない。無論……奮い立つところ無きにしも非ずだが。

「橋を取る。敵の尻を蹴り上げる。そして、袋小路になった敵に、運命を呪わせる。実に単純で明瞭な魔導師の本務である」

単純に聞こえるそれがどれほど難しいかを承知の上で、なお、挑もうと思える言説は、戦地にあって、なんともこの上なく頼もしい。

「いつものように、仕事をしよう」

さらりと吐かれた言葉に、グランツは気がつけば笑い出していた。

そうだった。

いつでも、そうだった。

自分たちは、いつもこういう仕事をしている。こういう仕事ができている。いつも、いつも、いつも、だ。

ならば、今回のこれがいつものことでないという道理もまたなし。

「覚悟も、決意も、勇気も、健気さすらも、いかなる敵の美徳とて、ただ、決心した我らの前には意味をなさない。明白な天命だ。ああ、天命というには平凡かもしれん。我々が、我々の銃剣と宝珠でもって、青史《せいし》に刻もうではないか」

おお、と腹の底から声が出ていた。気がつけば、やるぞ！　とグランツですら熱狂した声で『おお！』と叫んでいた。

「では、諸君。お祭りの時間だ」

ああ、とターニャはそこで呟く。

「定番だが、では、諸君。私に続きたまえ」

ターニャは思う。

輸送機から鈍い色をした大地へ飛び降りるのにも、慣れ切ってしまったな、と。

降下するときに、足元にあった機体の感覚が消えさって、ふわりと感じる奇妙な滑空の快感すらも今や『仕事』の一部分としか思えないのが憎たらしい。

背負ったパラシュートすらも、非日常の象徴というより、ネクタイのような仕事道具にしか思えないのは辛いところ。

こんなにも酷使される帝国軍魔導師というのは、本当に大変な職業だ。

ならばせめて、とターニャは思い付きを口にする。

「最大出力で転送せよ。繰り返す。最大出力で転送せよ」

やけくそである。

半ば、思考停止の戯言である。

故にその純粋な言葉を、ターニャの口は東部の空に電波の波に託し、言葉として紡いでいく。

「我ら帝国軍航空魔導師。我に抗いうる敵はなし」

それは、ただの言葉遊び。無理難題に押しつぶされ、叫ばないとやってられない中間管理職の嘆き事。

意味などない。

音の羅列でしかない。

だが、では世界にはなぜ、まず初めに言葉があるのだろうか？

そう、言葉には、言霊《ことだま》がある。

「「我ら帝国軍航空魔導師。我に抗いうる敵はなし」」

部下が唱和するのに合わせて、ターニャは、三度、それを口にする。

「「「我ら帝国軍航空魔導師。我に抗いうる敵はなし」」」

輸送機から飛び降りて、戦線を大幅に迂回。

電撃的な奇襲降下後は傍にある橋を制圧するだけ。

想定される初期の抵抗は軽微。

字面だけならば、単純な仕事だろう。

あいにく、戦争においては予定通りの方が稀だ。

よって油断なく周囲を見渡していた魔導師の一人が、魔導反応に気づき、叫び声を上げる。

「敵です！　敵魔導部隊、迎撃に上がってきます！」

目的地上空での、我が方のものでない魔導反応。

「なぁ、ヴィーシャ。敵は、いないはずだったな？」

「はい、中佐殿。事前情報では、抵抗は軽微と」

「つまり、抵抗があるということだな」

予期せぬ敵の襲来であれども、逆接ながらも戦争に慣れていれば、予定調和のごとき既知の現象に過ぎない。ターニャも、ペアのヴィーシャも、上が大丈夫と言えば、要するにダメなんですねと理解できる程度に、不条理には慣れていた。

敵魔導師による迎撃を複数確認した瞬間、ターニャは背負っていたパラシュートを空中で放り投げ、魔導反応をまき散らすのを是とし、自らと同じようにそうしている部下に向かって『迎撃せよ』と指示を飛ばす。

ほとんど、命令と同時に部隊は空中で突撃隊列を形成し終えていた。まぁ、新兵が戸惑うように端っこで動いているのは別だが。

夜間であろうとも、降下途中であろうとも、東部で生き残っている航空魔導師であれば、その程度のことは、二日酔いであっても成し遂げうるのだ。同僚と、戦友と、ペアを形成し、戦闘へ向けて一気に加速。

とはいえ、真っ先に降下したのだから、真っ先に敵に会うのはターニャである。降下の順番上、どうしても、敵さんの火力を浴びてしまう。後方で降下している新任どもの盾となるような形は甚だ不本意。人の盾になる趣味は、ターニャのものではない。

だが、数合わせを作戦開始直後に減らされるわけにはいかん以上、これは仕方のないことだった。仕方ないので、火力のお礼にと爆裂術式を三連並行発現し、敵の魔導反応があった方へぶち込み、ご堪能いただく。

「よろしい！　叩き潰せ。今回は、こちらの方が、数が多いぞ！」

その誘いと同時に、帝国軍の魔導師らは思い思いに、練りに練った術式を放ち始めた。

連邦軍魔導師は即応で飛び出してきたところであろうか。高度が低い。上手いこと上を押さえた帝国軍にとっては、理想的な展開であり、ターニャら襲撃側は今宵の一興とばかりに戦音楽を奏で始める。

元より、数的劣勢を強いられてなお抗い続けていた帝国軍魔導師である。

局所的とはいえ数的優勢を確保し、高度差まで獲得。これまでの鬱憤《うっぷん》を晴らすとばかりに猛然と撃ちかかるのは自明であった。

もっとも、帝国軍にただ襲われるだけの連邦軍ではない。

重要拠点の防空任務へあてがわれ、大規模空挺に対して躊躇《ためら》うことなくスクランブルを行える連邦軍魔導師などというのは、素人には程遠い。

練度、連携、何よりも統師《とうすい》の点において、彼らもまた一流である。

故にターニャは空で苛立たしげに鼻を鳴らすのだ。

「ふん、敵もやることをやっているわけだ」

防殻の硬さに全てを任せ、火力でごり押しというには、少々、練られすぎている敵魔導師らの動き。帝国軍魔導師に光学系狙撃術式で狙われるタイミングを極力減らすべく、直線飛行を避けつつ、こちらが牽制で放つ爆裂術式系統はあえて黙殺。あげく、応射してくる術式の大半は、光学系ながらも貫通力を軽視してのばらまき型。

典型的な遅滞戦闘。それも、組織的なもの。

あげく、こちらの前衛を突破し、数合わせの新兵を狙う機動とおぼしき動きまで見れば、連邦軍指揮官の意図は嫌でも読み取れる。

「チームプレイも意識しているとは。なかなか侮れん。ペア単位での連携の模索か。生存性を重視しつつ、抵抗の最大化。なるほど、実に悪くない」

にやり、とターニャはそこで笑っていた。

「だが、まだ、経験不足だな」

スクランブルで上がってきた連邦軍魔導師にとっては、不幸なことに。

「空域に進出してくる敵を全てマークしろ。連中は、航空魔導戦術を空での正面衝突か何かだと誤解しているらしい。数と統制が保てれば、点ではなく、線を形成し得るものに味方すると教えてやろう」

数的優勢の帝国軍魔導師は、同時に恐ろしいまでに、組織的戦闘に練達していた。あるいは、絶滅危惧種に等しいライン戦線流の大規模統制に慣れ親しんでいた指揮官の下《もと》で暴力装置として磨き上げられていたとも言い得る。

この点だけは、世界でも、帝国だけに一日の長がある。本当の意味で、大規模航空魔導戦が行われたのはただ『ライン戦線』のみであった。

ターニャ自身、自己の技量はラインで磨き上げたもの。

ライン、ああ、忌まわしくも血肉と化したラインの経験よ！

抜け出したと思ったのはいつの日のことか。

今となっては、塹壕の泥濘で死んだように眠り、待機壕から這い出して要撃へあがった日々の経験が今日の日のことのようにしか思えてならない。

故に、今、連邦の空でターニャは確かな比較優位を確信し得る。

「良くも悪くも、連邦軍魔導師は統制がとれて、編隊だって綺麗に整っている。はっきり言って、連邦軍魔導部隊は底上げされているだろう。だが……」

この戦場という、ただこの瞬間だけは。

「経験という名の教師に、血で束脩《そくしゅう》を納めているのだ。連中にも、同等の授業料を納めてもらわねば、平等には程遠かろう。コミーならば不平等は無条件に是正したいだろうから、ここは我々が大人になって手を差し伸べてやるべきだろうな」

彼らは、たった一つ、本当の大規模航空魔導戦を知らない。その、桁外《けたはず》れの損耗《そんもう》の上に帝国が積み上げたノウハウを持ち合わせようもなし。

ならば、知らぬということを、彼らには、代価にしてもらおう。

いずれ、追いつかれるとしても。

それが、避けがたい未来だとしても。

「特別だ。連中には、たっぷりと教育してやろう。ラインとはなんであったか、と」

今日は、帝国の経験が上なのだ。ああ、とターニャはそこで自分を納得させるためにほくそ笑む。

「なぜ私がラインの悪魔と呼ばれたか、いま一度、歴史に示してやろう」


連邦軍第一五三航空魔導連隊にとって、その夜は以後、ただ『あの夜』とのみ語られる悪夢のような時間であった。

始まりの第一報は、なんということはない。

防空司令部による広域通信が、全域に呼びかけたものであった。

「敵重爆と思しき複数の機影を前線部隊が確認。機種及び詳細な針路は不明。我が戦域後方へ中隊規模で飛行している模様」

誰だって我が方の総攻撃に対して、帝国軍航空艦隊による反撃なぞ、とっくの昔に織り込み済み。当直中の要員も、同じように苦笑していた。

「ぶつかる連中は運がないことだな」

とはいえ、帝国は狡猾《こうかつ》だからなと当直の人間は爆撃される連中に同情したものだ。

それに、ひょっとすると交通の要衝である『自分たちの側』への爆撃もあり得ない話ではないのだ。まぁ、夜間爆撃の命中率を知っていれば、『ハラスメント』だろうが。

魔導連隊の指揮所に詰めていた当直将校の若い少佐は、それでも用意周到だった。突き詰めると連隊そのものが警戒万全だったとも言えるが。

なにしろサーチライトの確認と、必要に応じての高射砲による迎撃準備が書類上ではなく実態として完備。あまつさえ、指揮所に詰めていた当直将校は出来物《できぶつ》だった。彼は、年齢の割には少々老獪《ろうかい》とでも評すべき警戒心も持ち合わせていたのである。

航空魔導師による、航空魔導戦術に対する警戒心——すなわち、後方への空挺強襲を想定し得ている。帝国の手口を思えば、当直将校は一切の油断なく、連隊長室で事務仕事に追われていて不機嫌であろう連隊長へも躊躇うことなく報告の電話を入れられた。

いくつか確認事項を伝達し、そして、連隊長は気になったからと当直将校へ投げかける。

「魔導反応は？」

あいにくなことに、少佐の答えは『敵情』を正確に把握していた。

「ありません。帝国軍航空魔導師は、先ほど我が方の兵站線を執拗《しつよう》に漁《あさ》っていた連中がようやく引き上げたばかりです」

ありがとう、と答えた連隊長はそこで受話器を下ろし、自室の机で山を形成し始めている書類や手紙へ辟易《へきえき》とした視線を向ける。

連隊長としてのセルゲイ大佐に言わせれば、魔導連隊は連隊長が飛び、連隊長が執務し、連隊長が指揮するという三重苦を指揮官に要求する。

これでは、どうしてもオーバーワークになる。

爆撃機に一々反応していられるほど、連隊長である彼には時間が無かった。とはいえ、当直将校が『連絡しにくいな』と感じさせないようにする努力は怠らない。その甲斐があってか、当直将校はセルゲイ大佐へ更なる急報を齎した。

自室で報せを受けたセルゲイは、受話器を握り締めながらほとんど愕然と呟いていた。

「一個航空魔導師団規模の有力な敵魔導師による……空挺強襲だと!? よりにもよって第二方面軍司令部に!?」

よもや、と連隊長のセルゲイ大佐は驚愕を顔に浮かべるも、腕を組み想定外の規模への衝撃を押し包む。

「斬首戦術はありえると想定され、警戒もしていたが……まさか、師団規模とは！」

唖然と呟き、彼は突如として湧き出た頭痛の種に頭を抱えていた。

帝国軍魔導師は、航空魔導師の中でもとりわけ精強かつ狡猾な戦闘技量を誇ることで良くも悪くも世に知られる。

「師団規模とは。……連中、そこまでの数をどうやって？」

帝国軍魔導師は強い。

一対一では、促成された新人では手も足も出ない。

だが、疲弊しきった一人を、ペアで相手取れば勝負にはなる。

実際、セルゲイたちは……いつだって、帝国軍魔導師相手に数的優勢をとれていた。

ごくまれに敵ネームドの襲来により、戦術をひっくり返されたりもした。だが、数的優勢は揺るがない。そう、確信出来ていたのに。

「だというのに、魔導師団単位で補給線を荒らしたあげく、更に師団単位でもって後方遮蔽のために空挺？　どこから、出てきたんだ、そんな数が！」

セルゲイは常識的な疑問を抱く。

誰だって、まさか、『現場の中佐風情が、独断で軍令を偽造し、東部における全魔導師を文字通りに根こそぎかき集め、前線を放置して、後方襲撃に血眼になって全力投球していた』などとは想像さえしえないだろう。

「イルドア方面に抽出されたと聞いていたが、よくもまぁ、コバエのように……」

セルゲイの目には、恐るべき光景すら浮かび上がっていた。

「疑問の余地なく、これは戦略的反攻だ」

こちらが進撃する上で死活的な兵站線を執拗に襲撃してくる目の付けどころときたら、とセルゲイ大佐は嘆く。その上、こちらの第二方面軍司令部に師団単位で魔導師が送り込まれているというのは、一体全体、どういうことだろうか？

「これだから、帝国人は……！」

世界を相手に何故か一国で以てわけの分からぬ獅子奮迅《ししふんじん》ぶり。セルゲイは、全く意味が分からないと嘆きたかった。それらの思いを脇に追いやり、セルゲイ大佐は敵の魔導師が集中運用されているという事実に渋面を浮かべる。

「……こちらは、敵の空挺を警戒こそしていたが、敵の規模を見誤ったあげくに各地に魔導部隊を分散配置してしまっている。これは、速やかに集結すべきか？」

敵の魔導師団がどこにいるかは所在がつかめていたのだ。であるならば、今すぐにでも、部隊を全て即応に切り替えるべきだろうか。

セルゲイ大佐は、そこで迷わなかった。

「ここは、念には念を入れておこう。第二方面軍司令部の救援に向けて、動けるようにしておくべきだ。同志政治将校殿に一声かけて、連名での上申をなるべく早くだな」

彼は、優秀だった。

連邦軍を『数だけのでくの坊』と侮る人間がいれば、そのプロ意識と柔軟な対応力に目を見開くことだろう。

連邦軍第一五三航空魔導連隊は、だから、不運に見舞われる。

悪い第一報が飛び込んできた瞬間から、連隊長は最悪を想定した。政治将校は、その邪魔をしなかった。

それどころか、両者は上級司令部の命令あり次第、即座に出撃できるように部隊を戦闘配置に切り替え、いつもよりも多くの魔導師をスクランブルへと割り当てた。

本来であれば、連隊長の行動を過剰対応だと制約する政治将校までもが、この部隊では『軍事合理性』を認める誠実で優秀な模範的共産主義者であったが故に。

よき同志であり、よき隣人であり、魔導師に偏見を持たない社会主義的模範的人格を稀有《けう》なことに心から信じる新しい人間だった。

つまり、立派で、愛される政治将校である。

どれくらい希少かといえば、殆ど奇跡的な希少さ。

元来、連邦軍第一五三航空魔導連隊の人間は、典型的な魔導師である。イデオロギーの都合や政治やで迫害されてきた。当然、党の人間とは控えめに言っても相性が良くない。そんな彼らが、たまには、党にも一廉《ひとかど》の人物はいるものだなと胸襟《きょうきん》を開くような人物など、そうそう転がっていない。

そんなできた政治将校を部隊は戦友として受け入れ、助言者として知恵を借り、時に必要な措置を果断《かだん》に断行しえる関係を構築し得てしまっていた。

連邦軍第一五三航空魔導連隊は、兵士が、『我が家、我が仲間』と誇るにふさわしい紐帯《ちゅうたい》を形成し、各々がやるべきことを、それぞれが行う。

当然、措置を知った政治将校はいつものように追認し、ついでに休暇取り消しがありうるので、手紙の類の〆切が早くなるかもしれないことを、魔導師らに告げるべく駆け出していた。

戦争をやっているのだ。

時間があるときに家族への便りを書くつもりでも、書きそびれることもある。急いだ方がよいぞ、と声をかけて回り、あるいはこちらに届く郵便物はないかと後方に催促。

軍用郵便は融通が利きにくいが、部隊の連携を保ち、あるいは個々人の心情に寄り添うためには、酷く重要だ。

血の通った共産党員である政治将校は、多少の調整と嘆願は職務の一環であると誇りと共に行う。彼は、人間の顔をした共産主義者であった。

誰もが、良い奴だ。

やるべきことをやり、備えるべきことに備え、自分たちの仲間を信じる。彼らは、自分たちが属するのが第一五三航空魔導連隊であることを幸運であると、心から、信じられるのだ。

故に、彼らは、準備を促進してしまう。

誰が、間違えていたわけでもない。

嵐が来ると聞いて、嵐に備える。

実に素晴らしく、だからこそ、不運であった。

彼らは、あまりにも、職務に熱心且つ誠実すぎたのだから
警戒態勢にあった当直要員らは、全連邦軍の中でも最も素早く『空挺』を実際に感知し得た連邦軍の一員であった。

だから、幸か不幸か、自分たちの担当エリア付近に、ラインの悪魔が降りてきた時、『何かが来た』と魔導反応を拾えてしまう。

「け、警報！　魔導反応多数！　これは!?　ダメです！　全域に高魔導反応！　ライブラリとの照合が追いつかず……」

最低でも、師団規模。

そんな魔導反応が、複数突発的に感知された時、パニックに陥りかけた要員らは、それでも幾人かが電子戦の観点から『欺瞞』の可能性に思い至る。

「ま、魔導反応のダミーか!?　ありえん！」「確認しなおせ！」「バカな!?　既に、敵の一個師団が、第二方面軍司令部の方へと降りてるんだぞ!?」「しかし他に説明がつきません！」「帝国が東部で運用できるのは一個航空魔導師団が限界のはずです！」「ですが、既に一個師団相当

が把握されている！」「間違いありません！」「感知されているのは、最低でも更に一個魔導師団規模」「新手です！　探知機が完全に飽和しています！」

ややや混乱が広がる指揮所で、しかし、指揮をあずかる当直将校はこれまた自己の責任と判断において必要な措置を講じることを責務と理解する人間が行うべきことをたった一つ行う。

「諸君、落ちつ着け」

「同志当直将校！　しかし、これは！」

「同志、落ち着くんだ。我々がやるべきことは、元から明瞭ではないか」

わずかに口をつぐみ、そこで当直将校は意を決したように立ち上がる。

「即応待機部隊を上空待機へ変更する！　直ちに空に上げろ！　残りの要員は直ちに総員を出撃用意へ！　軍団司令部には即応が出られると報告！　今すぐだ。諸君、全てを即時実行せよ！」

「は、はい！」

「従兵。ご苦労だが、同志連隊長と同志政治将校に急報だ。駆け足でたのむぞ」

当直将校が焦る理由は単純だ。航空戦力とは、ねぐらでの地上待機中が一番脆《もろ》い。

掩体壕《えんたいごう》があるとて、所詮、程度問題。ベテランであればあるほど、その事実を嫌というほど、経験という鬼のように授業料が高い教師から叩き込まれている。

だからこそ、敵の莫大な魔導反応を感じた瞬間、連隊長ならざる当直将校が決断を下した。

本来であれば、そんなことはできない。

だが、当直将校は信じていたのだ。

政治将校も、連隊長も、『正しい判断は、いつだって追認してくれる』と。

部隊内に盤石の同志的紐帯という鋼鉄の信頼があればこその決断は、純粋に軍事的な観点からすれば見事なものだった。

上が固まれば、下もふらつかない。

当直要員らは応援の電信要員らと合流し、感知されたばかりの魔導反応を分析することで立ち込めた戦場の霧に、明晰な鉄槌を下さんと励む。

「ネームドの個体が出力を増して、ダミーとなっている可能性を確認しろ！」「波長照合は？　間に合わせろ」「レーダーと合わせてみろ。空挺だとすれば、輸送機の編隊のはずだ」「地上軍の通信に留意しろ！　接敵していれば、交戦の報が……」

喧騒《けんそう》の極みにある室内にあっても、警衛に当たる担当者の声は非常によくとどろく。

「連隊長が、入室されます！」

一様に立ち上がり敬礼する要員らに手早く答礼し、セルゲイ大佐は実用本位の佐官であれば誰でも口にする文句を口に出す。

「構わんから、そのまま任務を優先してくれ」

部下を仕事に戻しつつ、指揮官としてセルゲイは当直将校へ端的に状況を問う。

「遅くなった。少佐、状況は？」

「敵さんも、本気です。信じがたいことですが、第二方面軍司令部とは別に、また複数の魔導反応が出ました」

そして、そこで、セルゲイ大佐はろくでもない報せを受け取る。

「規模は特定できていませんが、最低でも師団規模で、おそらくここのすぐ近くにあるバルク大橋を狙った魔導師団かと」

「……欺瞞の可能性は？」

「検討させていますが、おそらく、最低でも一個師団規模は本物かと」

つまり、敵は、あの帝国人どもは。『最低でも、二個魔導師団』を空挺作戦に投じる余裕を持ち合わせていたというわけか？

セルゲイが最悪だと呻きかけた時のことである。『最悪』と呻くには、少しばかり、早すぎるということを見えざる手が彼にもたらすのだ。

「報告！　ノルク駅より全方位で救援要請です。駅守備隊が、有力な航空魔導部隊に襲撃され、壊滅寸前とのこと！」

第二方面軍司令部、バルク大橋の二つにノルクを入れてもう一つ。

ノルク駅――鉄道の結節点で操車場と物資の備蓄がたっぷりとある素敵な駅。

「師団規模魔導師の空挺作戦がノルクを！」「通信が急速に混乱し始めています！」「可及的速

やかな救援の要請が！」「本営からの命令は!?」「ダメです、混乱していて……」

思わず、というように気がつけば椅子の上に座っていたセルゲイは呟く。

「……なんてことだ、三個師団とは」

ぽつん、と言葉が零れ落ちたことすら、彼は気がついてはいまい。幸か不幸か、指揮官としてのセルゲイは胸中の衝撃をそれ以上は外に吐露《とろ》せずに済んでいたが。

もし、外聞《がいぶん》を憚らないならば、彼は叫んでいたのだろうから。

バカな、と。「『ノルク駅』もだと!?　と『第二方面軍司令部』と『バルク大橋』だけではないと!?　三個師団相当の魔導師だとでも!?」と。

ありえないはずだった。

戦略的奇襲を取って攻勢を決めたはずが、なんだって、ふたを開けてみれば、魔導師団が三つもこちらに降りてくるのだろうか。

そして、半ば混乱するままに地図の上を眺めて、そこでセルゲイは一瞬、硬直する。

要衝が三つ。

チョークポイント足りえる要衝が、三つ。

その全てへの攻撃は、『帝国軍がかつて行った空挺作戦』と酷似していた。

「ば、バカな……まさか、連中、かつてと同じことを!?」

セルゲイ大佐の絶叫に近い叫び声を受けて地図を見た時、室内の人間、誰もが絶句せざるを得なかった。

薄い曲線。

だが、それは彼らがかつて苦杯をなめた帝国の詐術《さじゅつ》と同じなのだ。

空挺による補給の遮蔽。

主軍の受け流し。

そして、カウンターパンチによる反撃。

あの時も、帝国軍は、同じことをやっていた。

「我が軍のチョークポイント、全てを狙う。まさか、連中、この規模で……」

鉄道の結節点。

大河を越えるための命綱。

そして、要衝を押さえるためだけに進出していた方面軍司令部。

その全てを、かつて以上の大規模空挺で吹き飛ばすのが連中の腹だとすれば……。

「だ、第一方面軍司令部より、展開中の航空魔導部隊全てに第二方面軍司令部からの指揮権継承が宣言されました！」「ノルク駅、奪取《だっしゅ》されました！　友軍守備隊は壊滅。繰り返します。ノルク駅守備隊は、壊滅しました！」

「っ、バルク大橋守備隊と、第一二一航空魔導連隊は依然として健在です！　同連隊は防空戦闘中！　きわめて有力なる帝国軍魔導部隊に抗戦中とのこと！」

ノルクが落ちて、第二方面軍司令部が沈黙。

だが、バルク大橋はまだある。

ならば、とセルゲイは独断専行した。おそらくは、将校の模範として。

「第一五三魔導連隊、全力出撃！　バルクの友軍を救援する！」

彼らは、迷わない。

なすべきを、なすべきタイミングで。

義務と献身という点で、彼らは世界に冠たるものと評されるに値する。

悲しむべきことがあるとすれば、戦時において生存率と善良さは比例関係が約束されてはいないという一点であろうか。

帰りを待つ人間にとって、慟哭《どうこく》せざるをえない現実は、しかし飛び立つ彼らの脳裏にはない。

あるのは仲間を救わねばという切迫感のみ。

飛び上がり、空中で隊列を形成。

魔導連隊のうち、即応した大隊を連隊長のセルゲイ自身が直卒。更に後続が陸続《りくぞく》と隊列を形成し、随時、戦闘速度で以て急速に合流。

連邦軍第一五三魔導連隊は、一路バルク大橋を目指して薄闇の空を切り裂き、雄々しく飛翔する。

会敵《かいてき》せんとする彼らは、そこで、それを、聞く。

「「我ら帝国軍航空魔導師。我に抗いうる敵はなし」」

猛烈にがなりたてる帝国語。

ありとあらゆる帯域で、己の声を聞けとばかりに発せられる何か。

「なんだ、今のは？　帝国軍の声明か？」

そんな風に彼らが顔を見合わせる。

意味の分からない帝国語？　いや、と数人の帝国語を理解している通信要員が引きつったような声で言葉を紡ぐ。

「『我ら帝国軍航空魔導師。我に抗いうる敵はなし』との大言壮語《たいげんそうご》です。……攪乱《かくらん》放送か何かでしょうか？」

通信要員に対し、セルゲイは軽く肩をすくめ『弱い犬ほど、よく吼えるらしいな？』などと調子よく笑って見せる。なんであれ、それで部隊の緊張は解ける。

敵に呑まれては戦う前に負けているということを、セルゲイも、他の魔導師らも、よくよく知っていたと言えよう。

けれども、『臆すること』の脅威を知っているはずの彼らが、意図して笑う必要があるという事実の意味――本能が感じる脅威の度合い――を理知的な彼らは理性でもって拾い損ねていた。

「見えました！　第一二一航空魔導連隊、第一二一航空魔導連隊が……」

友軍を視認。朗報のはずのそれを告げる部下の声は、しかし、そこで消え細る。

「どうした！」

「同志セルゲイ、信じられません。あれが……あれが、連隊だったと？」

何？　と訝《いぶか》しみセルゲイは部下の指さす方角に目を凝らす。

あいにく暗闇の中、若い部下の方が視力は良い。苦労し、術式まで使ってようやく観測し得た時、セルゲイもまた絶句する。

確かに、友軍がいた。

だが、連隊のはずのそれは、酷く撃ち減らされ、大隊の残骸と評すべきレベルにまで切り刻まれている。あげく、帝国軍は傲岸《ごうがん》なほどに遊弋《ゆうよく》しているではないか。

負けたのだ、一二一航空魔導連隊は。

瞬時に敵の脅威を上方修正し、しかしセルゲイは『仲間を救わねば』という戦場心理で声を張り合げる。

「一五三だ！　一五三が来たぞ！　同志！　後は、我々が引き継ぐ！」


連隊規模の連邦軍を迎え撃ち、これを見事に大隊規模まで漸減した帝国軍指揮官ことターニャの機嫌は最悪だった。

なにせ、師団規模で敵連隊を相手取り、殲滅どころか漸減程度ともなれば『遅い』と叫びたくもなる。

理由は数多ある。

まず、寄せ集めでろくに連携も取れない部隊を統率するのはターニャをしても苦労が多かった。特に部隊間の技量差が目立つのは動かしにくいことこの上ない。

次いで、師団規模の管制ともなれば、いささか手に余ったのだ。

「本来、専門の管制官がいることを前提としているからなぁ。師団規模を動かすとなると、さすがに専任の連中が欲しくなる」

後方の椅子に尻を置いた連中から、ああしろ、こうしろと言われるのに辟易とする前線の将兵は知らぬことかもしれないが、専門家が必要とされるのは当然の理由があってこそである。

空中管制モドキができないかと試行していたターニャは、そこでうんざりする知らせを副官から投げつけられる。

「中佐殿、新手です」

セレブリャコーフ中尉からの警告で、意識を索敵と探知に回せば、なるほど、魔導反応が多数急速接近中。規模からして、連隊。速度からして戦闘速度。

連邦式にしては、かなり敏捷《びんしょう》とも言える。

「やれやれ。入れ食い状態だな」

連隊を倒したと思ったのに、また新手。嫌になるとはこのことだ。

ターニャは思う。できれば、敵に『なるべく無傷で奪還できる』という幻想を与えるためにも、橋は無傷で確保したかったのだが……この際、制圧を優先するしかあるまい、と。

こと、拠点の抵抗を吹っ飛ばすということにかけてだけならば、新兵中心の魔導師でも中々悪いものではない。防殻を展開し、爆裂術式を発現する魔導師というのは、人間戦車じみた運用すらかなうのだから。そういう半ば連邦式の使い方であれば、技量はさほど問われない。

新兵中心でいい。周辺被害はコラテラルダメージ。

ならば、さっさと、一個連隊を降下させよう。かく決断し、ターニャは吼える。

「第三連隊は降下！　バルク大橋の奪取を進めろ。残りは、私と上空援護。接近してくる魔導師は、サラマンダーで歓迎してやろう」

「では？」

意気込む副官に対し、ターニャはニコリと風韻《ふういん》たっぷりにほほ笑み頷く。

「やるぞ、中尉」

「はい」

よろしい、とターニャは指揮官として先頭に立つ。

「諸君、切り込め！　連邦人と、踊って、差し上げろ！」

そして、先頭に立つということは、魔導反応が殊更目立つということでもある。

敵指揮官の魔導反応を確認し、半ば手癖で魔導反応照合につき合わせたセルゲイは思わず笑いだしていた。

「ははは」

「大佐殿？」

その魔導反応だけは、ここで会いたくないもの。帝国の魔導師狩りに血眼らしい内務人民委員部から、『見かけたら、即時報告を』と念押しされた、見覚えがありすぎる怪物。

セルゲイ大佐や大半のアライアンス側魔導師にとって、そんな輩が、自軍の進路上で断固邀《よう》撃《げき》の構えということの意味はあまりにも明瞭である。

「……最悪だ」

ぽつり、とセルゲイ大佐は小さく口から嘘偽りない本音を漏らす。

本当ならば叫びたいぐらいだ。

『ラインの……ラインの悪魔だと!?』と。

「イルドアに行ったんじゃなかったのか？　内務人民委員部が、万全の自信をもって、奴はイルドアだと……」

請け合ってくれていたはずなのだが。

これで、秘密警察がヘマをしたということなら、セルゲイ大佐は『これだから、秘密警察は』と吐き捨てて侮蔑すれば済む話だった。

ところが、セルゲイ大佐の知る限りで対敵魔導諜報をやる内務人民委員部の人間は文字通りに仕事の鬼である。彼らの上げてくる敵魔導情報は、ほとんどの場合、彼らが入手し得た時点での正確かつ最新情報であり、しかも分析は極端なまでに客観的。

はっきり言って、秘密警察の癖に、妙に痒い所に手を差し伸べてくれるだけあり、支援部門としての自覚が濃厚な連中である。

「連中が、あいつについて、間違えるのか？」

「同志連隊長？」

「ラインの悪魔だ」

あれは、そういう敵だ、とセルゲイは部下に周知する。

「なんと言ったか、あの敵の群れ、火吹きトカゲかもしれん」

「最悪ですね。……今まで、ぶつからずに済んだのは運が良かっただけか」

ああ、とセルゲイは応じる。

それでも挑まざるを得ない。数的劣勢の連隊で、待ち構える連中相手にという悪夢のような構図で。

「くそっ、今晩は最悪ですね！」

「違いないな！」

悪態を零す。

舌打ちをする。

実は共産党の党是《とうぜ》上、無神論が正統教義の手前、本当はいけないけれども、神に祈る。

そうして、一五三魔導連隊の魔導師らは、毅然《きぜん》と帝国軍魔導師へ挑戦する。

彼らは健気だった。

バルク大橋の守備隊が、今も抗っていると知り、味方の抵抗に与《くみ》せんと努力した。

この補給路が断たれることが前線にもたらす意味を想像すれば、逃げ出したいほどの大敵相手にも引くわけにはと覚悟もしている。

だが、意志だけで勝てるならば、狂信者が世界の支配者だ。

信じる者は、いまだ、信じるだけでは、世界を制覇《せいは》しえてはいない。同様に、戦場もまた極めて単純な戦理によって支配されている。

連邦軍第一五三航空魔導連隊と帝国軍一個航空魔導師団の激突。

連隊を、師団が蹂躙する。

それも、なりふり構わぬ精強な精鋭が、だ。

一片の敵意も、一つまみの悪意も、微かな憎悪すらもなく、ただ淡々とそれを『仕事である』と割り切った恐るべき仕事人の手が。

祖国を愛し、善良であった人々の前に立つのは、ただ、無常な現実である。

故に、帝国軍側でターニャは意気揚々と吼えることすらできていた。

「連隊が、師団にかなうものか！　単純な計算だぞ！　魔導師諸君、蹴散らしてやれ！　そして唱和しようじゃないか！」

激戦の最中、帝国軍魔導部隊は交戦中の中隊単位を一つの生き物のようにとりまとめ、部隊を機敏に後退させては、敵が遅まきながらも深入りしすぎたと気がつくと同時に周囲から統制射撃でハチの巣にしてやる。

あるいは突破しえたと誤認させ、針路を誘導。

全速で新任を駆逐しようと連邦魔導師が突っ込んだ先にあるのは、新任たちに擬態した光学系欺瞞術式のデコイである。敵さんが虚空に射撃をぶっ放す横腹を盛大にチクチクとついてやるなんていうのも楽しみながらやらせてもらう。

なにより、組織的近接戦などという魔導戦ならではの意味不明なまでの近接空戦だけは、経験以上にこなすノウハウはない。

魔導刃を発現した古参魔導師がペア単位で、敵の中隊に切り込み、敵が自由射撃か散開かの判断に迷ったところへ近距離から爆裂術式を発現。

元より、防殻を吹き飛ばせるとは期待しない。

だが、『揺さぶれば』十分なのだ。敵が魔導刃を構えているその瞬間、足場を揺らしてやれば、こちらが一手以上に先を取れるのだから。

それをペア単位ではなく、切り込んだ全員で一斉にとなれば、これは、もう、部隊としての経験が全て。

「近接戦用意！　敵は、この距離では慣れていないぞ！」

入れ替わり、立ち替わり、援護しつつ、敵を駆逐。

無理せず、適宜というだけでも、圧倒できるのだ。

これぞ、数が多い方の特権である。

局所的にせよ、今、この空において、帝国軍は、まさしく、その甘美な権利を行使し得る立場にあり、ターニャは権利の上に胡坐をかくことを忌避する積極的な権利行使者である。

「『我ら帝国軍航空魔導師。我に抗いうる敵はなし』」

空を術弾が飛び、魔導師が散り、血漿《けっしょう》が積もった白い雪原にぶちまけられ、人が落ちていく空は、いつになく帝国の空だった。

この日ばかりは、連邦軍が守ろうとする空は、残酷なまでに、帝国へと天秤を傾けたのだ。

かくして、連邦軍のチョークポイント三つ全てに、帝国軍航空魔導師団が降り立つ。

彼らは、やってきた。

chapter V

彼らは、舞い降りた。
彼らは、帝国人である。

[chapter]

VI

第陸章

薄氷の『勝利』

By a whisker

「東部の戦局についてですが、参謀本部として
記者団の皆様にお伝えするべきことは多くありません。
先日、連邦軍は大規模な攻勢を発動しました。
我が方は防衛のため少々前線を下げたものの
現在は反撃を開始。壊走する連邦軍部隊を追撃中。
遺憾なことに、春が迫りつつあるため路面事情の悪化が
見られると前線からは報告が上がっています」

「新年早々、半ば私事で恐縮ですが、東からのお客様が
帝都でシャンパン・パーティーの予約を入れてくださったので、
これは予期せぬ御客人と張り切って歓迎のために
シャンパンとお料理を用意したのですが……
肝心のお客様がお見えになりません」

「いわゆる、ドタキャンだと知人から教わりました。
非常に悲しく、困惑し、このままでは無駄になるかなと思い、
皆様にご助力を願えればと思う次第であります。
よろしければ皆様お誘い合わせの上で、
今宵の宴にお越しいただければ幸甚です」

帝国軍広報官

勝った、と全身で仮面を作るべきなのは承知の上。だが、ゼートゥーアの胸中を占めるのははるかに顕著な『安堵』のみであった。

「……若者が恐ろしい。これが、老害と化す実感かな。なりたくないものになるのだけは、いつでも、随分と簡単なことだ」

参謀本部の自室で、他人の目がないことを幸いにゼートゥーアは苦笑する。

デグレチャフ中佐の専横は知れば知るほどに凄まじい。

自分では、絶対にできない独断専行だった。

一介の佐官が、立場を詐称し、上位者の命令を捏造し、事もあろうに交戦中の東部諸部隊に防衛拠点の放棄を一方的に通達。

通常であれば、どれか一つでもアウトだ。

有事であってさえ、本来であれば、どれ一つとして、正当化されうるレベルではない。

こんなことを許せば、どんな組織であっても、自壊するレベルの暴挙である。

だが、あの場合においてはそれが正解なのだ。

戦略的視座からみれば、『陣地で野戦軍主力が拘束され、すりつぶされる』と現場の人間が看破し、独断ながら軍主力を後退させたのはまさに天佑《てんゆう》である。

軍事的合理性のみにおいては、確かに、正しかった。

敵の鋭鋒《えいほう》を躱《かわ》す以外に術がなし。一刻の逡巡も致命傷。指揮系統は混乱中。ならば、独断専行するしかない。

それでいて、『最低限の言い訳』ができる余地を確保してある。

デグレチャフ中佐は、かつて、フランソワ艦隊を取り逃がした過去の教訓をもとに、正しく、独断専行する術を学んだのだろう。

見事だった。

東部査閲官首席参謀の名目は、確かに、ゼートゥーアとルーデルドルフが口にした。ばかげた形式主義だが、形式だけは、ゼートゥーアとルーデルドルフの意を酌《く》んだという形をデグレチャフ中佐は崩していない。それがどこまでも方便だと当人も承知のことだろう。だが、あの急場で統制のための『言い訳』まで配慮できる野戦将校がどれほどいるか？

おまけに、東部方面軍司令部で『俺は知らないぞ!?』と叫べるラウドン先輩は死んでいた。後は、『ラウドン大将の不幸』で伝達にミスが生じたと強弁すれば、誰も追及などできまい。

全く、良いタイミングで死んでくれたものだ。

そこまで考え、ゼートゥーアは己の性質にほとほと嫌気がさしていた。

「ラウドン先輩に申し訳ないことだ。生きていても、死んでいても私に酷使されるとは」

指導役だった先人。かつて少佐だった頃のあの人には、新米の頃に世話になった。死んでからも、その故人に救われるのだから墓には足も向けられない。

同時に改めて思う。

デグレチャフにこそ、救われたのだ、軍も、帝国も、恐るべきゼートゥーアという幻想も。

だから、と言うべきか。

立ち上がり、一種礼装を身にまとったゼートゥーアは私人としての善良さをうち捨て、そこで参謀本部の首魁《しゅかい》として邪悪な歯車へと仮面を被り直す。

部屋から出れば、もう、人の目があることを意識しなければならない身。

ゆっくりと。

しかし、力強く歩み、向かう先は帝都が帝都たる所以の宮廷である。

狡猾老獪たる老将軍は分厚い面の皮を持ち合わせており、実際、『少々困難はありますが、反撃に転じました』と宮中へ『事実』を平然と上奏《じょうそう》しに向かう。

それは、戦争の状況を憂える宮中への配慮であり、内閣へのちょっとしたリップサービスであり、そして未来のための一手である。

皇帝その人に向かって、ゼートゥーアは申し上げるのである。

『帝国軍は、空挺作戦により既に敵連絡線を遮蔽。対共和国戦の焼き直しでお恥ずかしい限りですが、敵連絡線を遮蔽後の大規模反撃を企図しております。鉄槌作戦でも成功した手口でありますので、成算はありましょう。あいにく、泥濘期が接近しつつあることから、時間との競争ではありますが……』と。

軍が、政府と宮中を『たばかる』と評するには、『ささやかな』飾言《しょくげん》だ。

ゼートゥーアの意を酌み、上奏文を作成した軍関係者の誰一人として、『嘘をついた』という自覚はあるまい。

連邦軍の大規模攻勢に直面していた帝国軍が、師団規模魔導師による『敵連絡線の遮蔽に成功』という事実は本当なのだから。

なんなら、視察に行きたいと騒いだアレクサンドラ皇女殿下その人が読んでも、何一つ不審を覚えたりはしまい。

事実しか、書いていないのだから。

その上で、『御進講』として『鉄槌作戦』における『敵地後方連絡線遮蔽』からの『全面反撃』の事例を提示したのも、客観的な事実関係の偽りはなし。

法廷で老練な尋問者に百度問われたところで、何一つとして、尻尾は出さない自信がある。

事実を述べた。それ以上でも、それ以下でもない。

ただ、事実の並べ方に作為があるだけ。そう、事実から導かれ易い答えをゼートゥーアは少しだけずらした。

そして、悠然《ゆうぜん》と述べるのだ。

『小官といたしましては、反撃の果実を果報は寝て待てと横臥《おうが》して待つばかり。こうなってしまうと、後ろで出来ることも限られていますのでね。お茶を楽しむぐらいしか、能のない老人となっているのですよ』などと。

余裕綽々《よゆうしゃくしゃく》の態度と、事実の食べ方に細工されれば、人は、『解釈』を誤るものだ。死に体で辛うじて反撃に成功しているという実情など、想像だにしえぬだろう。

『あいにくなことに早めの泥濘期に入りつつあり、路面状況の悪化が心配です』などとしたり顔で付け足せば、『鉄槌ではあれほど劇的に反撃できたのに、今回それほどでない理由は、自然環境の違いか』などとしたり顔で誰もが得心したがるのだ。

人は、信じたい報せを信じる。

まして、頓服にすべき勝利を常用している帝国ともなれば。もはや、勝利の幻想を自ら否定するのはよって立つ術に対する否定に近いのだろう。

寂しさすら感じつつ、帝国の誠実な介護者としてゼートゥーアは夢をばらまく。事実の積み上げですら、解釈如何でバラ色の未来を人は勝手に見る。そして、いずれ叫ぶだろう。

『ゼートゥーアに騙された！』と。

本心から被害者の顔をするに違いない。彼らは欺かれたいと願うがゆえに、欺かれるのだが。

「さて、世界もそれに頷いてくれるとよいのだが」

本心からゼートゥーアはそう思う。

否、願うのだ。

世界が、世界の敵へ一致団結して石を投げてくれないだろうか、と。

罪なき者のみが、石を投げよ。ならば、皆が石を投げられるようにして、『あれ』が罪あるものだと石もて追われればよし。

そのために、自分が奇跡を演出したのだと示さねばならなかった。後方のゼートゥーアに出来ることなど限られていると嘯《うそぶ》き、真実、そうだと分かっているにもかかわらず。

部下は支援に駆けずり回り、レルゲンのような実務担当は血反吐《ちへど》を吐くほどに駆けずり回るだろうことを承知の上で、ゼートゥーアだけは泰然と主役を演じる茶番劇。

実際は、現場任せだ。どうか勝ち切ってくれと願うしか老人にはできない。

故に、戦争指導の枢要《すうよう》にありながら当事者性が妙に欠落し、ふわふわと落ち着きのない状況で世に身の置き所を見失ったが如きゼートゥーアは作戦指導の妙を発揮せんとばかりに各所に顔を売る羽目になっている。

大規模反撃のために、燃料事情を相談したいと関係部署を回る。反撃に必要な気象データが欲しいからとあちこちに電話をかけさせる。

要は、仕事をしているふりをする仕事。

全くの無益な義務であった。

ひと段落し、人目を気にしなくてよい自分の塒《ねぐら》こと参謀本部の内奥に戻るや、老人は一服に逃避していた。

chapter VI

紫煙《しえん》をくゆらせ……などと、文学的に書くまでもないこと。

所詮、煙だ。

ゆらり、ゆらり、と。

煙を吐き出す際、遊び心のままに吐き出せば、稚気《ちき》が煙の変化として現れるもの。

「ああ、随分、減ったことだ」

ルーデルドルフのアホが残した葉巻の残りももはや半ばまで減っていた。

まぁ、奴が奴らしくもなく、ちびちびと吸っていたのに対し、こちらは遠慮なしに楽しんでいるから、消費ペースは随分と違うのだが。

「冥府《めいふ》から、奴が呆れかえっているか、怒号しているか。さて、あちらに行った時に聞くしかないか。神ならざる身には、再会できるか知るよしもないが」

なんにせよ、終わりまでは走り切るしかない。

ここで躓くわけにはいかぬのだ。

決意した老人は、だから、扉がノックされた瞬間から、脆弱な素顔の上に分厚い仮面をかぶり、悠然とした声色で入室を許可する。

「入りたまえ」

「失礼いたします、ゼートゥーア閣下。ウーガ大佐であります。こちら、傍受された通信ですが……大変興味深かったので、閣下にも、お楽しみいただけるかと」

ん？　とゼートゥーアはわずかに眉を寄せる。

「大佐。曖昧さは困る。どのように興味深いのだ？」

「ええと、その、笑えるものでしたので。よろしければ、と」

ウーガ大佐を散々に酷使しているゼートゥーアだが、ウーガ大佐がこの種の幇間《ほうかん》じみた『心配り』をやるタイプとは思わぬことだ。

「珍しいことだな。貴官から、そういうおせっかいを……」

ウーガ大佐は頭を下げ、珍しく『文面だけでも』と傍受したと思《おぼ》しき通信文を手に粘る。

「バルク大橋からです」

「何？」

デグレチャフが降下した橋から、笑える電文？　気がつけば、ゼートゥーアはウーガ大佐の手から紙をひったくり、そこにある文面へ目を走らせていた。

曰く『我ら帝国軍航空魔導師。我に抗いうる敵はなし』。

ただ、それだけが、連呼されるもの。

なんと、バカのように威勢のいいことだろう。

なんと、呆れた虚勢だろうか。

なんと、見事な陽動《ようどう》であろうか。

つまるところ、醒めれば絶望あるのみのところを、あえて酔わせて、ひのき舞台で踊ろうという心意気。

「愉快なことではありませんか。なんとも、痛快な叫びです」

ウーガ大佐の素直な感想に、ゼートゥーアは、いっそ、腹を抱えて笑い出したかった。

腹筋がつるほどに、笑いが止まらない。

「か、閣下?」

「は、ははははは! はっはっはっはっはっ! み、見事じゃないか! 見事だよ! ウーガ大佐! ありがとう! こんなにも、いや、かくも、素晴らしいものを、知らぬで終わるはあまりにも惜しい!」

ばん、ばん、とウーガ大佐の肩を叩きながら、ゼートゥーアは愉快に笑う。

若いのに驚かされるのは、いつでも愉快なことだ。

そして、それが未来を約束するのであれば、

未来ある若人たちの輝きに、影が生まれるためにも、笑うしかない。いっそ、小躍りしたいほどに楽しいのだから。

それが、自身の情緒が乱れている証左《しょうさ》にすぎぬと脳は冷笑していようとも、こうも事態が進展するのであれば、その振り付け通りにゼートゥーアが踊らぬ方がバカというものだ。

ならば、踊ろう。

そう決めたゼートゥーアは、広報担当を呼びつけ、愉快げに告げるのだ。

「すまんが、これを、帝国に広く知らしめたまえ。これはいい。実にいいぞ」

統一暦一九二八年一月二十日　世界

目的は、師団規模部隊による敵補給網の遮断。

計画では、三個師団規模の航空魔導師団を動員。それを敵戦線後方の要衝三カ所へ、それぞれ一個師団を空挺で投射。

戦線後方へ投射した戦力は、敵の重要な補給網を寸断し、破壊し、締め上げる。

後方地域へ、師団規模の空挺。

通常であれば、教科書的だとすら評し得る平凡な一手。つまりは、実際に可能であれば実に効果的ということだ。有効だから、教科書に記載されるのだから。

もっとも、教科書通りに戦える余裕など、帝国には消えうせて久しい。

無い無い尽くしの懐事情では、空挺師団を三つも東部に投入し、あげく、投射するだけの輸送能力を持ち合わせるはずもなし。

否、それ以上に悪い。空挺部隊と輸送機は、血反吐を吐きながら絞り出して形だけでもかき集め得たとしよう。そこまでしても、作戦に必要な制空権は愚か、最低限の航空優勢すら望み得ないのが、内情である。

だが、連絡線の破壊は絶対に必要であった。

そして、帝国は必要であるという点を重んじる。

たったそれだけの理由で、ゼートゥーア大将は『師団』規模の航空魔導部隊に降下部隊の役割をごくごく無造作に割り振った。

航空魔導部隊は、元来、飛行隊と同じ編成である。

魔導大隊は、一個大隊でわずかに三十六名。そう、一個飛行大隊が三十六機であるように、魔導師も一個大隊が三十六名なのだ。

三個大隊で一個連隊。

三個連隊で、一個師団。

さて問題。一個師団の人数は？　正解は三百二十四人！

それほど希少な兵科は、三個師団分かき集めても、千人にいかないのである。通常の歩兵であれば、精々が増強大隊規模の人数だ。

つまり、その気になれば、三個師団相当の戦力を、一個増強空挺大隊を投射するのと同じ輸送コストで敵地後方へぶん投げられる。

貧乏生活を極める帝国には、これは随分な魅力だろう。

これならば、敵の意表を突けるやもしれない。そう期待すれど、あいにくながら、連邦軍は入念であった。

『破れかぶれになった帝国が取りうる選択』は、もとより検討済み。鉄槌作戦を食らった経験から、連邦軍は黎明《れいめい》に対する帝国の反撃として大規模な空挺を自明視すらしていた。

連邦軍の平凡な老将軍は、『魔導師を空挺させるためならば、最悪、大規模な輸送機は要らないし、なんなら撃墜されても自力で飛べるではないか』という可能性を検討させるほどだ。

クトゥズ将軍は、『大隊規模なら、無理をすれば大型輸送機一機程度に詰め込めます』と報告を受けた時、『全ての大型輸送機を百パーセントの確率で撃墜まではできないな』と受け止め、『じゃあ、空挺はあると想定しよう』と割り切っている。

安全係数を重視し、連隊規模の空挺魔導部隊が襲来する可能性すら、彼らは想定した。

党や、一部の軍人からすらも『あまりにも、悲観的、退嬰《たいえい》的では？』と戦力分散の愚を説かれてなお、連邦軍のクトゥズ大将は『兵站が狙われる可能性は否定できません』とプロらしく粘り腰で上を説き伏せた。

ただし、そんな彼らですら魔導師が千人単位で、空から降ってくるなど……そこまでは、想定しえない。

それが、計算違いの端緒《たんしょ》である。

航空魔導大隊単独で、一個機械化連隊ないし旅団を軽く蹂躙《じゅうりん》しうるのが東部におけるもっぱらの概算であるとしよう。だとすれば、九個大隊からなる航空魔導師団は事実上、九個機械化連隊ないし旅団を吹き飛ばしうると目される。

二十七個航空魔導大隊を単純に計算すれば二十七個機械化連隊ないし旅団相当である。

……事実上、十三個師団の機械化師団を相手取れる怪物ども。

それを、『破綻《はたん》している戦線のてこ入れ』ではなく、『連邦軍後方への情け容赦ない集中投入』として、歩兵ならばたった一個増強大隊規模相当が必要とする輸送リソースだけで投射。

ゼートゥーア大将が、詐欺師と言われるゆえんである。

後世は言うであろう。

連邦は世界初の全縦深打通を試み、帝国は世界初のエアランド・バトルを実践したのだ。

天秤は、わずかに帝国軍に傾く。

大胆かつ機動的な『空挺』作戦。

航空攻撃を自ら行い、かつ、空挺兵としても戦闘しうる航空魔導師なればこその機敏かつ積極的な『反撃』であった。

故に、連邦軍の黎明は傾き、帝国軍の払暁《ふつぎょう》は来るが如し。

かくして、世界はゼートゥーア大将に畏怖《いふ》する。

同日　帝国軍航空魔導師団バルク大橋臨時現地司令部外周部

けれども。

誰もが、あまりに煌びやかな結果に幻惑されて見落としているが、定数通りに『三個師団規模の航空魔導師』など、帝国にとっては、絞り出せる限度を超えていたのだ。

かくして、栄光と限界の矛盾を嚥下《えんげ》させられる前線は苦労する羽目になるのだ。

黎明開始から二週間足らず。

帝国の反撃作戦からはわずかに一日目。

空挺降下した魔導部隊は、早くも大変にひどく嬲《なぶ》られている。

「……これは、酷い」

バルク大橋のたもとで、ターニャは小さく一人ぼやく。勇壮な物語の現場は、英雄譚が必要なだけの理由があるというのは忘れられがちだ。

つまり、誰かが英雄的に給与等級をはるかに超過して活躍する必要がある程度には属人性が高い非定形業務の山であり、労働力ダンピングも甚だしいブラックな現場が実現してしまうということだ。

「やはり、兵力が足りんな」

一個師団規模だのなんだの嘯いたところで、所詮は魔導師団だ。

歩兵師団とは、人数の桁が最低でも一つは違う。普通は二つだ。破壊だけならば魔導師でも同規模の結果をもたらし得よう。だが、核兵器で占領や拠点防衛ができないのと同じだ。

定点を確保するとなれば、結局は歩兵だ。歩兵で、数を揃えるしかない。ちなみに頭数さえいれば、即席の歩兵に出来るかといえば、これも存外難しい。なにせ、とターニャは周辺で懸命に陣地構築に取り掛かる魔導師らの醜態に目を覆いたい気分なのだ。

歩兵の仕事は、歩兵が一番、上手にできる。

当たり前だ。

魔導師は、魔導師の仕事のプロであって、歩兵の仕事『も』できるに過ぎない。歩兵のように陣地構築の上で、入念な防御態勢の構築など、やったこともない方が多いとなれば実に粗が目立つ。

ああ、この際、トスパン中尉クラスでいい。

真っ当な歩兵指揮官と、手練れの工兵部隊が欲しい。

手元にその種の経験者がいてくれれば、眼前の穴掘りモドキがどれだけマシな塹壕構築になったことか！

経験者優遇は、根拠のない選択ではない。

魔導師でもラインで塹壕戦を経験していれば、多少はマシだ。

悲しいかな、新人は、いつでも、ポテンシャル採用が多い。

つまり、いつかは、上手に穴が掘れるかもしれない。しかし、今、立派に穴を掘れることを期待できるわけがなし。魔導師として戦力化されたと謳われる新人どもなのだ。『魔導師』として『新米』であり、歩兵としてならば、それ以下であると見るしかない。

現実の酸っぱさに、ターニャは自然と俯きたくなる。

「……塹壕の掘り方から指導しないとならんのか」

偶に、思うのだ。

誰だって、自分の命を守るための穴なら真剣に掘るんじゃなかろうか、と。

ターニャも半ば本気でやらない道理がどこにある？　と言いそうになる。だが……『穴の掘り方』も、『その必要性』も、教育されねば分からぬもの。

故に、新任どもの多くは不承不承『穴掘りなんて』みたいな顔で、手がとろい。

カッコいい魔導師の制服を着て、格好よく空を飛ぶつもりの新兵を突如として塹壕戦のリアルに付き合わせることを期待するほどに、ターニャは夢想家にはなれない。

あれは、たぶん、砲撃に晒されればパニックが必須だ。

「ああ、頭が痛い」

ぼやきをそこで飲み込み、ターニャはせいぜい指揮官らしく胸を張る。

将校たるもの、背筋を伸ばせ。

部下の前で弱っているところを見せるべからず。

せいぜい、仮面だけでも勇者のそれをかぶらなければ指揮官など……とターニャが心中で苦笑しかけた時のことだ。

謹厳実直なヴァイス少佐が、誠に不景気な顔でこちらに歩み寄ってくる。

実に、酷い顔だった。『ああ、渋い顔をするな』と言われるわけだなと写真付きで教科書にでも載せてやりたいぐらい周囲の戦意を削ぐそれだ。

「ヴァイス少佐！　失恋でもしたかね？　随分と、深刻そうだが！」

周囲がゲラゲラ笑えるように、あえて下世話な話を振ってやる。

ここが世界大戦するような頭がどうかしている時代でなければ、このように個人のプライベートへ踏み込むセクハラまがいの言葉など、公衆の面前で吐けるものではないのだが。

「ああ、いえ、その」

「なんだ、少佐。真面目ぶるのはいいがね、ちと、君、堅いぞ？」

軽い調子でターニャはあえて、『笑うこと』を強調してヴァイス少佐に伝えてやる。

さすがに、将校たるもの。周りに見られていることは思い出せたのだろう。

はっ、としたヴァイスは背筋を伸ばし、いかにもな愛想笑いながら周囲の注目をことさら集めないよう標準的な将校の仮面をかぶり直していた。

「それで？　副長。何かあるのかね？」

「はい、中佐殿、実は……」

ああ、待て、とターニャはそこで手を振る。

「陣地構築の視察もある。歩きながら話そう」


とことこと闊歩《かっぽ》する上官の背中を追いながら、ヴァイスは心中に湧き上がってくる尊敬の念を新たにしていた。

笑え、と上官に指摘されれば、嫌でも分かる。

自分は随分と酷い顔をしていたのだろう。

だが、とヴァイスのどこか平凡な部分が叫ぶのだ。この状況で笑えと求められるのは、いささか辛い、と。

必要であると言われれば分かる。

ただでさえ、寄せ集めの師団。気心も知れない将兵の不安を煽るが如き表情を避けたいのは当然だろう。

それでも……。

「副長。あまり声を張り上げるなよ。兵が見ている」

ぽつり、と先を行くデグレチャフ中佐殿は何げない素振りで陣地を眺めつつ、言葉だけヴァイスに向けてよこす。

「陣地構築は酷いものだ。連邦人の魔導師育成は中々に酷いが、我々の新人どもだって歩兵としては同レベル。貴官の不景気顔もそれか？」

はい、とヴァイスは平静さを装いつつもピタリと当てられた不安を首肯《しゅこう》する。

「連邦軍守備隊が橋を防衛するために掘っていた塹壕はあります。随分と立派なものですので、活用できるかとも思うのですが……」

奪取したばかりの陣地。

バルク大橋には、事前情報と異なり入念な陣地構築が施されていた。

防御陣地があるのはよい。それは活用したい資源だ。だが、とヴァイスの言わんとするところを上官は的確に解していた。

「魔導師だけで防御するとなると、立派すぎる。この塹壕では広すぎるからな」

我が意を得たりとばかりに、ヴァイスも頷く。

「おっしゃる通りです。これは、広すぎます。塹壕戦の経験がなければ、とてもカバーしきれるとは思いませんが……大半の魔導師には、その種の経験がありません」

これでは、このままでは、と恐怖するヴァイスに上官であるデグレチャフ中佐は少し驚いたような声で応じていた。

「貴官が、案じることかね」

「は？　いえ、意見具申《ぐしん》というよりは、その……不安が」

「不安？　不安か。ふむ」

腕を組み、くつくつと愉快そうに笑う中佐殿はどこまでが演技で、どこまでが本心なのか浅からぬ付き合いと自負するヴァイスをしても分からぬもの。

「なぁ、ヴァイス。これはな、乾坤一擲《けんこんいってき》なのだよ」

「存じ上げているつもりでしたが」

「乾坤一擲を字句通りに、帝国はやっているんだ。全容を分かっているのは、きっと、ゼートゥーア閣下ぐらいだろうがね。我々はここで酷い目に遭う。許されるならば叫びたいほどだ。なぜ我々が、と」

だがね、とデグレチャフ中佐は感情の見えない曖昧な声色で平静さを保ったまま続ける。

「タイヤネン准尉らのように本来であれば引退し、国家による補償が行われるべき人員を投入。その教え子のごときを戦力化とはほとんど詐欺だろう。それでも、それを必要とするのが帝国の現状で、もはや必要以外の全てが度外視されるのだよ」

「……理解、して、いるつもりなのですが」

そうかね、とかけられる言葉にヴァイスはやや戸惑う。

頭では、ヴァイス自身分かっているのだ。人手が足りないのだから、どこかにいる人員を無理やりにでも引っ張ってくるしかない、と。

「とにかく、穴を掘らせよう。整備して、使えるようにしないと、長居どころかここで永眠しかねんぞ？」

「必要のままに、穴を掘れ、ですね」

同時に想わざるを得ない。そこまでやるしかないのか、と。根こそぎで動員して泥縄式に陣地構築など、これで末期と言わずして、なんと言うか。

「中佐殿。決して臆したというわけではないのですが……これは、成るのですか？」

きょとん、と。

本当に、一瞬だけ、瞳が唖然とヴァイスを見つめる。

まるで奥の見えない海のような瞳だった。

デグレチャフ中佐の目がヴァイスを見つめ、そして、そらされる。

「貴官の質問がそれならば、貴官は、私よりも、よほど軍人としての適性に富むな。よもや問うたのは成算かね？」

「いえ、あの、その」

「その点で言えば、全く、何一つとして案じることはないよ、少佐」

幸か不幸か、という口調で上官は噛み締めるように言葉を紡ぐ。

「兵站を切られた軍隊の衝撃は大きい。分かるだろう？」

はい、とヴァイスが首肯したところで上官はならば、と言葉を繋ぐ。

「連邦軍の第一梯団は、補給に困難を抱えただろう。第二梯団ですら、我々の遮蔽を無視はとてもできん。この無い無い尽くしの我々だがね。相手さんも、来るはずのものが来ないという恐怖は味わえているのだ」

「では、成った、と？」

ああ、とヴァイスの声は肯定される。補給線遮蔽というこの一手で、連邦軍の矛先を確かに止め得たのだ、と。

「ゼートゥーア閣下の賭けはね、我々が兵站線をぶった切ることができるかだ。ぶった切った後のことは、余禄《よろく》だよ、余禄。我々は、既に敵の津波を止めた。後は、せいぜい、ここで歯を食いしばって敵を締め上げ続けるばかりだ」

そこまで言葉にしたところで、デグレチャフ中佐は何かに気を取られたように顔を上げる。

次の瞬間には、ヴァイスの耳も、近寄ってくる足音に気が付いていた。

「セレブリャコーフ中尉、将校が走るものでは……」

「中佐殿！　航空艦隊からの速報です！　航空艦隊が、敵第二梯団の反転を確認したと！」

指揮官にもたらされる知らせの場に居合わせたヴァイスは否応なく悟る。それこそは、戦略の観点において無限の朗報であり、現場の視点では悲報でもある、と。

chapter VI

帝国軍東部方面軍の防衛線を蹂躙せんとしていた連邦軍は、完全に足を止め、矛先をこちらに転じた。

もはや当面、彼らが東部の帝国軍主力を撃滅する機会はなかろう。

軍は救われた。

素晴らしい朗報という他にない。敵は今や、矛先を転じた。

だからこそ、現場でヴァイスの背筋には嫌な冷や汗が流れ始めているのだが。

なにせ、転じた矛先にいるのは……自分たちだ。連中は、必死になって我々に食らいつくであろう。敵全軍が遮二無二《しゃにむに》に襲い掛かってくる以上の悲報も稀だ。

「ははは、事、成れり、だな。諸君。連邦軍の第二梯団は我々に御用のようだ。御持たせのようなもので悪いが、ありもので歓迎会をしてやらねばな」

作戦の成功を確信しているデグレチャフ中佐の勇猛さと、ある種の壮大な覚悟からのほほ笑みが、ヴァイスにはひどく眩しかった。

これから、軍の主力をすりつぶそうとしていた連中を、三個魔導師団で受け止めねばならぬのに。地獄が幕を開けるというのに。

どうして、この方は、こうも、陽気に笑えるのだろうか。

「……おや、ヴァイス少佐。なんだ、珍しいな。武者震いかね？」

「敵の規模に、いささか啞然としておりまして」

「そうだ、それでいい」

そう頷き、中佐殿は副官へ『見たまえ、ヴィーシャ。あれが誘引できた敵の規模に感動している勇者だぞ』などと軽く言ってくれる。

敵の第一梯団が足止めされ、第二梯団が居場所をなくしたとき、彼らは、後方とつながりを求めて動くしかない。そんなことは分かり切っている。分かり切っている脅威が来るだけのこと。恐ろしかろうが……理解できる。

そうだ、とヴァイスは自覚する。

将兵も同じように震えるのだから、自分もせめてそう振る舞って、恐怖と戦わねばならないだろう。

「副長もいらっしゃるので率直に。その、陣地防衛とのことですが、方針は事前の想定通りに拠点に籠《こも》るということでよろしいでしょうか？」

セレブリャコーフ中尉の問いかけに対し、デグレチャフ中佐は一瞬、頷きかけたようにヴァイスには見えた。

だが、何か、思うところがあったのだろう。

わずかに首を傾げ、はて、というように何かを思案し、そして、手を打つ。

「思うのだが……メインホールで椅子に座って客を待つのは、大変に無作法なことではなかろうか。明日にもお出ましだとしても、せめて、今日は今日としてドアの前でウェルカムの一つも言ってやるべきでは？」

その稚気《ちき》に富んだ言い回しに、セレブリャコーフ中尉が得心《とくしん》顔で頷いていた。

「では、機先を制するのですね！」

そうなると思っていました！　みたいな中尉の姿に、ヴァイスは思わず苦笑していた。朱に交われば赤くなるとは言ったもの。

思考様式が、よほど近いのだろう。

「ヴァイス。すまんが、全力出撃とはいかん。貴官は留守番だ」

頼むぞ、と声をかけられたところで中佐は足早に駆けていく。セレブリャコーフ中尉に至っては、いつの間にか、チョコレートを齧りながらその後を追う始末。

あれは、どこから取り出したチョコなのだ？

そんな益体《やくたい》のないことを思いつつ、ヴァイス自身もバルク大橋の司令部へと小走りに向かっていた。


率いるは大隊規模の魔導師。

手頃と言えば手頃な規模ではある。

ただ、二〇三を中核としつつも、幾分はよそ様からの出向を加えての混成編成。

幾分かは、部隊の運用に注意が必要だろう。管理職の務めといえば、それまでだが……ターニャとしてみればわずかに重い気分になる。やることが増えるのは、愉快ではない。

結局、いつでも、管理職が帳尻合わせのためにもがく。

とはいえ、それが管理職の仕事ではある。管理することが仕事だから、と独力で問題を解決させせられるおぞましさを嘆きつつ空に上がったターニャは、だからこそ思わぬサプライズで完全に意表を突かれる。

「空域に展開する全作戦参加部隊へ。こちら、CP、こちらCP。航空管制を提供する。識別コードを確認せよ」

はて、とターニャは一瞬硬直する。

航空管制？

だが、どこから。

宝珠のライブラリ機能によれば、確かに友軍だ。

しかし、そんなものを、こんな敵地上空でご提供できるなど……。

半信半疑でターニャは呼びかけてくる無線の認証コードを確認し、その内容にまた眉をひそめる。

「CP？　認証コードを受領したが、これは正しいのか？」

なぜなら……これは、ライン・コントロールのものだ。

記憶の限り、西方でずっと昔に使われていたもの。今でも有効ではあるのだろう。だが、機材も何もなかろうに、どこから？

「ライン・コントロールより、全航空魔導部隊へ。懐かしい顔にも、新顔にも、ごきげんよう！　連邦軍第二方面軍司令部の篤志《とくし》により、ライン・コントロールが同窓会の開幕をお伝えします」

ああ、とターニャは諒解《りょうかい》していた。

「ライン・コントロール。こちら、サラマンダー01。懐かしいね、シャンパンとクッキーはどこかな？」

「CPよりフェアリーの皮をかぶった悪魔へ。ごきげんよう！　ごきげんよう！　今日も素敵なお天気ですね！　明日、明日、また明日と、けちな歩みで日々が過ぎ、定められた時、最後の一節に辿り着くのだとしても、今日、この時を喜ぼうではありませんか！」

馴染みのやり取り。意味のない言葉の符丁《ふちょう》に合わせた言葉合わせ。

慣れた手合いだ。

たぶん古参。おそらくはライン戦線当初からの。

これで帝国語に堪能な連邦軍の偽装ならば、明日から全ての帝国軍通信要員が敵に想えるぐらいには、信用できる味方だろう。

「天と地の間に思いもよらぬ出来事があるのだとすれば、それは、今日この時ですね！　どん

なに長くとも夜は必ず明けると信じますよ」

はっ、とターニャは口の悪いお耳の恋人に表情を歪める。常日頃はまるで感情というものを感じさせない管制官ども。プロ意識の塊どもが、こうも遊ぶとは。

……次がないやけっぱちの明るさ。

次を捨てた、ある種の職業人の爽快さ。

自分とは違う人種であるが、そういうのを戦場で見続ければ、存在は知覚し得よう。

「覚悟に敬意を。職業意識に喝采を。我らは、我らなり。さて、我ら帝国軍魔導師。我らに挑む勇者はありや？」

ターニャの本音としては、『人は泣きながら生まれる。このあほうどもの舞台に引き出されたのが悲しくてな』あたりだろうか？　かの有名なシェイクスピア氏にならうのであれば、そろそろ、舞台の上で役者をやり続ける役目がひどい役だと嘆きたいところではあるのだが。

そして、空の上での同窓会は誠ににぎやかそのもの。

「ライン・コントロールめ。こちら、パイオニア02。よくもまぁ、こんなところへ出張してきたもんだ。くたばりぞこないめ」

「パイオニア02、こちらライン・コントロール。なに、遅いか早いかの違いなら、楽しくやるべきだろう？」

ゲラゲラ笑う部隊間通信。

他所の管制もやるのだろう。なんと、三個師団分の管制を、ＣＰが担当だ。それでいて、ライン・コントロールは、実におしゃべりである。

とはいえ、とターニャは意識を切り替えていた。

「大隊各位！　ありがたいことに、管制の支援があるぞ！　ラインの頃と同じようにやれ！」

管理者としてみれば、手取り足取りやるよりも、管制にある程度をぶん投げられる。ただそれだけでも、労力というのは大幅に変わってくれるのだ。

実際、管制が誘導してくれるだけで、随分とタスクが楽になる。

おかげでというべきか、敵を待ち構える合間、傍に寄ってきた副官は少し困惑顔だ。

「こんなに楽なのは……久しぶりですね」

「だろうな。管制が長距離を警戒してくれるだけでも、全然違う」

管制官に全部を任せるのはＮＧだが、信用できる眼が一つ増えてくれれば、意識をより身近なエリアに集中もしえるというもの。

とはいえ、とはいえ、だ。

「中佐殿、現場の我々にはありがたいのですが。管制官を付き合わせて。その……よろしいのでしょうか？」

無茶が過ぎませんか、と副官の顔にあるのは正しい。

ターニャとて、片道旅程を後方職――それもかけがえのない技能職に強制するのはいい気がしない。だが、同時に、いるものは仕方ないから活用するのが良いのでは？　とも思うのだ。

「現場の独断だろう。航空管制要員、それも、ライン戦線を経験したベテランの支援があるのは、正直、ありがたいがね」

連邦軍第二方面軍司令部の跡地に突っ込ませた部隊の輸送機に、管制官がどうやってか随伴したのだろう。たぶん、管制官が連れていけと言わない限り、誰かが降機させたはずだ。

つまり、大規模な魔導師の配置転換を嗅ぎつけた管制官が、自分を連れていけと誰かに談判して、無理くりやってきたのだろう。

『……ほとんど、片道に付き合うとは。理解できん』

その言葉をかろうじて飲み込み、ターニャは夜が明けた上空だからこそ分かる地形を確認することで、息をのむ。チョークポイントを、確実に締め上げている。

ゆえに、確信できるのだ。

ここには、敵が殺到する。

管制の連中だって、陣地に籠るといったところで、タコ殴りにされる陣地に籠るに過ぎないわけであって……。

「大した、勇者だ。どいつも、こいつも」

ふん、とターニャはそこで意識を切り替える。

帝国にとっては、きっと、割に合う投資なのだろう。

輸送機を使いつぶした。空挺のために。

『わずか七百名程度』ならば、鹵獲《ろかく》で補給がかなうから。

……片道であれば、魔導師団を敵地後方へ送り込むこともできてしまったのだから、鹵獲物資だけで兵站を賄《まかな》うのもごく当たり前に想定されるものだ。

だとすれば、その少数の魔導師らからなる遮蔽部隊の効率最大化のために、少数の専門家もついでに片道で使い果たすのも『合理』であろう。

乗り込んだ管制官が自発的であるのは良いことだ。誰も、処分されない上に、美談になる。

なんとも戦争とは素晴らしく狂っていることか。

「戦域警報、戦域警報。ライン・コントロールより戦域の全魔導部隊へ。複数の敵魔導部隊が出撃中。大隊規模魔導師、複数が三方面全てに急速接近中」

耳に飛び込んでくる管制の声に、ターニャは嗤う。

敵も、味方も、大真面目にお仕事だ。自分もそうだが、戦争でも、人間は真面目に仕事をできるわけだ。規律訓練とはいったもの。

とはいえ、とはいえ、だ。

歯車であることに違和感を抱くのは結構。だが、不良品の歯車として排除されず、自己を欠損することなく独立独歩であるためにも、まずはターニャ自身が生き延びなければならん。

「敵魔導師、平均高度七五〇〇」

中途半端な高度だな、というのがターニャの感想だった。まぁ、敵さんも、万全の練度で抜群の高度というわけにはいかないのだろうが。

「天頂方向より、釣る瓶打ちかな」

高度差をアドバンテージとなしての、迎撃プラン。

慣れた作業ということもあり、必要な段取りを脳内でくみ上げ、部隊を動かそうとしたところでターニャは管制からの声に気が付く。

「サラマンダー01、こちらライン・コントロール。敵魔導師の反応がどうも奇妙だ。そちらで確認できるか？」

「ライン・コントロール。こちらでは確認できない。違和感とは？」

「こっちの観測機器は連合王国製で、ちと、機材の特性がつかみ切れていないだけやもしれないのだが……高度七五〇〇の魔導反応に混じって微弱な反応が、時折でる」

「ノイズか？　それとも、敵の欺瞞か？」

「分からん。反応の性質からして、魔導反応が地上からあるような形にも見えた。こちらの設備では、水平線の下が見えん。すまないが、確認できるか？」

無論のことだとターニャは応じる。

「長距離観測か？　構わない」

プロの違和感というやつには、当然の注意を払うべし。念のために、とターニャは部下に声を飛ばす。

「二名あがれ！　ライン・コントロール、観測要員を上げるぞ。観測データを転送する」

諒解です、と飛び上がったグランツ中尉がそこで素っ頓狂な声をよこす。

「あー、あれ？　中佐殿！　魔導反応、地上より感知！　魔導反応です！」

「何？　タンクデサントか？」

「いえ、速度が高度七五〇〇の群とほぼ同じです。これ、匍匐飛行では？」

なんとまぁ、とターニャはルックダウン機能もないのに敵の魔導師に勘付いた管制の職人技に感嘆の言葉を零す。

気付かなければ、未知の脅威に土壇場で対応を迫られることになっただろう。

「ライン・コントロール。こちらサラマンダー01。貴官の違和感がドンピシャだ。うちの観測要員が、拾ったのをそちらの機材で処理できるか？」

「サラマンダー01、確認できた。これは……ああ、上には大量の素人を浮かべて、玄人は下で匍匐飛行か？」

話が早い管制を相手に、ターニャはだろうなと頷く。

「上の囮《おとり》に我々が食らいつく間に、本命が拠点攻撃か？　悪くないやり口だが……可哀そうに。種のばれた手品ほど、つまらんものもなかろうに」

「戦域に警報を出す。サラマンダー01、協力に感謝を」

おおかた、降下した気の早い友軍全般へ警報を飛ばすためだろう。あわただしく管制との通信が途切れたところでターニャはプロに助けられたなと苦笑する。

何も知らなければ、高度七五〇〇の敵に意識を集中しすぎて、高度の低いグループを見落とすことすらあり得ただろう。

もっとも、もう、そんな可能性は、連邦魔導師に残されてなぞいないのだ。

やはり、プロはいい。プロに任せることができる領域は、その道の専門家に任せるに限るというもの。専門知には敬意を払わねば。

「さて、向こうが仕事をしたんだ。次はこっちだな」

邀撃《ようげき》に向かう部隊へ下す指示を変更し、ターニャは二段構えだ、と部下に告げる。

「したがって敵陽動群を突破後、地上飛行中の敵魔導師本隊へ集中射撃となる。一個中隊でもって後背《こうはい》を固めるほかは、高度差七〇〇〇の一方的な射撃だ。きっちり仕留めるぞ」

諒解！　と応じてくる部下の諸君も手慣れたもの。

二群が相互にカバーしつつ、こちらに接近してくるのを正確に探知。

東部の空において、帝国軍航空魔導師がいかにして卓越するかは、ファーストルック・ファーストショットに、そしてファーストキルの段取りがあればこそ。

先んじて発見し、先制射撃を取り、そして、その一撃で敵を仕留めることが理想である。戦場の霧を乗り越えうる側に、勝利の女神はほほ笑むというわけだ。

故に、敵を探知した時点でターニャはほほ笑みながら指示を飛ばす。

「よろしい。予定通り、囮に食らいつくふりをしよう」

プランは、明確であるべきだとターニャは言葉を紡ぐ。

「第一段階は、高度七五〇〇の敵に突貫。魔導刃で近接戦を挑むように偽装だ」

帝国軍魔導師が近接戦を好みがちなのは、周知の事実。組織的な切り込みという矛盾に近い所業とて、古参魔導師は手慣れたものだ。

故に、こちらが斬り込めば、敵は『それ来た』と守りを固めることだろう。斬り込まれた連中が、だが。そして、地上付近を飛んでいる連中は『囮が誘引に成功したぞ』と懸命になって息を殺しながら飛ぶことだろう。

だから、とターニャは獲物が油断した瞬間を狙うのだ。

「目的は巴戦《ともえせん》ではなく突破。高度六〇〇〇までぶち抜いて、そこから、第二段階だ。地上付近の魔導師を滅多打ちにしてやる。敵が気づいた時には、ロースト済みが望ましい」

いくぞ？　と指揮官先頭でもって突っ込めば部下はよく応じてくる。

まぁ、決まりきった展開だ。

九十七式演算宝珠の宝珠核を限界まで酷使し、大隊規模で魔導師らが相互に連携しつつ、適度な距離を保って突入。魔導刃の煌めき一つとっても、本気の格闘戦以外の何を、切り込まれた側が思うことだろうか。

囮役の連邦軍部隊が懸命に防御に走る中、軽く一当たりする態でターニャらはこれを容易く突破。

突撃し、敵陣を切り裂く……という態で、部隊を機動させながら、本命である敵の低高度部隊が狙われていると自覚する前に、爆裂術式の対地上統制射撃を断行。

連続して発現した爆裂術式は見事に目標を捉える。

『通常であれば』連邦軍の魔導師が持つ堅牢な防殻はそれに耐えうるだろうが……地形追随飛行に伴う各種観測術式と魔導反応抑制のための抑制的な運用下であれば？

飛行用の防御膜程度しかろくに発現できないであろう状況で不意を突けば？

なにせ、敵の宝珠は単発だ。地形を観測し、魔導反応を抑制し、ついでに隊列を保って飛ぶだけでもタスクがいっぱいいっぱい。そんなところに、宝珠核二つの九十七式で遠慮なく頭から爆裂術式を叩き込めば？

敵をローストできない方がおかしな話なのである。

おかげで、精鋭を容易く倒せるのだから帝国軍にとっては良い話。

「まともにぶつかった方が、我々の被害も多かっただろうからな」

とはいえ、と心中でターニャは付け足す。敵が創意工夫を凝らしているのは、全くもって気に入らない。

気がつかなければ、してやられていたかもしれないのだ。

とても、笑うに笑えない。

だからこそ、勝てる時、しっかりと勝っておく。

敵の第一波を撃退したを幸い、わずかな優勢を確保したと判断するや、そこからは、終日航空魔導師の反復出撃であった。敵交通経路の破壊、遮蔽、鹵獲となんでもあり。鉄道、街道、そして雪まみれになってパイプラインを捜索破壊。

熱探知だ！　熱源を探れ！　見つけ次第、燃料の流れるパイプを爆砕《ばくさい》。

よく燃えるぞ！　ははは！　をやりつつ、黒煙の中を飛ぶ航空魔導師。

雪、泥、そして死体。

出撃、襲撃、降下、給食、襲撃、撃退、再編、突撃、襲撃、そしてやっとのことで折り返し地点に到達後、鹵獲した敵装備でもって襲撃航程をもう一度。

字句通りに全身全霊の活力を使い果たし、やっとのことで、バルク大橋に設けた仮設拠点に辿り着いた時、ターニャは完全に意識が朦朧《もうろう》としかけていた。

どうにか事故もなく降下し、ぺどん、と指揮卓の傍にある折りたたみ椅子に尻を付けた瞬間、全身へ形容しがたい脱力感と倦怠感がまとわりつき始める。

「……珈琲《コーヒー》をくれ。泥水以外だ」

「あ、私が……」

フラフラと傍で立ち上がる副官の顔も、自分と似たようなものだろう。

「休んでろ、ヴィーシャ！」

怒鳴って寝かしつけるという矛盾をやりつつ、ターニャはこめかみを押さえ襲い掛かってくる頭痛に抗いながら声を上げる。

「当番兵！　珈琲だ！　カフェイン入りの本物の方だぞ！」

代用珈琲お断り。

こんな極限状態で、チコリ珈琲など飲まされれば、人間のできているターニャとて自制心がどこまで機能するか確信が持てぬものだ。

妙に座り心地が良い椅子――おおかた、連邦の偉いさんが尻を載せるための椅子だろう――の上でがぶがぶと珈琲を痛飲し、バリバリとチョコレートを齧り、カロリーの暴力で以て頭痛を殴り飛ばす、あほな自己治療を行いながらターニャは首を回す。

十代の肉体とは思えぬほどに肩が凝っていた。くそっ、と小さく呻き、立ち上がって首を回せば嫌な音までする始末。

飛行でこわばりきった体をほぐすべく体操をすべきなのだろうが、えいや、と立ち上がるのにも気力を使う。

だが、体を放置していれば、本当に、固まる。

渋々、温められた珈琲を飲んで得た活力で立ち上がり、何とか、体を動かして、ようやく人心地つけたところで無情にもターニャの休憩時間は終了だ。

そういう時間割を設定したのは自分なのだから、憤激《ふんげき》もひとしおというやつである。

再出撃に備え、地図を引っ張り出しては管制と交信。

三個師団規模の魔導師が降り立ち、各々が好き勝手に暴れるだけでも敵さんは苦労するだろうが、統制された暴力となれば、のたうち回ってくれるに違いない。

管制経由で提案される襲撃ルートを検討し、友軍とのエール交換を雑に済ませ、再度の邀撃《ようげき》に向けて手はずを整えたところでターニャはセレブリャコーフ中尉を優しく蹴とばす。

はっきり言おう。

とても、やさしく、蹴るのである。

そうでもしなければ、死んだように個人壕の中で爆睡していた副官は、絶対に起きなかったであろう。

「……うわぁ、寝てました？」

いつの間に眠ったのかの自覚もなし。疲労困憊の極みといえば、極みであろう。

「そのうち、我々は空で眠れるようになるかもな」

居眠り飛行待ったなし。

恐ろしいことだな、と指揮所でぼやいたターニャ自身、セレブリャコーフ中尉と手分けして部下を叩き起こしに向かう羽目になっている。

声をかけることはしよう。だが、砲撃下でも死んだように眠るほどの疲労となれば、もう、蹴り飛ばすぐらいが早いのだ。そこに思い至り、ターニャは魔導師のほとんどが立ち上がれないほどに疲労困憊しているという事実を受け止めて、ため息を零す。

バルク大橋に降下してもう何時間経ったかの時間感覚すら怪しい。大規模な連続戦闘の常ではあるが、体内時計がダメになるのが早すぎる。

「……参ったな。疲労は覚悟していたが、これほどとは」

ぽつり、と呟いたターニャはそこで顔見知り程度の将校が疲れた顔でポーチを手にしていることに気が付く。

かき集められた魔導師の一人。階級は少佐。

生き残った古参だろうが、さすがにこの連続戦闘は堪えているのか、顔色が酷い。

だが、彼の眼はギラギラしていた。

「中佐殿、あー、軍医はいませんが、軍医のポーチはあります。もしですが……あれを、お使いになりますか？」

疲労しきっているのに、疲労を感じさせない声。

ああ、とターニャは諒解して問い返す。

「アンフェタミンとかメタンフェタミンのことか？」

「戦車チョコレートもあるそうですが」

好意からの申し出だと分かっていても、筋違いの善意はありがた迷惑でしかない。健康に長生きしたい自分に適用するものか。

種籾を喰わねば飢えるならば、他人のそれを食べるのがターニャである。自分の未来を思えば、薬物などという自分を犠牲にする手段以外を選ぶ。

「全部お断りだ。私は、素面で戦争がしたい」

戦争が大好きに聞こえる発言だな、と疲れた頭の片隅が警告を発するが、眠気と疲労と山積する仕事の前にターニャの口はいつになく雄弁だった。

「……正気で戦争ができないというのは正しいが、薬物は、疼痛《とうつう》の制御に限って最小量の抑制的な使用まで。それが私の許容できる限界だ。魔導師のような人的資源は、もっと、丁寧に使いつぶされるべきである」

「贅沢な趣味ですね。未来ですか」

そう呟き、フラフラと立ち去っていく士官の言い分も、まぁ、分かるが。こんなにも辛い時に、明日のことを考えるのは贅沢だ。

そうさ、私は贅沢なのだとターニャはそこで通りかかった当番兵をつかまえては申し付ける。

「おい、全ての魔導師に本物の珈琲を振る舞ってやれ。どうせ、バルク大橋にあるのは連邦軍の備蓄物資だからな。ケチケチせずにいけ」

諒解です、などと彼らが走り出すのをよそに、ターニャは自分のマグカップにたっぷりと珈琲をぶちこみ、ついでだとセレブリャコーフ中尉の分も用意する。

連邦製であろう無味乾燥なマグカップに、連合王国が運んだと思しき珈琲。そして、合州国あたりがよこしたであろうメープルシロップをたっぷりぶちこみ、鹵獲したてでまだ腐っていない牛乳と塩をブレンド。

戦場仕様の豪華なゲロまず珈琲の完成である。

「ヴィーシャ、飲んでおけ」

「なんです、これ？」

「本物の珈琲、牛乳入り。おまけでシロップ、あと塩入りだ」

ありがとうございます、と受け取った副官は啜《すす》った瞬間にため息を零す。

「酷い味ですねぇ。本物の珈琲ですのに」

本当だな、とターニャは自作のカフェオレモドキを同じように啜りながら、本物の珈琲をこのように無道な飲み方をせざるをえない戦争の理不尽さに思いをはせる。

全く、非文化的。

現実の必要に迫られ、ただただ現状追認をした果てに、帝国軍魔導部隊はかくも情けない非文化的行動をも正当化せざるを得ないほどに困窮していると思えば、文化の敗北を痛感せざるを得ないところである。

だが、贅沢をすることで、人間性を回復していると思えば、豪華なゲロまず珈琲も悪くない。

珈琲という一つの理想も、戦争における軍事力の欠如によって、ゲロまずを是とする程度に揺らぐということだなと嘆息《たんそく》しつつ、ターニャは自分の仕事を総評する。

「酷い味だ。全く、酷い戦争にふさわしい酷さだな」

部下を励ますために用意した珈琲ではあるが、これを全部隊へ振る舞ったところで……と
ターニャはため息を零す。

「これで戦意高揚とはいかぬだろうな」

「中佐殿、アルコールは？」

「もうこの際だ。好きに飲ませてやれ。飲酒飛行に目をつぶるのも吝《やぶさ》かではない」

規則の緩和だと何げなく口に出し、ターニャは固まっていた。

襲い来るのは、管理職として本能に近い衝動だ。

『誰が責任を取るのか？』と脳裏では警鐘が鳴り響く。

だって、飲酒運転は事故につながる。それを容認するのは……間違いなく、責任者の責任と
なるものだ。

他方でこれは、口頭での許可であり、文書に残る類でないともそろばんを弾いているが。

となれば、責任問題の回避も……いや、だが……と迷った末に、ターニャは一つの結論に達
していた。

どうせ、どのみち、今更だ。

なにせ、こっちはつい先立って、命令を偽造した身。

ここで一つや二つ、もう一つばかり責任を背負い込んだところで何を気にする必要がある?

「訂正する。誰か、法務官を。私の権限で、飲酒飛行制限の限定的な解除を書面で正式に残す。誰でもいい。法務担当士官は?」

いないのか? と周囲を見渡し、そこでターニャは気が付く。

魔導師と少数の管制官だけが降下しているのだ。法務担当部門が敵地に降下しているはずもないではないか。

「ああ、いや、この際、誰でもいい。大卒で法学部を出た奴!」

この際、法曹資格の規定を準用《じゅんよう》できれば誰でも構わん! ……となったターニャに帰されるのはセレブリャコーフ中尉のあきれ顔である。

「魔導師にそんなものを求めないでください。皆、士官学校か魔導学校ですよ!」

「予備将校なら、流石に大卒も少しはいるだろう? この際、専任の法務官代わりに、そこらの法学部出で構わんのだ」

いるわけありませんよ!? などとあきれ顔のセレブリャコーフ中尉へ、最優先で探せ! と厳命して蹴りだすように追い出したターニャとしても本気で見つかるかは半信半疑であった。

結論から言おう。

案外と、帝国軍魔導師は多様性に富んでいたのだろうか。

とにもかくにも、『最優先』というカテゴリーであったため、降下した部隊全員の経歴を参謀本部に照会することまでやった上で、なんとか、法学部を出て実務修習と試験を複数パスしていた人間がバルク大橋に降りていたを幸い、ターニャの前に引っ張り出されてきたのである。

壮年に近い魔導師。ただ、階級は大尉のそれ。

どうみても、招集された口だろう。つまり、市井《しせい》での経験ありということである。常識がある真っ当な大人であり、つまり、大変、適切な人員である。

「えっと……お呼びと聞きましたが」

「よく来てくれた。貴官の法律に対する見識を見込み、法務官として臨時に任じる。急な話ではあるが、貴官にしか頼めない重大な任務だ」

ごくり、と息をのむ相手に対し、ターニャは淡々と用件を告げる。

「形式通りの書類を作成してもらいたい」

「はっ！　ど、どのようなものを作成いたしましょうか」

緊張しきった士官に対し、ターニャは真顔で依頼する。

「ある種の免責を認める書類だ。きわめて例外的かつ限定的状況における措置を、後々訴追《そつい》されかねない将兵に対する免責のために用意したい」

飲酒飛行の許可を求める書面の作成など、そうそう、公言したいものではないので含みのある言い回しではある。

だが、ターニャの奇怪な態度は、相手の大尉がおのずと深刻さを悟るには十二分であったらしい。下問《かもん》される士官として、極力顔色を変えないように努力こそしていた。だが、彼の眼は露骨に泳ぐではないか。

ターニャも気まずさ故に緘黙《かんもく》を続けていたところ、ついに観念したかのように、懇願するような口調で大尉はターニャに詳細を問うてくる。

「そ、それは、具体的には……どのような？」

答えたくないなとターニャは一瞬、目をそらす。

管理職が、部下に飲酒運転を命じるだけでも大問題だろう。それを免責しろと言い出せば正気を疑うはずだ。

まして、戦闘飛行任務に飲酒運転以上のリスクがあるのは間違いない。

善管《ぜんかん》注意義務違反待ったなし。

「中佐殿？　その、失礼ですが……」

お答えいただけませんか、とやや強張った声で促されれば流石にターニャも沈黙を続けることは憚《はばか》られた。

「責任から、私は逃れるわけにはいかないがゆえに、貴官にそれを求めるのだ。これは、極めて例外的なのだが……」

「覚悟はしているつもりでありますが、どのようなものでありましょうか」

うむ、とターニャは渋々答えを口にする。

「飲酒飛行だ」

「は、い、今、何と？」

「貴官の葛藤《かっとう》は理解できる。なんと、飲酒飛行である。規則違反をせんとしている。貴官としても非常に忸怩《じくじ》たるものがあるとは思うのだが、ここは一つ、命令だと思って覚悟し、書面を作成してもらいたい」

「は、飲酒飛行……は？　飲酒飛行、でありますか？」

事の重大さに思わず、度々聞き返してくるのだろう。

法務らしい厳密さに、ターニャはその通りだと顔面に遺憾の意をなんとか張り付けながら『これは心底不本意なのだ』という演技とともに書面が必要なのだと説く。

「そうだ、冗談でも悪ふざけでもない。極端な過労に対する処方として、軍の公式な措置として、飲酒飛行を許可する。これは、戦域における極めて例外的な措置であり、東部方面査閲官首席参謀の判断によると明記して構わない」

「あの、虐殺とか、捕虜を処分とか、そういうお話では……？」

は？　とターニャは大尉の顔を見つめていた。

なんだって、そんな話になるのだ？　戦争のやりすぎで、市井の経験が長いような市民までも頭を戦争に焼かれているとでも？

「バカなことを言うな！」

咄嗟に、ターニャは声を荒らげる。

「いくら私が部下に飲酒飛行を許すからといって、物事には限界がある。原則としてのルールはルールとして尊重されねばならんのだ！」

分かるだろう、分かってくれ、というか、私だってやりたくてやるわけじゃないんだから！とターニャはやや早口にまくしたてる。

「飲酒飛行とて、これはルール内の処理だ！　極度の例外状況下において軍務の緊急かつ代替困難な必要性のひっ迫した要請により、鎮痛剤としてアルコールを使用しての戦闘行動継続を許可した先例にかんがみ、現場裁量として目的に適う範疇《はんちゅう》の逸脱であると指揮官判断で許可するのみであり、軍令により明確に禁じられた行為ではなく、またそのような事例は許されるものではない！」

「あの、中佐殿。失礼ですが、そこまで、お分かりならば、ご自身で作成可能なのでは？」

巻き込まないでくれ、だろうか？　大尉の視線を憶測しつつ、ターニャは手続き的正義を全うするためには、これは全く他に選択肢のないことなのだと言葉を尽くす。

「無論、貴官の迷惑は承知だ。しかし大変残念ながら、軍規がある」

「こ、ここで軍規でありますか？」

左様だ、とターニャは精いっぱいの誠実さで頷く。

規定では、法律解釈は法務担当が務めることになっている。

逸脱するという例外も、踏める限りは規範的手続きに準拠したい。手順を踏めるならば、踏んでおくことで、ターニャ個人の責任が極限まで軽くなるから。

ならばこの種の労苦とて必要経費の範疇である。

「一個人のみでは許可されん。見落としはあってはならぬことであるし、法務担当官に諮問《しもん》せねばならん。自問自答では、どこまでいっても規定が満たせんではないか」

分かるな？　と目線を向ければ頷きが一つ。

「ええと、はい、では問題ないかと」

「よろしい、飲酒飛行を、作戦上の必要性に基づき、東部査閲官より認められた権限において、臨時の時限的措置として承認するものとみなす。その旨、手配せよ」

ああ、とターニャはそこで大切なことを付け足す。

「当該行為の責任は、委託者にあるものにせよ」

ターニャ個人ではなく、職位に結び付けての命令。

まぁ、小細工ではあるが……小細工一つで何が変わるか分からないならば、ターニャは自己保身を決してあきらめない。

ホモ・エコノミクスとしての矜持である。

「あの、中佐殿。そんな様式の書類も、命令も、その……」

「この際、形が整えば細かいことは言わん。いいから、降下した三個師団の魔導師が酒を飲めるようにしろ。それだけが、私の望みだ」

諒解、と頷きつつ、大尉は疲れたような顔をしていた。

「失礼ながら、下手な寸劇より笑えます」

分かるとも、とターニャも頷いておく。

「黙認した方が、早かったかもしれんな。だが、ルールはルールだ」

「守るべきものですか？」

半信半疑そうな大尉にターニャは軽く肩をすくめる。

「かくして、手続きは軽視される、か。手続き的正義は大事なのだがなぁ。まぁ、私が言っても仕方のないことか」

こんな戦場の修羅場にあって、正義を考える羽目になるとは人生とはさっぱり分からないものだとターニャは不思議な感慨に浸りかけ、そこで目を覚ます。

要するに、神々とやらがインテリジェンスを活用して世界を構築していない雄弁な証左をまた一つ自分は見つけてしまったということに過ぎないわけだ。

なんにせよ。この日、東部において、帝国軍航空魔導師団の一部は、確かにそれを許可された。飲酒飛行である。

結果から言えば、飲まなきゃやってられんと飲んだのも少なくはないが、酔っぱらった程度では現実は変わってくれないのである。

指揮所代わりの部屋で、連邦製の地図に色々書き込んでいれば、全くもってろくでもない現実が嫌でも見えてくる。

再三にわたり、敵の機先を制さんと出撃し、死闘を繰り広げようとも、それは連邦軍という巨像の一部に嚙みつくに過ぎない。

とんで、うって、とんで、うって。

食事すら、銃を片手に。

航空魔導戦、それも大規模なものならば、帝国が重ねた経験を舐めてもらっては困ると空中管制が徹底され、それでも、なお、『敵の反撃』としては序の口。

「エリア全域より、敵魔導部隊の排除が完了。我が方の損害は限定的です」

管制官の告げてくれる平坦な声に疲労が滲んだ勝報とても、喜びや同情よりも先に『ああ、これで、ついに、やっと仮眠が取れる』という安堵以上のものを呼ばない。

「……一休みできますね」

傍で飛んでいる副官が魂の抜けた声でぼやくのが、真理である。

「ああ、今だけでも、だな」

とにかく休養だ。

疲弊しきった魔導師らを、次の戦闘で酷使するためだけに、休ませねばならん。長い先の未来など、こと、ここでは無意味だから。

誰が、次、ここで生き残っているか。

故に、ピュロスの勝利であってさえ、戦場においてならば勝利は勝利なのだ。

故に、ターニャは部下を眠らせようと欲する。そして、当然、真っ当な軍隊は、極力、敵を休ませたりしない。

夜間、当直以外が死んだように眠りに落ちるべき時間に、闇の帳《とばり》を揺るがすのはやたらめったらに打ち込まれる砲弾の音である。バルク大橋は連邦の大切な人民の資産のはずなのに、連邦人ときたら、よほどヴァンダリズムにでも嵌《はま》ったのだろうか。

「……夜間砲撃。攪乱《じゅうらん》のためだけに、弾薬をこれほど使うか」

個人壕でぽつり、と呟いてターニャは薄い毛布をかぶり直す。

イデオロギーに溺れていないコミーの軍隊ほど厄介な連中は稀だ。

効率的で、目的合理性を理解し、イデオロギー上の摩擦を棚上げし、必要な方策へと止揚《しよう》できる類の『善良で愛国的』な集団というのは、本当に厄介極まりない。

職業軍人が、形だけ、共産主義者の皮をかぶっているようなものだ。

ライオンの皮をかぶった羊は恐ろしくないが、羊の皮をかぶったライオンが群れで攻めてくるとなれば、猟銃どころか機関銃ぐらいは欲しいもの。

きっと、明日も酷い戦争だ。

「なんだって……私たちのような文明人が、こんな非文化的な野蛮に付き合わされているのだ？　意味が分からん……」

ぼやきながら、ターニャはせめてもの抵抗だと目をつぶり、呼び出されるまでのわずかな時間で惰眠を貪《むさぼ》る。

眠いならば寝る。それは、まさに人間の欲求であった。

統一暦一九二八年一月二十六日　バルク大橋攻囲陣

大砲でやたらめったら撃たれる側だけが、戦場の住人ではない。

反対側ではバカスカと砲撃している集団がいなければ、虚空から砲弾が飛び出すようなものであろう。加えて制服を着た軍人だけが砲撃する集団の構成員とは限らないのも世の常である。

例えば、しかめっ面で紅茶を飲んでいる正体不明の紅茶依存国家出身者らなどであろう。具体的には、公式には連合王国外務省所属ということになっている連合王国情報機関の愉快な仲間たちのことである。

つまるところ、仕事の必要から、ジョンおじさんはため息を飲み込み、我が身の不幸を大いに嘆きつつ、平然と戦場観察の業務に従事していた。

「……ああ、また、揺れる」

紅茶が微かに波紋を作る時点で、ジョンおじさんとしては恐怖しかない。

震度1とか、震度2とか。

そういうのですら、ジョンおじさんにとってはとても忌々《いまいま》しい。

地面が揺れるということは間違っていると信じているほどだ。

揺れていいのは、船だけであろう。大海原の波に乗るのは、愉快でも、大地が揺れるとなれば話が違う。

あと、地震慣れした人間は『大したことではないな』と軽く笑うのかもしれないが、『ぜひとも、戦場の震度1を体験してもらいたいものだ』である。

きっと、二度と体験したくない最悪の経験だろうから。

なにせ地面を揺さぶるのは、人工の震源だ。

「まぁ、なんというか……」

凄まじいまでの鉄量。

それらが、呆れるほど躊躇《ためら》いもなく、奪取された物資集積所へ叩き込まれていく光景を見るのは、不思議な感慨がジョンおじさんの心中にないでもない。

連邦軍の戦略攻勢とやらが始まったほぼその瞬間、ギリギリのタイミングで嗅ぎつけた連合王国情報部は観戦チームとしてジョンおじさんらを派遣していた。

正直に言えば、『連邦』が勝ちすぎることを連合王国としては案じ、どこまで帝国を追い詰めうるのか……その内実を探りつつ、最悪の場合は、大陸反攻による第二戦線形成を前倒しする提言すら視野に入れての派遣団であったが……あにはからんや。

なんと、黎明発動後、連邦が撃滅を狙った帝国軍主力は機敏に後退を開始。あまつさえ、連邦軍が追撃をかけたタイミングで、後方へ鮮やかに空挺降下まで決め込んでいた。

結果、事態は数日単位で劇的に流動していく。

十四日時点で、連合王国本国は『連邦が勝ちすぎる』と恐怖していた。

二十日時点になると、『帝国の反撃が利きすぎるのでは？』と心配し始める。

二十六日現在、連合王国本国は『連邦軍、まだ、空挺を排除できんの？』とハラハラしながら戦争を見守る構えである。

なんにせよ、現場で振り回されているジョンおじさんとしては……ぼやくしかない。

「帝国軍魔導師、恐るべし」

師団規模魔導師の空挺降下による連絡線遮蔽。

連邦軍の兵站線をぶった切った連中のおかげで、連邦軍の巨体が、その巨大さ故に連邦軍を蝕《むしば》むという皮肉な結果をもたらしている。当然、してやられた形になる連邦軍はなりふり構わず、半ばやけくそじみた勢いで奪還せんと鉄量を叩き込んでいるのだが。

「ああ、こりゃ、帝国が上手いことやったなぁ」

ジョンおじさんは現場を見渡し、小さくため息を零す。

砲撃。

圧倒的な猛砲撃。

魔導反応に対する探索砲撃。

あげくの果てには、連合王国が試験用に持ち込んだ初期の対魔導誘導砲弾まで降り注ぎ、魔導師らを休ませていない。

まぁ、それは結構なのだが……こうして集積場を攻撃している時点で、連絡線が回復したところで、大量の物資を自己の手で焼き払わざるをえなかった代償は？　控えめに見ても、悪影響は大きかろう。

とはいえ、とジョンおじさんはそこで心中にメモしておく。

それは、連邦人の悩みであって、自分が悩むことではない。自分の仕事は、試供品の効能確認。そして、対魔導近接信管を組み込んだ榴弾砲《りゅうだんほう》こと、対魔導砲弾は頗《すこぶ》る効果的である。

「お？　また一つ吹っ飛んだな？」

上手いこと、対魔導砲弾が魔導師の近くで炸裂。敵にとっては運の悪いことに、近くに弾薬でも積み上げていたのか、帝国軍魔導師らを誘爆が飲み込み、爆轟《ばくごう》の中に消失させしめる。

塹壕戦において、籠った魔導師を狩り出すというばかげたほどに犠牲を要求される代物とても、この新型を大量投入すれば随分とマシになるのでは？　そんな興味深い感慨すら抱ける結果ではあるのだが、ジョンおじさんはそこでため息を零すしかない。

「対魔導砲弾……もう少し、持ち込めればよかったのだが」

十数発しか持ちこめていない試験弾薬となれば、戦局に与える影響など微々たるものだろう。

「信管の製造が極めて困難なため、正式量産の決定ができるかすら怪しい。だから実戦で実績を、というのも一つの理屈ではあるが。使えるとなると、もっと持ち込めればと思うのは業突《ごうつ》く張《ば》りかな？」

まぁ、とミスター・ジョンソンは口に出さなかったというか、とても口外できないもう一つの真相は胸中にしまい込むのだが。

誰だって、連邦で公言したいとは思わないだろう。

『連邦』に対して、技術的な優越性を示したいと本国が色気を出しているとか。連邦に恩を売って、『戦争終結の立役者』という栄冠を独占させたくないとか。

要するに、最新技術を見せびらかすという『政治判断』のたまものなのだから。

「ん？　帝国軍の連中、何を……」

双眼鏡を覗き込み、ジョンおじさんはそこでふと奇妙な動きを帝国軍が始めているのでは？という疑念に駆られていた。

砲撃に晒されている帝国軍の一部が、陣地転換だろうか。バルク大橋の傍で、どうも、砲撃下にもかかわらず動いているような気配が見えた。

撤収しているとすれば、まぁ、損害に耐えかねたということなのだろうが……ジョンおじさんは帝国軍というのは骨の髄まで戦争に染まり切っているという根拠抜群の偏見を持ち合わせている老紳士である。

帝国軍が動いていると見た時、彼の経験と勘は『前方への脱出』という単語を即座に索引から引き出し、脳裏に盛大な警報を鳴らしていた。

「……気のせいであればよいが、魔導部隊が集結しているとすれば、どうだ？」

帝国軍魔導部隊は、思い切りが良い。

砲撃に晒され、よく分からない新型砲弾で弾薬まで吹っ飛ばされていながら、ただ這いつくばって砲撃を耐えるほど素直では……。

「……まさか」

その瞬間、ミスター・ジョンソンの脳裏ではベテランの諜報《ちょうほう》部員らしく『危機感』が警報を轟かせる。

迷いはなかった。脱兎《だっと》のごとく、彼は決断する。

ぽん、と護衛指揮官の肩に手を置き、即時撤収と『砲弾の破棄《はき》』を要請。

理解しがたいという顔を浮かべた指揮官が何かを言う前に、ジョンおじさんは嘯《うそぶ》く。

「ガスの元栓を閉め忘れていた気がするのでね」

「は？　が、ガスの元栓？」

「なんでもいい。今すぐに撤収だ。今すぐに、だ」

色々と知りすぎている身として、ミスター・ジョンソンは躊躇えない。

自分が知っていることの一部でも、帝国に漏れたらば想像するだけでも恐ろしいではないか。

だから、とミスター・ジョンソンには選択肢などない。

冷徹な判断を、悲しい瞳とともに下さざるを得ないのだ。

新型砲弾の成果や、帝国軍を滅多打ちにして盛り上がっている連邦軍の面々はこれまた完全に放置し、共産党の案内役を無理やり同伴させたほかは情報部員と護衛のみを連れて、ジョンおじさんは一目散にさっさと脱出を開始していた。

装甲モーターバイクなる便利なものへ飛び乗るや、完全魔導封鎖状態の魔導師らとともに遥か後方の安全地帯へと向けて脱出である。

なお、今回は最低限の置き土産すらなし。

「これが空振りなら良いのだけれども」

砲弾を爆破でもしてくれれば良かったのだろうが、そんな時間すらないと彼には分かっていた。

『ラインの悪魔』を相手にする時、希望的観測などというものは、一切、意味をなさない。

「ドレイク君がいてくれれば、頼もしかったのだがなぁ」

あいにくなことに、ドレイク中佐は大佐に昇進し、今やアライアンスという素晴らしい同盟のためにイルドア方面でご精勤《せいきん》だ。

それも政治の都合なのだが、こういう時、傍にああいう勇者たちが居てくれればなんとも頼もしいのだが。

「無茶を頼めただけに、本当に残念でならない」

そういうのは若い人に頼むもの。自分でやるには、もう、歳なのだが。

同日　バルク大橋の塒

惰眠を貪りたいターニャにとって、唐突に眼前へ提示されたのは理不尽な問題であった。

問題曰く、『寝起きに、マジックヒューズのような信管を搭載した砲弾で、寝床が砲撃された魔導師はいかに対応すべきでしょうか？』である。

もっとも、悩むまでもないのが戦争である。

答え。『逆襲し、使われているであろう信管の現物を鹵獲すること。かなわぬとしても、鹵獲されてはまずいと敵の砲撃に一定の牽制を打ち込む副次効果も期待できるので、即時かつ断固たる反撃が理想である』というところか。

そんな、頭が戦争に染まり切った帝国軍人のような思考法を経て、ターニャは寝ぼけ眼をさすりながら、泥にまみれた魔導師らを束ね、連邦軍へ魔導中隊を直卒しては匍匐飛行による近接斬り込みを断行する。

陣地制圧。砲弾を吹っ飛ばしての突貫。

「目標！　敵、砲撃陣地！　新型砲弾と思しきものの奪取ないし破壊を優先！」

やりたまえ、と命じ、術弾と砲弾の中を盛大に泳ぎ、炎と煙を日々の友とする戦場暮らし。あにはからんや。そんな日々は、列車砲と思しき砲弾が、陣地に降り注いでいたある日、破綻を迎えることになる。塒としている比較的堅牢な壕の一角で、ターニャはたった今受け取った知らせに眉を寄せていた。

「何!?　間違いないのか、ヴィーシャ！」

はい、と沈痛そうに副官が頷く。

たった今、ターニャはその知らせを受け取った。

それとは、わずか一週間の付き合い。

だが、何ものにも代えがたい貴重な付き合いだった。

温かく、優しくて、消化にすぐれた温食を作るためのフィールドキッチン。連邦から鹵獲して一週間の間に、三食をずっとお世話になった、それ。

残っていた、その、最後の鹵獲フィールドキッチンが、列車砲に破砕《はさい》されたのだ。

何かの間違いであってほしい。

心底から望むターニャだが、確認に向かわせた副官の報告は『もうとても、使いものにはなりません』と望みを断つもの。

「何たることだ……」

ターニャをして、愚痴が激発し、喉から零れ落ちる大凶報であった。

戦闘要員とて、適切に食わねば戦えない。糧食《りょうしょく》の供給悪化は、直ちに劇的な悪影響を戦力にもたらす。

無論、一食抜いた程度でなら、直ちに飢えるわけではない。なにしろ、バルク大橋はぶんどったばかりの兵站デポ。

食糧なら、山ほどある。

梯団を食わせられる規模の物資だ。

帝国軍の魔導師団程度なぞ、三食どころか一時間ごとに食事させたってなお到底食べつくせるような規模ではない。連邦人によって列車砲を含む重砲にめったうちにされ、焼かれたといっても残り物だって十分に多い。

が、問題はたった一つ。

人間の食事とするには、調理が必要ということだ。

MREほどお手軽なものは稀。主食のパンですら、乾パンを齧獲せよと命じられている始末。

製パン中隊を降下作戦に同伴できない以上、やむを得まい。

パン作りの出来る魔導師はいるかもしれないが、パンを焼く機材なくしてやれるはずがなし。

一応、鹵獲したフィールドキッチンで調理はできたのだが……キッチンが吹っ飛べば効率は劇的に悪化する。

このままでは物理的には山ほど食糧の素材を確保しておきながら、人手と機材の都合から非常用の硬い乾パンを、非常に味の悪い缶詰の魚と共に流し込むしかない。

保管されたいい肉や野菜を横目に、保存食だらけ。

これは、本当に、不味い。戦意を劇的に削ぐ。

「飯が不味いのは、本当に不味いぞ……」

「魔導師は優遇されていましたからね」

副官の指摘に、ターニャは『まさしくだ』と同意する。

「量が食えなくなると、カロリーが取れん。戦意はもとより、体力面でも不味い。戦闘機の燃料が不足するようなものだ。消化不良でも起こされたら、それだけで、どれだけ戦力が低減するか……」

スポーツ選手と同じだ。量を食べるのもよい兵士の条件だろうが、いくらなんでも食べられる量には限界があるし、無理に詰め込めば腹を壊す。

戦場のような衛生環境で腹を下せば悲惨極まるもの。ゆえに、高カロリーで調理済みの衛生的な食品が望ましいが……ないものねだりとなれば実に辛い。

「チョコレートでも齧らせておけ。しかし、このままでは不味い。調理当番を設けるか？　だが、睡眠時間とローテーションを乱してやれるかといえば……」

「中佐殿、よろしければ、自分が志願を募ってお作りしましょうか？」

志願した魔導師に調理を担当させるのも悪い案ではない。だが、考えた末にターニャはこれを苦渋ながらも却下する。

「却下だ、ヴィーシャ。寝ていろ」

ただでさえ、全体的に寝不足なのだ。

ここに、調理時間など加われば、どれだけ人員が疲弊するか。

いいから、休めと副官を抱えて、ターニャは寝床にそのまま物理的に放り込んでやる。疲れ果てた人間というのは、投げられても素直に眠れるのだ。

「家事一つとっても、黙っていれば飯が出てくる駐屯地《ちゅうとんち》とは話が違うとはいえ……」

ああ、とぼやき、頭を掻きながら、指揮所で自部隊の悲惨な兵站事情に頭を抱えていたところでターニャは唐突に顔を上げる。

砲弾の飛翔音。そして、嫌な重たい着弾音。

補強されている壕が揺れるのは、楽しいものではない。

「くそっ、また、列車砲か」

戦艦の艦砲級なそれをバカスカ撃ち込まれるのだ。愉快どころか、全く楽しからずという他になかった。接近して爆裂術式でも撃ち込めば一発解決だろうが、列車砲の脆弱さは敵さんも承知のこと。濃密な防空砲火で待ち構えている敵防御部隊を突破し斬り込めと？

なんと億劫なことだろうか。だが手間を惜しめば、フィールドキッチンの仇も討てない。そして、一方的に撃たれ続けるのも癪に障る。

「くそっ、あれも叩きに行くしかないか」

温食の仇討ちとなれば、難儀な仕事とて、部下諸君もそれなり以上の熱意を持つことだろう。

反撃戦のプランを用意しなければなるまい。とはいえ、セレブリャコーフ中尉を仮眠へ物理的に放り込んでいる。部下に仕事を投げられない以上、細かい折衝《せっしょう》も自分の役割。

止む無しだ、とターニャは宝珠を介して管制へ声を飛ばす。

「ライン・コントロール、こちらサラマンダー指揮官。対砲兵戦闘だ。魔導師による反撃を企図。敵列車砲の座標を送られたし」

手際よく段取りを整えようと、地図を見ながらの呼びかけ。

だが、どうしたことだろうか。

いつもならば軽快な調子で返ってくる声が、今日に限っていつになく遅い。

「ん？　ライン・コントロール？」

回線の調子を確認した。

異常なし。

「応答せよ、ライン・コントロール」

再度、呼びかけた。

その上で、返事がない。

「まさか、フィールドキッチンと同じ結末とか、そういうことか？」

旧連邦軍司令部を占領し、活用していた管制チーム。

彼らの設備は、当然、連邦軍のそれを鹵獲したものが多い。言い換えれば、『どこにいるか』を連邦軍は知悉《ちしつ》している。

いくら司令部区画とはいえ、列車砲の砲弾に耐えうる補強は望み薄だ。

「……これは、もうあちこちが限界か」

管制官が沈黙。機材の損傷か、人員の消耗かまでは知りようもないが……組織的な抵抗の可能性が大きく削がれたことは間違いない。

飯が不味くなり、管制が抜けて、戦争！

これは、非常によろしくない。実に危険ですらある。司令部の椅子の上で、ターニャは思わず、めまいすら感じていた。

大前提として、ターニャとしては別に死にたいわけでも、帝国のための尊い犠牲とやらになりたいわけでも、全くないのである。その種のよく分からない精神状況になるには、ターニャは、自己は自己保全のための真っ当な人間的思考が強すぎるのであると自負していた。

同時に、だからこそ、連邦共産党を父であり母であるかのように過ごす悪夢の世界を断固として峻拒《しゅんきょ》せざるを得ないので、こうして連邦相手に一生懸命に自由権のために頑張っているのだ。

頑張っているのだが、とターニャは管制官らが沈黙した戦場で暫し考える。

「繰り返しになるが……我々の目的は、敵連絡線の遮蔽による締め上げ。極論、我々が踏ん張れば踏ん張るほどに、前線の敵が飢えていくという単純な役目だ」

斬首戦術と違い、一撃しておしまいというわけにはいかない。

長くここに居座れば居座るほど、成果が出せるという類の任務。

そうなると、『残業してよろしく』と上が言い出してくるのは必然だ。

いつまで、ここで粘ればいい？

いつまで、連邦軍のサンドバッグ役をしていれば、本国のゼートゥーア閣下は引き上げを『合理的配慮』の範疇だと容認してくれる？

既に時間は稼いだ。

十四日から二十六日までの間、馬車馬の馬よりも働いた。敵兵站拠点に陣取り、一週間近く奮闘している。腰兵糧《こしびょうろう》とも言われる携行可能な物資が概ね三日分程度であることを考えれば、十二分に、時間を稼いだつもりでもある。

これ以上に粘れと言われてもというのが正直なところなのだが……と呻きかけたターニャはふとこちらに歩み寄ってくる足音に気が付く。

司令部の壕に顔を出すのは、副長である。

「ヴァイス少佐？」

「参謀本部からの通信です。今しがた、暗号化されたものが長距離通信で」

ほう、とターニャは指揮所からの知らせに目を通す。

「ふむ？　……ああ、驚いたな。暖冬のせいか、泥濘期の兆候が到来か。ひと月近く、早いじゃないか！」

「はい。本国では、気象状況の急変を憂慮し、泥濘期への警戒が必要だと判断したようです」

既に文面を読んでいるのだろう。ヴァイス少佐の表情には、形容しがたい感情が浮かんでいた。それは安堵であり、困惑であり、そして、奇妙な躊躇いでもある。

「連邦軍は、実に運がいいな。このせいで、我が方の機甲師団がストップだ」

違う、というのは少数の高級将校だけが知っている。この場合、ターニャとヴァイス少佐はどちらも知っているわけだが。

帝国に、余剰戦力なし。

いもしない機甲師団の足回りなど、それこそ、追撃しない方便でしかない。

泥濘期など本来は二月末だろうに、兆候が訪れたからこそ、足回りの課題で進撃を停止という口実で、作戦切り上げの形を作る。

「暖冬でなければ、などと、上が悔しがるだろうな」

「全くもって、その通りですな」

二人して分かり切った建前をそらんじる。

実際のところ、泥濘期を期待していたのは帝国だ。

泥濘期の間は泥に機材の足回りが沈む時期だから、連邦は攻勢を断念してくれるだろうと期待していた。泥濘期で救われるのは、本来、帝国だ。

とても口には出せないが、それが、帝国の実情なのだ。

だが、なんであれ、それは反撃を断念する立派な理由とできる。

帝国軍の反撃作戦。その先鋒として、敵のチョークポイントに華々しく舞い降りた魔導師団が尻尾をまいて『引き上げる』理由にも相応だ。

機甲部隊がいかんともしがたい自然環境の都合で間に合わない。なので、魔導師団が踏ん張り続ける理由が消えたので、帰ります、と。

元より、路面状況の悪化などというのは建前だと、ここの魔導師ならば分かり切っている話。

地面は、まだ、硬い。

それを、ここで殊更《ことさら》に言い出すなど。

「……全く口惜しいが、我々のお役目も御免ということだな」

「はい。帝国軍航空魔導師団には、環境の変化に伴う戦線整理命令が出ました」

「ほう！　目的のことごとくを達成し、所定の役割を完遂した兵力をもって、他方面へ転進というわけだな」

自らは、大本営言葉遊びを必要とする陣営に所属する身である。そんな自覚を、今日もまた新たにできる環境である。

なんと、素敵なことだろうか。

つまるところ、とターニャはヴァイス少佐を見つめながら一言一句に絞り出すような感情を込めながら言及する。

「我々は、前方へ脱出せねばならん。それも、凱旋者《がいせんしゃ》として」

「は？　中佐殿？」

転進と称した大本営発表がいかに笑われたかを、ターニャは歴史の事実として知っている。中途半端な見栄は、世界を欺けない。ゼートゥーア将軍の意向を忖度《そんたく》するのであれば、求められるのは大胆不敵な勝利者としてのそれ。

仮に、仮にも、帝国軍が、ここで『力尽きた』と目されないためにならば、ゼートゥーア将軍は魔導師をまた死地に放り込むだろう。

そうされないためにも、威風堂々と凱旋しなければならない。まだまだ意地を見せられるのだと示し続けねば、ならない。

「暴威を魔導師団はまき散らす必要がある。我々は、転進するのだ。暴れ損ねたうっぷんを大いに戦闘で発散して、帰還だ」

「無茶です。そのような、余力が枯渇《こかつ》しているのは……」

「知っているとも、少佐」

別段、自軍の戦力事情に幻想など一片《いっぺん》たりとも抱きようがない。ターニャの知る限り、満身《まんしん》創痍《そうい》という四字熟語を体現している状況だ。

「セレブリャコーフ中尉を先ほど仮眠にぶち込んであるが、あのヴィーシャだって、蹴り飛ばしてやらねば起きんだろう。魔導師の疲弊は激烈だ」

だけれども、とターニャは俯瞰《ふかん》視座からの逆算に基づく合理性がそれを命じるのだと簡潔に言い表す。

「我々が逃げるように帰ってしまえば、ダメだ」

「我が軍の余力のなさが露見する、と？」

そうだ、とヴァイスの言葉をターニャは首肯する。

「これが虚構の勇壮さだとしても……連邦軍を相手に、帝国魔導師こそが脅威であり続けなければならん。そのために、ここから、我々は、凱旋するしかない」

「それは……凄まじい犠牲を払いますが」

「いかなる犠牲をも、必要が正当化するであろう」

よろしいのですか、と目で問うてくる副長。

無論だ、とターニャは頷き返す。

それが総力戦で、それが、ナラティブの戦いなのだから。

故に、帝国軍魔導師はそうあれかしと願われるが如く振る舞った。

環境事情で友軍が追撃を断念した、と周知徹底し、転戦のやむなきに至ると述べたうえで、わざわざ広域に電波で告知する。

『帝国軍の凱旋ツアー』である、と。

撤退と称した三個規模師団魔導師による空中長距離遊泳だ、と。

連邦軍部隊を手当たり次第に襲撃しては、手当たり次第に帝国軍敗残兵を再収用し、敵野戦滑走路を接収し、敵地にあっては簡単な宴を催し、これ見よがしにアピールしながらの撤退。

それは、撤退である。

しかるに、形式においては凱旋そのものの傍若無人さであった。

公式に徴発《ちょうはつ》した敵軍のワインに対する品評会まで無線でやってのけたというあたり、帝国軍魔導師の稚気は、広く世界にとどろくと言ってもいいだろう。

これでもか、と勇壮に剛毅に世界に己を誇示し続ける。

バカバカしいほどに、戦果を求めて遊弋《ゆうよく》もした。

出会う連邦軍魔導師をことごとく叩き落とし、鎧袖一触《がいしゅういっしょく》であると喧伝《けんでん》しつつ、ちまちま連邦の鉄道を吹っ飛ばしては『我ら健在なり』を喧伝。

それが、帝国軍魔導師団の残骸による最後の虚栄だと、世界はまだ、知らない。

知らぬ以上、それは、神話となる。

神話――強大な帝国が、帝国らしく連邦を返り討ち。

語りを支配する文脈において、それは、幻想であるがゆえに、広く、喧伝されていく。

≫≫ 統一暦一九二八年一月三十日　東部方面軍司令部将校会館 ≪≪

神話を紡いだ当事者たちは、栄光とともに凱旋する。

凱旋し、言祝《ことほ》がれ、誉《ほま》れのひのき舞台への登壇を終えるや、魔導将校らは一様に欲するところへ忠実に行動した。

つまり、寝た。

貪婪《どんらん》に睡眠を貪り、飛び起きては食事を食らうて、また寝る。

そうやって体力を回復させ、将校会館という立派な名前のついた納屋で、ゾンビのごとく寝《ね》藁《わら》から顔を上げたのは、帝国が世界に誇る魔導将校らたる、ターニャ・フォン・デグレチャフ中佐と、その副官であった。

「ああ、疲れた」

「はい、疲れました。本当に、心から、今回ばかりは……」

疲れ果てた声で、副官が言葉を結ぶ。

「……凄まじい体験でした。空挺降下はさんざんやらされましたが、今回のは、なんというか……。強烈すぎますね。空挺アレルギーになりそうです」

「なんだ、ヴィーシャ。アレルギーかね？　悪くなる前に軍医へ速やかに申告したまえ。処方箋をくれるぞ」

「どんな薬ですか？」

キョトン、とした副官にターニャは応じる。

「予備のパラシュートだ。これで、空も怖くないだろう？」

「私、航空魔導師なのですが」

「いかんな、中尉。空挺とは、パラシュートで降下するものだぞ？　説明書をきちんと読みたまえ」

ゲラゲラ笑いながら、ターニャとヴィーシャは立ち上がる。悲しいかな、寝ている間に仕事がたまっていると、承知の身であったので。

[chapter]

VII

終章

ゆめうつつ

Living the dream

結局のところ、少々、前線を下げる羽目になりました。
おびき出し、空挺で後方を遮蔽するところまでは
順調だったのですが……
いざ、反撃だというところで戦車の足が、
泥に取られては話になりません。
早すぎた泥濘期が恨めしい。
天候までは、支配できぬということでしょうな。

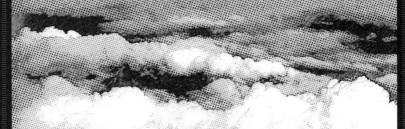

——ハンス・フォン・ゼートゥーア——時局懇談会における私的な愚痴——

chapter VII

統一暦一九二八年二月二日　東部上空

輸送機の窓から東部の大地を眺め、レルゲン大佐は深々とため息を吐く。

「……なんだ、これは？」

航空偵察の訓練を受けていない自分ですら、見て分かる地上の酷さ。

橋は焼け落ち、路面は凍結が緩やかになりつつも、依然として……街道上には残骸と化した無数の車両と人だったものが散らばったまま。

レルゲン自身、野戦経験は人並みにはある。

イルドアでの体験に至っては、今日における最も先駆的な機動戦の経験だとすら断言できるだろう。

にもかかわらず、経験が通じない。

戦術の冴えを競う戦争というよりは、完全に工芸化されている。

システム化されたがごとき奇妙で異質な戦線。

レルゲンにはなじめない。ゼートゥーア閣下のように、軍政家にして軍令家という両面があれば、違う視座があり得るのか？　と煩悶《はんもん》せざるを得ないのだ。

そこで、レルゲン大佐は吐き捨てる。

「……東部での戦争、誰が、本質をつかめているのだ？」

胃から込み上げてくるのは、どうしようもない不快感。

それが、あまりの犠牲に対する嫌悪なのか、ちらつく破局への恐れなのか、それとも、生物として本能的に感じる違和感なのか。

答えを出すことすら、忌避すべきか。

我ながら、酷く感情的だと皮肉に結論付け、レルゲン大佐は機中で腕を組む。

「総力戦とも、何かが違う。うまくは言えないが……総力戦以上の何があるのか？」

そこまで口に出し、レルゲンはそっと機上から地面を覗き込んでは嘆息する。

思案の切り上げ時だった。

なにせ、考えようにも、落ち着かない。誰だって、そうだろう。最前線の仮設滑走路に、大型輸送機が直接降りようとするのだから！

実にぞっとさせられるあまり、考え事をいったん棚上げ。

どうか、と無事の着陸を祈りたくもなろうものだ。今どき、東部で生き残っている輸送機は誰も彼も機長はベテランぞろいとは承知していても、だ。

正直、なんだって、こんなところに降りる羽目になるのかと思わないでもない。

輸送機で最寄りの基地に降り、そこから最悪は魔導師に担がれるぐらいを想定していたら、『前線に直行します』だ。

こんな無茶とて、戦場に急設された仮設前線滑走路への着陸とて、愛機と己ならば難なくやり遂げると操縦士諸君のささやかなアピールとすれば、むげにも出来ないのだが。

なにせ、希少な大型輸送機を結構取り上げたのは我らが参謀本部。

だから、取り上げるなというわけだろうと察しているレルゲンとしては、『こんな前線の粗い路面へ大量の機材を抱えた過積載の機体で降りるのか!?』という叫び声もぐっと飲み込むしかない。

まぁ、本当は、到着までもう少し心の準備をする時間が欲しかったりしたのだが。

待っているのが、デグレチャフ中佐との面談とは。

レルゲンにとって、デグレチャフという相手は、今なお、時折、理解しがたい。

だが、名誉と愛国心ある軍人が、適切な行動をとった末に軍功抹消などという上の決定を伝えられる衝撃くらいは容易に想像がつくもの。

同情もするし、激発しても情状酌量の余地があるとすら思う。

ただし、よりにもよって、そんな知らせを伝えるのが自分なのだ。レルゲン大佐は仄かに悲鳴を上げる胃とともに道中煩悶していた。

『レルゲン戦闘団』時代に彼女の軍功を借り上げているような立場の、自分が、それをやるのだ！　制度的逸脱への批判をどの面《ツラ》で伝えるべきか。

深刻な葛藤《かっとう》を胸中で抱えながらも、彼の体は反復して叩き込まれた答礼の所作を地上のクルーと交わし、そのまま前線指揮所付近で目的の人物の前に向かっていた。

ほとんど自覚のないままに。

はた、と足を止めて直接当人と会えば、そこにあるのは実に飄々《ひょうひょう》とした態度。

「さて、デグレチャフ中佐」

わずかな気まずさから、レルゲンは本題に入ることへ二の足を踏む。

なんと言うべきか散々悩んだ末に、弱さ故にだろうか。理解を求めるような言葉をようやく紡ぎ終えた。

「聡明な貴官のことだ。私がここに立っている理由も、とうに理解しているだろう。私の推測は違うかね？」

なんと情けない自分の言葉。

だが、返ってくるのは自己の役割を全うしたと確信する瞳だ。

「はい、勿論のことであります。レルゲン大佐殿より、小官がお褒めの言葉を頂戴するためかと思っておりますが」

デグレチャフ中佐とて、字句通りに『問題がなかった』とは思っていまい。

一方で、結果を誇ってもいる。

ああ、そうだろうとも。

レルゲン自身どころか、ゼートゥーア閣下その人が『救われたようだな』と事態を評しているのだ。

究極的には、あれが、適切な判断だった。

帝国は、帝国の脆弱な東部戦線は、決定的な死亡宣告をわずかの差で避けえた。

彼女の手柄といえば、手柄である。

「……随分と奇妙なことがあったようだが」

なのに、どうだ！

「はい、大佐殿。小官もまさか自分が首席作戦参謀の辞令を受けていたことが官報に掲載されていなかったとは驚愕の次第であります。官僚的不手際にも限度があろうものだというのに度し難くありますな」

「ほう？」

「ルーデルドルフ元帥《げんすい》閣下のご不幸があり、参謀本部が混乱していたという事情があったにせよ、ゼートゥーア、ルーデルドルフ両閣下より提示された東部方面の作戦指導を担うべき作戦参謀職として小官が十全に役割を果たしえなかったこと、担当者の一人として、深くお詫び申し上げます」

どうして、自分は弁解じみた言葉を眼前の中佐から引き出している？

どうして、彼女は弁解じみた言葉を眼前の私に対して平然と語れる？

どうして、私達は弁解じみた言葉を眼前の相手に対して求めている？

「一体、いつ、閣下が貴官をそんな職務に任じたのかね？」

レルゲン自身、心中に湧き上がる疑問を押し殺しがたいというのに。

違う言葉があるべきなのに。

己の口は、内心とは裏腹にどこまでも淡々としてしまっている。

「統一暦一九二七年九月十日でありますが」

「それは、一体なんのことだ？」

「ルーデルドルフ閣下のご不幸がある直前でありました。口頭命令として、ゼートゥーア、ルーデルドルフ両閣下よりご提示いただきましたが」

ほう、と眉を動かし腕を組み、レルゲンはそこで己に与えられた権限と『含み』から逸脱しない範疇で言葉を絞り出す。

「……デグレチャフ中佐」

「はっ！」

「建前は結構だ。いや、いい。自分も委細を分かっている。閣下は、『よくやった』と仰せられていた。意味は分かるかね？」

「光栄であります、大佐殿」

「確かに、貴官はよくやった。状況判断としては、最善だった。この上なく、最良の対処ができたと認められよう」

だが、とそこでレルゲンの口は途端に重くなる。

わずかに沈黙し、相手の問うような視線にさらされたレルゲン大佐はくるりと背を向けた。

そのまま、無言で腕を組んだ彼は、はぁとため息を零して頭髪を掻く。

「ゼートゥーア閣下をして、感嘆せざるを得ない知性のきらめきだ。状況の理解、対応の処方箋のいずれも卓抜した知性の仕事ですらある」

だが、とそこでレルゲンは呻《うめ》き声を零している自分に気がつく。

「ほかに、やりようはなかったのか……と思う」

ほとんど、感情だけで吐露した本音に気がついてなお、レルゲンは他に語る言葉を持ち合わせていない。

「肝心の手法は凄まじい。デグレチャフ中佐、貴官ならば分かるだろう。その手口は、どうしようもなく劣悪だ」

「必要に応じ、小官は権限の許す範疇で独断専行いたしました」

「それが最悪だと言うのだがな」

いいか、とレルゲンは言葉を絞り出す。

「命令と名義を事実上詐称だ。これは、ひどい詐欺だぞ。結果はよいが、結果で正当化するにはあまりにもあまりだ」

「必要でした」

断固たる返答と、ゆるぎない瞳を向けられたレルゲンは、そこで思わずぼやいてしまう。

「ああ、必要だったと認められる。そして、必要の名が、今回の貴官の功績を全て、記録上、抹消するぞ。抵抗すれば、軍歴に更なる傷すらつきかねん！」

本心からの助言だった。

これ以上は、問責する側として言うべきでない一言すら零しかねないギリギリの一言であるつもりだった。

けれども、デグレチャフ中佐はくすりともせず、大真面目に言い返してくる。

「祖国が残ればこその軍歴でありましょう」

レルゲンは、その言葉に絶句する。

祖国が残れば。

そう——帝国軍の軍歴も。

帝国軍も。

そもそも、帝国も。

この戦争に負ければ。

そんなものに、意味など残りようがない。

デグレチャフ中佐が、自己犠牲も厭わずに、軍を救えばこそ、軍はその救世主を規則違反だと咎めるねじれを弄ぶ余裕ができているのだとレルゲンは知覚し、煩悶してしまう。

子供が、まだ大人になっていないない存在が、大人にそれを言うのか！

自分は、なんと返すべきだろうか？

義務を賞賛すべきだろうか。

覚悟に敬意を示すべきだろうか。

それとも、無為に年を重ねた己を恥じるべきだろうか。

だが、何と言っても陳腐極まりない。

言葉にすると、その瞬間に、陳腐となる。

それ故、レルゲンは小さく頭を下げるしかなかった。

「すまん、助かった」

「いえ、それほどのことでも」

それほどのことをしたデグレチャフ中佐が、お使いを終えたような態度で軽く言うのがなんとも不思議である。

そんな尊敬すべき軍人に対し、だからこそ、レルゲンはため息を零す。

「貴官には尊敬しかないな」

「尊敬すべき先達に、かくも高く評価されることこそを、誉れにしたい思いです」

「誉れね。それならば、ゼートゥーア閣下から直接、褒められるといい」

「……ゼートゥーア閣下が、まさか、前線へ？」

「ああ、そうだ。ご本人が視察へいらっしゃる。あと、それに合わせて、先のアレクサンドラ皇女に代わって、皇帝陛下その人もご一緒のはずだったかな？」

問責に来たのか、功績を称賛に来たのか、単なる連絡員だったのか。

いまひとつ、よく分からない来客として司令部に顔を出したレルゲン大佐を見送りながら、ターニャはそこで苦笑する。

「皇帝陛下のご来訪ではなく、ゼートゥーア閣下のご来訪に合わせて、ね」

メインがゼートゥーア大将。

随行してくるのが、皇帝。

「レルゲン大佐殿も、存外、染まっていらっしゃる」

帝室崇拝の念を理屈通りに体現している貴族上がりの士官であれば、絶対に、看過しえない取り違え。

『皇帝陛下』に対して、『ゼートゥーア閣下』が先とは。帝国の儀礼上は、逆なのだが。

これは、価値観の融解《ゆうかい》が進展しているというわけだ。

「いやはや、いやはや」

帝国も、変わりつつあるのだな、とターニャは苦笑するしかないのだ。いよいよ『最後』が見えてきているのかもしれない。

戦争の終わらせ方。

それを、いよいよ形にすべき時が。

統一暦一九二八年二月上旬　イルドア半島アライアンス司令部

戦争の終わらせ方を考え続けて、どれほど思案に暮れていたのだろう。

気がつけば、時間が随分とたっていた。

品のいい壁掛け時計を見ながら、老軍人は苦笑して椅子から立ち上がる。

ぱっと、鏡に視線を向け確認すれば身だしなみはよし。しわ一つなく手入れされた軍服。乗っている顔は、まぁ、篤実《とくじつ》そのものでありながらも、その面は老練さの宿る老軍人そのものとでもいうべきもの。

お飾りの軍人と自負するには、地獄を見すぎた眼。

「おいおい、これが私か」

イルドア軍のガスマン大将は、自分の面を撫でて憮然《ぶぜん》と口を歪める。軍政屋だったはずの自分がいかに凶悪な容貌をしていることだろうか。

「……瀟洒《しょうしゃ》な執務室に紛れ込んだ場違いな悪党だな、これでは。ふむ、見るからに……海賊の親玉というところか」

ふん、と室内を見渡せば海賊王を称するに相応《ふさわ》しい海賊帽まで展示されていた。

たぶん、レプリカだろう。でも、ひょっとすると……案外、本物かもしれない。

なにせ、ガスマンが居を置くアライアンス司令部として接収された館は、元々は貿易商の持ち物だったと聞く。

元の持ち主は相当に趣味人だったのだろう。

内装の一つ一つが伝来の逸話を纏《まと》い、それでいて上品な異国趣味がイルドア南部の明るい土地柄に不思議な色彩をもたらす空間は調和のそれ。幽玄というには明るく実用的でとっつきやすいが、陽気というには不思議と奥行きを纏った陰影が浮かび出る執務室である。

そんなところの内装に、あえての海賊帽だ。

調和の中にある不調和。

あるいは、船を扱う貿易商がダモクレスの剣代わりに海賊の帽子を選んだのやもしれない。

なんにせよ、普通の感性ではこんなところに物騒な代物だ。

もっとも、そんな内装のゆがみを楽しむ感性を持ち合わせていた元の住人たちは疎開《そかい》し、家屋に薫る文化も戦渦によって丁寧に追いやられているが。

「……ちと、残念なことだね」

かつて、貿易商が取り扱っていた瀟洒な品々の代わりに、軍需品が山と倉庫に放り込まれていき、一張羅を纏った粋を極める来客の代わりは無骨そのものの軍人と軍属の一団だらけ。あげく、扱いがとにかく雑だ。司令部機能を設置したアライアンスの担当者は、良くも悪くも、収容能力と実務面にだけ目を向けたのだろう。

「残念なことだ。文化財のような館なのに」

紫檀《したん》の一枚板という贅沢な執務机の前で、ガスマン大将は小さくため息を零す。元は小粋な内装だったであろう邸宅全体とて、工兵隊と書記官の軍隊に蹂躙されれば無味乾燥な実利本位な空間に激変し、海賊帽と文化の香りが執務室に残っているのが奇跡とでもいうべきありさま。

「帝国軍といい、合州国軍といい、実用本位といえば、なんでも押し通せると考える連中はこれだから全く……」

部屋という部屋の壁にはでかでかと地図が打ち付けられ、柔らかなランプは、煌々《こうこう》と照らすための電球に交換されている。品のいい家具が置かれていた室内の大半が、今となってはむき出しの野蛮さに圧倒されるような息苦しさしかない。

「……嫌なものだなぁ。これはなんとも面白くない」

大将の階級章をぶら下げて、専用の支援要員と副官らに囲まれても、品のいい執務室一つを守るのが限界。

自由気ままになぞ、できはしない。

ふん、と舌打ちしてガスマン大将は私物の葉巻を咥《くわ》える。ゆっくりと燻らせ、紫煙《しえん》を吐き出す合間こそは、思案を巡らせる最高のひと時だ。

「しまらないがなぁ」

そうぼやき、贅沢な翡翠《ひすい》の灰皿に葉巻を横たわらせてガスマン大将は顎を撫でる。

ふむ、と腕を組めばどうにも座り心地が微妙な椅子。なにしろ、執務机と違ってこちらは軍標準仕様の野戦折り畳み椅子だ。

ぴんきりの組み合わせ、ここに極まれりというところだろう。

あたかもアライアンスという陣営のように、この執務室もまた数多の寄せ集められた品々に満ち溢れていた。

時間というのは、得難い資源である。

貴重なこれをどう使うか。そのことだけを考え、ガスマン大将は壁にかけてある地図へと目を向けなおす。

「さて、ゼートゥーア大将はなんとも見事な対応力なことだ」

というか、化け物だ。

素直に、ガスマンは脱帽する。

「あれで開戦からずっと軍政屋をやっていたくせに、有事でこれ。やはり彼は……即興の芸術家と言う他にないな」

軍政屋としては負ける気がしないが、作戦屋としては、絶対にかなわない。

そんな素直な感想と共に、ガスマンは一カ月に満たない間に繰り広げられた激戦の結末にほとほと感じ入っていた。

戦略攻勢と称した連邦軍の大反攻。

黎明なるそれは、なんともみごとな戦略的奇襲だった。

イルドアに深入りしていたゼートゥーア将軍の脇腹を強かに狙う攻撃。

にもかかわらず、地図の上では帝国軍が連邦軍の攻勢意図を完全に破砕し、あまつさえ、どうやってか逆包囲の構えまで一時的に取っていた。

「さすがに、包囲撃滅には至らなかったようだが……」

勝負の結果は、もう出ている。

帝国は、負けなかった。

傍目《はため》からすれば、帝国はまた『勝った』とすら見えるのだ。ガスマンは、その事実を呆れるような思いで認める。

必然のはずだった戦略的敗北という運命を、現場の卓抜した戦術的才覚で、作戦次元の勝利によって押し返す。

自分には、まず出来ない、とガスマンは素直に認める。

歴史家に言われるまでもない。自分という軍人は、戦術家として凡人だと自覚している。専門家としても、必要最低限の知識があるだけ。

当人にしてみれば、これまでの失策からも、自分に野戦指揮官として不可欠な『とっさの決断力』という点で重大な欠陥があると知っている。

否。帝国のように頭がどうかしている戦争狂どもには、遥かに劣るということを嫌というほどに痛感している

「ゼートゥーア大将は、恐ろしいね」

こうも、鮮やかに勝ちをつかみ取って見せる手腕は一流のそれ。

なにより、そこから演出する様などは天才的だ。

同業者としては、ほとんど尊敬とも畏怖とも羨望ともつかない曖昧な感情に胸を焦がされるほどの巨大な戦略的天才であろう。

だが、そんな眩しさすらもガスマン大将の知性を何一つ曇らせるものではない。

ゼートゥーア大将の巨大に見える戦果は、その実、相当程度に『窮余《きゅうよ》の末』だという事実をガスマンは感じ取っている。

「逆襲の成功。あとの先を取っての煌めく妙手。逆襲の刃は鋭利な一突き。全て聞こえはいい。だが、現実は、主導権を、もう、持っていないが故の芸術でしかない」

帝国軍は上手に踊った。

だけど、リードは終始、連邦が取っていた。

これが全てだ。

「もっとも、観客には『主役』が帝国であると印象付ける演出の妙だったが。敵である我々すらも、己の演出へ付き合わせるというゼートゥーア大将の手腕は、全く卓越している」

詐欺師というだけのことはあるな、とガスマンは葉巻を弄びながら思わずぼやく。

イルドア自身、このことを、この上ない形で痛感していた。なにしろ、『王都奪還に成功してしまった』のだ。

プロパガンダ上の大勝利を得てしまった、と。

この意味は、兵站と軍政の専門家であるガスマン大将だからこそ、嫌というほどに熟知し尽くしている。

通常の場合、一国の首都とは、政治の中心である。

生産の中心ではなく、消費の中心でもある。そして、政治的威信やナショナルプライドが宿る場所でもあろう。

そんな王都を、ガスマンらイルドア王国軍は『奪還』しえた。

おかげで、大絶賛されている。

大絶賛、されてしまって、いる。

さて、人を怒らせることを承知で現実を見てみよう、とガスマンは苦悶の果てに現実を見つめ直す。

帝国は、一大消費地を『激戦の末に明け渡す』という態で悠々と北に後退済み。

その際、当てつけのように、『民間人の避難』という口実でもって大量の消費人口をダメ押しとばかりに北から南に押し付けてきた。

悪辣《あくらつ》なことに、その態度は極めて丁重。

避難民をこちらへ押し付ける際、帝国軍は人道目的以外の何ものでもないかのように、避難民に大量の食糧や嗜好品まで振る舞っている。

その出どころが、イルドアの備蓄だと知らなければ、帝国軍が避難する人々にあたたかな食事を提供する一方で、避難民を迎え入れるイルドア軍は冷たい対応という、実に対照的に見えたことだろう。

どこまで、狙ったかは知らない。

だが、ゼートゥーアの糞野郎は、完全に分断を意識していやがった。

避難民のための専用列車と特別配給など序の口。専用の宿舎まで手配し、『戦災に巻き込まれた全ての人々に、寝床と医療、そして食事を提供します』といかにも善人顔であの帝国軍がなけなしの愛想を振りまいていれば、ガスマンには自明だった。

その原資が、全てイルドアの資産だと何人が気づいているだろうか？

首都の穀物をイルドア人向けに『特配』したあげく、維持し得ない規模まですっからかんにした都市を『反撃を受けて譲り渡す』など、ふざけた振る舞いだ。

だとしても、だとしても、だ。

占領軍より、解放軍が来てから生活が悪くなった……などと、言われるわけにはいかないのだ。

アライアンス軍は解放者でなければ、ならない。

そのために、時期を逸すると分かっていても、敵を追っての『進撃』ではなく、生活必需品の『搬送』に全力を注ぐ羽目になっている。

北の帝国軍に至っては、鹵獲《ろかく》したイルドア軍の装備で再編され、分捕ったこちらの糧食でたらふく栄養をつけているというのに！

ゼートゥーア将軍は、奇妙な戦争を行っている。

奇妙だが、そつない面の裏にあるのは、したたかに実利を計算してのけた悪意。

悪童が狡猾《こうかつ》さを身に付け、しかも、愛想笑いまでするようなものだろうか。腕力にものを言わせるだけの政治バカだった帝国軍が恋しいほどだ。

「ゼートゥーアといい、帝国。君たちは、本当に、嫌になるほど戦争が上手だな」

アライアンスはイルドアで弄ばれた。

その間に、東部で鬼のいぬ間になんとやらで連邦が正攻法で以て殴りかかれば、これまた信じがたい展開でひっくり返される。何をどうやったのかは知らないが、ゼートゥーアが乗り出し、いつの間にやら大逆転されているのだからたまったものじゃない。

つまり、とガスマン大将は結論づける。

「ゼートゥーア君と戦わないことが肝心なわけだ。彼は、イルドアに含むところもないようだからね。このまま、イルドア戦線異状なしを決め込んでも良いわけだが……」

自分が口にした言葉の意味する帰結を、ガスマン大将は嫌というほどに理解している。

戦えばゼートゥーアを相手取ることになる。

しかし戦わなければ、戦わなかったという事実こそが重く、戦後においてイルドアにのしかかるだろう。

帝国の元同盟者として白眼視されるよりは、ある種の禊《みそぎ》を済ませた方が、戦後の地位を期待できるというのは同盟が本質的に血を共に流すことを貴《とうと》ぶからだろうか？

それとも、たんに、お前だけが得をするのが許せないとなる人の常だろうか？

なんにせよ、戦いが終わった時のことを、イルドアのためにもガスマンは考えねばならない。

「戦うか、戦わないか。それが問題だ」

そして、そのどちらも問題なのだ。

イルドアは完全に貰い事故のような形で戦争に参加させられた側だが、参戦国であることに違いはない。

当然、立ち振る舞いは共同交戦国の目を意識する必要があった。

協商連合や自由共和国のようになりたいか？

イルドアは、名実ともに独立したアクターである。『名目』だけ対等な参戦国の如き格下扱いを受けたくはない。

主権国家であれば、自国の利害に同盟諸国が慈悲の心で以て配慮してくれると期待するのではなく、考慮せざるを得ない対等なパートナーでありたいと願うものだ。

イルドアの国益を一番に考えるのはイルドアである。

当たり前ではないか。

だからこそ、かなうことならば、アライアンスの一角として、合州国、連邦、連合王国と実質において対等でありたい。

しかし、とそこでガスマン大将は矛盾に直面するのだ。

大真面目に戦争をやれば、大真面目にイルドア国土が戦火に包まれてしまう。

アライアンスの総力を挙げてイルドア北部奪還戦などやろうものならば、勝てても焼け野原を手にするだけだ。

更に言えば、真っ先に血を流すことを求められるだろう。

自分たちが血を流し、恩を売られた挙句に、焼け野原を手にして喜べる人間がどれほどいるだろうか？

自分事になった戦争は、これだから、よろしくないのだ。

「新大陸の友人が心から羨ましいね。向こうにいる彼らからすれば、どこまでいっても、この戦争は対岸の火事なわけだ」

本来であれば、イルドアも傍観者として最大の利益をこの戦争から引き出すのが理想であっただけに、現状は世知辛い。

「未回収のイルドアを取り戻したいという気持ちは、私にもあるがね。そのために、総力戦を本土でやられても困るのだよ、本当に」

ガスマン大将の頭は総力戦に染まり切っていない。

物動が分かる人間だからこそ、戦争が自己目的化する展開の恐ろしさを理解していた。いうなれば、この鉄火場においてさえ、すこぶる良識と常識に満ち溢れている。

この点、良くも悪くも、ガスマン大将は冷静だ。

イルドア北部奪還こそ望めども、その代償は最小限にとどめたいと願っている。

「とはいえ、流石に、我々イルドアとしても、形は作らねば」

帝国と連邦の『勝つか、滅ぶか』という極端な総力戦志向は狂気の沙汰だと感じるが、国家理性の理屈は理解もできる。

ならば、とガスマン大将はその知性で以て順当な結論――当人としては、面白みの欠片もない秀才的な結論とでも称する知恵をひねり出す。

「イルドア北部奪還は、帝国軍が後退すれば自ずから達成される。つまり、正面から馬鹿正直に激突するばかりが芸ではないね」

地図を眺め、帝国軍の配置状況と、アライアンス諸国の置かれた軍事的・政治的情勢を考慮すれば、いくつか面白い視点が湧いてくる。

それは、作戦術というよりは政治の絡め手に近いものだ。

ガスマン大将は、確かに戦争はそれほど得意ではない。だけど、帝国人よりはずっと政治は得意なのだ。

故に、敵の得意な舞台を拒み、己の得意な領域でもって、強烈な一撃をくらわせようというごくごく真っ当な戦略的決断を彼が下した時、それは、ひそかに帝国に対する強烈なボディーブローとして機能し始める。

そうして、約束の時間に現れた三人の大佐を前に、ガスマン大将は、ちょっとしたおしゃべりを始める。

「ミケル大佐、ドレイク大佐、そしてカランドロ君、君たちに話がある」

よく来てくれたね、とほほ笑みながら続ける言葉は社交辞令でもなんでもない。

「ミケル大佐、君、イルドアへ亡命する気はないかね？　連邦軍魔導部隊丸抱えぐらいならば、私の権限で明日にでも手配するが」

ぽん、と。

ガスマン大将は爆弾を室内に放り込む。

唖然としたドレイク大佐が文字通りに血相を変え、こちらの顔をまじまじと見つめてくるカランドロ大佐の瞳にすら困惑がにじんでいる。

けれども、というべきか。

室内において、当事者であるミケル大佐その人は穏やかな顔で曖昧に首を横に振る。

「故郷には家族がいます。部下も、私も」

そうかね、と残念さを隠さずにガスマン大将はため息を零しつつ、本題に移る。

「では、仕方ないので、世界の敵を取り除く悪だくみを始めようじゃないか。帝国を手玉に取ってみないかね？」

だって、とガスマンは意味深にほほ笑む。

「そろそろ、戦争の終わらせ方を考えるべき時期だからね」


戦争の終わらせ方ということならば、連合王国は常にそれを意識している。

大陸の勢力均衡。

全ては、自国の安全保障がために。

戦争の真っ只中だからこそ、戦略的視座を持つべきことは、連合王国人にしてみれば自明も自明であり、そういった視座を忘れがちな帝国のことを、連合王国の戦争専門家はいつでも『素人』だとみなしていた。

ハーバーグラム少将に言わせれば、これは実に妥当な評価である。

畢竟、軍事力とは道具でしかないにもかかわらず、帝国人は『軍事戦略』と『国家戦略』を同一視する傾向があり、戦争を上手く戦うことしかできぬ連中なのだ、と。

もちろん、軍事力はとても大切だ。

力なき理論も、大義も、暴力に粉砕されてしまいかねない。軍事力を忌避する聖人君子を殴れる奴は平気で殴れるのだから。ただし、暴力はそれ単体では正義を意味しない。

国家安全保障のためには、大義と実力の双方が大切なのである。

ただ、付け足してこうも言い得るであろう。

国家戦略に軍事力が奉仕するのであって、軍事力のために国家が奉仕するのは倒錯もよいところだろう、と。

「往々にして、力とは災いをもたらすものなのだがね。帝国人は、軍隊で帝国を防衛すればよいだけと信じ切っているアホどもだ」

名刀とて、剣士が素人ではかえって持ち手を傷つけるばかり。

だから、帝国軍が戦場で『勝利』したと聞いても、彼らの多くは『挽回は可能だ』といつも斜に構えることができていた。

戦略攻勢『黎明』の頓挫を聞いた時ですら、驚きつつ、まだ、ハーバーグラムには余裕があった。

その全てが、しかし永遠ではない。

「ハーバーグラム閣下、失礼します。マジックからの続報が届きました。分析班曰く、最優先とのことです」

帝国の暗号解読に連合王国が成功しているというのは、最高の機密だ。

秘匿のための努力は偏執狂の域に達し、たった今、この書類を搬送している若い情報部の少佐は『マジック』のことを帝国軍の高位将官だと信じ切っているであろう程だ。

こと、情報戦において帝国が示す『不気味な嗅覚』と『不自然な展開』を思えば、暗号解読は秘中の秘。

そんな代物を受け取って開封し、読みえたところで彼は思わず叫んでいる。

「この、このタイミングでだと！」

解読され、至急と銘打たれただけのことはある代物だった。

曰く、皇帝の巡幸《じゅんこう》とそれに伴う所定の手配り。

あまつさえ、『極秘』と銘打たれた補足には『自治評議会に対し、主権を認め、各種行政権の移行と対連邦同盟形成のための調整を開始する』旨が明記される始末。

「ぜ、ゼートゥーアは悪魔か？　それとも、我々の親戚なのか？」

戦場で勝利した帝国が、更なる盤石《ばんじゃく》な基盤を求めての『主権容認』。

『祖国を持ちたい』という衝動と、『連邦が勝った時、どうなるか』という恐怖で迷っている自治評議会の天秤が帝国側へ傾きうる恐るべき一手だ。

帝国が勝ち馬に見えた瞬間、自治評議会の連中は帝国と運命共同体にされてしまう。

「ほとんど、詐欺ではないか。あの化け物め、戦争も、外交も、戦略も、そんなにできるならば最初からやっておけ！」

ハーバーグラムの口をつくのは、ほとんど愚痴である。同時に、嘘偽りない彼の率直な本音でもあった。

「帝国内部にそこまで見通す才人がいるのであれば、もっと、最初から活用して大戦を避ければよいものを！　もしくは、何故、今更、こんなところで、そんなものを引っ張り出す⁉」

手遅れになってから、どうして。

もちろん、これも愚痴だ。言っても仕方がないことなぞハーバーグラムとて嫌というほどに熟知している。

それでもなお、しかし、嘆かざるを得ないのだ。

「まるで、『天才』という概念に挑戦しているようなものだぞ」

天才は、しかし、個人だ。

個人は、どれほど偉大であっても、組織ではない。

組織は、そして、個人を手数で圧殺し得る。

「東は想像以上に長引くだろう。武官団の視察報告、存外、あてにならんのか？」

いや、とハーバーグラム少将はそこで頭を振り自分の言葉を否定する。

派遣された将校団は『選抜』されていた。多国籍義勇軍での経験も踏まえ、在連邦大使館付武官団は連邦当局ともうまくやれている。

連邦軍の実情把握と、攻勢の規模に関する報告は適切であった。

推定だが、連邦軍が戦略的勝利を握りかねないという警報は全くもって、合理的な結論であったと言わざるを得ないだろう。

つまり、と彼は重苦しい現実にため息を吐く。

「ゼートゥーアめ。あ奴は、本当に土壇場でひっくり返したのか？」

ハーバーグラムは改めて唸るしかない。

連合王国情報部として公式に報告を求められれば、『帝国軍は連邦の戦略攻勢黎明に気がついていた兆候なし』と断言できる。

マジックはこの点に関し、雄弁だ。

帝国が『最悪でも春』と油断していたことを太鼓判とともに保証できるだろう。

だから、連邦軍が意表を突いて発動した黎明は『帝国軍機甲部隊』が根こそぎイルドアに転用されている状況下、態勢の面でも意識の面でも隙を見せた東部帝国軍をぶちのめす公算が大と当初みなされたのである。

「そうだ、そのはずなのだ……」

だが、現実はどうか。

ハーバーグラムは苦いものがこみあげてくるのを堪えながら現実を抱きしめる。

何故か、ゼートゥーアは勝った。

ほんの一カ月未満の間に、倒れるはずだったゴリアテがいまだに健在。

東部方面軍、帝国軍参謀本部、そしてゼートゥーア大将の個人的な電信に至る全ての通信は『春』を最悪として、意表を突かれたはずなのに。

劣勢のはずの側が、主導権まで握られて、即座に、適切に対応し、劇的な防戦に成功。結果として黎明は空振りに終わり、帝国野戦軍は依然として健在。

どう考えても、帝国に有利すぎる結末だ。

これ以上の結果が望み得ないという意味では、最良の結果であろう。

もしかしたら、とハーバーグラム少将は最悪の可能性を脳裏でもてあそぶ。

「もし、ゼートゥーアが、『最初から、このつもりであった』とすれば？」

マジックに異常はなし。

だが、あんな大規模な戦略攻勢に直面し、通信に一切の兆候なしで『対応準備』を用意できるのだろうか？

「現場の独断……いや、ありえんな」

現場の人間の独断で、全てがその場の創意工夫で、あれだけの反撃を、迷うことなく、躊躇うことなく、適切に行えるか？

それぐらいならば、まだ、ゼートゥーアが計らったという方がまだしも可能性はある。殆どゼロに近いものだが……なにしろ、マジックに兆候すらないのだから。

「それこそ、『マジック』の存在に気がついていない限り、ゼートゥーアは本当か知らないわけで……」

まさか？

口に出した瞬間、ぞくり、と背筋が凍る。

「連中、暗号が解読されていることをどこかで……察している？」

咄嗟に、ハーバーグラムは手元の機密文書に目を走らせ始める。

積み上げられた複数の解読済み電報は『帝国軍は依然として同一形式の暗号を利用している』という事実を示している。

これは、本物のはずだ。

まさか、偽電？　全ての通信を偽電にする？

「それは、無理だ。一部の部隊だけや、時限的な欺瞞通信ならばともかく、全ての通信をこのような規模でというのは……」

そう。

手札を読まれていると知って、なお、ゲームをプレイするようなものなのだから。

「もしや、ルーデルドルフ将軍撃墜で勘づかれたのか？　帝国人は、我々の戦略的な判断を誘導しようと欺瞞しているのか？」

たら、れば。

疑心暗鬼は情報戦の常だが、この瞬間、ハーバーグラム少将はどうしようもない泥沼に陥っていた。

「我々は帝国の暗号を解読できている。それは気が付かれていない、はず、だ」

そして、敵にそれを悟られているのであれば、帝国軍は暗号を変更するはず、だ。

だから論理的に考えれば、敵は暗号に自信があるはず、だ。

はず、だ。

はず、なのだ。

けれども、そんな彼の思い込みは血相を変えて飛び込んでくる暗号担当士官の声によって吹き飛ばされる。

「つまり……黎明に対する初期対応に関しては『使い捨て暗号』が使用され、帝国軍はその命令を直ちに実行したと？」

　唖然。

　そんな思いで問い返すハーバーグラムに対し、暗号担当士官は暗然《あんぜん》とした表情で頷く。

「これが一番の問題なのですが、完全に使い捨てのもので、事前にワンタイムパッドが手配されていなければまったく意味をなさない類のものです。一度だけ利用された直後、東部方面軍の通信状況が奇妙な動きを見せ始めました」

「……当てて見せようか。急に、見事に対応し始めたのだろう」

　お分かりですか、と頷いてくる士官はハーバーグラムの恐怖もつゆ知らず、ハーバーグラムが抱いている疑念という種に、豊饒《ほうじょう》な肥料を流し込む。

「はい。発信される命令の調子が顕著に変わりました。所定の防衛計画を実行せよ、から、直ちに後退せよ、と。配布済み封緘《ふうかん》命令に従って行動せよ、と参謀本部が催促している通信も拾えました」

「その報告は聞いているな。封緘命令に従って防衛計画を発動したのだったな？　その防衛計画第四号というのは、マジックの担当では詳細を把握できているのか？」

「マジックには影も形もありませんでした」

「全く？」

　はい、と暗号担当士官は頷く。

「諜報の報告でも駄目です。我が方がかろうじて確保している帝国軍情報源から、そのような情報は上がっていません」

つまり、とハーバーグラムは思考を整理し始める。

黎明が始まった瞬間、帝国軍のある部隊が『事前に用意された暗号』に従って指揮系統に命令を発し、将校搬送のような形で事前に通信を介さず配布したであろう作戦計画書を突如として実行せよと発令された。

そして、その計画書は……完全に隠蔽されていたわけか。

「将官のみ知っていた可能性があるのだな。ラウドン将軍が死亡しても混乱が小さいことを思えば、司令部の人間ならば複数人が知っていたのか？　第四号防衛計画という単語は、どれほど、マジックに乗っている？」

「黎明の発動後ですら、東部方面軍司令部、もしくは帝国軍参謀本部から『第四号防衛計画』という名称が飛び出したのはごく数回です。さほど、頻出《ひんしゅつ》の単語ではありません」

「……つまり、伏せられていた？　それとも、言わずとも通じるのか？」

分かりません、という返答は分からないことが分かっている専門家のそれ。

ご苦労、と頷いて暗号担当士官を見送ったハーバーグラムはそこで机の底に仕込んであるウィスキーを取り出し、野蛮を承知で口をつけ、ボトルを干す。

飲まねば、正気が保てそうになかった。

そうでもなければ、いっそ、叫びたいほどだ。

『黎明』に対し、即応した謎の通信。

謎の通信から、用意周到に引っ張り出される謎の計画書。

そして、その計画書が、『黎明』に対するカウンターだとすれば。

『まさか』『ありえない』『そんなはずは』と否定したい単語がアルコールの回り始めた脳裏に浮かんでは、消えていく。

「ゼートゥーアが怪物なのは知っている。問題は、連邦軍の戦略攻勢を『読んでいた悪魔』なのか、『即興で対応してのけた天才』なのか」

統一暦一九二八年二月七日　東部

「やぁ、中佐。元気そうで何よりだ」

「閣下？」

前触れもなくですか？　という一言を飲み込み、突如として司令部に襲来した大将閣下を前にして、ターニャは思わず固まり込む。

意表を突かれたターニャが咄嗟の言葉を探す間に、ゼートゥーア大将は帝国お得意とでもいうべき主導権を離さない電撃的会話をしかけ始めてくるではないか。

「皇帝陛下のお供だよ」

「皇帝陛下？　……ああ、そうでしたね。我々は帝国でありますからな」

アレクサンドラ皇女の代わりに、皇帝その人が戦勝を祝って来るはずだったとは、事前に聞いていた。

その随行要員として、大将閣下もお出まし、とも。

それでも、意表を突かれたのだ。

せめて、状況を立て直そうと言葉を発するターニャの手は悪いものではないだろう。だが、相手の方が一枚上手であった。

にやり、と言葉尻をとらえるゼートゥーア大将は正しく作戦屋の血を引く参謀将校である。

「いかんな、いかんぞ、中佐」

脆弱部の発見。

徹底した一点集中攻撃。

そして、戦果拡張。

「フォンを冠しておきながら、帝室への尊崇と忠誠心を忘れたかね？」

不意遭遇戦にもかかわらず、断固たる攻撃精神という名の積極性が発揮されるさまなど、全将校の模範とでも称するべきそれ。

腕を組み、背中に定規でも入れたかのようにまっすぐにぴんと背筋を伸ばしたゼートゥーア大将がいかつい表情で憮然と問うてくるさまなど、もはや様式美とでもいうべきな質問だ。

「貴官とて、軍大学の十二騎士として、誉れの騎士爵を帝室より賜《たまわ》った身だろうに。義務と名誉を纏《まと》うておきながら、よもや、よもやとは思うがね？」

強烈な錐《きり》のように突き刺される言葉の先鋒だが、しかし、ターニャとて全縦深打通作戦を前に生き延びた歴戦のベテランである。必要とあれば、最終防御線を構築し、咄嗟の最終防護射撃を躊躇なく発動しうるのだ。

「ご容赦ください。宮中儀礼とやらを、戦場のどこかで無くしてしまいまして」

野戦将校として、堂々と胸を張ってのご対応。

そして、道理を弁《わきま》えている高級将官相手に効果は抜群だ。にっこり、と破顔一笑《はがんいっしょう》する大将閣下は実にご満足そうである。

「……そうだ、中佐。まさしく、そこだな」

にやり、と愉快さを隠そうともしない態度。

「ライヒの歴史においては、帝室こそが常に中心だった。少なくとも、官僚と政治家と軍人の結節点であったわけだが……」

たっぷりと間を空けたうえで、ゼートゥーア大将は言葉を投げ掛けてくる。

「今日の帝室は、どうだね？」

ああ、とターニャは嗤っていた。

「存在感がありません」

「不遜《ふそん》な発言だな、中佐？」

咎める字句とは裏腹に、ゼートゥーア大将は嘲笑うような口調で吐き捨てる。

「よもや、ライヒの象徴たる帝室に、存在感がないなどとは！　そんなことは、本来、あってはならない！　違うかね？」

当たり前のことを、当たり前のように続けているだけだ。本来であれば、何一つ咎められる発言ではない。

「大元帥閣下に忠誠を誓ったのだ。我々は、当然、皇帝陛下の軍人だ」

これまた、その通り。

帝国軍の士官は、皇帝陛下の士官である。

帝国軍参謀本部は、所詮、皇帝陛下を輔弼《ほひつ》する機関に過ぎない。

少なくとも、憲法と法律上の位置づけでは。

ああ、とターニャは思わず唾を飲み込んでいた。

「……一体全体、この戦争の、どこにならば、皇帝陛下の意思が介在していると？」

ターニャは、皇帝の傍に親しく近侍《きんじ》したことなど皆無だ。ゆえに、皇帝その人がどのような戦争指導を『試みた』かさえ分からない。

だが、とターニャは留保する。

『参謀本部内奥』にある程度の伝手《つて》と耳のあるターニャですら、『皇帝』という要素はほとんどおぼろげにしか意識したことがないのだ。

ゼートゥーア大将の中央復帰に際し、皇帝陛下が名目上の人事権を行使したことは記憶に残っているが、『ゼートゥーア大将の中央復帰』という人事が『イルドア侵攻』につながると帝室がわずかでも意識しえただろうか？

ゼートゥーア以外を選ぶという選択肢が、帝室にあったと？

いやはや、軍は、もはや、軍として完結しているではないか。

今は亡きルーデルドルフ閣下ですら、その気配があったが……とターニャは改めて自覚した疑念をついに口に出す。

「閣下、帝室への尊崇の念はおありなのですよね？」

探るような問いに対し、ゼートゥーア大将は大袈裟に頷く。

「問うまでもないことだよ。ライヒの軍人であるゼートゥーア大将は、この上なく忠実な信念からの君主制論者だとも」

案の定、含みが多すぎる返答でターニャは考え込んでしまう。

ライヒのゼートゥーア大将としては忠実そのものながら、ハイマートの一個人であるゼートゥーア氏がどうであるか、言及されていないではないか。

国家の軍人として、忠実であるというが……では、故郷を思う人としては？

「それは、そういう意図だと解釈すべきでしょうか？」

複雑な問いかけ。

対する返答は、回答者の気質とは裏腹に恐ろしく単純明瞭であった。

「文字通りだよ、中佐。他にどう解釈すると？　私は、ハンス・フォン・ゼートゥーアは、名誉ある帝国軍の大将だ」

断固たる回答。

一聞すれば、皇帝に忠実であることを誇る古き帝国軍人そのもの。

無骨な軍人が言うのであれば、言葉の裏など存在もしないに違いない。だけれども、ターニャとゼートゥーアの両者は裏があること、そして言葉にされていない裏の意図こそがこの場合の本意であることは嫌でも理解できていた。

「閣下、何をお考えなのですか？」

だからこそ、ターニャは上司の目指す落としどころを知りたかった。というよりも、知らねばならないとすら感じている。

戦争の終わらせ方。

この、どうしようもない混沌《こんとん》と破局を、どうやって？　と。付け加えれば、自分はどこまで、巻き込まれるのか？　も知りたい。

だが問われたゼートゥーア大将は曖昧に腕を組み、遠い目をする。

「少し、昔話に付き合いたまえ」

「は？　構いませんが、突然何を……」

「私も、ルーデルドルフのアホ……いや、亡きルーデルドルフ閣下も、というべきか。我々は参謀本部における外様だ」

唐突な言葉に、ターニャは姿勢を正す。

外様。

言われてみれば、その通りなのだ。参謀本部本流というには、ゼートゥーア大将も、今は亡きルーデルドルフ元帥も、『外様』に近い。

「私の母連隊を貴官は知っているかね？」

「寡聞《かぶん》にして存じ上げません」

そうだろう、とゼートゥーア大将は笑う。

「格式という点では平凡な連隊だ。今でこそだいぶマシになったがね。おまけに、私の人事上の考課は『学者向き』だった」

自分の考課表のことを口に出しつつ、ゼートゥーア大将は組んでいた腕をほどき、顎を愉快そうに撫で始める。

「軍は、人をよく見ている。それでこそ、というべきかな?」

楽しそうな声色とともに、ゼートゥーア大将は兵隊タバコを口元に運ぶ。

「あちこち、観戦武官として行かされた。そういう意味では、期待はされていたのだろう。まぁまぁに使い勝手のいい道具として」

安いタバコに火をつけて、私は安い男だったのだと笑う高級将官の背中は不思議な色彩を帯びていた。

「開戦時、私も、亡きルーデルドルフ閣下も准将《じゅんしょう》だった。まぁそれで、戦務参謀次長という肩書をもらえていたわけだから、我々も便利使いされる程度には、相応に専門家と認められ立身出世をしたわけだが……」

なにせね、とゼートゥーア大将は苦笑する。

「上がつっかえていたわけだ」

ああ、とターニャも苦笑する。上がつっかえている閉塞《へいそく》感。組織人であれば、時折、誰もが苦しむ葛藤。かつて、眼前の上司も同じようなことに悩んでいたというのは意外だが、驚くべき事柄でもないなと受け止められる。

「参謀総長、参謀次長の下にある戦務の参謀長の下請けだ」

感慨深げに兵隊タバコで一服する男は、今や、一国の主に等しくて。

「それが、どうだね」

大袈裟に手を広げ、愉快そうに、美味しそうに、タバコを一服する老人は野心の塊にも、向上心の塊にも、あるいは、役者にも見える。

「ノルデン、ライン、あげくがダキアだ」

帝国軍参謀本部は、予想を間違え続けた。

上の計算というのは、実に残念な結果となるのだ。そして、そのたびに……とターニャは眼前の老将軍が栄達《えいたつ》してきた事実を思い出す。

「事実上、上が制度と人事の都合で空席となり、今や、私が参謀本部の主だ」

ゼートゥーア准将の立身出世、あるいは大活躍。

ご当人の能力もさることながら、環境の要素も絶大だった。

総力戦のさなかにおいて、必要なことを成し遂げられる総力戦のためのパーツ。交換可能というには重要すぎるが、組織の歯車として重宝された末のゼートゥーア大将だ。

「もとは、准将程度の末席だったものが、今や、帝国の心臓部とは。笑えん冗談だ。ひどい冗談だ。だが、だからこそ、逆説も生まれる」

楽しそうな声色だった。

ゼートゥーア大将は、なんとも、愉快だとばかりに笑う。

「人は、私を『戦務参謀次長』と記憶するだろう。今次大戦において、ずっと、中枢にいたとも誤解するだろう」

何を、と疑義を呈しかけたところでターニャの思考は急ブレーキを踏む。

確かに、『ゼートゥーア』はエリートの中では傍流《ぼうりゅう》だったのかもしれない。だが、そんなことは、帝国軍内部のエリートでもなければ体感し得ぬことだ。

なにより、彼の職位は……、表向きの肩書である『戦務参謀次長』という名前だけはずっと開戦前から同じだった。

人は、内実の変化を、時として、見過ごす。

「内実はとても、そうとは言えませんが」

「貴官だから分かることだ。我が軍の佐官で分かるのは多くあるまい」

「レルゲン大佐殿や、ウーガ大佐殿はいかがでしょうか。ご両所のような方であれば、自然と察しが付くかと思うのですが」

「それはそうとも。なにせ、どちらも参謀課程を経ている本流どもだ。おまけに、参謀本部での勤務は『私かルーデルドルフ』の下が長い」

実態を知り尽くしている。そんな人間で、初めて、ゼートゥーア大将の役割を理解し得るのだとすれば？

元来は参謀総長に直属する参謀本部戦務参謀長の下で、実務を担当する戦務参謀次長。それが、いつの間にか、参謀総長が更迭され、戦務参謀長が空席となり、いつの間にか、参謀総長の下に作戦と戦務の参謀次長が直属するという運用上の捻じれを、大参謀次長としてゼートゥーア将軍が実務担当者としてカバー。

複雑怪奇な内部事情の変化など、門外漢《もんがいかん》にはまず分かるまい。

元より、組織というのは、名前と実態について、内部の人間以外には理解しがたい奇妙な慣習と成り行きで動く部分が数多ある。

だから、誰でも表層で判断しがちだ。

さて、ここで簡単な質問だ。

今日の帝国軍を実質的に采配するのはゼートゥーア大将。

そんなゼートゥーア大将が纏う公式の役職は、戦務参謀次長。

そして、彼は、開戦時からずっと『同じ職』にとどまっている。これが意味するものを、後世の人々は、どのようにとらえるだろうか？

「私は、だから、帝室と親しくお付き合いする」

抱きつくしぐさすら浮かべるゼートゥーア大将に対し、ターニャは一歩引く。物理的に距離を取り、わずかに逡巡の末、口をついたのはあきれ声だった。

「……無理心中ではありませんか」

帝室と仲良しな、戦争を始めた諸悪の根源。

分かりやすいアイコンだ。

きっと、存在Xよりも立派な糞にみえることだろう。

世界は、彼こそを敵とする。

「……なんて分かりやすい物語をお作りになる。絵本の方が、まだ、物語として多様性に富んでいるとしか思えません」

「世界が、貴官と同意見でないと嬉しいね」

ニヤリ、笑う大将閣下。

ああ、とターニャは思わず悟っていた。

これは、あれだ。

本当の意味での確信犯なのではないか？

「ライヒが滅ぶとて、ハイマートは残しうる。偉大な帝政が朽《く》ちるとて、そう、ひどいことにもなるまい」

「では、皇帝陛下もそのお覚悟が？」

それはそれで、すごいことだなと呆れていたターニャは、ぽろり、とそれを問うていた。故に何げなく返される言葉に思わず硬直してしまう。

「どうだろうな。まだ、ないのではないか？」

「は？　……は!?」

「形の上では、大勝利だからね。帝室にお喜びいただけたので、幸せな気持ちで東部を巡察《じゅんさつ》していただく。ついでに、自治評議会の朋友《ほうゆう》たちに夢と希望をバーゲンセールだ」

酷い詐欺だ。

あまりにも、えげつない。

優良誤認にもほどがあるだろう。

帝室は、勝ったと本気で思っていて。自治評議会の老練な連中は、皇帝が勝てると本心から確信していることを読み取って……詐欺師だってもう少し節度があるに違いない。

「閣下、恨まれますな」

「おいおい、中佐。こうも善良で朴訥《ぼくとつ》な愛国者が、誰から恨まれるというのだね？」

ニコニコと好好爺じみた老人は、しかし、これは、もう、確信犯である。

「どうも、閣下は諧謔《かいぎゃく》と軽口を好むようになられました」

元からだよと軽く手を振る上司に対し、ターニャはご冗談をと真剣な顔で呟く。

「昔は、知的な冗談でした。今は、いっそ、ピエロであられる。正直、笑うに笑えないことばかりであります」

「道化師を演じるのだからな」

老獪《ろうかい》に、しかし、滲む疲労を隠そうともせず、老人――そう、燃え尽きたような老人と化した表情でもってゼートゥーア大将がほほ笑む。

「このぐらいは、職務の範疇だろう。貴官も、やれるのではないかね？」

「閣下にはかないません」

そうかね？　と首を傾げていたゼートゥーア大将は愉快そうに続ける。

「まぁ、中佐。本質的には、貴様も、私も、道化でいいのだよ。軍人が、英雄を真面目にやるよりも、道化をやっていて無駄飯ぐらいな世界が、一番、帝国には望ましい」

「閣下？」

「ああ、脱線したな。いや、歳をとると素直になれん。今日、私がここに来た最大の理由だがね。本当のところは、ただ、貴様に感謝を伝えるためなのだ」

すっ、と頭が下げられる。

「よくぞ、あそこで独断専行してくれた。よくぞ、越権してくれた。そして、よくぞ、軍を救ってくれた」

文字通りに頭を下げ続け、ゼートゥーア大将は心中を紡ぐ。

「……綱渡りだった。戦略的奇襲だったのだ。あのタイミングの攻勢と知った時は、全てが終わったと覚悟したほどだ」

真摯《しんし》な瞳が、ターニャを見つめ、そして、再び頭が下げられる。

「未来をくれた貴官に心から感謝している。諦観《ていかん》に包まれていた私にとって、どれほどの福音だったことか」

「福音とは全く好ましくありません」

「ほう？」

「軍を救わんと人が足掻いたに過ぎません。救えた、と思っても？」

「ああ、救われた。破綻から逃れ得たのだ。帝国の軍人として、ライヒの老人として、ハイマートのゼートゥーアとして、貴様に、改めて、人に対して、心から礼を言う」

光栄ですとターニャは謙虚に一礼する。

同時に、自己の役割として、事態の深刻さに言及しておくが。

「破綻は、先延ばしされたに過ぎず、首の皮が一枚つながったに過ぎません」

「この時代、たった一枚の差が決定的なのだよ、中佐」

そうかもしれない。

破綻しなかった。

破綻しなかっただけ。

そのどちらでも、しかし、今、破綻していないという事実は変わらない。

「貧乏になりましたな」

「何もかも、戦争が悪い。つまりは、勝てない戦争が、だが」

「勝てる戦争万歳、負ける戦争くそくらえと？」

「誰だって、そうだろう？」

そうかな、とターニャは首をかしげる。

「僭越《せんえつ》ながら、小官は平和を愛しております」

「私もだよ。だが、貴官がそれほどというのは、意外だな」

「おや、申し上げたつもりでしたが？　平和であれば、ルーデルドルフ閣下がお約束してくれた絵本も無事に出せましたので」

ターニャの発した『絵本』の一言は、思わぬ上司の反応を引き出すものであった。

ゼートゥーア大将はどことなく感慨深い表情を浮かべ、愉快そうに火をつけていない葉巻を咥えながら片手にライターをもてあそぶ。

「絵本、絵本か。そうだな。戦後には、いいかもしれん。いっそ、私も、今から、絵本の物語に手を付けてみるか」

「閣下が？」

似合いませんね、などと応じるターニャに聊《いささ》か傷ついた表情でゼートゥーア大将は顔をそむける。

「老人には、なんとも辛い言い分だね。夢のないことだ」

すねたような声色は、果たして、本当に、ゼートゥーア大将のものだろうか？　いぶかしむターニャの眼前で、ゼートゥーアはゆっくりと味わうようにタバコをふかす。

「文化でなにがしか、世界に残したい。そう、絵本の一冊もな。思うことさえ、若い才能に笑い飛ばされるとは、なんとも残酷ではないか」

「閣下の才能が、必要とされるのは、別の領域かと思ったまでであります が……」

そうともさ、とゼートゥーア大将は少しだけ調子を上げた声で応じる。

「私はピエロとしても、ピカレスクとしても、実に二流だ」

だが、と韜晦《とうかい》するように老人は嗤う。

「今、世界に一流どころがいないのであれば、二流であっても第一人者になれるだろう。それが、必要というやつの求めというならば、演じ切るまでのことではないかな」

その上で、とゼートゥーア大将は続ける。

「私はね、デグレチャフ中佐。実に意外なのだよ。私も、貴官も、暴力装置のパーツだというのに、盛り上がるのは文化の話だ。これが、帝国の行く末を問う問答だと誰が思うかね？　サロンの有閑談話《ゆうかんだんわ》とて、いま少し、戦時色が出るだろうにな」

ふむ、とターニャは稚気のままに応える。

「文化と暴力が相まってこそ、恐るべき力たりえるのです」

「ほう？　……時間があればぜひとも論文として完成させてもらいたい見解だ。だが、あいにくなことに時期が悪かろう。なんにせよ、感謝しているのは本当だ。だからこそ、すまないな。無理難題を頼むことになる」

ああ、と内心ではげんなりするターニャだが……そこは、もう、サラリーマンの十八番である。

やりたくもない仕事だって、笑顔で、意気揚々と、前向きに。

「何なりと」

「これからも暴れてもらいたい」

なぜならば、と続けられる言葉は露骨であった。

「強大な帝国軍の幻影を、世界に、実物として見せつける必要がある」

分かりやすいオーダーに対し、求められている役割を理解したターニャは諒解というように敬礼して見せる。

「武威《ぶい》でもって、世界を、恐怖させて見せましょう」

「素晴しいぞ、デグレチャフ中佐。あいにく、当面は昇進も栄典も確約はできんが……私の権限と名前はある程度までは使わせてやれるだろう。相応の結果を期待しても？」

「大変なご高配《こうはい》を」

「無茶を頼む手前、そのぐらいはな。……そういうわけで、一つ、西方で励んでもらいたい」

「は？」

なんですと？　と思わずターニャは啞然と問い返す。

主戦線は東部だ。

「東部ではないのですか？」

「西方での活躍に、期待する」

西方。

東部ではない配置。

それだけでも、ターニャにとっては随分と希望が抱ける。

ゼートゥーア大将が帝室と無理心中を図るとき、きっと、下の立場にいるターニャらは相当に逃げ延びる機会に恵まれることだろう。避けがたい敗戦にあって、上司としてのゼートゥーア大将は責任を引き受ける覚悟を実によくお持ちだ。

優秀なのは素晴らしい。

自己犠牲精神的なまでの責任感も評価できる。

自分とは全く違う感性なのは理解が難しい部分もないではないのだが、究極的な意味においてターニャにとっては、仕え甲斐のある上司だと言っていい。

そして、ゼートゥーア大将は更にある意味では望外ともいえる言葉を吐き出す。

「すまないな、中佐。貴官には、随分と無理を頼んでいるが……戦後も含めてこき使うことになるだろう。多大な労を頼むことになる」

考えるまでもなく、ほとんど発作的にターニャは敬礼を返していた。

「光栄です！　閣下！　微力の限りを尽くさせていただきます！」

なんて、素晴らしい申し出。

戦後まで、こき使う？

ああ、と安堵の念が胸中にしみわたる瞬間だった。

ほとんど徒労のようなブラック帝国軍に勤めていたけれども、これで、ほとんど福利厚生という面では報われたといってもいい。

なにせ、『戦後』の確約だ。

ゼートゥーア大将は、いわば、帝国の破産管財人。

そんな人が、ターニャを『戦後も含めてこき使う』と言明したことは言葉にしがたい安堵の念を抱くに足るものだ。

要は、戦後にも、自分に仕事はある。

きちんと評価され、適切に認められるとはなんともうれしい限り。

微かに目元に涙をにじませるゼートゥーア大将がきれいな返礼を返してくれることに誇りすら感じつつ、ターニャはゼートゥーア大将のもとを辞する。

信用されること。

なんとも、誇らしいこと。

それ以上に、しかし、自分が戦後の算段を立てられるというのがターニャにとってはこの上ない安心材料なのだ。

ターニャは心からの安堵とともに呟く。

「息あるかぎり、希望を捨てる必要はなし、か」

（「幼女戦記⑭　Dum spiro, spero —下—」了）

送の友

帝国軍航空艦隊

輸送の友

統一暦
一九二八年　一月版

ハイジャックにご注意を！

被害者は語る！　ハンス・[redacted]中尉の恐怖！

——帝国軍第[redacted]輸送航空団

警備強化月間のお知らせ

命令書と「必要」で武装した邪悪な魔導将校が、善良な輸送機操縦員を命令書で脅迫し、輸送機からパラシュート降下させ、皆さんの愛機をハイジャックした挙句、全機全損にいたらせる重大事案が発生しております。

深刻な非魔導師差別の横行を証言したハンス・[redacted]中尉談話

魔導師だけのパーティーだといわれて、愛機を見送るばかりでした。犯人は、これが許されざる犯罪であることを理解していて、宣誓供述書を出すと私に請け負っています。このような許されざる犯行を、許すわけには……！

統一暦　一九二八年　[一月版]　　帝国軍航空艦隊

1

航空魔導師

↑
ハイジャックに加担する
恐れがあります！

2

参謀本部直属の航空魔導師

↑
ハイジャックの実行犯に
なる可能性が濃厚です！

3

参謀本部の偉いさん

↑
ハイジャック犯の
飼い主です！

輸送の友の声明

我々、善良にして忠勇な帝国軍航空輸送部門としては、このような搭乗員に対する乗客の横暴に強く抗議します。被害者の救済のためにも、帝国軍航空魔導師団は、基地で必ず輸送機搭乗員に一杯は奢れ。

編集部注記

本誌編集部では、実行犯に糾弾の声を届けました。以下、先方よりの返答です。

魔導部隊：ノーコメント。酒は奢る。
部　隊　長：ノーコメント。命令だった。
ゼートゥーア大将：私が命じました。

※ご本人の発言です。

あとがき

いつもお世話になっております。カルロ・ゼンです。お待たせしない二月《ふたつき》連続刊行となりましたが、十四巻はいかがでしたでしょうか。

お楽しみいただけたのであれば、それに勝る喜びはございません。

いつものことではありますが、強行軍のような日程にお付き合いいただきました篠月しのぶ先生と担当編集氏、そして校正の先生やデザイナーさん、あとお盆周辺にお力添えをいただいた印刷所の皆様、その他にも大勢の方のお世話になりました。

何より、待っていてくれた読者のパワーで書けたよ……！　とも申し添えさせていただければ。待っていてくれる人がいると書けるっていうのは、本当でした。ありがたいことですよね。

十四巻ですが、ナラティブの領域において、明確な詐欺師であるゼーさんが生まれたのかなと思うのですが、その孵化に際してはターニャもまあまあ活躍したでしょう。おそらく、当分は脱イケオジ戦記化が深刻になるかと思うのですが、ご容赦いただければ幸いです。

さて、ちょこっとだけ間があいているので、ひょっとすると実感が薄い可能性があるやもしれませんが、『幼女戦記』も一巻刊行からだいたい十年ということで、十周年記念であります。

おめでたいことでありますし、私としては、上下巻に分割する意図は一切なかった。

……なのですが、ゼーさんが暴れるは、独断専行するキャラが出るは、と。全く、キャラクターというのに振り回される想いです。大いに苦労させられました。この苦労だけで、一冊書けそう。

そういうのをどうにかこうにか制御し、目安として一冊千ページ弱というごくごく穏当なページ数は、ちょっと無理でした。

私のように常日頃から文字数の制約を厳守するタイプは、こういうときでもついつい定石を外せないんだなって、我がことながらお恥ずかしい。

しかし、物は考えようです。二で割れば、文字数の制約は上限が二倍になるではありませんか。このように厳密な数学的アプローチでもって、文字数の桎梏《しっこく》を緩和し、自由で闊達《かったつ》なあとがきを作成せんと決意し、堂々と文字数制限を正面突破することを企図しました。

あいにく、三年とちょっとだけ遅刻している身では、あまり、突破力がないんですね。あとがきは短めにって言われて……。

とはいえ、せっかくの十周年記念です。そこで今回は奥付の後にもイラスト増量の特大ボリュームでお届けすることになりました。

このように色々と遊び心ある形にお付き合いいただいた皆様には、改めてお礼を。

そして二月連続刊行でなんとか突破力の端緒はつかめたと思うので、次回こそは……！　文字数の上限に挑む心、諦めない心、大切にしたいです。

お別れの時間が迫ってまいりましたが、次巻の発売日とその目途をお伝えすることが望ましいですよね。

ちなみに、十五巻ですが、私の高度な記憶力によれば、適切な時期に発売され、適切なタイミングで告知される予定です。具体的には、来年あたりには、出せたらいいな……って思います。

いや、ほんと、いつもお待たせしていて恐縮なんですが……。

ほら、アニメ二期とかもあるし……ほんと、頑張るつもりですので、気長にお待ちいただけますと。

それでは、今後とも、なにとぞ。

二〇二三年九月　カルロ・ゼン拝

幼女戦記
Danke!
祝・刊行10周年
しの月

幼女戦記 14 Dum spiro, spero 一下一

2023年9月29日　初版発行

著………………カルロ・ゼン ©Carlo Zen 2023
画………………篠月しのぶ

発行者 ………山下直久
担当 …………藤田明子
編集 …………ホビー書籍編集部

発行……………株式会社 KADOKAWA
〒102-8177 東京都千代田区富士見 2-13-3
0570-002-301（ナビダイヤル）

印刷・製本……図書印刷株式会社

●お問い合わせ
https://www.kadokawa.co.jp/（「お問い合わせ」へお進みください）
※内容によっては、お答えできない場合があります。
※サポートは日本国内のみとさせていただきます。
※ Japanese text only

Printed in Japan
ISBN 978-4-04-737595-6　C0093

Bonus Track
illust + Short Story

カランドロ大佐
イルドア王国
ガスマン大将
イルドア王国

倒帝
ミケル大佐
連邦
ドレイク大佐
連合王国

Short Story

反撃する。

直ちに、断固として、決然と。

アライアンスの、アライアンスによる、アライアンスのための、反撃。

反撃に拘泥すると笑うなかれ。

殴られて、殴り返せない軍隊は、その心において、敵に敗れるのだ。

ドレイクは、嫌というほどに知っている。

たとえ、それが、どうしようもない見栄とやせ我慢だとしても。

反撃できない軍隊は、反攻できない軍隊は、ただ、殴られるだけの軍隊は、将兵をして、勝利を確信し、食いしばって戦い抜く基盤を朽ちさせる。

故に、イルドア主導の反撃計画が企図されることは軍事的必然であろう。ところでドレイクの見るところ、ガスマン大将の反撃を期した計画には政治が多い。

統一暦１９２８年２月上旬
イルドア半島アライアンス司令部

イルドアの立ち位置、アライアンスとしての都合、さらに言えば共同交戦国間の綱引きもあるのだろう。そのすべてに配慮した計画は、まことに政治的だ。

どこまでも、政治の延長としての戦争を企図するガスマン大将の流儀は、総力戦の時代にあってあまりに異質であった。

にもかかわらず、或いは、そうであるがゆえに、ドレイクは、確信する。

今回は、政治と喧嘩しなくていいわけだ、と。

政治に引きずられるでもなく、政治を利用するでもなく、ただ、政治と軍事を調和させる戦争。

悪くない。

ドレイクは、胸中で成算をみてとって、小さく拳を握り締めるのだ。

これは、悪くないぞ、と。

統一暦1928年1月14日
命令偽造を言い渡されたグランツが見た景色

覚悟。

そのたった二文字を決めることができる人間が、
どれほどに存在するであろうか。
自己犠牲の精神を純化させれば、
デグレチャフ中佐の姿をなすのでは？
そんなバカげた疑問すら、グランツの脳裏に浮かび上がる。

それは、**否定**しがたい**神聖さ**であった。

Short Story